Peurs en eau profonde

Olivier Descosse

PEURS EN EAU PROFONDE

Thriller

XO EDITIONS

ISBN : 978-2-37448-410-5

Pour Céline

Si tu regardes longtemps dans l'abîme,
l'abîme regarde aussi en toi.

PROLOGUE

Les couleurs s'estompaient.

Le bleu limpide du ciel, la brillance dorée du soleil, le rouge vif des scaphandres… Sous l'eau, tout se confondait en une seule teinte grisâtre. Un monde uniforme, sans relief, comme enveloppé à l'intérieur d'un voile de tulle. Dessous, partout, aspirant la lumière tel un quasar géant, s'ouvrait le néant aveugle d'une nuit perpétuelle.

Jean vérifia la profondeur. Quarante-cinq mètres. Ils avaient bientôt accompli la moitié de leur descente et atteindraient l'objectif dans deux minutes, une des conduites d'acier plongeant sous la plateforme et remontant le pétrole à la surface.

Deux jours plus tôt, un raccord du *pipe* s'était déboîté au niveau du plateau sous-marin. La canalisation, d'un diamètre qui avoisinait la taille d'un homme, balançait son poison dans la mer de Barents depuis quarante-huit heures. Cerise sur le gâteau, elle menaçait maintenant de se rompre.

Jean questionna son binôme. Un simple signe de main, pouce et index réunis en un cercle, symbole universel utilisé par les plongeurs pour s'assurer que tout va bien. Il aurait pu parler dans son casque

– le modèle KMB équipé d'un narguilé permettant de respirer et de communiquer –, mais le geste lui était venu naturellement.

La force de l'habitude…

L'autre répondit sur le même mode. Derrière le masque monohublot, son visage trahissait l'excitation. C'était la première fois qu'il descendait si profond. Il allait franchir la ligne symbolique des cent mètres et cette idée le galvanisait.

Jean lui tapota l'épaule. Une façon de calmer ses ardeurs. Thomas devait impérativement se contrôler, sans quoi c'étaient leurs vies à tous les deux qui seraient hypothéquées.

Tout en descendant, il repensa aux raisons qui l'avaient conduit à faire équipe avec cette tête brûlée. La cellule de crise de Petrolprom – un consortium russo-norvégien basé à Reykjavik – l'avait appelé au secours la veille, juste avant le week-end du 15 août, pour lui confier cette mission de la dernière chance. Toute l'équipe de Tech Med était *off* mais Jean Sardi n'était pas du genre à laisser tomber un client en galère. Il s'était rabattu sur le petit nouveau qui bullait dans son meublé en attendant la fin du pont.

La nacelle s'immobilisa. Ils venaient d'atteindre le point d'étape, à mi-parcours, et devaient à nouveau vérifier les paramètres de base.

Check-list rapide.

Profondeur : 58 mètres.

Flux d'alimentation en Trimix : constant.

Blocs de secours : 100 %.

Temps de plongée : une minute et quarante-sept secondes.

— *Frog one to Toad. RAS*[1].

---

1. Grenouille un à Crapaud. Rien à signaler.

Jean s'était adressé à l'ingénieur qui chapeautait la plongée, un Russe aux allures de Père Noël qui tenait leurs vies entre ses pattes.

— *OK Frog one. Good luck.*

Un soubresaut. L'immersion reprenait, guidée par les câbles qui soutenaient la cage.

Très vite, la lumière naturelle disparut totalement. À la place, une cape de ténèbres secrétée par les eaux. En une fraction de seconde, le noir pélagique des abysses s'était refermé sur eux.

— On allume.

Des rayons blancs jaillirent des lampes frontales. Un halo de vie dans un monde mort, à l'intérieur duquel évoluaient deux silhouettes épaisses, pataudes, engoncées dans les scaphandres isothermes et alourdies par les blocs de secours. L'image, étrange et féerique, faisait penser à des insectes mutants flottant dans les limbes des grands fonds.

Comme à chaque fois, Jean savoura l'instant. Plus de haut, plus de bas. Trois brasses de visibilité et les bulles pour seul repère. Un retour aux sources au cœur de la matrice originelle, avec au fond du ventre une puissante sensation de liberté.

Il prit sur lui pour oublier le mirage et regarda de nouveau l'ordinateur serré à son poignet. Une merveille de technologie, équipée du programme V-Planner capable de calculer en un battement de paupière les différents paliers de décompression.

Les diodes affichaient une profondeur de soixante-dix-huit mètres.

En soi, le job était facile. Un simple boulot de plombier, qui se résumait à changer un bout de tuyau, à resserrer quelques boulons et à poser des points de soudure. Pas de quoi fouetter un chat. À l'extérieur, il n'aurait pris qu'un petit quart d'heure.

Sous la surface, tout devenait plus compliqué.

D'abord la pression. Un bar supplémentaire tous les dix mètres. En clair, des millions de tonnes de flotte qui pèsent sur les épaules et compressent les organes. La taille des poumons diminue, le rythme cardiaque chute de moitié, les vaisseaux sanguins deviennent poreux… Une vraie polka qui, à la longue, laisse forcément des traces.

Ensuite le mélange. Pour survivre à de telles profondeurs, hors de question d'inhaler de l'air comprimé. Les *Tekkies*, ou *Teks*, surnom que se donnent les plongeurs techniques dans ce milieu, doivent s'envoyer un cocktail explosif savamment concocté à partir d'oxygène, d'azote et surtout d'hélium. Baptisé Trimix, il permet, entre autres, d'éviter la narcose et de mieux gérer la désaturation. À trop haute dose, il peut aussi provoquer vertiges, vomissements ou tremblements incontrôlables.

Enfin, l'équipement. Blocs de secours en cas de pépin, scaphandre, semelles de plomb et outillage mastoc. Plusieurs dizaines de kilos supplémentaires à se coltiner, ce qui restreint la liberté de mouvement et accélère l'essoufflement.

— Ça y est, lança Thomas. On a passé la barre.

Jean regarda son écran.

Cent deux mètres.

— Bienvenue au club, mon grand. On sablera le champagne en remontant.

— Si on s'paume pas. On y voit encore moins que sous la couette de ma copine.

Dans le faisceau des torches, les prémices de la marée noire se faisaient déjà sentir. Des traînées sombres, gluantes, dérivant dans l'eau tel du varech en suspension. Le pétrole remontait petit à petit vers la surface, semblable à une humeur nauséabonde pulsée par un malade.

— Ça sent le vécu, plaisanta Jean. Elle a un nom ?

— Agnès.

— La serveuse du Calypso ?

— C'est ça.

— Enfoiré. Ne me dis pas que...

— Et si.

Thomas avait débarqué à Saint-Mandrier au début de l'été. Une gueule de fouine sur un corps d'araignée, a priori pas de quoi susciter l'hystérie chez la gent féminine. Pourtant, en moins de deux mois, il avait accroché six trophées à son tableau de chasse. Allez comprendre...

La nacelle ralentit. Aussitôt, les visages se fermèrent. Ils s'apprêtaient à exécuter des gestes mille fois répétés, à appliquer des procédures éprouvées garantissant leur propre sécurité.

Cette fois, le niveau de difficulté se situait dans la fourchette haute. Aucune visibilité. Terrain accidenté. Environnement constitué pour l'essentiel de pétrole en suspension et de flotte à six degrés. La moindre erreur pouvait être dramatique.

Léger choc. La cage venait de se poser sur le fond. Jean souleva la rambarde de sécurité et sauta à l'extérieur. La canalisation n'était qu'à quelques encablures mais avec cette poix qui flottait autour d'eux, pas moyen de l'avoir en visuel.

Il se repéra grâce aux données fournies par la surface. Une carte des installations sous-marines de la plateforme luisait sur son écran, où s'incrustait leur position géolocalisée par satellite. Le site du chantier apparaissait en vert.

Distance : quarante-deux mètres.

Direction : trois cent dix-sept degrés ouest.

Thomas était juste derrière lui. Deux points rouges perdus au milieu d'un mikado géant.

La marche d'approche commença. Bustes penchés vers l'avant. Talons plaqués au sol. Une lutte permanente contre la résistance de l'eau. Les équipements avaient évolué depuis les premiers scaphandriers mais le principe restait le même. Un rythme constant. Des gestes lents. Pas de mouvements désordonnés. Les règles immuables pour éviter la surchauffe.

Ils tombèrent sur la cible au bout de deux minutes. Comme annoncé sur les images fournies par le robot, le *pipe* était posé à même le sol, près d'un tombant. Un à-pic insondable au fond duquel se situait le trou de forage, mille mètres plus bas. L'avarie avait eu lieu sur un des coudes de raccordement, à la lisière du vide, là où le tube quittait la fosse pour prendre appui sur le plateau. La plupart des écrous avaient sauté. Les deux parties de la tuyère s'étaient désolidarisées et ne tenaient plus que par un unique point de contact.

— On dirait que ça a encore empiré.

— Faut pas traîner, confirma Jean. Le raccord ne va pas tarder à péter.

Avant de changer la pièce, ils devaient d'abord couper l'alimentation. Pas évident. Le volant de sécurité était encore en dessous, sur la partie de la canalisation qui plongeait en pleine eau. Pour l'atteindre, il allait falloir se taper la paroi en rappel.

Thomas accrocha la ligne de vie au mousqueton placé sur sa ceinture. Aucun signe de tension, bien au contraire. L'exercice avait l'air de l'amuser.

— Pas de conneries, prévint Jean. Tu y vas *tranquilo*, tu me fermes cette putain de valve et tu remontes illico. *Capito* ?

— *Si Capo.*

Le jeune homme se lança, sourire aux lèvres. Campé en aplomb et doigts serrés sur la corde, Jean assurait sa progression.

Très vite, les contours du plongeur s'effacèrent. Il n'y avait plus que le halo de sa lampe, semblable à une balise perdue dans la tourmente. Puis la lumière disparut à son tour, avalée par la gelée d'hydrocarbures.

— Thomas, tu me reçois ?

— Cinq sur cinq.

— J't'ai plus en visuel.

— J'arrive sur le volant. Tu peux sécuriser.

Jean verrouilla le filin avec ses mains. Il attendit quelques secondes et demanda :

— Ça se présente comment ?

— Mal.

— Précise.

— La couronne est grippée.

— Tu peux la décoincer ?

— Je te dis ça dans une seconde.

Le son pour seul repère. Celui d'une respiration hachée. Thomas devait être en train de forcer comme un bourrin pour débloquer le mécanisme.

— C'est bon. Elle vient la salope.

Demi-soulagement. Le problème allait se régler mais la voix du jeune Tek était devenue nasillarde. Donald Duck en pleine bourre. Un des effets secondaires de la forte concentration d'hélium dans le Trimix. Le signe qu'il en inhalait trop.

— Vas-y mollo, ordonna Jean. Tu parles comme un canard.

— T'inquiète. J'y suis presque.

Son timbre se déformait de plus en plus. Si Thomas continuait à ce rythme, les vraies complications n'allaient pas tarder à se pointer.

— Voilà… Ça y est.

— OK, j'te hisse.

Jean tira sur le filin. Dans l'eau, le poids du corps diminue. Le principe d'Archimède. Thomas, déjà léger en temps normal, ne pesait pas plus lourd qu'une danseuse.

— Ça va ?

— Pourquoi ça irait pas ?

— À toi de me dire.

— Je… Je pète le feu… *man*. Tout est sous contrôle.

Le grimpeur venait de reprendre pied sur le plateau. Il la jouait détendu mais respirait avec difficulté. Derrière le masque, son visage avait viré au gris.

— On dirait pas. T'as l'air d'avoir pris une grosse claque.

— Ben... tu te trompes... grand chef. Je... Je gère à fond.

Il ne gérait plus rien. Élocution traînante. Phrasé hésitant. Chaque mot semblait sorti d'un synthétiseur. Dans son regard, flottait un détachement que Jean connaissait trop.

— Tends ton bras.

— Quoi ?

— Tends-le, j'te dis.

Thomas s'exécuta. Sous l'épaisseur du gant, les doigts du Tek étaient parcourus de convulsions.

Plus une seconde à perdre. Il fallait le remonter en vitesse pour endiguer le processus.

— On dégage.

— Quoi ?

— T'es en train de perdre les pédales.

— Qu'est-ce... Qu'est-ce que tu me chantes ? J't'ai dit que je me sentais... super bien.

— Et moi je t'ai dit qu'on dégageait.

— Et le job ?

— On finira quand t'auras récupéré.

— Écoute...

— Discute pas.

Sardi s'adressa à la plateforme :

— *Frog one to Toad. Suspicion of Code Four on Frog two. We go back up.*

— *Rogers Frog one. Tell us when you're in the elevator.*

Code 4. Un terme international pour le SNHP, ou syndrome nerveux des hautes pressions. Facile à comprendre, encore plus à énoncer. Dans ce type de situations, mieux valait être raccord.

— Allez, on bouge.

En prononçant ces mots, Jean se sentit propulsé en arrière. Il s'envola sur plusieurs mètres avant de retomber au ralenti, porté par les tonnes d'eau qui l'entouraient. Autour de lui, la poix semblait s'être encore densifiée. Il évoluait à présent dans une glu noire, mi-liquide mi-solide, qui s'accrochait à lui tel un calmar géant.

Le plongeur saisit le déroulement en un battement de paupières. La canalisation venait de se rompre. Pour quelle raison ? Aucune idée. Une certitude : le pétrole sous pression avait jailli de la brèche avec une brutalité phénoménale. Les deux scaphandriers se tenaient juste à côté. La puissance du jet les avait balayés comme des fétus de paille.

Premier réflexe, en se relevant : savoir où en était son binôme.

— Thomas, tu me reçois ?

Pas de retour. Et zéro visibilité. Sa lampe frontale n'illuminait qu'un périmètre étroit, fait de taches sombres et de particules en suspension.

— Thomas ?

Toujours rien.

Il s'adressa au PC.

— *Frog one to Toad. Pipe broken. I repeat : pipe broken. Frog two probably hurt.*

Un crépitement en guise de réponse. Sa chute avait dû endommager la gaine du narguilé et rompre la connexion. Une chance que le Trimix arrive encore.

Il attrapa la ligne de vie, toujours accrochée à sa ceinture. À présent, c'était la seule attache qui l'unissait à son coéquipier. Le seul espoir de le retrouver.

Mètre après mètre, Jean remonta le fil. Zéro perspective. Pas de repère sonore. Un aveugle, sourd de surcroît, tâtonnant au milieu des ténèbres.

Très vite, il arriva sur le raccord. Comme il l'avait anticipé, le coude s'était brisé. Un geyser d'hydrocarbures pulsait du tuyau monstrueux avec la force d'une cataracte. Il provoquait une zone de remous tout autour, remplie de tourbillons qui compliquaient encore la donne.

Aucune trace de Thomas.

La corde repartait sur la gauche, le long de l'à-pic. Jean continua de la suivre. Un mauvais pressentiment l'habitait. Cette intuition se renforça lorsqu'il crut distinguer, intriquée dans la nappe de pétrole, une autre nappe, plus légère et d'une couleur écarlate.

Il fronça les yeux.

Et là, il comprit.

Du sang. Il y en avait partout. Jean progressait au cœur d'une vapeur rouge. Un grand bain d'hémoglobine dont les cristaux scintillaient dans la lumière de sa torche.

Son pied heurta quelque chose. Il baissa les yeux et sentit son cœur se comprimer dans sa poitrine.

La piste s'arrêtait là. Étendu sur le sol, le corps inanimé de Thomas. Son masque était brisé, sans doute par un boulon arraché par la pression quand le *pipe* avait sauté. Le projectile avait continué sa course folle et atteint son visage avec la force d'une balle tirée à bout portant.

Plus de nez.

Plus de bouche.

Seulement un trou de la taille d'un œuf, cratère sanglant par lequel s'était enfuie son existence.

I

PREMIERS PALIERS

1

— Alors ?

— Il a tourné le volant dans le mauvais sens.

— Sans déconner…

L'homme qui venait d'entrer dans le bureau était le bras droit de Sardi. Patrick Rosso, surnommé le Grizzly, soixante balais bien sonnés dont les trois quarts passés sous l'eau. Un monstre des profondeurs, affublé d'une gueule de gargouille posée sur un physique de rugbyman. Il ne plongeait plus depuis belle lurette et gérait les affaires de la boîte d'une voix de stentor, hurlant ses directives à toute l'équipe avec un fort accent du Sud. Matos, contrats, finances… La logistique qui permettait à Tech Med d'accomplir des prouesses.

Il attrapa une chaise en plastique et s'assit face à Jean, à califourchon. Ses avant-bras velus étaient posés à plat sur le dossier, comme des pattes d'ours prêtes à chaparder du miel.

— L'autopsie a confirmé la narcose ?

— Sans la moindre ambiguïté.

— Merde. Tu l'avais bien senti…

Jean se contenta de hocher la tête. Il avait reçu le rapport d'enquête le matin même, un pavé de quarante pages établi par les services de Petrolprom et adressé sur sa boîte mail. Après l'accident, le pétrolier avait dû interrompre le forage. Une nouvelle équipe de scaphandriers était descendue, à la fois pour évaluer les dégâts et essayer de comprendre où ça avait merdé. La conclusion était sans appel. Au lieu de fermer la vanne, Thomas l'avait ouverte en grand. La pression était montée de trois crans et le raccord avait pété.

Pour Jean, rentré trois jours plus tôt, cette analyse avait valeur de double peine. Non seulement un de ses employés y était resté, mais en prime, la réputation de son entreprise était ternie. Tech Med, le spécialiste de la plongée technique en conditions extrêmes, le joker qu'on appelait à la rescousse en cas de coup dur, venait de se planter en beauté. La nouvelle avait déjà fait le tour du milieu et les vautours de la concurrence attisaient le feu.

— On fait quoi ? demanda Rosso.

— Rien.

— Comment ça, rien ?

— Plus on remuera la vase, moins vite elle retombera.

Haussement de sourcils. Le vieux plongeur ne partageait pas cette opinion.

— T'as lu l'article dans *Deep Dive* ?

— Non.

— Ben tu devrais. On est en train de passer pour des guignols. Si on ne communique pas, tous les clients vont se faire la malle.

Calé dans le fauteuil de son associé – un modèle Président antédiluvien rafistolé avec du chatterton –, Jean observa le mastodonte. Ses réactions le surprenaient toujours. Il n'avait que trente pour cent de la boîte mais se comportait comme s'il était majoritaire. Il prenait tout à cœur avec la fougue d'un PDG de start-up.

— Ça va se tasser. De toute façon, ils ont besoin de nous.

— Sois pas trop prétentieux, fils. Personne n'est indispensable en ce bas monde.

— Nous si.

Il n'y avait aucune vantardise dans l'affirmation. C'était juste un constat. Le marché était ultra-fermé. Une dizaine de sociétés se le partageaient en Europe, dont Tech Med, toutes submergées par la demande. Descendre à de telles profondeurs, surtout pour y bosser, n'était pas à la portée du premier Tek venu. Il ne suffisait pas d'être entraîné. Le job nécessitait aussi une bonne dose d'inconscience – d'autres auraient parlé de folie furieuse – et surtout une énorme paire de burnes.

Jean se frictionna les bras. La climatisation poussée à fond donnait la sensation d'être enfermé dans un frigo. Vêtu d'un short, d'un tee-shirt et seulement chaussé d'une paire de tongs, il commençait à se cailler.

— Tu as eu les parents de Thomas ?

— Ils arrivent en début d'après-midi.

— Qui est chargé de les récupérer ?

— Je m'en occupe.

— Les autres savent où ça se passe ?

— Tout le monde se retrouve au funérarium.

L'équipe serait au grand complet. Tant mieux. La solidarité permettait de garder le cap. La mort du petit nouveau avait créé une onde de choc. Au-delà de la peine, sa disparition avait réveillé chez ses collègues des angoisses plus profondes. L'idée, refoulée par chacun, que chaque mission pouvait être la dernière.

Jean se leva. La pièce faisait dix mètres carrés à tout casser, jonchée de cartons, de dossiers, de matériel. Une boîte à chaussures qui convenait à Rosso mais dans laquelle il ne s'était jamais senti à l'aise. Son domaine, c'était la mer, l'étendue infinie des grands fonds. L'exiguïté de ce trou à rat l'oppressait.

— Je vais me poser un peu. J'aurai besoin de force pour affronter l'épreuve.

— Bonne idée. Sans vouloir te vexer, t'as vraiment une sale tronche.

Jean ne chercha pas à le contredire. Plutôt séduisant d'ordinaire, avec son regard un peu mélancolique et ses cheveux grisonnants coupés très court, il ressemblait aujourd'hui à un fêtard en pleine descente d'alcool.

— J'ai pas fermé l'œil depuis deux jours.

Rosso soupira. Ses traits épais exprimaient une compassion sincère.

— T'y es pour rien, fils. Tu peux te ronger les foies dans tous les sens, ça changera pas la donne.

— J'ai merdé grave. J'aurai dû le remonter tout de suite.

— T'as fait ce que t'as pu.

— Facile à dire. C'est pas toi qui étais en bas avec lui.

Nouveau soupir. Un soufflet de forge, profond, puissant.

— Tu pouvais pas être sûr. Tu l'voyais pas quand il a disjoncté.

— Je l'entendais. La dystonie aurait dû me faire réagir plus vite.

— Ce symptôme suffit pas. Tu le sais aussi bien que moi.

Le Grizzly avait raison. Pour qu'un SNHP soit confirmé, plusieurs critères sont nécessaires. Troubles cognitifs, tremblements, dysmétrie, somnolence... Sous l'eau, il est indispensable d'avoir un visuel pour observer ces signes et valider le diagnostic. Jean n'avait été en mesure de le faire qu'après que le grimpeur était remonté sur le plateau.

— Thomas a déconné. Il est le seul responsable. Alors un bon conseil : arrête de gamberger et va te détendre.

Jean hocha la tête. Il n'avait plus la force de rétorquer.

— Mets quand même un réveil, rajouta Rosso. Ça la foutrait mal si tu te pointais en retard.

Sourire. Une quinzaine d'années à peine les séparait et Jean était le patron. Pourtant, le Vieux ne pouvait pas s'empêcher de le traiter comme un gosse.

— Oui papa, répondit-il en ouvrant la porte. Promis, je serai à l'heure.

2

Soleil en berne. Gris passé du bâtiment. Noir délavé des costumes. La monochromie, troublante, semblait rappeler qu'on allait enterrer un plongeur. Elle évoquait la zone incertaine où la lumière se brise, aux alentours des cinquante mètres, avant d'être avalée par l'aimant des grands fonds.

Jean marcha vers le petit groupe qui attendait devant le funérarium. Son équipe était là, au grand complet. Trois personnes à présent, serrées les unes contre les autres dans une posture d'attente. Un peu plus loin, séparées par une ligne invisible, quelques silhouettes ternes. Sans doute les proches de Thomas. Ils avaient fait le déplacement depuis Dijon pour assister aux funérailles.

— Madame Lanteau ?

— Oui ?

— Jean Sardi. Je suis… J'étais l'employeur de votre fils.

Rosso lui avait décrit la mère du jeune Tek par téléphone afin de prévenir un éventuel impair. C'était une petite chose aux cheveux poivre et sel dont les traits douloureux évoquaient une martyre.

— Monsieur.

La sécheresse du ton ne trompait pas. Il lui fallait un responsable et le patron de Thomas était tout désigné. Il était au fond avec lui quand l'accident s'était produit.

L'homme planté à ses côtés tendit sa main droite.

— Philippe Lanteau. Je suis le père de Thomas.

Poigne franche. Regard direct. Jean se souvint qu'il était gendarme.

— Toutes mes condoléances.

Le militaire hocha la tête. Il souffrait sans doute autant mais ne cherchait pas un exutoire. Son gamin avait choisi cette vie. Il connaissait les risques. L'acceptation que Jean lisait dans ses yeux montrait qu'il s'était préparé au pire depuis longtemps.

— Si je peux faire quelque chose…

— Ce ne sera pas nécessaire. Nous avons déjà pris nos dispositions.

— Naturellement.

Un silence les sépara. Tout était dit et la proximité qu'imposaient les circonstances mettait tout le monde mal à l'aise.

Par chance, les portes du funérarium s'ouvrirent en grand à cet instant. Le doigt du Ciel, pour mettre un terme à cette situation infernale. Ramenant à l'essentiel, les premières notes de l'*Ave Maria* retentirent dans la grisaille, majestueuses et tristes.

Dans un mouvement synchrone, chaque personne présente plaqua un masque chirurgical sur son visage. La situation sanitaire s'améliorait mais le Covid était toujours là, accompagné par son cortège de restrictions. Il fallait s'équiper pour pénétrer dans un lieu clos, même lorsqu'il s'agissait d'un enterrement.

Les parents de Thomas entrèrent les premiers, suivis par leur clan. L'équipe de Tech Med se coula dans le mouvement, tête baissée, regard tourné vers l'intérieur. Aucun d'entre eux ne tenait à croiser celui des proches du défunt.

La chapelle était de taille modeste. Un cadre dépouillé, orné d'une grande croix de métal qui surplombait un autel de bois blanc. Une vingtaine de bancs s'alignaient devant, inconfortables, dont seuls les trois premiers étaient occupés. Le cercueil était déjà là, installé en plein milieu de la nef.

Jean alla se placer à l'arrière. Par discrétion, mais également afin d'être parmi les siens. Tech Med. Sa seule famille. Ça commençait à faire un petit paquet d'années qu'il plongeait avec eux. L'intensité de leur quotidien avait parachevé le travail du temps pour établir des liens solides.

À sa droite, Rosso. Le père spirituel, le mur porteur de l'édifice. Une vraie rencontre. Quand Jean avait posé ses valises à Saint-Mandrier – après vingt ans passés à écumer les mers du globe –, le Vieux l'avait pris sous son aile. Tek de haut vol mais retraité prématuré après un accident de décompression, Rosso traînait la patte et son ennui près du club à touristes où Jean venait d'être embauché. Les deux hommes s'étaient aussitôt appréciés. Reconnus. D'origine sicilienne l'un comme l'autre, l'appel des grands fonds les avait portés toute leur vie. De plus ils étaient seuls, disponibles et encore désireux d'en découdre. Le cocktail idéal pour créer une boîte et faire des étincelles.

Debout près de Rosso, Bert. Marseillais pure souche, ce fils de famille au parcours chaotique avait préféré la combinaison en néoprène au costume de chef d'entreprise proposé par son père. Il avait fait ses armes à la COMEX, le leader mondial des recherches et travaux sous-marins installé sur le Vieux-Port, avant de se lancer dans une carrière solo de chercheur d'épaves. Sa société, un pur fantasme géré en dépit du bon sens, avait tenu deux ans.

Étrange de le voir avec une cravate, songea Jean. Elle lui allait comme des bretelles à un lapin et soulignait l'épaisseur de son cou. Un tronc d'arbre posé sur une grosse caisse, dont le volume tendait la chemise à la limite de la rupture. Pas terrible pour un conseil d'administration, utile pour soulever des charges.

Enfin, tout au bout de la travée, Julie. La seule femme de la bande. Elle avait servi dans l'armée, les PAF du génie – plongeurs d'aide au franchissement – chargés des travaux subaquatiques ou de missions de sabotage. Lassée de la hiérarchie, elle s'était reconvertie dans le privé et vendait ses services au plus offrant. Une mercenaire à l'allure de cheftaine scoute, capable de tenir six minutes en apnée tout en dévissant un écrou de 45.

La musique s'arrêta. Jean, surpris par le silence, se redressa mécaniquement. Froissements de tissus. Chuchotements. Le curé régla le micro et demanda aux gens de s'asseoir. Il proféra quelques paroles d'accueil sur un ton compassé puis entama l'oraison.

Pendant qu'il officiait, Jean laissa flotter ses pensées. Il n'était pas particulièrement croyant, mais les dogmes catholiques faisaient partie de sa culture. En Sicile, les églises se comptaient par centaines, les dévots par milliers. Né à Toulon, il avait comme la plupart des enfants d'immigrés italiens été élevé dans le respect de cette religion. Ses parents, à commencer par sa mère, lui avaient aussi inoculé une certaine forme de superstition. L'idée que l'univers était peuplé de forces invisibles qui géraient le quotidien et rendaient une justice immanente.

Il songea à Thomas. Il venait d'une famille pieuse lui aussi. Des gens honnêtes et droits qui avaient dû transmettre leurs valeurs à leur fils. Courage, solidarité, honneur. Le triptyque de base dans la gendarmerie. D'une certaine façon, le gamin était mort au combat. Au fond, c'était peut-être ce qu'il voulait. Le suicide par le risque. À force de jouer avec le feu, on finit toujours par se brûler.

La chaîne des associations le ramena sur lui. Plus de trente ans passés sous l'eau, à repousser ses limites en permanence. Dans quel but ? Cherchait-il également un moyen d'en finir ? Cette délivrance qu'il ressentait seulement dans les grands fonds masquait-elle un désir plus ultime, plus définitif ? Un souhait caché, inconscient, afin de se libérer du poids qui l'écrasait depuis si longtemps ?

Nouveaux froissements d'étoffes. L'assistance se levait. On était passé à la phase deux de la cérémonie, messe et communion, sans que Jean s'en aperçoive.

En dix minutes, tout fut plié. Au figuré comme au propre. Les calices étaient nettoyés, les hosties remises dans leur boîte et le cercueil enlevé. Un autre enterrement suivait, pas le temps de s'attarder. Pendant que la famille du défunt se dirigeait vers le crématorium, les plongeurs de Tech Med prirent le chemin de la sortie.

Dehors, un crachin tiède les accueillit. Le ciel boursouflé de nuages noirs semblait sur le point de se déchirer. Un gros orage se préparait, dont les prémices se faisaient déjà sentir.

— On va s'en jeter un ?

Rosso avait posé la question d'une voix tonique. La page était tournée, inutile de se morfondre. *The show must go on…*

— Calypso ? proposa Bert.

Jean nia de la tête.

— Pas aujourd'hui.

— Pourquoi ?

— Thomas sortait avec Agnès. Je ne sais pas si elle est au courant.

Les visages se fermèrent. Personne ne tenait à lui annoncer la nouvelle.

Julie opta pour un compromis.

— On n'a qu'à aller chez moi.

Tout le monde valida. Pendant que le petit groupe prenait le chemin des voitures, Rosso s'adressa à Jean d'un ton emprunté.

— Je sais que c'est pas le moment mais il va quand même falloir parler de la suite.

— Je t'ai déjà dit qu'on ne ferait rien.

— Je ne pensais pas à ça. Trois plongeurs, c'est pas assez. Surtout en ce moment. Il faut qu'on remplace Thomas le plus vite possible.

Jean glissa ses mains dans les poches de son pantalon. La chaleur était étouffante mais il était frigorifié.

— Y'a pas le feu au lac.

— Un peu quand même. Le temps de mettre une annonce, de recevoir les candidats, de leur faire passer un test… Bref, ça va pas se faire en un claquement de doigts.

— Tout le milieu est au courant. On ne va pas tarder à recevoir des candidatures spontanées.

— Faudra quand même les passer à la moulinette. À partir de maintenant, on n'a plus le droit à l'erreur.

Rosso anticipait. En dépit de la situation, il avait cent pour cent raison.

— OK, valida Jean. Fais un premier tri et tiens-moi au jus.

3

Le Grizzly avait vu juste.

En deux semaines, ils avaient auditionné une quinzaine de personnes. Tout ça en pure perte. Pas assez d'expérience. Trop cher. Trop individualiste. Les raisons de rembarrer les prétendants ne manquaient pas. À force, Jean commençait à se demander s'ils ne cherchaient pas le mouton à cinq pattes.

Comme il l'avait anticipé, la mort de Thomas n'avait eu aucun impact sur le carnet de commandes. Les clients ne leur en avaient pas tenu rigueur et les contrats continuaient à s'entasser. Il fallait maintenant les honorer mais avec trois plongeurs, Tech Med était en sous-effectif.

Il se massa les yeux. Ses rétines le brûlaient. Une vague nausée le taraudait. Les préparatifs de la mission du jour l'avaient accaparé jusqu'à l'aube et il avait dû forcer pour lire les derniers CV adressés par Rosso sur son iPhone. Ajoutée aux douleurs articulaires et aux pertes ponctuelles de mémoire, la baisse de son acuité visuelle lui rappelait que les années filaient. Et que sous l'eau, elles comptaient triple. Combien de temps encore avant que la machine parte en biberine pour de bon ? Avant d'être obligé de raccrocher ?

Il chassa ces idées noires et se concentra sur le présent. Il avait une boîte à faire tourner, des employés à payer, des clients à cajoler. Pour donner satisfaction à tout ce petit monde, il devait compléter l'équipe en choisissant un des plongeurs encore en lice.

Pas si simple. Rosso avait retenu deux hommes et une femme, tous ultra-qualifiés, du moins sur le papier. Rien ne garantissait pour autant que l'oiseau rare soit parmi eux.

Chaque chose en son temps. Pour l'heure, Jean se trouvait dans la salle d'embarquement de la compagnie Ryanair, à l'aéroport Marseille-Provence. Il s'apprêtait à s'envoler pour Majorque avec Julie pour épauler une équipe espagnole qui tentait de renflouer l'épave d'un chalutier.

— Tu as vérifié le matériel ?

Julie retira les écouteurs enfouis dans ses oreilles. Un grésillement s'apparentant à une chanson de Florent Pagny s'en échappa.

— Qu'est-ce que tu dis ? demanda-t-elle en abaissant son masque.

— Tu t'es occupée de checker le matos ?

— T'es Alzheimer ou quoi ? Tu me l'as déjà demandé quatre fois.

— Ça fera cinq.

La plongeuse du génie soupira. Le côté obsessionnel de son patron provoquait chez elle un sentiment contradictoire. L'exaspération, de devoir répéter ou refaire dix fois la même chose, mais aussi une certaine forme de reconnaissance. Il valait mieux un boss à cheval sur les détails qu'un type trop sûr de lui qui les mette en danger.

— On aura tout ce qu'il faut. Plaques de tungstène pour colmater les brèches, chalumeaux à arcs électriques, valves pour injecter de l'air…

— Parfait. Une fois qu'on aura soulevé la coque, on fera passer les câbles par en dessous et on accrochera les ballons.

— Ça aussi, on en a déjà parlé.

Jean avait préparé l'intervention avec une minutie sans faille. L'aspect purement technique bien sûr, mais aussi les temps de plongée, la nature du fond, les courants, la météo... Depuis la disparition de Thomas, son niveau d'exigence avait grimpé de trois crans.

— Faudra pas rester à côté quand ça remontera. Le bateau sera déstabilisé. Des morceaux de la structure peuvent nous tomber sur la gueule.

— Sans blague. Moi qui voulais prendre des photos.

Jean sourit. Il avait conscience d'être en boucle mais ne pouvait pas s'en empêcher.

Une vibration le ramena vers son téléphone. Rosso. Trois heures à peine que Jean avait quitté la base et son associé le sollicitait déjà.

— T'as lu les CV ?

— Ouais.

— T'en penses quoi ?

— Ça a l'air pas mal.

— Tu veux qu'on leur fasse passer le test ?

— Attendez-moi. Je préfère.

Un court silence. Le Grizzly espérait une réponse différente.

— Je vais quand même leur filer un rencard, histoire de pas trop perdre de temps. Lundi, ça t'irait ?

On était jeudi et son retour était prévu dimanche en fin d'après-midi. Il fallait laisser passer au moins vingt-quatre heures avant de redescendre, surtout quand on plongeait aussi profond, à cause des différentiels de pression provoqués par l'altitude. Le Stuka, un monomoteur allemand échoué au large de Toulon, reposait par cent quatorze mètres. L'épave leur servait à s'entraîner et à faire passer les tests d'embauche.

— C'est pas un peu *short* ?

— Pas si tu prends le vol de dimanche matin.

— On n'aura pas terminé.

— Vous aurez fait le plus gros. Julie se chargera de boucler.

Jean capitula.

— Va pour lundi. Convoque-les en fin d'après-midi.

Un mouvement de foule lui fit comprendre que les passagers du vol Marseille/Palma se levaient.

— On embarque. J'te laisse.

Les deux plongeurs suivirent le flot en direction de la porte 2. Queue interminable. Lenteur des formalités encore rallongées par le contrôle du pass sanitaire. Sensation d'être un mouton qu'on emmène à l'abattoir. Parfois, il arrivait que les clients affrètent des jets privés pour transporter les Teks. Aujourd'hui, ils devraient se contenter de la bétaillère.

Dans la cabine, l'ambiance était *muy caliente*. À peine dix heures du mat' et la moitié des passagers étaient déjà bien mûrs. Des jeunes pour la plupart, qui allaient s'offrir une semaine à Majorque dans des cages à poules bétonnées avec pour seul objectif de tirer un coup et de se bourrer la gueule. Génération 2.0.

Pendant que Julie lançait un film sur sa tablette, Jean attacha sa ceinture et attrapa le journal glissé dans le filet. Une heure trente de répit, autant en profiter. Il avait besoin de dormir et le cahier local de *La Provence* l'aiderait à passer le cap.

Invasion de méduses dans la rade de Marseille. Incendies dans le pays d'Aix. Manifestations des viticulteurs varois à cause de la sécheresse...

Il opta pour les méduses, le seul sujet qui lui parlait un peu. En plongée, ces bestioles pouvaient provoquer des dégâts considérables. Elles s'accrochaient aux détendeurs, occultaient les masques, provoquaient des brûlures. Une vraie plaie. Elles avaient été repérées au large et le banc dérivait en direction des plages du Prado, droit sur les baigneurs.

Après cinq minutes de lecture, Jean décocha un bâillement. Il s'apprêtait à fermer les yeux quand un entrefilet accrocha son regard.

Jeudi 3 septembre. CARRY-LE-ROUET.

Un cadavre remonté dans un filet

Un corps a été repêché hier après-midi près du phare de Planier. D'après les premières constatations, il s'agirait d'une jeune femme, brune, dans la trentaine, qui n'a pas encore été identifiée. Le cadavre, très abîmé, a dû séjourner dans l'eau un certain temps. Il porte de nombreuses traces de morsures, probablement infligées par des prédateurs marins. L'enquête a été confiée à la brigade criminelle de Marseille. Le procureur, que nous avons contacté, n'a pour l'instant pas souhaité...

Pas moyen de finir la phrase. Les lettres dansaient, se confondaient, formaient une bouillie de mots que Jean peinait à déchiffrer. Sa dernière perception fut celle d'une poussée le plaquant dans son siège.

Avant que l'avion n'ait quitté le tarmac, il avait basculé dans les bras de Morphée.

4

— Moi j'dis qu'on se fait chier pour rien.

Le capitaine Jo Agopian, tronche de boxeur et cerveau de pitbull, n'était pas passionné par les affaires de noyade. Il n'était pas entré dans la police pour ça. Son truc, c'était plutôt les crimes de sang. Des configurations bien glauques, bien tordues, où le mode opératoire ne laissait aucun doute sur la nature criminelle de la mort.

Né à Paris dans les années 70, quasi autodidacte, il avait débuté sur la voie publique avec une casquette et un sifflet. Après avoir grimpé les échelons un par un, à la force du poignet, il avait accepté de s'exiler en province pour accéder à la BC. En retour, il attendait qu'on lui confie du lourd.

— S'te plaît, Ago. N'en rajoute pas.

— Je m'exprime. Tu permets ? Et puis j'énonce un fait.

— Un fait ?

— C'est ça. On perd notre temps avec ce dossier de merde. La nana a fait un malaise en barbotant. Elle s'est noyée, son corps a été emporté par le courant : basta. L'autopsie va le confirmer. Tu prends le pari ?

La commandante Chloé Latour soupira. Elle partageait les réticences de son second de groupe mais pas question de le suivre sur ce terrain. Elle dirigeait l'équipe et devait montrer l'exemple. La découverte d'un corps non identifié, même avec une forte suspicion de noyade accidentelle, entraînait toujours l'ouverture d'une procédure criminelle. Le parquet prenait les devants en ordonnant une enquête de flagrance. Il envisageait le pire, jusqu'à preuve du contraire, et cette preuve, c'était à elle de la fournir.

Elle alla s'adosser au mur. Leur QG, installé dans les locaux alloués à la Crim' dans l'ancien palais de l'Évêché, derrière le quartier du Panier, se résumait à une pièce minuscule équipée de quatre bureaux taille enfant, d'armoires métalliques déglinguées et d'ordinateurs poussifs fournis par les Domaines. Le pack de base, auquel se rajoutaient une 308 et deux Clio banalisées, ainsi qu'une multitude de téléphones portables.

Seul avantage à bosser dans ce clapier, la vue. L'unique fenêtre ouverte sur l'extérieur donnait sur la rade sud de la Joliette. Des digues, des bateaux, et au-delà, l'immensité bleutée de la Méditerranée. Après sept années passées à Marseille, Chloé ne s'en lassait toujours pas.

— Qui est le légiste ?

Une brunette d'à peine vingt-cinq ans s'avança. Aicha Belkhir, alias Nabilla en raison d'une vague ressemblance avec l'actrice de téléréalité, était la benjamine de la bande. Seins en plastoc, cul en acier, jambes de gazelle et tatouages sur la moitié du corps... Pas vraiment le genre à porter le voile. Difficile en revanche d'imaginer qu'elle était sortie major de sa promo à l'ENSOP – l'École nationale supérieure des officiers de police de Cannes-Écluse – avec le grade de lieutenant. Une tronche...

— Mengele, annonça-t-elle d'un ton amusé.

Des sourires entendus fleurirent sur les lèvres. D'origine allemande, Serge Muller avait hérité de ce surnom après une affaire de fusillade mettant en cause une trentaine de Gitans. Rigoureux, méthodique, il avait réussi le tour de force de disséquer douze cadavres criblés de balles en moins de quarante-huit heures. La méthode chleuhe, efficace, rapide et sans affect.

— L'autopsie, c'est pour quand ? demanda Chloé.

— En cours.

— Le corps est déjà à la Timone ?

— Il a été transféré tout de suite.

La commandante opina. Elle n'avait pas encore lu le dossier. Le rapport des techniciens de la PTS, effectué à même le quai dans le port de Carry-le-Rouet, l'audition des marins du chalutier qui avaient remonté la prise, les témoignages des badauds ayant assisté à la levée de corps... Elle s'était contentée de jeter un œil à la réquise adressée par le proc, pour le moins sommaire, désignant son groupe pour mener les investigations dans le délai de flagrance.

Elle se tourna vers le dernier maillon de la chaîne. Christian Orsini s'était rendu sur place la veille pour les premières constates. Bastiais pure souche mais ayant vécu les trois quarts de sa vie à Marseille, il connaissait le coin comme sa poche. Après être passé par la BAC Nord – d'où son surnom de Bacman – il s'était démerdé pour se faire affecter à la Crim' après le démantèlement de son unité, en 2012. Un gros malin, plus instinctif que réfléchi, doté en prime d'une gueule de séducteur. Sa coupe branchée, ses jeans ajustés et ses chemises slim lui donnaient des allures de footballeur.

— Tu me fais un topo ?

Orsini allongea le bras pour attraper la feuille posée devant lui. Il était vautré dans sa chaise et mâchouillait une Nicorette. Après trois ans de clope électronique, il avait décidé de tout arrêter et de serrer les dents en attendant que ça passe.

— Tiens. Tout y est.

— Synthétise.

Bacman hocha la tête de mauvaise grâce. Il n'avait jamais avalé le fait d'obéir à une femme. De plus, l'idée de devoir faire fonctionner ses neurones avait l'air de le fatiguer d'avance.

— La victime a dans les trente-cinq ans. Un mètre soixante-huit. Cinquante-quatre kilos. Cheveux bruns. Type caucasien. Elle était nue quand on l'a remontée.

— Si elle était à poil, c'est bien qu'elle était en train de se baquer, lança Agopian. Donc je maintiens : noyade accidentelle.

— Pas forcément, contra Chloé. Vu le temps passé dans l'eau, elle a pu perdre ses vêtements ou se les faire arracher pendant le transport.

— En tout cas, c'était pas une nudiste, reprit Bacman. Elle avait encore la marque du string et je peux te dire qu'y avait pas lourd de tissu. À peine de quoi couvrir le ticket de métro.

Chloé n'appréciait pas ce genre de commentaires. Surtout quand ils étaient accompagnés d'un sourire gras. Beauté blonde un peu pincée, limite sévère, coupe au carré et tailleurs stricts, elle était un pur produit de la bourgeoisie catholique grenobloise. Le style classe et coincé, gainée dans une musculature nerveuse acquise par une pratique ancienne et assidue du ski hors-piste.

En dépit de ses efforts, Chloé avait du mal à s'habituer à la vulgarité de certains de ses collègues. Encore moins à leur machisme. Elle se méfiait des hommes, de leur nature, de leurs pulsions. Elle les subissait au quotidien tout en se forçant à faire avec. Un grand écart permanent que son engagement dans la police – corps majoritairement masculin ancré sur la suprématie virile – avait encore accentué.

— Quoi d'autre ?

— Traces de morsures un peu partout. Certaines avec prélèvement de matière. Du très classique pour un noyé qui a macéré dans la flotte.

— Va pas trop vite. On ne sait pas encore si elle s'est noyée.

— Y'a quand même des chances. La PTS n'a relevé aucune blessure par balle. Pas de perforation à la lame ni de contusions non plus.

— Des marques de strangulation ?

— *Nada.*

Agopian étira un sourire. Assis en équilibre sur un coin de son bureau, il suivait l'échange avec le détachement de celui qui a déjà la solution.

— C'est c'que j'disais. On se fait chier pour rien.

Chloé lui lança un regard noir et revint aussitôt sur Bacman.

— Continue.

— Une des blessures est plus costaud que les autres.

— Précise.

— Il lui manque le pied gauche. Sectionné à la cheville.

— Quel genre, la découpe ?

— Irrégulière. Avec morsures et arrachements. Sans doute un gros poisson qui avait la dalle.

Belkhir, jusque-là murée dans un silence studieux, prit la parole. Le ton de sa voix teintée par l'accent rugueux des cités donnait en permanence la sensation qu'elle voulait en découdre. Nabilla sur un plateau télé.

— Il devait être sacrément costaud pour lui sectionner l'os.

Orsini haussa les épaules.

— On trouve de tout en Méditerranée. Thons, barracudas, requins… Il paraît même qu'on a repéré des orques.

— Généralement, ces prédateurs attaquent les parties molles. Cuisses, bras, seins, ventre… C'est très rare qu'ils s'en prennent au squelette.

Le Corse eut un hochement de tête dubitatif. Vive, intelligente, la gamine le clouait sur place chaque fois qu'elle ouvrait le bec. Son tempérament de macho avait du mal à accepter l'évidence de sa supériorité intellectuelle.

— T'as fait un master en zoologie ?

— La faune marine, ça me fait délirer. Et pour ta gouverne, on appelle ça l'ichtyologie. Tu veux que j'épelle ?

— Et « Va te faire mettre », tu sais aussi comment ça s'écrit ?

La beurette tendit son majeur vers le haut. Contrairement à Chloé, la vulgarité ne l'effrayait pas.

— Ça suffit, trancha la commandante. Vous vous croyez où, là ? Dans une cour de récré ?

Les deux protagonistes baissèrent la tête. L'élégance naturelle de leur cheffe les déstabilisait. Quand elle s'énervait, elle semblait entourée d'une aura qui la rendait inaccessible et la plaçait naturellement au-dessus des autres. La reine des neiges...

— Les pêcheurs, reprit-elle d'un ton calme. Ils ont dit quoi ?

Bacman avait retrouvé une position réglementaire, dos calé dans sa chaise et pieds posés au sol. Il parcourut son rapport quelques secondes avant de raccrocher les wagons.

— Rien de palpitant. Le chalutier traînait un filet au large de Planier quand il l'a accrochée. Le pacha a tout de suite contacté la capitainerie de Carry et il a tracé droit sur le port.

Chloé se remémora l'endroit. Une petite île aux allures de hauts-fonds, située au large de Marseille, dont le seul intérêt se résumait au phare planté sur ses rochers. Comme son homologue d'Alexandrie, il veillait jour et nuit sur la sécurité du trafic maritime de la zone.

— Ils n'ont pas remarqué un détail ?

— Quel détail ? Elle était à poil, à moitié bouffée et en partie décomposée. Ça suffit pas ?

— Elle portait une montre ?

Nouveau coup d'œil sur le PV.

— Non.

— Un collier ? Une bague ?

— Rien. Même pas un tatouage.

À cet instant, Chloé pensait « identification ». Le cadavre n'avait pas encore de nom. Il fallait espérer que les empreintes, dentaires et digitales, ou au pire l'ADN lui en trouveraient un. À défaut, tous les indices extérieurs seraient les bienvenus.

— Tu as auditionné des témoins ?

— Personne n'avait l'air de la connaître.

La probabilité que la fille se soit noyée dans le périmètre était infime. Dans son état et vu le temps passé dans l'eau, le corps pouvait venir de n'importe où. Le Bastiais avait seulement suivi le protocole et Chloé devrait faire de même.

— OK, conclut-elle. On va se partager le travail. Orsini, tu continues sur ta lancée. Tu me fais le tour des calanques et autres spots de baignade, tu montres la photo et tu interroges tout le monde.

Le lieutenant soupira. Comme Agopian, il était convaincu par la thèse de la noyade accidentelle.

— Aicha, tu t'occupes du fichier des personnes disparues. Quelqu'un a peut-être fait un signalement. Si c'est le cas, on gagnera du temps.

La benjamine opina mais Chloé sentit qu'elle flippait. Elle espérait sans doute une tâche plus gratifiante. Celle réservée à son second de groupe.

— Ago, tu te charges du légiste ?

— Je ferai un saut à l'IML demain matin.

— Pourquoi pas aujourd'hui ?

— T'as oublié ?

— Oublié quoi ?

— Le PV de synthèse sur le double homicide de la rue d'Italie. Tu le voulais avant ce soir.

Merde. Elle avait complètement zappé ce dossier. Deux types descendus à bout portant devant un club en vogue du centre-ville. Une exécution en règle sur fond de trafic de stups. Plutôt banal à Marseille, sauf que l'une des victimes était le fils d'un conseiller municipal influent. L'enquête était bouclée. Le juge attendait ses conclusions pour clôturer la procédure.

— OK. Je m'y colle.

Une chape de plomb s'abattit sur la pièce. Tout le monde savait que Chloé détestait l'exercice. Et c'était un euphémisme. Mais elle avait déjà distribué les rôles et pas question de revenir en arrière. Une reculade constituerait un aveu de faiblesse et ce n'était pas vraiment le genre de la Grenobloise.

Elle lança, en essayant de paraître à l'aise.

— Des questions ?

Le silence pour toute réponse.

— Alors au travail.

5

Un sas pour se conditionner.

Si elle s'y prenait bien, elle y arriverait. Elle serait capable de mettre la réalité à distance. De se réfugier dans cette petite pièce qu'elle avait imaginée depuis le drame, close, hermétique, où rien ne pouvait lui arriver. De là, elle pourrait regarder son cauchemar bien en face. De là, elle espérait au moins donner le change.

Chloé était rentrée chez elle après un déjeuner léger, des sushis achetés au Monop du boulevard de la Libération accompagnés de thé vert, qu'elle avait pris dans son bureau tout en classant ses mails. Elle se trouvait maintenant dans son salon, allongée à même le sol, sur le tapis de mousse qu'elle utilisait pendant ses séances de stretching.

Des années de yoga, de méditation ayurvédique et autres méthodes de relaxation avaient depuis longtemps remplacé la prière et lui avaient appris à se détendre. Tout était dans la respiration. Un mouvement thoracique ample, profond, prenant sa source au creux du ventre pour remonter jusqu'à la gorge.

Elle commença l'exercice, paupières closes et bras ramenés le long du corps. En vain. L'oppression était toujours là. Des pensées désordonnées la nourrissaient, l'empêchant de lâcher prise.

Qui était cette jeune femme ? Comment était-elle morte ? La thèse de la noyade semblait coller, pourtant Belkhir avait soulevé une distorsion intéressante. Les prédateurs s'attaquaient aux cadavres, pas de problème jusqu'ici, mais leurs morsures se concentraient en principe sur les parties molles de leur anatomie.

Chloé n'avait pas fait de master en ichtyologie mais le savait aussi. Là, il y avait eu section d'un pied. Un morceau tendineux, osseux, presque entièrement dépourvu de chair. Aucun intérêt pour un thon, ni même pour un requin. De plus, il aurait fallu qu'il s'acharne un bon moment avant de réussir à sectionner les os. Alors quoi ? Se pouvait-il, en dépit des apparences, que cette amputation ait une cause différente ?

Elle remit ce questionnement à plus tard et inspira de nouveau. Trois, quatre va-et-vient et toujours aucun signe de détente. Pas la peine d'insister, cette fois elle n'y parviendrait pas. Il ne lui restait plus qu'à revêtir l'armure du flic impassible, en priant pour qu'elle tienne pendant qu'elle regarderait la dépouille.

Elle décolla ses paupières et fixa le plafond. Au-dessus de sa tête, les boiseries sombres d'un vieil appartement rénové de pied en cap. Le nid qu'elle s'était dégoté sur Internet avant de débarquer à Marseille avait ce qu'on appelle du cachet. Il donnait sur la place de Lenche, haut lieu de la culture marseillaise situé à quelques enjambées du bar où se tournaient les extérieurs de la série *Plus belle la vie*.

En réalité, Chloé se moquait bien de ces arguments. Elle avait loué ce trois-pièces par pure commodité, pour la simple raison qu'il se trouvait à cinq minutes à pied de son bureau. Le côté authentique de la construction l'avait aussi séduite. Il lui rappelait le charme des immeubles des quais de Saône, où elle vivait avec Sophie pendant qu'elle faisait ses études de droit à l'université Lyon III.

Elle se redressa d'un coup. D'ordinaire, le souvenir de sa petite amie la rendait nostalgique, mais dans ce contexte, l'association venait de provoquer une grosse montée d'adrénaline. Elle ravivait ses peurs les plus profondes, toutes ces angoisses anciennes, fossilisées, qu'elle essayait de tenir à distance pour affronter l'épreuve qui s'annonçait.

L'assassinat de Sophie. Son cadavre bleui par les coups. Les lacérations au cutter sur son visage. Et tout le reste... Une boucherie gratuite, sans mobile apparent, sans aucune organisation, dont elle avait découvert l'horreur quand on lui avait demandé d'identifier le cadavre.

D'après la police, l'étudiante avait eu la malchance de se trouver au mauvais endroit au mauvais moment. La faute à pas de chance. Le fatum pourri. À une minute près, elle n'aurait peut-être pas croisé la route de ce dingue.

Une minute, songea Chloé. Soixante putains de minuscules secondes. Le temps de renouer ses lacets, de reprendre son souffle ou de s'arrêter à la fontaine du parc de la Tête d'Or pour y boire un peu d'eau. L'existence tenait à peu de choses...

Si Sophie s'était décidée pour une de ces trois options, elle aurait terminé son jogging, serait rentrée la retrouver et aurait continué à partager sa vie. Une vie qui aurait été très différente, dans laquelle la mort et la violence n'auraient pas eu leur place.

Elle expira à fond, chassant la moindre particule d'oxygène emprisonnée dans ses poumons. On ne choisit pas son destin. C'est lui qui impose le rythme et décide des ruptures.

Dans son cas, il avait tranché dans le vif plusieurs fois. D'abord en l'éloignant de ses parents, parce que sa sexualité n'était pas convenable. Ensuite en lui enlevant Sophie.

Enfin et surtout, en lui faisant perdre tout contact avec elle-même.

Chloé aurait dû être avocate. Au lieu de ça elle était devenue flic, une réorientation qui lui avait paru naturelle, évidente. Combattre le mal à la racine était le meilleur moyen de tenir sa culpabilité à distance. De réparer sa faute.

C'est elle qui avait poussé sa compagne à faire du sport. À se dépasser. Une dictature de la performance imposée par orgueil, par narcissisme. Elle voulait une alter ego parfaite, une partenaire à sa hauteur. Au bout du compte, elle avait jeté Sophie dans les griffes d'un psychopathe. Un tueur de femmes, qui avait frappé à l'aveugle plusieurs fois avant de s'évanouir dans la nature sans que la police réussisse à l'arrêter.

L'acte commis par ce fou avait achevé de la dégoûter des hommes. Dans son esprit, il cristallisait tout ce qu'ils avaient de plus odieux. La certitude de leur puissance, de leur supériorité, le mépris qu'ils nourrissaient à l'égard des femmes, a fortiori quand elles étaient lesbiennes. Certains passaient à l'acte, les agressaient physiquement, quand d'autres se contentaient de les torturer mentalement. Le résultat était finalement le même. Ils étaient des prédateurs et elles des proies. Des proies qu'elle s'était donné pour mission de protéger, quel qu'en soit le prix.

Une poussée de déprime la submergea. Quinze ans avaient filé. Le temps s'était chargé d'atténuer la douleur mais sa vie avait pris la consistance d'un champ de ruines. Dieu l'avait abandonnée depuis longtemps, elle était seule, sans plus aucune famille ni véritables amis, enfermée dans la cage qu'elle s'était fabriquée. Un métier aux allures de remède, dont elle devait chaque jour subir les effets secondaires.

Elle se leva d'un bond. Inutile de s'apitoyer. Il était bien trop tard pour ça. Pour l'heure, elle avait une mission à accomplir et une enquête à boucler. La vision de la victime ouverte de part en part la terrorisait d'avance. Elle savait que le visage de Sophie viendrait se plaquer sur celui du cadavre.

Mais pas le choix. Il fallait avancer.

Elle regarda sa montre. 14 heures. L'autopsie devait être terminée et Mengele relisait sans doute son rapport. Il ne lui restait plus qu'à se changer pour aller affronter son cauchemar.

6

Tables en inox. Lampes scialytiques. Odeurs de javel et de formol mêlées. Les salles de dissection se ressemblaient toutes. Un cadre dépouillé, fonctionnel, peuplé de bouchers et rempli de bruits bizarres.

Celui qui accueillit Chloé dans le petit pavillon abritant l'Institut médico-légal de l'hôpital public de la Timone ressemblait à un crissement. Une plainte aiguë, lancinante, poussée par un animal pris au piège. Elle rebondissait sur les murs de faïence et vrillait les tympans pour attaquer le cerveau en profondeur.

La commandante poussa la porte à battant qui isolait le bloc médical du reste de l'IML et entra d'un pas décidé. Sans le filtre du bois, le son lui parut encore plus déchirant. Une stridence éraillée, semblable à celle produite par une scie égoïne sur une plaque de métal.

L'homme qui s'activait tourna la tête sans s'interrompre. En dépit de la charlotte et du pyjama vert, le docteur Muller conservait une allure élégante. Grand, mince, tempes grisonnantes et lunettes demi-lune posées sur un nez droit. Ses mains de pianiste, gantées de latex et recouvertes de sang, manipulaient une disqueuse et une pince crabe. Le matériel du parfait petit légiste, capable de venir à bout des os les plus coriaces.

— Commandante… Je suis à vous dans une seconde.

Chloé attendit, à bonne distance de la table de dissection. Cette précaution, même si elle limitait l'impact des images terrifiantes, ne pouvait néanmoins lui éviter les odeurs. La puanteur qui flottait dans la pièce provenait sans doute du paquet d'intestins roulés en boule dans un bac en inox. Elle évoquait celle de la merde frelatée par la décomposition des tissus, semblable à des relents de poisson pourri oublié dans le bac d'un frigo.

— Voilà… Ça, c'est fait.

Muller retira ses gants. Il les jeta dans une poubelle et s'approcha de la cheffe de groupe. Des éclaboussures d'un rouge sombre maculaient sa blouse.

Mengele…

— Le capitaine Agopian est souffrant ?

— Il n'était pas disponible.

— Vous n'étiez pas obligée de vous déplacer. Je vous aurais donné mes conclusions par téléphone.

Comme tous les collaborateurs de la Criminelle, le toubib connaissait les réticences de Chloé. Sans le formuler de façon frontale – trop classe pour ça –, il lui faisait comprendre avec tact qu'elle aurait pu zapper le film d'épouvante.

— Je dois voir le corps. Ça fait partie de mon travail.

Il approuva d'un signe de tête, sans faire de commentaire.

— Suivez-moi. Il est à côté.

Ils quittèrent la galerie des horreurs et se retrouvèrent dans le couloir. Muller ouvrait la voie, marche rapide du type dont l'emploi du temps est minuté. Chloé le suivait en silence, dents serrées, esprit focalisé sur ce qui l'attendait.

Dix mètres plus loin, le médecin poussa une nouvelle porte. Derrière, une pièce immense, glaciale, aux allures de chambre froide. Des tiroirs en acier numérotés recouvraient chaque pan de mur, alignés en batterie.

Sans hésiter, le légiste tira un des casiers. Aussitôt, une odeur douceâtre se répandit dans l'air.

— Je la garde au frais ici en attendant le retour des analyses. Au cas où je doive encore intervenir.

Chloé se tendit. Elle s'était préparée, conditionnée, mais comme chaque fois, la vision du cadavre étendu sur une plaque de métal activait un circuit psychique autonome. Il shuntait celui de sa volonté pour se brancher directement sur ses angoisses.

Elle détourna les yeux et lança d'un ton neutre, histoire de garder une contenance :

— Où en est-on de l'identification ?

— J'espère avoir les résultats de l'empreinte dentaire d'ici soixante-douze heures. Si tout se passe bien. Pour l'ADN, j'ai envoyé les échantillons à l'INPS. Ça prendra minimum une semaine.

— Tant que ça ?

— La saison n'est pas terminée. Chaque jour, trois personnes au moins meurent par noyade. Ils ont d'autres priorités.

— Vous êtes sûr qu'elle s'est noyée ?

— Aucun doute. Les poumons étaient remplis d'eau. De plus, la couleur bleutée du derme est caractéristique de la cyanose. Cela signifie qu'elle était consciente au moment où ça s'est passé. Elle a dû s'essouffler en nageant, faire un malaise et boire la tasse avant de couler à pic. Elle doit avoir une cargaison de diatomées dans les tissus. L'anapath le confirmera.

La probabilité devenait une certitude. Les diatomées, ces algues microscopiques marqueurs d'une mort par submersion, enfonceraient le clou. En attendant, le visage boursouflé, les tissus gonflés et les doigts boudinés attestaient déjà les causes du décès. Le processus de décomposition, pourtant avancé, n'altérait pas cette réalité.

La commandante demanda, pour la forme :

— De l'eau de mer ?

— Oui. J'ai prélevé un échantillon et je l'ai adressé à l'Ifremer. Ils devraient pouvoir localiser la zone où elle a été inhalée.

Chaque coin de Méditerranée avait ses spécificités. Plancton, taux d'hydrocarbures, résidus de déchets urbains ou traces de sédiments dressaient la carte invisible de la géographie côtière. L'Institut français de recherche pour l'exploitation de la mer intervenait sur toutes les enquêtes en milieu marin. Il saurait interpréter les données.

— Quand est-elle morte ?

— Six semaines. Peut-être huit. L'examen clinique ne permet pas d'être plus précis. D'autant que le séjour en milieu aqueux fausse complètement la donne.

Là aussi, il faudrait attendre les résultats du labo. Grâce au dosage de certains minéraux, notamment le fer, la datation était devenue précise. Chloé se demanda comment faisaient les flics à l'époque où la technologie n'existait pas. Ils ne pouvaient compter que sur leur instinct, un sens aigu de l'observation et une capacité de déduction à toute épreuve. Contre des criminels un tant soit peu organisés, il fallait s'appeler Sherlock Holmes pour obtenir des résultats.

Malgré elle, ses yeux se posèrent de nouveau sur le corps. Elle se força à regarder et découvrit les restes d'une enveloppe ferme, affûtée, ciselée par l'exercice physique. La peau, d'une blancheur de talc tirant légèrement sur le jaune, avait l'aspect soyeux d'un kimono. Cette pâleur étrange contrastait avec le noir intense de la chevelure, conférant aux traits de la victime une apparence mystique. Tranchant la chair à la façon d'une fermeture Éclair, une large estafilade partait du pubis et remontait jusqu'au sternum où elle se séparait en deux pour tracer un Y. La cicatrice de l'entaille qui avait permis à Mengele d'écarter la cage thoracique pour extraire les organes.

Elle réprima un haut-le-cœur en découvrant la suite. Éparpillée autour de cet axe central, une constellation de cratères aux bords irréguliers, sortes de cônes violacés creusant les chairs en profondeur.

Les morsures. Il y en avait partout. De toutes les tailles. L'une d'elles avait emporté la moitié de la joue gauche, globe oculaire inclus. Elle donnait au visage une expression horrifiée. Une autre avait dépecé la vulve. Détail sordide : sur une petite bande de peau encore intacte, les poils arrachés à la cire avaient commencé à repousser.

Muller dut sentir le malaise et referma le casier.

— Les mutilations ont été effectuées par des prédateurs. Ce n'est pas beau à voir mais c'est assez classique. Si vous vous posez la question, elles ont toutes été infligées post-mortem.

— Donc rien de notable ?

— Non. Il y a de nombreuses lésions de charriage dues au transport marin. J'ai aussi relevé la présence de scarifications, mais elles sont sans relation avec la mort.

— Des scarifications ?

— Rien de bien méchant. Des lignes sur la nuque, très fines, un tracé en parallèle qui démarre à la racine des cheveux. Elles m'ont fait penser aux motifs que se font graver certains amateurs de *body art* sur le corps.

Chloé hocha la tête. La PTS était passée à côté lors des premières constatations. L'absence de tatouages – généralement les deux vont de pair – les avait sans doute conduits à assimiler ces scarifications aux lésions de charriage. Ce détail anodin pouvait néanmoins aider à identifier la victime. Autant l'appréhender tout de suite. De plus, une force obscure la poussait soudain à affronter ses peurs, à les dominer. Quoi qu'il en coûte.

— Je peux jeter un œil ?

Le légiste la regarda d'un air surpris. Il se reprit aussitôt, fit de nouveau riper le tiroir et souleva la nuque de la victime.

— Si vous y tenez.

Chloé se pencha vers la zone indiquée. Des boursouflures gonflaient la peau, reliefs imperceptibles d'entailles réalisées avec une lame très fine, cutter ou scalpel. Sept barres horizontales, symétriques et légèrement bleutées, comme une sorte de motif évoquant un code-barres.

— Elles ne sont pas cicatrisées, commenta Muller. La victime s'est fait scarifier très peu de temps avant sa mort. L'eau s'est chargée de rouvrir les plaies, d'où la couleur.

— Il n'y en a pas d'autres ?

— S'il y en avait, les morsures les ont fait disparaître.

Vu l'état du corps, l'explication se tenait. La fille avait une chevelure épaisse qui retombait sur ses épaules. Elle avait protégé sa nuque des prédateurs.

— Vous ne trouvez pas ça curieux, s'étonna Chloé.

— Quoi ?

— Généralement, scarifications riment avec tatouages. Et elle n'en a aucun.

— Peut-être qu'elle en était au début du processus décoratif. Il en faut toujours un.

Elle prit les cicatrices en photo avec son portable et désigna le moignon mâchouillé, à la base du mollet gauche.

— Et ça ?

— A priori, je dirais qu'il s'agit d'une murène.

— Pour quelle raison ?

— Ce n'est pas garanti à cent pour cent, mais le tracé de certaines incisions me le fait penser.

— Vous faites référence à la forme des dents ?

— Pas seulement. La plupart des poissons, requins compris, n'ont qu'une mâchoire. La murène en possède deux.

— Deux ?

Muller étira un sourire gourmand. Le scientifique prenait le dessus sur le boucher. Il ne se lassait pas d'observer les facéties de la nature.

— La première sert à coincer la proie, la seconde à la déchiqueter avant de l'aspirer vers l'œsophage. Elle est située à l'arrière de la cavité buccale, au niveau du pharynx. Ses crocs sont extrêmement tranchants et, surtout, elle est mobile, ce qui lui permet de coulisser jusqu'à l'avant de la gueule et de mâcher la nourriture.

Chloé songea à la créature du film *Alien*. Ridley Scott s'était certainement inspiré d'une murène quand il l'avait imaginée. Les dents de métal qui jaillissaient de la gorge pour dévorer l'équipage venaient sans doute de là.

— Vous voulez que je vous montre ?

Elle hésita. Elle avait eu son compte de gore et réprimait une forte envie de vomir. Mais la partie n'était pas terminée et pas question qu'elle abandonne. Elle se pencha vers les chairs retroussées avec la sensation de se laisser couler au fond d'un gouffre.

— Qu'est-ce que je dois voir ?

Muller sortit de sa blouse une petite loupe. Il devait la garder en permanence à portée de main, comme un ouvrier son tournevis ou son marteau.

— C'est moins net qu'au microscope mais vous pourrez quand même vous faire une idée. Regardez sur les bords, à la lisière de la partie sectionnée. Il y a toute une série de perforations.

Chloé colla son œil contre le verre. Grossie par la lentille, l'amputation perdait de sa charge horrifique pour se transformer en un tableau étrange, abstrait, explosion de couleurs dont le sens lui échappait. Telle une toile pointilliste, il ne pouvait être révélé qu'en se plaçant à bonne distance.

Elle parcourut ce paysage onirique quelques secondes avant de repérer les marques laissées par le prédateur. Des trous bien nets, bien ronds, alignés sur une partie de peau encore intacte. Le point d'appui qui avait permis d'immobiliser le festin.

— J'ai mesuré la profondeur des blessures, ainsi que les écarts les séparant. La bestiole devait faire près de deux mètres.

— C'est gros pour une murène, non ?

— Énorme. La taille moyenne oscille autour de soixante-dix centimètres. Certains spécimens peuvent atteindre un mètre cinquante, mais rarement plus. La victime a eu affaire à un véritable monstre. Ce qui explique sans doute l'amputation.

Chloé se redressa. Elle en avait assez vu mais une question la taraudait encore.

— Pourquoi a-t-elle attaqué cette partie du corps ? Ce n'est pas le meilleur morceau, si je puis dire...

— Les murènes ne font pas dans le détail. Elles quittent rarement leur trou et attrapent tout ce qui passe à leur portée. C'est leur méthode de chasse.

L'incohérence soulevée par Belkhir trouvait une justification. Le corps de la victime devait flotter entre deux eaux. Son pied gauche s'était présenté devant la tanière du prédateur. L'anguille géante avait sorti la tête et mordu au hasard.

Chloé fit un pas en arrière. Son armure commençait à s'effriter. Elle ressentait à présent le besoin impérieux de s'éloigner du cadavre.

— Merci docteur. J'aurai votre rapport quand ?

— Je vous mail la première partie d'ici ce soir. Pour le reste, je vous l'ai dit : il faudra patienter un peu.

— Mettez-leur la pression. J'ai des dossiers compliqués sur le feu. Je ne voudrais pas perdre trop de temps avec celui-là.

Muller hocha la tête et referma le casier. Quand il se retourna, Chloé était déjà partie.

7

Nez collé à la vitre, Jean observait les candidats depuis le bureau. Deux types dans la trentaine, à l'allure un peu molle des accros au Trimix, une fille à peine plus jeune dont la chevelure rousse aimantait le regard. À cette distance, pas moyen de voir leurs visages. Il distinguait seulement les silhouettes, revêtues de la combinaison en néoprène jaune fluo sur laquelle s'affichait le logo stylisé de Tech Med.

— Y'a intérêt à ce que ça marche. Sinon, il nous restera plus que Pôle Emploi.

Jean se retourna et étira un petit sourire. Rosso le prenait cool mais ne plaisantait qu'à moitié. Ils avaient cherché tous azimuts, épuisé leur carnet d'adresses et auditionné tous les plongeurs susceptibles de faire l'affaire. En vain. Le quatrième homme – ou la quatrième femme – capable de rejoindre le groupe n'avait pas encore pointé son nez.

— T'as fait le plein ?

— Ce matin. Le réservoir déborde et j'ai rempli la nourrice de secours. Tu peux tirer jusqu'à Menton.

— Les blocs ?

— Ils sont à bord. J'ai calculé le dosage du Trimix pour une opération de quarante-cinq minutes.

— T'as prévu des bouteilles aux paliers ?

— Pourquoi ? Tu comptes trimballer le caisson ?

Nouveau sourire. Le Grizzly connaissait sa partition. Il la pratiquait depuis un paquet d'années, bien avant de faire équipe avec Jean, quand il s'entraînait sur le Stuka avec les plongeurs de combat de l'unité de Saint-Mandrier.

Pour ce type de plongée, la décompression se faisait sous l'eau. Trois heures d'attente, saucissonnée en plusieurs strates effectuées à différentes profondeurs. D'où les blocs d'appoint. Suspendus à des filins, ils attendaient les plongeurs à chaque étage de la remontée. Pas moyen de faire autrement puisque Rosso avait choisi une descente en scaphandres autonomes. Sans l'assistance de la surface, on ne pouvait compter que sur soi-même. La meilleure façon de voir ce que les prétendants au titre avaient dans le ventre.

— Tu les as briefés ? demanda Jean.

— Dans le détail.

— C'est quoi le programme ?

— Démontage et remontage de l'hélice.

— Encore ?

— C'est le plus parlant. Ils devront se coordonner pour y arriver.

Un peu simple. Mais plus le temps d'envisager une autre option. Jean était rentré de Majorque la veille au soir, sur les rotules, laissant comme convenu à Julie le soin d'achever le renflouage. Il avait dormi jusqu'à midi et s'était pointé au centre une demi-heure plus tôt. Il avait donc laissé carte blanche à Rosso pour organiser la plongée. S'étant réservé le rôle de l'examinateur, il allait se contenter d'examiner.

Il attrapa son sac à dos et chaussa ses lunettes de soleil.

— Dis à Bert de ne pas oublier le chalumeau. Je suis curieux de voir comment ils vont s'en servir.

— T'inquiète cap'tain, c'était sur la check-list. Au fait, un petit conseil, pour la route.

— Quoi ?

— Garde la tête froide.

— Pourquoi tu me dis ça ?

— Tu verras.

Rosso adorait les énigmes. Il en sortait une à chaque fois que l'occasion se présentait. Jean n'y faisait même plus attention.

Avant de quitter le cafoutche, il frappa la porte avec le plat de sa main. Un mouvement sec effectué avant chaque descente, toujours le même, sorte de rituel dont il avait oublié l'origine mais auquel il n'avait jamais dérogé. Chaque Tek avait le sien. Lui, c'était celui-là.

À peine dehors, il se prit un coup de chaud. En ce début septembre, l'été n'avait pas dit son dernier mot. Une vague de chaleur remontait du Sahara et cramait tout sur son passage. Même en milieu d'après-midi, la température frôlait encore les trente degrés. Avec la combi sur le dos, il eut la sensation d'entrer dans un four.

Il se dirigea vers le ponton. Les deux Zodiac y étaient amarrés, des Etraco utilisés par les commandos de marine avec coques semi-rigides de trente-cinq pieds, moteurs Yamaha de trois cents chevaux et console centrale intégrée.

Tout en marchant vers les plongeurs, Jean se remémora les infos. Le type à droite devait être Michel. Maigre comme un clou, déjà à moitié chauve, il dégageait une impression de tranquillité à toute épreuve. Le genre à faire du yoga et à se nourrir de racines, tout en broyant sans forcer une noix avec la main. Son CV mettait en avant une expérience chez Subtek, un de leurs principaux concurrents dans la région. Son ancien employeur avait dû le licencier après la perte d'un gros marché.

Le deuxième mec était forcément Homèro. Dreadlocks et peau de métis, allure nonchalante dont on pouvait se demander si elle était la résultante du Trimix ou d'une consommation régulière de cannabis. Brésilien tendance rasta, il avait bossé chez Scubo, le géant sud-américain des travaux sous-marins, avant de s'exiler en Europe dans des boîtes plus petites mais tout aussi performantes. Le salaire proposé par Tech Med l'avait convaincu de tenter sa chance.

Quant à la fille, Ève, elle balançait des ondes très différentes. Des ondes hypnotisantes, impossibles à capter sur le Photomaton qui ornait son CV. L'attention se focalisait d'abord sur la masse rouge de ses cheveux, légèrement ondulés et retombant sur ses épaules comme des vagues de bauxite. Puis on voyait son visage et là, on prenait une grosse claque.

Elle n'était pas belle, elle était magnifique. Des iris verts, une peau cuivrée, des traits dont la pureté aimantait le regard. Animé par un courant d'énergie brute, l'ensemble évoquait un mélange de force et de fragilité, une alchimie touchante qui la rendait plus attirante encore.

Garde la tête froide. Jean saisissait maintenant toute la portée de la mise en garde. Il devait oublier l'aspect physique – sans intérêt sous l'eau – et rester concentré sur les seules compétences.

Celles annoncées par Ève en faisaient une spécialiste de l'immersion profonde. À seulement vingt-sept ans, elle avait fait dix fois le tour du monde et totalisait plus de cinq cents plongées sous la barre des cent mètres. Seul hic, elle n'avait jamais approché un véritable chantier subaquatique. Son expérience se limitait à la prise de photos sous-marines pour le compte de magazines spécialisés. Une plongeuse, certes, pas une mécanicienne. Rentrée en France depuis peu – le mal du pays, d'après ce qu'elle avait dit à Rosso – elle cherchait maintenant un job tous azimuts.

— Bonjour. Je suis Jean Sardi.

Checks du coude. Sourires coincés. Jusqu'à présent, les Teks avaient traité avec le recruteur. Maintenant que le boss débarquait, la tension montait d'un cran.

— Mon associé vous a déjà expliqué l'essentiel, alors, je vous la fais courte. L'épave est à cent quatorze mètres. On va descendre en autonome et démonter l'hélice. Pour information, elle pèse deux cent cinquante kilos. Il y aura de la manutention et de la soudure. Faudra que vous soyez raccord pour dégager la pièce sans tout casser. Ensuite, vous devrez la remonter.

Hochements de têtes synchrones. Les plongeurs avaient eu les infos. Comme tous les pros, ils s'étaient déjà représenté mentalement les étapes principales du challenge.

— Qui fait quoi ? demanda le chauve.

— À vous de décider.

Jean voulait les laisser organiser le job. Au-delà des compétences manuelles, il souhaitait analyser leur capacité à travailler à plusieurs. À s'entraider.

Encore une fois, ce fut le prénommé Michel qui prit la parole. De toute évidence, il avait déjà assumé le leadership.

— En fait, on en a déjà discuté. Ève est la moins robuste. On va commencer le démontage tous les trois. Elle finira pendant qu'on soutiendra les pales.

— Excellent.

Bonne analyse de la situation. Répartition rationnelle des tâches. Coopération. En tant qu'équipe, les concurrents marquaient des points.

Jean regarda sa montre. 17 heures et des poussières. Il leur faudrait vingt minutes pour atteindre le site et trente de plus pour s'équiper. Avec le temps de plongée et celui des paliers, ils avaient intérêt à s'activer s'ils ne voulaient pas y passer la nuit.

— On s'y met ?

Le petit groupe grimpa sur le bateau. Dernières vérifications du matos. Mise en chauffe des moteurs. Tout en s'affairant, Sardi ne pouvait s'empêcher de lancer des regards furtifs en direction de la rousse. Cette fille le déstabilisait. Elle était belle, désirable, mais étrangement, il ne s'agissait pas de ça. Une perception inattendue, bien plus diffuse, aussi puissante qu'irrationnelle, le submergeait. Celle d'une sorte de familiarité, comme s'il la connaissait depuis toujours.

Il balaya ce délire. Une autre sensation venait de l'envahir. Les concurrents de la jeune femme faisaient semblant d'être naturels, mais Jean sentait le flottement. Ils devaient se dire que cette fille possédait des arguments auxquels le recruteur risquait de ne pas être insensible.

Un mouvement de balancier fit tanguer le Zodiac. Sardi tourna la tête, sachant déjà qui était monté à bord.

— Ça s'est bien passé à Majorque ?

Bert se dressait devant lui, avec cet air enjoué qu'il affichait en permanence. Il tenait le chalumeau d'une main et portait à l'épaule un sac énorme.

— Une promenade de santé.

— Cool.

Le Marseillais n'était pas du genre bavard. Il passa devant son boss et alla caler son matériel à la proue, dans un bac métallique déjà rempli d'outils jusqu'à la garde. Entre ses mains énormes, la bonbonne de butane ressemblait à un jouet d'enfant.

Jean se plaça derrière le volant. Il fit vrombir les deux moteurs et adressa un signe de tête à Bert. Le bœuf détacha les amarres et repoussa le ponton du pied. Manette des gaz à peine enfoncée, l'Etraco sortit du port au ralenti.

8

Pas facile de faire un choix.

Il faut prendre chaque donnée en compte, l'analyser, l'évaluer et enfin arbitrer. Un véritable pari, avec en perspective la crainte constante de se planter.

Les candidats étaient au top. Aucun débat de ce côté-là. Ils avaient passé le test avec succès, démontré chacun dans leur genre l'existence de compétences techniques abouties. Homèro et Michel étaient de vrais Teks. Aussi à l'aise avec un détendeur qu'avec une clef à pipe. Ève était une plongeuse professionnelle et avait fait preuve de qualités d'adaptation insoupçonnables. Elle ne s'était pas laissé impressionner par les écrous énormes qui assuraient le maintien de l'hélice. Elle les avait retirés un par un sans la moindre fausse note, comme si elle avait fait ça toute sa vie.

Sur ce plan, ils étaient donc à égalité.

D'une certaine façon…

Question mécanique, les deux hommes surpassaient la jeune femme. En revanche, elle leur damait le pion en termes de plongée pure. Elle possédait sur eux une supériorité que Jean avait tout de suite saisie. Une façon de se mouvoir dans l'eau. De gérer ses mouvements. Son air…

En la regardant faire, il avait eu la sensation d'une évidence. Le feu de ses cheveux, ondulant au rythme des courants, lui avait même fait penser à Arielle, la petite sirène de Disney. Une créature marine, fluide, souple, en adéquation parfaite avec son milieu naturel. Ces qualités intrinsèques pouvaient se révéler déterminantes en cas de pépin. L'épisode dramatique dont Thomas avait fait les frais s'était chargé de le lui rappeler.

Il s'extirpa du canapé et alla se servir un verre. Citron pressé, à peine sucré, à fort pouvoir désaltérant. Les plongées, surtout à cette profondeur, possédaient une vertu apaisante dont il ne se lassait pas. Le Trimix avait cependant l'inconvénient d'assécher son système respiratoire et lui donnait une soif inextinguible. Chaque fois qu'il remontait, il engloutissait deux litres au minimum et pissait comme un cheval.

Pendant qu'il avalait le jus acide, son esprit continua de s'agiter. Homèro ? Michel ? Ève ? Bordel, pas moyen de trancher. Un nouveau client avait pointé son nez et son associé attendait une réponse pour demain midi, au plus tard. Il ne disposait plus que de quelques heures pour se décider.

Retour dans le coin salon. En mode mollusque. Jean retrouva sa place fétiche, calé entre les coussins dans le trou creusé par son corps à force de s'allonger à la même place. Il vivait dans cette maison de village depuis une petite dizaine d'années – un triplex effilé de quatre-vingt-dix mètres carrés, hérité de ses parents et situé au-dessus du port dans le quartier historique de Saint-Mandrier – ce qui lui avait laissé le temps de défoncer le Roche Bobois sur lequel il zonait quand il était chez lui. Jean mesurait un mètre quatre-vingt-cinq pour quatre-vingts kilos. Un physique sec, tout en longueur, en densité. Les ressorts ne s'y habituaient pas.

La même question revint en force.

Lequel ? Ou laquelle ?

Même si son intuition le poussait à choisir Ève, Jean avait peur de ne pas être impartial. Le trouble ressenti en sa présence pouvait fausser la donne. Il en avait conscience. Ce paramètre était susceptible, sans même qu'il s'en rende compte, de faire passer au second plan les critères objectifs, rationnels, qui présidaient au recrutement de n'importe quel plongeur. Ceux qui lui permettraient de bosser sous l'eau en toute sérénité, sans flip et sans angoisses.

Il ferma les yeux et oublia la femme pour se concentrer sur la plongeuse. Afin de ne pas se laisser parasiter, il l'imagina en scaphandre. Lourde, pataude, dissimulée sous le voile intégral d'une burqa de néoprène. Il la voyait marcher à ses côtés, semelles de plomb soulevant le limon, et essayait d'éprouver ce que sa présence lui suggérait.

Aussitôt, une sensation de sécurité s'imposa. L'idée qu'il pouvait mettre sa vie entre ses mains. S'abandonner à elle en toute confiance. Comme c'était le cas avec Bert et Julie. Comme ça aurait dû l'être aussi avec Thomas…

Il se redressa et attrapa son téléphone. Plus la peine de tourner autour du pot. Ève avait un paquet de trucs à intégrer mais c'était elle qui le rassurait. Il devait arrêter de se triturer le cerveau et suivre son instinct.

— J'te réveille pas ?

Dans l'écouteur, la voix ensommeillée de Rosso.

— À mon âge, on ne dort plus. On somnole.

— J'ai pris ma décision.

— Je t'écoute.

— On va engager Ève.

Silence, à l'autre bout de la ligne

— T'es sûr de toi ?

— Tout à fait sûr.

Le Grizzly laissa filer quelques secondes. Une parenthèse éloquente au creux de laquelle filtraient ses doutes.

— C'est toi qui vois.

— J'y ai bien réfléchi. Des trois, c'est la meilleure plongeuse.

— Et le job ?

— Elle comprend vite. Je lui donne deux mois pour être au top.

— Si tu le dis.

Un nouveau silence ponctua son propos, suivi d'un bâillement sonore.

— M'en veux pas, fils, mais je suis crevé. Si ça ne te dérange pas, on en reparlera demain.

9

Une pause dans la tourmente.

À peine une petite heure, volée en douce à la réalité pour essayer de reprendre pied.

Chloé pénétra dans le hall de l'Intercontinental avec la sensation de se retrouver en territoire connu. La familiarité du cadre – un cinq-étoiles lové dans l'ancien hôpital de l'Hôtel-Dieu et dominant le Vieux-Port – était toujours parvenue à l'apaiser. Luxe discret, moquettes épaisses et personnel en frac lui rappelaient l'élégance des restaurants où ses parents l'emmenaient parfois dîner, à l'époque où elle vivait encore chez eux. Elle avait conservé pour les belles choses une attirance naturelle, sorte d'atavisme éducationnel que les ruptures et les épreuves n'avaient pas altéré.

Pourtant, à cet instant, le raffinement du palace n'avait aucun effet sur elle. Ses idées noires l'accompagnaient, cohorte funeste vissée à ses pensées depuis la veille et déroulant un véritable film qui lui avait flingué sa nuit.

Le visage de Sophie. Celui de la victime. Les lacérations tailladant les chairs de sa petite amie. Celles retrouvées sur la nuque de la noyée. La pâleur de leurs peaux, presque transparentes, linceul semblable dans lequel la mort les avait enveloppées.

Toutes ces images terribles superposaient leur charge émotionnelle flippante, un concentré d'horreur et de culpabilité qui se fondait en une figure unique et angoissante. Elles dessinaient le portrait d'une femme martyre aux traits défigurés par la douleur dont les souffrances étaient devenues les siennes, comme un fardeau qu'elle porterait jusqu'à la fin de ses jours.

Elle repéra une table à l'autre bout de l'immense terrasse. Oliviers en pots, grands parasols noirs, bois sombres et nappes immaculées traçaient le décor de ce lieu hors du temps. Quelques clients seulement, des hommes d'affaires penchés sur leurs smartphones, sans doute en déplacement pour la journée et déjà prêts à remonter dans le TGV.

Elle s'installa et commanda un thé. Puis elle se cala face au soleil, étendit les jambes et ferma les yeux.

Faire le vide.

Ne plus penser à rien.

C'était pour ça qu'elle était là. Pour profiter du cadre et recharger ses batteries. Quelques secondes de paix, pendant lesquelles le monde se résumait à cet instant parfait. Puis, comme un rappel à l'ordre, une vibration parcourut sa poitrine.

Elle jeta un regard sur l'écran de son portable.

Muller.

— Docteur.

— J'ai d'excellentes nouvelles.

— Je vous écoute.

— Votre noyée s'appelle Lola Terzian. Trente-quatre ans. Portée disparue depuis le 25 juillet.

Chloé sentit une onde de détente la parcourir. Le visage à moitié dévoré portait maintenant un nom et le légiste venait de le lui donner. Il s'était débrouillé comme un chef, avait tenu ses engagements et obtenu l'identification en moins de soixante-douze heures.

— Beau boulot.

— Je n'y suis pour rien. Enfin, pas pour grand-chose. Elle s'était fait poser des facettes dentaires l'année dernière. Le praticien se souvenait très bien d'elle.

Et pour cause, songea Chloé. Avant de se transformer en cette créature de cauchemar étendue dans un casier de métal, Lola Terzian avait dû être magnifique. Un corps sec et musclé, sans doute gainé par le fitness, des traits de madone que la commandante avait devinés sous le masque mortuaire. L'ensemble laissait la sensation d'un mélange attirant qui oscillait entre douceur et détermination. Tout ce qu'elle appréciait…

Muller continuait, de la même voix posée, rassurante.

— La déclaration de disparition a été effectuée par sa mère début août, au commissariat central de Nice. Ils m'ont adressé le PV et des photos récentes.

— Elle habitait là-bas ?

— Pas très loin. À Biot.

— Où ça ?

— Une petite ville, à la périphérie d'Antibes. Elle travaillait au Marineland.

Chloé n'avait jamais mis les pieds dans le parc aquatique. Encore moins dans la station balnéaire où il avait été construit. Elle savait juste qu'elle abritait l'un des plus beaux hôtels de la côte, l'Éden-Roc, où ses parents avaient pour habitude de passer deux semaines pendant l'été.

— Qu'est-ce qu'elle faisait ?

— Elle s'occupait des dauphins.

L'information la fit tiquer. La victime n'était pas une baigneuse lambda. Ni même une simple sportive. C'était de toute évidence une professionnelle de la mer, en parfaite harmonie avec le milieu. Contrairement à ce que la policière avait d'abord pensé, elle avait dû forger sa plastique de compète dans un bassin plutôt que dans une salle de gym.

Bizarre. Personne n'était à l'abri d'un malaise mais ce genre de poisson avait de la ressource et savait certainement gérer les imprévus. Lola Terzian était entraînée. Elle devait connaître ses capacités, ses limites. Difficile de croire qu'elle s'était noyée pendant qu'elle barbotait.

Qu'avait-il pu se passer ?

Elle se concentra sur l'autre info, bien plus concrète : la localisation. Antibes était située à plus de deux cents bornes de la zone où on avait repêché le cadavre. Il allait falloir ratisser large pour remonter le fil.

— Vous pensez que le corps a pu dériver sur une distance aussi importante ?

— C'est possible. Pour l'instant, rien ne dit qu'elle s'est noyée près de Planier. Il faudra attendre les analyses de l'Ifremer pour déterminer le lieu exact.

— On les aura quand ?

— Demain, au plus tard. Je me suis permis de leur donner votre numéro de portable. Ils vous contacteront directement.

— Vous avez bien fait. Vous pouvez m'envoyer les éléments d'identification ?

— Ça part tout de suite. Je vous joins également le certificat de décès. Je l'ai adressé au proc ce matin. Connaissant Verbier, il a déjà dû délivrer le permis d'inhumer.

Ça n'avait pas traîné. Victime identifiée, autopsie terminée, prélèvements sous scellés. La cause de la mort étant établie, rien ne justifiait qu'on garde Lola Terzian au frigo plus longtemps. Florian Verbier, le substitut chargé des dossiers de noyades accidentelles, n'attendrait pas son feu vert pour restituer le corps à la famille. Il se contenterait de la relancer plus tard pour le classement de l'enquête.

Elle regarda l'écran de son portable. Sa messagerie affichait déjà un mail supplémentaire en attente, accompagné de pièces jointes.

— C'est bon, j'ai tout. Je compte sur vous pour m'adresser le reste dès que possible.

— Ce sera fait.

Chloé s'apprêtait à conclure quand le légiste ajouta :

— Encore un petit détail. Je ne pense pas que ça change grand-chose mais je dois quand même vous en faire part.

— De quoi s'agit-il ?

— Des conclusions de l'anapath. Ils m'ont appelé ce matin. Le cadavre est descendu très profond. Au moins cent cinquante mètres. La pression a occasionné des microlésions spécifiques sur les organes intestinaux.

Chloé s'étonna. L'information ne cadrait pas avec ce qu'elle savait des morts par submersion.

— Je croyais que les noyés ne dépassaient pas la barre des vingt mètres.

— Encore une idée reçue. Dans un premier temps, le corps coule. Sa densité est supérieure à celle de l'eau et il n'y a plus d'air dans les poumons pour servir de ballast. Dans un milieu salé, il remonte au bout de trois ou quatre jours, une semaine tout au plus. La putréfaction produit une dilatation gazeuse qui lui permet de flotter. Ensuite, tout dépend du sujet. Soit il coule à nouveau quand les gaz se sont échappés, soit il dérive entre deux eaux.

— Vous en déduisez quoi ?

— Deux choses. La première, elle a atteint la profondeur de cent cinquante mètres avant le démarrage du processus de décomposition.

— Ce qui signifierait qu'elle a coulé à pic ?

— Très certainement. Dans le cas contraire, nous aurions uniquement identifié les lésions liées aux gaz.

— Et la seconde ?

— Elle s'est noyée à un endroit très éloigné de la côte. Je ne suis pas un spécialiste des fonds marins mais je fais de la voile. En Méditerranée, il faut parcourir au moins un mille nautique avant d'être à l'aplomb de ce genre de précipice. La taille de la murène corrobore cette constatation. De tels spécimens évoluent rarement en surface.

L'indication lui permettrait peut-être de circonscrire avec plus de précision le périmètre de l'accident. Une fois déterminée la zone à l'intérieur de laquelle Lola Terzian évoluait, il n'y aurait plus qu'à la croiser avec les cartes maritimes de la gendarmerie pour affiner.

— Merci pour tout, docteur. On reste en contact.

— À votre disposition, commandante.

Elle raccrocha, habitée par une sensation nouvelle. L'angoisse se résorbait, laissant la place à une sorte d'excitation. Muller avait mis au jour un détail en apparence anodin qui titillait son instinct.

Lola Terzian s'était noyée. Aucun doute là-dessus. Mais la profondeur à laquelle elle était descendue posait tout de même question. Quand elle avait coulé, elle se trouvait très loin de la plage. Alors de deux choses l'une : soit elle avait nagé assez longtemps pour atteindre ce point, soit elle s'était baignée à partir d'une embarcation.

Chloé ne croyait pas à la première option. Même si la victime était allée jusque-là, elle aurait dû être équipée. Les nages sportives en haute mer se font toujours avec une combi, voire avec des palmes – question de sécurité. La dresseuse de dauphins était bien placée pour appliquer ces consignes et le charriage de son corps par les courants n'aurait pas permis de les arracher.

La seconde hypothèse collait davantage. Une sortie récréative en bateau, au cours de laquelle elle aurait décidé de faire trempette. Dans ce cas, il y avait toutes les chances pour qu'elle n'ait pas été seule à bord.

Elle se leva d'un bond, laissa un billet de dix euros sur la table et prit le chemin de la sortie. Plus le temps d'attendre son thé, encore moins de le savourer en laissant son regard dériver sur le port.

L'enquête était peut-être en train de changer de direction. Si son intuition se confirmait, chaque seconde compterait.

10

— Tu fais des heures sup ?

— Je veux juste aller au bout.

— Bordel, la victime est identifiée. La PTS et le légiste ont conclu à la noyade. Le permis d'inhumer va être délivré. Qu'est-ce qu'il te faut de plus ?

Le verdict d'Agopian tombait sous le sens. Le dossier semblait bouclé. Les constatations opérées sur le cadavre laissaient peu de place au doute. Lola Terzian avait inhalé de l'eau avant de couler à pic et la profondeur de la submersion n'y changeait rien. Il n'y avait aucune trace de violence volontaire, hormis l'amputation, et elle était due à un prédateur. Pourtant, malgré cette convergence de faits, Chloé ne parvenait pas à se ranger à l'évidence.

À partir du « détail » relevé par Muller, elle avait ressassé les options sur le trajet du retour et construit nombre de scénarios. Au bout du compte, deux hypothèses prédominaient, chacune sous-tendue par l'utilisation d'un bateau et la présence d'une ou plusieurs personnes au moment de la noyade.

La *soft* : l'accident. La configuration était très proche de la version d'Ago, à une différence près. Lola ne nageait pas seule quand elle avait fait son malaise. Pour une raison inconnue, on avait préféré taire ce drame. Celui ou ceux qui l'accompagnaient ne tenaient pas à y être mêlés.

La *hard* : le meurtre. Quelqu'un avait emmené la jeune femme au large. Le tueur s'était baigné avec elle – ou l'avait jetée de force par-dessus bord – puis lui avait maintenu la tête sous l'eau assez longtemps pour qu'elle se noie. Il avait ensuite lesté le corps afin de s'assurer qu'il resterait bien au fond. L'attaque de la murène avait pu libérer le pied de l'entrave et permettre au cadavre de remonter.

Chloé avait exposé ses réflexions à Ago en arrivant à la BC. Le fait que les autres ne soient pas là lui avait facilité la tâche. Plus que son avis sur l'une ou l'autre des deux options, elle cherchait son soutien.

De tous ses collègues masculins, le Pitbull était le seul en qui elle ait confiance. L'exception qui confirmait la règle. Une relation improbable s'était nouée entre eux, mariage de la carpe et du lapin rendu possible par la profonde humanité de l'Arménien. Depuis le début, il s'était comporté avec elle comme le grand frère qu'elle aurait voulu avoir. Prévenant, enveloppant, jamais déplacé. Un allié authentique sur lequel elle avait pu s'appuyer.

Pour obtenir son aval, Chloé avait trouvé l'argument imparable. Peu importait le scénario retenu. Dans les deux cas, le visage de l'enquête changeait du tout au tout. Il s'agissait soit d'un délit – non-assistance à personne en danger et dissimulation de mort suspecte – soit d'un crime. La perspective n'était plus le classement sans suite mais les assises ou la correctionnelle. En d'autres termes, l'affaire méritait d'être creusée.

— Tu t'sens d'aller à Nice ? lança-t-elle sans tenir compte de l'avis de son second de groupe.

— Putain, Chloé. T'es sourde ou quoi ? Le dossier est plié. On prévient les autres, on tape un joli petit rapport et on passe à autre chose.

— Juste un aller-retour. Tu interroges la mère et on voit ce qu'il en sort.

Le Pitbull soupira. Il semblait plus affligé qu'agacé.

— Je peux te poser une question ?

— À quel propos ?

— Toi.

— Moi ?

— Ouais, toi. T'es sûre que tu vas bien ?

— Pourquoi tu me demandes ça ?

— À cause de ce que tu fais. Ça n'a pas de sens. Tu réalises, j'espère ?

— J'essaie seulement d'éclairer les zones d'ombre.

L'Arménien fit une moue. Assis derrière son bureau minuscule, crâne rasé, tee-shirt blanc et bombers noir, il ressemblait à un ultra en route pour la baston.

— Lesquelles ? laissa-t-il tomber d'un ton las. Celles de l'enquête ou les tiennes ?

De tous les flics du groupe, Ago était le seul à connaître l'histoire de Chloé. Elle s'en était ouverte à lui dans un moment de faiblesse et ils n'en avaient plus jamais reparlé. Le fait qu'il remette ça sur le tapis, à ce moment précis, n'était pas anodin.

La commandante quitta sa chaise et vint se planter face à lui. La discussion prenait un tour plus personnel, elle avait besoin de cette proximité.

— Tu penses que j'en fais trop ?

— Ça me paraît évident.

— Je mélange tout, c'est ça ?

Ago croisa les bras sur sa poitrine. Son expression – front plissé et bouche pincée – montrait qu'il réfléchissait à la meilleure façon de répondre. Il marchait sur des œufs et le savait.

— On se connaît depuis combien de temps ?

— Quel rapport ?

— De mémoire, ça doit faire sept ans. Tu débarquais de Lille, ta première affectation si je ne me trompe pas. T'étais complètement larguée.

— Où tu veux en venir ?

— Je t'ai montré comment marchait la boutique, comment fonctionnait la ville. Je t'ai expliqué tout ce que tu devais savoir pour ne pas te ramasser. Tu sais pourquoi ?

— Je suppose que tu m'aimais bien.

— Pas que. J'ai tout de suite compris que ton arrivée était une chance. Que tu allais remettre un peu d'ordre dans ce bordel et nous faire bosser de façon efficace. T'es une putain d'enquêtrice. T'as de l'instinct. T'es rigoureuse. Et tu te tapes complet de la hiérarchie. T'avais tout ce qu'y fallait pour faire bouger les lignes.

Il s'interrompit. L'épilogue approchait. Chloé sentit qu'il gambergeait encore et lui laissa le temps de trouver les mots.

— Écoute..., reprit-il au bout de quelques secondes. Je sais c'que t'as vécu. Tu m'as fait confiance en me le racontant et j'ai pris ça comme une preuve d'amitié. Alors je vais être honnête. Les amis, c'est fait pour ça. Oui, t'es en train de tout mélanger. Et oui encore, tu ne régleras pas ton problème en donnant à cette enquête une couleur qu'elle n'a pas.

Au moins, c'était clair. Énoncé avec bienveillance mais parfaitement limpide. En gros, elle était en train de façonner de toutes pièces une piste inexistante dans le seul but de se réparer. La mort de cette fille n'avait rien de criminel. Ni même de délictuel. C'était un accident stupide, comme tous les accidents. Elle n'avait pas eu de chance et il n'y avait pas de croque-mitaine. Aucun tueur de femmes n'était passé par là, si ce n'est celui que Chloé abritait encore au plus profond d'elle-même avec sa culpabilité.

— T'as peut-être raison, lança-t-elle en faisant quelques pas.

— C'est pas peut-être. C'est sûr.

— Sans doute. Mais pour moi ça ne change rien. Il y a un élément étrange dans ce dossier. Ça mérite qu'on s'y attarde.

Agopian secoua la tête. Le soleil illuminait la pièce mais il semblait figé dans un linceul de glace.

— Tu fais chier.

— T'en as pas pour longtemps. Si tu pars maintenant, t'es de retour ce soir.

— Pourquoi tu ne missionnes pas le SRPJ de Nice ?

— Ce n'est pas leur enquête. Ils traiteront ça par-dessus la jambe.

— Alors Nabilla. Dernière arrivée, première sur les galères.

— Elle n'est pas arménienne.

Sourire en coin. Une mince estafilade dans un bloc de granit.

— T'es sérieuse ?

— La victime faisait partie de ta communauté. Tu es le mieux placé pour obtenir quelque chose.

— La solidarité de la diaspora ?

— Pourquoi ? C'est une légende ?

Nouveau sourire. Plus détendu cette fois.

— Non. Mais il n'y a aucune garantie.

Elle lui sourit en retour et maintint néanmoins sa position.

— Je tente le coup.

Soupir résigné. Agopian se leva lentement. Debout, il paraissait encore plus dense. Une sorte de lutteur, aussi haut que large, au centre de gravité très bas.

— C'est toi la patronne.

— Encore une chose.

— Quoi ?

— Tu ne parles de rien. Ni des conclusions de Muller, ni de ton petit saut à Nice.

— Tu veux la jouer en douce ?

— Orsini et Belkhir n'ont pas besoin d'être au courant. Pas tout de suite.

— OK

— De plus…

— Quoi encore ?

— Je préférerais que ton déplacement ne soit pas consigné. Verbier est persuadé qu'il s'agit d'un accident. Tant qu'on est sûrs de rien, on ne fait pas de vagues.

Ago attrapa son arme, rangée sagement dans le tiroir de son bureau. Il l'enfila dans son holster et referma son bombers.

— T'inquiète. J'avais capté.

— Ça va toujours mieux en le disant.

— Il y aura juste une condition.

— Laquelle ?

— Si ça ne donne rien, tu laisses tomber.

Chloé hocha la tête. C'était sa dernière carte et Ago le lui rappelait. S'il revenait bredouille, elle clôturerait le dossier.

11

La nuit était sucrée.

Des effluves de jasmin tourbillonnaient dans l'air, portés par l'haleine tiède d'une brise soufflant du sud. Le parfum lourd des barbes à papa qui montait du port renforçait l'impression d'évoluer dans une bulle sirupeuse. Un univers de pure douceur, connecté à l'enfance, comme l'île magique où se perd Pinocchio.

Jean claqua la porte et se mit en route. Au fond, l'association n'avait rien de surprenant. Saint-Mandrier était *aussi* une île. Ou plutôt une presqu'île, ce qui dans son esprit revenait au même. Dressée dans la rade sud de Toulon, elle était reliée au cap Sicié par l'isthme des Sablettes, une bande de terre étroite construite par les courants et balayée par les vents. Si ce pont naturel donnait l'illusion d'une continuité, il ne modifiait en rien la réalité de la topographie. L'endroit n'était qu'un bloc de roches entouré d'eau, une sorte de gros caillou planté comme une vigie face à l'immensité de la Méditerranée.

Tout en marchant, il regarda sa montre. 19 heures. Tout le monde l'attendait au Calypso pour le traditionnel dîner de bienvenue. Le rituel, incontournable, était repris chaque fois qu'une nouvelle recrue intégrait la bande. Il y serait dans cinq minutes, le temps de descendre la rue menant de sa piaule au restaurant.

Ce soir, Ève serait à l'honneur. Rosso ne validait toujours pas, mais avait dû se ranger à sa décision. Ce n'était pas lui qui plongeait avec un scaphandre sur le dos. Qui mettait les mains dans le cambouis et tétait du Trimix. Quels que soient ses arguments, ils ne pesaient pas lourd face à l'intuition de celui qui prenait tous les risques.

Jean inspira à fond, un réflexe involontaire chaque fois qu'il pensait bouteille, mélange et paliers de décompression. Une façon aussi de se poser, de prendre pied dans l'instant.

Les dernières semaines avaient été difficiles. Douloureuses. La disparition de Thomas flottait toujours dans les esprits et même si personne n'en parlait, son ombre planait sur eux en permanence. Pourtant, miracle de la nature humaine, la vie avait repris son cours. Les chantiers s'enchaînaient, le carnet de commandes était plein, le problème de sous-effectif enfin réglé.

Surtout, au-delà de ces considérations purement pratiques, Jean éprouvait une sensation de plénitude qui grandissait au fil du temps. Le sentiment d'être enfin chez lui, ancré, à sa place. Un retour aux sources inconcevable quelques années plus tôt, dans la maison de son enfance, là où s'étaient noués les fils d'une tragédie qui construirait son existence.

Plus de trente ans avaient filé depuis ce triste soir. La résilience s'était produite mais les images ne l'avaient pas quitté. Elles étaient toujours là, nettes, précises, terrifiantes. L'album photo à peine jauni d'une descente aux enfers inexorable. Un scénario catastrophe dont il avait également été la victime.

La mort de sa mère, trauma crânien et foie éclaté après que son père l'avait encore rouée de coups. Le sang. Les larmes. Les hommes en blanc. Ceux en bleu. Les lumières rouges tourbillonnant dans la nuit froide. Une main de femme serrant la sienne et le faisant monter dans une voiture. L'hôpital, sinistre, glacial, avant qu'on l'emmène dans ce bâtiment aux allures de prison où il avait passé trois mois.

Puis le procès. Une catharsis douloureuse suivie par l'incarcération du bourreau et le placement de Jean dans une famille d'accueil, à l'autre bout de Saint-Mandrier. Il venait d'avoir quatorze ans, son monde était réduit en cendres, un passif lourd pesait déjà sur ses épaules.

Que du bonheur…

En réalité, rien de surprenant. Cet épilogue en forme d'apothéose clôturait le conte de fées démarré dès sa naissance. Un drame du quotidien, banal et ordinaire, peuplé selon les jours de cris, d'insultes, de raclées magistrales et de séjours aux urgences.

Pour échapper à ce calvaire, Jean s'était renfermé, isolé, replié dans un monde clos cerné de murs infranchissables. Puis, plus tard, quand il avait été en âge de le faire, il avait fui. Et pas que dans sa tête. Malgré la culpabilité, la peur, le sentiment d'avoir abandonné sa mère, il avait fui physiquement.

À dix ans, dès qu'il avait eu la force de porter un bloc sur le dos, la plongée lui était apparue comme une échappatoire facile, évidente. Saint-Mandrier comptait deux centres et tous les gamins du coin les fréquentaient. Son père n'avait pas fait de difficulté pour le laisser pratiquer cette activité, trop content de ne plus l'avoir dans les pattes quand il cognait sa femme.

C'est là, dans ce monde sous-marin, que Jean avait trouvé la paix. Dans l'eau, il n'y avait plus de larmes, de hurlements, de peur ou de souffrance. Seulement le silence. Un silence rassurant dont l'intensité grandissait au fur et à mesure de la descente. Franchie la barre des cent mètres, il se sentait hors de portée du monstre.

En sécurité.

Au fil des mois, ce sport était devenu un des piliers de son équilibre. Il était tout le temps fourré au club, enchaînait explorations et exercices, passait brevet et échelons jusqu'à atteindre le niveau de plongeur autonome. À seize ans, soit deux années après l'assassinat de sa mère, il obtenait son diplôme de moniteur. Dans la foulée, il demandait son émancipation et quittait le lycée pour embrasser la vie active, d'abord comme instructeur dans un centre à Bandol, puis dans l'univers particulier de la plongée Tek.

Dans son esprit d'adolescent, ce métier aux allures de sacerdoce avait un parfum d'aventure. Des missions aux quatre coins de la planète. Des avions. Des points de chute sur des plateformes ou des bateaux. Une existence de nomade, sans famille ni port d'attache, celle d'un marin au long cours peu désireux de remettre le pied à terre.

La réalité – Jean le comprendrait plus tard – était tout autre. Il n'assumait pas l'idée d'avoir abandonné sa mère à la folie du salopard. De l'avoir laissée mourir sans lever le petit doigt. Pour échapper à cette souffrance, il avait dû partir, se réfugier dans un ailleurs où le passé ne pourrait plus l'atteindre. En brûlant ses vaisseaux, il avait seulement caressé un fantasme. Celui de tirer un trait définitif sur son histoire.

Puis le tyran avait fini par crever. Jean ne l'avait jamais revu, ni en taule ni après sa libération. Il avait appris la nouvelle par un courrier du notaire, reçu à la poste restante où il se faisait adresser sa correspondance.

Il n'avait pas versé une larme. Encore moins assisté à son enterrement. Au contraire. Sa disparition l'avait soulagé. Libéré. Une page était tournée. Le monstre ne l'inquiéterait plus jamais.

Jean était rentré d'Islande, où il bossait sur l'implantation d'un câble de communication sous-marin, afin de signer les papiers de la succession. Au passage, il avait appris qu'il héritait de la maison familiale, une baraque hantée où son père avait fini ses jours comme un paria après avoir purgé sa peine.

Sa première impulsion avait été de vendre. Puis, quand on lui avait remis les clefs, il était quand même venu voir par pure curiosité.

C'est là que tout s'était joué. Après vingt ans d'absence, des souvenirs heureux étaient remontés à la surface. Tous en connexion avec sa mère. Des moments de paix, d'harmonie, quand l'ogre n'était pas là et qu'ils se retrouvaient seuls. Dans les pires instants, elle avait toujours été un soutien, une alliée, au prix de sa propre sécurité. Ils avaient affronté Barbe Bleue ensemble et cette union sacrée les avait soudés à jamais.

C'était pour elle qu'il était resté. Pour sa mémoire qu'il avait décidé de s'installer dans ce lieu maudit. Mais également pour lui, afin de briser une fois pour toutes la malédiction qui le poursuivait depuis sa mort et lui interdisait d'aimer une femme. Même s'il n'avait pas atteint son but, il avait trouvé une forme d'équilibre qui était parvenu à l'apaiser.

Il s'arrêta, embrassa du regard les bateaux amarrés sur les pannes. Plongé dans ses pensées, il avait rejoint les quais sans s'en apercevoir.

Léger clapot. Odeurs d'iode et de gasoil mêlées aux senteurs de cuisine provenant des restaurants. Quelques badauds déambulaient mollement entre les boutiques pendant que d'autres faisaient le pied de grue devant les glaciers. Les terrasses à moitié vides somnolaient dans une torpeur tranquille, bercées par des cliquetis de couverts et des conversations discrètes. L'ambiance étrange, décalée, d'une fin de saison.

Jean sentit une vague de détente le parcourir. Sa décision avait été la bonne. Il allait mieux. Pas complètement guéri des brûlures du passé mais en mesure de les affronter.

Surtout, et c'était sans doute l'essentiel, il était entouré de gens pour lesquels il comptait et qui comptaient pour lui.

Il se remit en marche. Encore quelques pas et il serait avec eux. Sa nouvelle famille. Celle qu'il avait choisie. Sur laquelle il pouvait s'appuyer.

Un sourire fleurit sur ses lèvres.

La simple idée de les retrouver suffisait à le rendre heureux.

12

— On en fait tomber une autre ?

La proposition venait de Bert. Fêtard de nature, le fils de famille marseillais ne perdait jamais une occasion de se bourrer la gueule. Il attrapa la bouteille de Moët et leva le bras sans attendre le feu vert.

— Agnès !

Une black moulée dans un jean blanc se dirigea vers eux. La classe d'une princesse massaï dans un corps de statue grecque. Pas étonnant que Thomas ait jeté son dévolu sur elle.

— Tu nous présentes sa petite sœur ?

La serveuse hocha la tête. Elle souriait mais une tristesse rentrée contredisait cette expression. Son histoire avec le jeune plongeur avait dû être importante pour elle. Sa mort l'avait touchée et la présence de la petite bande, surtout accompagnée d'une nouvelle tête, devait raviver sa douleur.

— Ajoute une assiette de tapas, cingla Rosso. Ça épongera le trop-plein en attendant de passer à table.

Tout le monde sourit. Sauf Bert. Sur les deux bouteilles de champ' déjà siphonnées, il en avait sifflé au moins une. De toute évidence, la pique lui était destinée.

— C'est pour moi que tu dis ça ?

— Tu te sens visé ?

— Un peu, ouais.

— Ben t'as pas tort. Si tu continues à ce rythme, tu seras HS avant qu'on ait attaqué le dîner.

Direct, pleine face et sans les gants. Jean sentit que Rosso avait besoin de se défouler. L'arrivée d'Ève ne passait pas. Une arête coincée au fond de sa gorge. Il lui fallait un exutoire et Bert le lui offrait sur un plateau.

— Je t'emmerde, le Vieux, siffla le Marseillais.

— Vas-y... Insulte-moi maintenant. Ça te donnera l'impression d'être un homme.

— Et toi va boire ta tisane. À ton âge, tu devrais être au lit depuis longtemps.

Contre, en forme d'uppercut. Le Grizzly encaissa le coup sans broncher mais Jean sentit que le volcan montait en chauffe. Il préféra s'interposer :

— Relax, les mecs. On est là pour se détendre.

— J'suis détendu, grommela Rosso dents serrées.

— T'as pas l'air.

— C'est pas l'air qui compte. Mais j'te préviens : si ce p'tit con continue à tirer sur la corde, j'réponds plus de rien.

Jean préféra ne pas le contredire. Il connaissait l'animal, ses coups de sang, sa force physique. En cas de baston et en dépit de ses cheveux blancs, pas sûr que Bert ait l'avantage.

Le Marseillais avait senti le vent tourner. Il ne la ramenait plus et fixait ses pieds comme un gosse pris en faute. Les autres, mal à l'aise, observaient la scène en essayant de se faire oublier.

Fort heureusement, la bouteille de Moët arriva. Agnès déposa les tapas sur la table. Elle remplit les coupes dans un silence de mort et s'éclipsa aussitôt.

— Si on trinquait ?

Julie avait déjà levé le coude. L'art et la manière de glisser en douceur. L'un après l'autre, Rosso compris, les Teks l'imitèrent. Le cristal s'entrechoqua dans une pluie de tintements, comme si un carillon venait de se déclencher.

L'ex-plongeuse du génie se tourna vers Ève :

— Encore une fois, et au nom de toute cette bande de nazes : bienvenue chez Tech Med, ma jolie !

Paroles convenues, servies et resservies, dont le but évident était de détendre l'atmosphère. La nouvelle recrue saisit l'appel du pied et prit la balle au bond.

— Merci. Merci à tous. Je sais que j'ai pas mal de trucs à intégrer mais je ferai en sorte de ne pas vous décevoir.

— J'ai l'impression d'avoir déjà entendu ça, plaisanta Julie. Va falloir trouver autre chose si tu veux être reçue à l'examen.

La jeune femme lui adressa un petit sourire. Dans la lueur du photophore, la pureté de ses traits évoquait une toile de Botticelli. *La Naissance de Vénus*.

— Je n'ai jamais été douée pour les discours.

— Si tu nous parlais un peu de toi. Pour l'instant, on a eu que ton CV. C'est un bon début mais ça suffit pas.

Nouveau sourire. Gêné cette fois. Par pudeur ou par timidité, Ève n'avait de toute évidence pas envie de se livrer.

— Tu veux savoir quoi ?

— T'as bossé pour quel magazine ?

— Un paquet.

— *Géo* ? *Match* ? *Scuba Pro* ?

— J'ai surtout travaillé pour la presse étrangère.

— T'as une formation photo ?

— J'ai appris sur le tas.

— Et la plongée ?

— Rien de spécial. J'ai passé mes qualifs et je me suis orientée vers le reportage.

Les réponses, lapidaires, n'engageaient pas à poursuivre. Julie laissa tomber mais il en fallait plus pour décourager un type comme Bert.

— Paraît que t'es née aux Antilles, à Saint-Martin.

— Exact.

— Ta famille vit encore là-bas ?

— Non.

— Des frères ? Des sœurs ?

— J'aurais aimé…

La Vénus se recroquevillait, prête à retourner dans son coquillage. Déjà bien alcoolisé, Bert poursuivait son interrogatoire sans réaliser qu'elle était de plus en plus mal à l'aise.

— Une Saint-Martinoise. Original, non ?

— Tu trouves ?

— Carrément. On est tous du coin, enfin plus ou moins. Pour nous, c'est plutôt exotique, la mer des Caraïbes.

Ève haussa les épaules.

— Tu connais la chanson ?

— Laquelle ?

— « *On choisit pas ses parents, on choisit pas sa famille. On choisit pas non plus les trottoirs de Manille, de Paris ou d'Alger pour apprendre à marcher.* »

Elle avait fredonné le texte de Maxime Le Forestier spontanément, avec une sorte de tristesse dans la voix. Jean songea à une histoire ancienne, douloureuse, sur laquelle elle aurait jeté un voile afin de survivre. Ce genre de boulet, il les reniflait à trois kilomètres. Il en avait traîné un semblable toute son existence. L'impression de proximité ressentie lors de leur première rencontre s'expliquait mieux. La grande famille des écorchés. Ses membres se reconnaissaient toujours.

— Fous-lui la paix, intima-t-il au Marseillais. Elle vient à peine de débarquer. Elle aura tout le temps de nous faire des confidences plus tard.

Bert haussa les épaules.

— On va parler de quoi alors ?

— T'as qu'à lui raconter ta vie. Elle n'est pas encore au courant de tes prouesses.

Vague de sourires. L'ancien chercheur d'épaves adorait se mettre en avant. Son parcours. Ses fantasmes de trésors engloutis. Sur ce sujet, il était intarissable.

— Je ne sais pas vous, lança Jean en se levant, mais moi, j'ai la dalle.

— Tu veux qu'on commande ? proposa Julie.

— Je vais me laver les mains et je vous envoie Agnès.

Il pénétra dans le restaurant. La salle était entièrement vide – les quelques clients qui profitaient de la soirée dînaient à l'extérieur – et les couverts dressés au cordeau sur des nappes d'une blancheur virginale décuplaient la sensation d'engourdissement. Pas de doute, l'été était fini. L'arrière-saison démarrait, les touristes se feraient rares et on serait enfin tranquilles.

Il se dirigea vers les toilettes. Le patron était à sa place habituelle, derrière le bar, s'affairant comme à l'accoutumée sur le shaker argenté d'où il faisait jaillir monts et merveilles. Trônant tel un trophée au-dessus de sa tête de supporter, le 16/9 sur lequel les habitués venaient voir les matches. Pas de son. Seulement des formes en mouvement, comme un tableau animé pour donner un peu de vie à ce décor anesthésié.

Jean le salua au passage. Du coin de l'œil, il capta les images diffusées par le poste. Visage familier de la présentatrice. Décor bleu pastel du plateau. Le journal régional.

Il se figea.

Fixa l'écran.

Le portrait d'une femme venait d'apparaître en gros plan. Brune. Plutôt jolie. Dans le genre sportif.

Dans le même temps, il lut le bandeau qui s'incrustait en bas du cadre. Il s'agissait de la noyée repêchée au large de Planier.

Jean s'appuya au comptoir.

Sa poitrine était devenue une fournaise.

Inutile d'avoir les commentaires de la journaliste pour savoir de qui il s'agissait.

Tout simplement parce qu'il la connaissait.

13

L'interrogatoire s'était soldé par un échec.

Ago s'était tapé quatre cents bornes dans la journée pour récolter du vent. De vagues infos sur la victime, son enfance, son caractère... Rien sur son entourage, ses passions, ses habitudes. Arménien ou pas, la mère de Lola Terzian n'avait pu offrir à son compatriote que ce qu'elle avait – c'est-à-dire pas grand-chose. Sa fille était secrète et elle ne connaissait sa vie actuelle qu'en surface.

Aux dernières nouvelles, elle savait juste qu'elle était célibataire et vivait à Biot, pas loin du Marineland où elle présentait le spectacle des dauphins. Lola l'appelait régulièrement mais n'avait pas donné de nouvelles depuis un bon moment. Ne parvenant pas à la joindre, la commerçante de la place Masséna avait fini par s'inquiéter. Elle était allée chez elle, ne l'avait pas trouvée et avait préféré signaler sa disparition.

Pour être certain de ne pas y revenir, Agopian avait fait un crochet par la petite maison que louait la jeune femme. Malheureusement, il n'avait pas pu entrer. La porte était fermée à clef – sa mère n'avait pas de double – et aucun moyen de s'en procurer un en si peu de temps. Pas question non plus de forcer la serrure. Il aurait fallu en référer au proc et Chloé avait bien insisté sur l'aspect confidentiel de la mission.

Il s'était donc contenté d'interroger ses voisins. Puis il avait poussé jusqu'à Antibes, rencontré le directeur du parc aquatique où elle travaillait et recueilli le témoignage de ses collègues.

Tout ça pour le même résultat.

Lola Terzian était lisse comme une toile cirée. Aucune vague. Jamais de confidences. Elle menait une existence tranquille, hors de portée des commérages. Une existence sur laquelle un enquêteur n'avait aucune prise, a fortiori quand il volait sous les radars et loin de sa juridiction.

En raccrochant – Ago l'avait débriefée depuis sa voiture aux environs de minuit – Chloé avait accusé le coup. Après avoir poussé le bouchon aussi loin que possible, elle n'avait à présent d'autre choix que de se ranger à l'évidence. Rien dans le dossier ne venait contredire la thèse de l'accident. Elle allait devoir lâcher l'affaire et annoncer au groupe que le dossier était classé. Tant pis pour son temple intérieur. C'était le deal et elle s'y tiendrait.

Point positif, sa discussion avec son second lui avait remis les idées en place. Elle s'était couchée avec la sensation qu'une page était tournée. Après avoir dormi d'une traite jusqu'au matin, elle s'était levée reposée, d'attaque, prête à s'immerger corps et âme dans la pile de paperasses qui s'entassaient sur son bureau.

Elle mit en marche la bouilloire et alla se planter devant la fenêtre. 8 h 15. La place de Lenche s'éveillait. Les serveurs libéraient les tables de leurs chaînes pendant que les premiers clients s'installaient aux terrasses des cafés. Des rayons de soleil perçaient le feuillage des platanes, ouvrant des puits de lumière où dansait une poussière mordorée. Une image d'Épinal. Un Marseille de carte postale sorti tout droit d'un film de Pagnol.

Chloé tourna le dos à cette arnaque et prépara son thé. Mieux que quiconque, elle connaissait la réalité sous-jacente de la ville, les furoncles qu'on cachait avec soin derrière la façade touristique. Les Comoriens vivant à douze dans quarante mètres carrés vétustes et insalubres. Les dealers de dix ans, armés lourd et tirant sur les flics. Les imams radicaux, prêchant le djihad dans la pénombre de caves désaffectées. Et tout le reste… La pauvreté, la violence, la frustration, tous ces cancers d'une mégapole laissée pour compte dont le seul exécutoire se résumait au stade de foot.

Elle s'assit sur le tabouret haut et alluma la télé. Un réflexe, une habitude. Elle se levait avec les chaînes infos, se couchait avec, sans pour autant prêter attention aux sujets qui passaient en boucle sur l'écran. Le ronron créait une présence. Un leurre afin d'atténuer sa solitude. Il lui donnait la sensation d'appartenir encore au monde des vivants.

Autre geste automatique : consulter son portable. Elle entra le code, déverrouilla l'écran. Déjà deux appels. Elle permuta sur la messagerie.

« Salut Chloé. J'passerai pas à la taule ce matin. Laura est sur le flanc et Mathéo a un rendez-vous à l'hôpital. Va falloir que je l'accompagne. Si tout se passe bien, je serai là vers midi. »

La vie privée d'Ago. Un vrai chemin de croix. Un gamin autiste, une femme dépressive, pas de quoi sauter de joie. Il portait tout le monde à bout de bras sans jamais se plaindre. C'étaient sans doute ces épreuves qui avaient forgé son caractère et développé son empathie.

Second message.

« Bonjour, Christian Grivet. Ifremer. J'appelle pour le dossier de Lola Terzian. Nous avons terminé les analyses des prélèvements communiqués par le docteur Muller. Si vous n'y voyez pas d'inconvénient, je préférerais vous en parler de vive voix. »

Chloé avala une gorgée d'Earl Grey, le noir, celui qu'elle préférait, dont elle s'abreuvait quand elle bossait le fond des dossiers. Pourquoi cette requête ? En principe, les experts scientifiques envoyaient leurs conclusions par le canal classique. Un exemplaire par mail, l'original par un motard de la gendarmerie. Les données techniques étaient livrées brutes de décoffrage, sans qu'il soit nécessaire d'y ajouter des commentaires. Il devait forcément y avoir un bug.

Elle fixa l'appareil, hésitante. L'enquête était close. Elle avait donné sa parole et elle n'en avait qu'une. D'un autre côté, le caractère inhabituel de la demande l'intriguait. Ce n'était peut-être pas important mais un simple coup de fil ne coûtait pas grand-chose et Ago n'en saurait rien.

Retour répondeur. Elle attendit la fin du message et envoya l'appel. Après trois sonneries, une femme décrocha. Accent du Sud, ton de garde-chiourme : une poissonnière sur les marchés.

— Ifremer, patientez un instant.

La Grenobloise rongea son frein. Musique d'Éric Serra, thème du *Grand Bleu*, parfaitement adapté. Au bout de quelques secondes, l'opératrice la reprit en ligne.

— Je vous écoute.

— Commandante Chloé Latour. Brigade criminelle. Je voudrais parler à Monsieur Christian Grivet.

Magie de certains mots. Puissance de l'institution. Même par téléphone, le contact avec un flic impressionnait les plus revêches.

— Ah… Ne quittez pas, j'me renseigne.

Pendant qu'elle patientait, des images refirent surface. Le visage à moitié dévoré. Les morsures sur le corps. Le moignon laissé par la murène. Elle les avait évacuées avec le reste en décidant de laisser tomber l'enquête. En une fraction de seconde, elles étaient revenues au premier plan.

— Vous êtes toujours là, commissaire ?

— Toujours. Et je suis commandante.

— Désolée. Je...

— Alors, je peux lui parler ?

— Monsieur Grivet n'est pas disponible pour l'instant.

— Ça m'étonnerait. Il vient de m'appeler.

— Je suis navrée mais il vient d'entrer en chambre stérile. Il y a un protocole et...

— Il en a pour longtemps ?

— Je n'en sais rien. Vous voulez que je lui laisse un message ?

Pas question d'attendre que le chercheur sorte de son trou pour lui faire la causette. Chloé voulait savoir. Tout de suite. C'était la seule façon d'éclaircir le mystère et de passer à autre chose.

— Vous fatiguez pas. J'arrive.

14

Les constructions semblaient posées sur l'eau.

Trois blocs principaux, entourés d'une multitude de hangars, parfaitement intégrés à la zone portuaire du Brégaillon. Bosser dans cet environnement devait être plutôt sympa. Les collines d'un côté, la mer de l'autre et pour seule compagnie les mouettes. Un monde à part, clos, voué à la recherche technologique en matière d'interventions à grandes profondeurs. Pas de doute : si l'espace avait la NASA, l'océan pouvait sans conteste s'appuyer sur l'Ifremer.

Chloé pila devant la barrière. 9 h 30. Avec le deux-tons, elle avait mis à peine trois petits quarts d'heure pour rejoindre La Seyne-sur-Mer. Un record et une nécessité. Ago serait à l'Évêché pour le déjeuner et elle n'avait aucune envie d'être encore ici quand il rentrerait au bercail. Son flair de clebs saurait tout de suite qu'elle avait replongé.

Planton. Présentation de sa carte tricolore. Motif de sa venue. Le gardien passa un appel. On n'entrait pas ici comme dans un moulin. Une foule de secrets industriels et de brevets en devenir s'empilaient dans les placards blindés du centre.

— Allez-y. Il y a un parking sur la droite. L'accueil est à côté, dans le grand bâtiment.

Elle s'engagea au ralenti. Après avoir longé un canal artificiel sur une centaine de mètres, elle se gara à l'endroit indiqué. L'aire de stationnement était à quelques enjambées du quai, une lance de béton brut hérissée de bittes d'amarrage.

Deux navires étaient à l'appontement. Pas moyen de faire l'impasse, ils occultaient la vue et aimantaient le regard de par leur taille. L'un lui évoqua la *Calypso*, le bateau océanographique du commandant Cousteau. L'autre, un catamaran monstrueux bardé d'antennes, de grues et de radars, lui fit penser à un croiseur militaire reconditionné.

Des types coiffés de casques s'activaient sur le pont autour d'un sous-marin de poche, le fameux *Nautile*, dont le nom était inscrit en lettres noires sur la coque jaune poussin. Chloé avait lu quelque part qu'il était capable d'emporter un équipage de trois personnes jusqu'à une profondeur de six mille mètres. Le comble de l'angoisse pour elle qui avait grandi à la montagne et n'appréciait que les grands espaces.

Elle ajusta son masque chirurgical sur son visage, claqua la portière de la Clio et se dirigea vers un édifice de deux étages, tout en longueur, sur le fronton duquel s'affichait le logo de l'Ifremer – un dauphin sautant hors de l'eau. Panneaux de verre et tubes de métal s'enchevêtraient pour structurer le bâtiment, un délire d'architecte qui avait dû s'inspirer des projets de cités sous-marines expérimentales, toujours rêvées, jamais construites.

Pas d'accès de ce côté-là. Juste une allée bétonnée qui semblait contourner le bâtiment. Chloé l'emprunta et tomba sur une grande esplanade où s'entassait un ramassis d'engins étranges. Des tubes agrémentés d'ailerons. Un robot muni de bras articulés lui donnant des airs d'araignée. Un bathyscaphe sans hélices ni moyen de propulsion, seulement équipé de caméras et de hublots. Les appareils, peints aux couleurs de l'Ifremer, semblaient se gorger de soleil en attendant de retrouver la nuit perpétuelle des abysses.

Enfin, au bout de ce chemin des écoliers, elle arriva sur une entrée. Un hall d'accueil immense se profilait derrière, habillé de posters taille XXL. Fonds d'algues vertes. Forêt de coraux. Bleu profond des photos prises en pleine eau. Le point de vue du capitaine Nemo à bord du *Nautilus*.

Perdue dans ce monde du silence, une standardiste fringuée pour aller à la plage somnolait derrière un comptoir en bois gris. Sans doute la poissonnière qu'elle avait eue au téléphone.

— Commandante Chloé Latour. J'ai appelé tout à l'heure.

Un électrochoc n'aurait pas fait plus d'effet. La fille se redressa d'un coup, au garde-à-vous.

— C'est moi qui vous ai répondu.

— Je peux voir Monsieur Grivet ?

La secrétaire hocha la tête, soumise. Après trois coups de fil, elle releva le menton :

— Vous avez de la chance. Il vient juste de terminer.

En fait de chance, la ligne intérieure avait dû chauffer sec. Sachant qu'une gradée de la BC allait débarquer, le chercheur s'était débrouillé pour se rendre disponible.

— Vous pouvez vous asseoir là-bas. Il va venir vous chercher.

Chloé alla s'installer sur un canapé en cuir blanc et checka son portable. 10 h 30. Pas de message. Zéro mail. Pour l'instant, aucune raison de flipper. Il fallait quand même espérer que Grivet ne traîne pas. Il lui restait à peine une demi-heure si elle voulait être de retour dans les temps.

15

— Commandante Latour ?

L'homme qui se tenait devant elle réduisait à néant ses projections. Au timbre de sa voix – fluet, presque timide – Chloé s'était représenté un petit mec à lunettes dissimulé dans une blouse blanche trop grande pour lui. Le genre effacé, couchant avec son microscope et s'excusant de s'excuser.

Au lieu de ça, elle avait devant les yeux un mastard qui pesait son quintal, tout en muscles et en tendons, moulé dans un tee-shirt sans manches et portant des chaussures de chantier. Avec la barbe de bûcheron qui dépassait du masque et les tatouages qui recouvraient chaque centimètre de peau – façon hipster –, le décalage devenait franchement bizarre.

— Votre message m'a intriguée. J'ai préféré passer.

— Vous avez bien fait. De toute façon, je comptais vous demander de venir.

— Il y a des choses à voir ?

— À comprendre, surtout.

— Ça concerne la localisation de la noyade ?

— D'une certaine façon.

Il lui tendit un badge « Visiteur ».

— Pour la sécurité.

— On va où ?

— Au Cedre.

— Traduction ?

— Centre de documentation, de recherches et d'expérimentation sur les pollutions accidentelles des eaux. C'est un organisme partenaire. Nous leur sous-traitons certaines missions quand ça devient trop pointu.

Pollution accidentelle des eaux. Qu'est-ce que ça signifiait ? Lola Terzian s'était noyée dans une zone polluée ? Le hipster aurait très bien pu lui donner ce type d'info par téléphone. Bordel, de quoi s'agissait-il ?

— Arrêtez de me faire languir. Vous avez identifié le secteur de l'accident ?

— Pas tout à fait. Les sédiments de schistes métamorphiques présents dans l'échantillon délimitent juste un périmètre.

— Dites toujours.

— Entre Bandol et Carqueiranne.

À cent cinquante bornes – au minimum – de chez elle. Qu'est-ce que la dresseuse du Marineland foutait là-bas ?

— Seulement il y a ce truc qui brouille les cartes, poursuivait Grivet.

— Quel truc ?

— Je ne suis pas assez qualifié pour vous l'expliquer. Il vaut mieux que vous l'entendiez de la bouche de notre spécialiste. La professeure Sonia Larue.

Chloé était sur le gril et de toute évidence son interlocuteur ne s'avancerait pas plus.

— Vous me suivez ?

Ils s'enfoncèrent dans le labyrinthe. De l'extérieur, les bâtiments semblaient indépendants. En réalité, ils communiquaient les uns avec les autres par un système de coursives et de passerelles de verre. Une vraie station spatiale formée par un agrégat de modules. Le flux puissant de la recherche coulait de l'un à l'autre, sans le moindre obstacle et pour le plus grand bien de la science.

— Vous plongez ?

Grivet avait lancé le sujet sur un ton anodin, histoire de meubler le silence. Chloé joua le jeu et lui donna la réplique. En attendant mieux…

— Je suis plutôt montagne.

— Pareil. Je ne supporte pas l'idée de respirer par un tuyau.

— Ce n'est pas très *corporate* quand on travaille à l'Ifremer.

— Chacun son job. Le mien, c'est l'analyse. Pas la récolte.

À chaque rouage sa fonction. Une vision tayloriste de l'entreprise. À la BC, c'était tout le contraire. Avant d'étudier la matière première, il fallait non seulement la débusquer mais parfois même en semer les graines en espérant qu'elles germent.

— Et puis c'est trop dangereux, poursuivait Grivet. Regardez votre cliente. Ce n'était pas une débutante et elle a quand même réussi à se noyer. Alors moi…

Chloé tiqua.

— La victime pratiquait la plongée ?

— Vous ne le saviez pas ?

— Non.

— Vous ne faites pas d'analyses sanguines dans ce genre de cas ?

— On n'a pas encore eu le retour.

L'autre hocha la tête, surpris. Il devait penser la même chose que Chloé : *Pas pressés, à la scientifique.*

— Nous avons trouvé des traces de Trimix dans l'eau prélevée dans les poumons.

— Qu'est-ce que c'est ?

— Oxygène, azote, hélium. On utilise ce mélange à partir de quatre-vingts mètres. Il permet de mieux gérer la désaturation et de réduire l'effet narcotique.

Même si elle n'entendait rien à ce jargon technique, Chloé venait de saisir une vérité inattendue : Lola Terzian n'était pas seulement à l'aise dans l'eau. C'était une plongeuse expérimentée, capable de descendre à de grandes profondeurs en respirant un gaz complexe.

Elle attrapa le bras du bûcheron et le força à s'arrêter.

— En clair, vous êtes en train de me dire qu'elle s'est noyée en effectuant une plongée ?

— Aucun doute là-dessus. Vu la concentration en azote résiduel, on peut affirmer sans risque de se tromper qu'elle est descendue sous la barre des cent mètres.

Virage à cent quatre-vingts degrés. La victime n'avait pas coulé à pic. Elle était descendue de son plein gré, équipée, motivée. L'utilisation d'un bateau, comme la présence d'une ou de plusieurs autres personnes – Chloé avait entendu dire qu'on ne plongeait jamais seul, a fortiori à ces profondeurs – devenait une certitude mais soulevait d'autres interrogations. Que s'était-il passé en bas ? Pourquoi était-elle nue ? Et surtout, qu'est-ce qui avait poussé celui ou ceux qui l'accompagnaient à rester dans l'ombre ?

Ils arrivaient devant une cage vitrée. Le Cedre (l'acronyme était inscrit sur la porte) avait tout d'un labo de la PTS. Paillasses en céramique. Tubes à essai. Instruments de mesure... Des armoires métalliques et quelques chariots à roulettes complétaient le dispositif, faisant aussi penser à une salle de dissection. Deux laborantins bossaient à l'intérieur, traditionnelles blouses blanches et nuques cassées sur les lentilles de microscopes. Vu sous cet angle, on aurait dit une pub pour dentifrice.

— Salut Sonia, j'peux t'interrompre une minute ?

Une femme releva la tête. Tempes grises, quasi rasées, plumeau sur le crâne, couleur limaille de fer, et lunettes rectangulaires dans le pur style sécu. Desireless dans la version années 80, en plus vieille, juste avant le modèle

Hare Krishna qui remplissait les salles avec ses potes de la tournée du souvenir.

— Une minute, pas plus.

Voix douce. Ton posé, limite extatique. Une allumée. Ou une défoncée. La coupe de cheveux n'était que la partie émergée de l'iceberg. À tous les coups, elle carburait aux graines et vivait avec des chats dans une bergerie du Haut-Var. Avec Grivet, ils faisaient la paire.

La policière s'avança. Elle avait remarqué que la chercheuse portait des gants en nitrile et évita le désormais traditionnel check du poing.

— Commandante Chloé Latour. Brigade criminelle. Je viens pour l'affaire Lola Terzian.

— Professeure Larue. Je suis au courant.

Nette, précise, presque tranchante. Comme annoncé, la chercheuse n'avait pas la moindre seconde de temps à gaspiller. Malgré sa voix de miel et ses allures de zadiste, elle faisait dans l'efficace et y mettait à peine les formes.

— Alors ? demanda Chloé afin de reprendre les rênes. Vous m'avez fait venir pour quoi ?

— Nous avons fait deux découvertes étranges. Vraiment étranges...

— Vu votre spécialité, je suppose qu'il s'agit d'agents polluants ?

— Pas uniquement.

Chloé était larguée. Elle s'appuya sur le coin d'une paillasse, une façon de se poser pour mieux appréhender la suite.

— Expliquez-moi. En commençant par le début.

Larue remonta ses lunettes et les cala dans ses cheveux. Sans l'accessoire, elle paraissait plus douce, plus accessible.

— Parlons d'abord des pollutions chimiques. Je vous passe les classiques : hydrocarbures, plastiques, goudrons... Il y en a partout en Méditerranée. Là où ça devient bizarre, c'est que l'eau analysée présentait une concentration très élevée en uranium 235.

— Le composé radioactif ?

— Oui. J'ai tout de suite pensé aux boues rouges. La zone a longtemps été contaminée par les rejets provenant du site industriel de Gardanne. Plomb, titane, chrome, arsenic et bien sûr uranium. La canalisation n'est plus en service depuis trois ans mais ils ont eu le temps de balancer une quantité astronomique de saloperies dans la mer.

Chloé opina. Elle connaissait l'existence de ce scandale. Une usine de production d'alumine qui rejetait ses déchets toxiques dans le parc national des Calanques. Ça avait pris du temps, mais les associations de défense de l'environnement avaient réussi à mettre fin au saccage.

— Je ne saisis pas le problème. La victime s'est noyée dans ce périmètre. Il semble assez logique de retrouver des traces d'uranium dans l'eau inhalée.

— Sauf que la proportion ne colle pas. J'ai essayé de justifier la quantité de cet isotope contenu dans l'échantillon par les volumes de boues rouges déversés et par le temps que les métaux lourds prennent à se désagréger. Parfois plusieurs centaines d'années. Mais même là ça n'allait pas. Le ratio est cent fois supérieur à celui des autres traces.

— Qu'en déduisez-vous ?

— Que la victime a été exposée à ce type de pollution de façon directe. Je ne veux pas m'avancer, ce n'est pas ma spécialité, mais je dirai que son organisme devait en contenir suffisamment pour essaimer dans les poumons et se retrouver dans l'eau qu'ils contenaient.

Une contamination à l'uranium. Lola avait-elle été irradiée ? Avait-elle ingéré des produits radioactifs ? Elle se savait peut-être condamnée et avait décidé de mettre fin à ses jours. Un suicide dans les grands fonds, une façon romantique de se supprimer pour une amoureuse de la mer. Sa nudité, comme la discrétion du ou des plongeurs qui l'accompagnaient sans doute, pouvait peut-être s'expliquer par cette motivation.

Chloé enregistra l'info et aborda le second point. Elle devait avancer.

— Votre deuxième découverte. De quoi s'agit-il ?

— De plancton.

— De plancton ?

— Tout à fait.

— Je croyais que le Cedre ne s'occupait que de pollutions industrielles.

— Pas seulement. Je suis aussi chargée d'étudier les micro-organismes marins afin de connaître l'impact des contaminations sur la biomasse.

Exit la chimie. Bonjour la biologie. Pour bosser dans ce labo ultrasophistiqué, Larue devait être une pointure en la matière.

La scientifique rechaussa ses lunettes. Elle ouvrit un tiroir et en sortit un document relié par une spirale plastique. Verrouillé sur son instrument, le second chercheur n'avait pas bougé d'un pouce. Un hologramme de craie fondu dans un décor de givre.

— Où est-il passé…, chuchota-t-elle en feuilletant les pages, comme si elle cherchait une recette dans un livre de cuisine. Ah ! Voilà… Vous savez ce qu'est le nanoplancton ?

Vague réminiscence de ses cours de SVT en terminale. Chloé répondit d'un ton mal assuré.

— De petits organismes placés à la base de la chaîne alimentaire ?

— En gros, oui. En fait, le nanoplancton est une catégorie de plancton. Il est constitué d'organismes microscopiques, le plus souvent monocellulaires, dont la taille ne dépasse pas cinquante microns. Il est présent dans tous les écosystèmes sous-marins. Peu importe la nature de l'eau.

Salée, douce, saumâtre… Il est capable de se développer dans n'importe quel milieu aquatique. Et surtout de s'adapter. En 2008, on en a encore découvert des fossiles en Chine, près de Ghizhou. Ils dataient du précambrien.

Quand elle parlait boutique, Larue ne ressemblait plus du tout à Desireless. C'était plutôt Einstein, dans une version psychédélique.

— Je suppose qu'il y en avait dans l'échantillon, se hasarda Chloé pour montrer qu'elle suivait.

— Une forte concentration. Les spécimens étaient morts, ce qui n'a rien de surprenant puisque leur durée de vie ne dépasse pas quelques jours. Par chance, ils étaient relativement bien conservés.

— Après plus d'un mois ?

— Le temps est une donnée relative. Surtout en la matière. L'habitat protégé dans lequel ils ont été placés a pu favoriser ce phénomène.

Les poumons. Des poches quasi hermétiques, saturées d'eau, cavernes bien abritées à l'intérieur desquelles les micro-organismes avaient été sauvegardés de la corruption.

Larue poursuivait.

— Mais ce n'est pas tout. Là où ça devient intéressant, c'est quand on analyse la composition de notre échantillon.

Un éclair d'intelligence pure brilla derrière les carreaux de ses lunettes. Elle avait levé un lièvre et l'idée l'excitait. Le hipster hochait lentement la tête. Il connaissait déjà la chute.

— Parmi toutes les divisions présentes, il y avait des Ciliés. C'est un protozooplancton un peu plus gros que les autres, doté de cils vibratiles lui permettant de se déplacer et d'attraper des proies.

— Un plancton chasseur ?

Sourire. Celui du professeur attendri par la candeur de l'élève.

— En quelque sorte. Traditionnellement, on oppose le zooplancton, appartenant au règne animal, au phytoplancton, essentiellement végétal et qui lui sert de nourriture. Mais ce n'est pas ce qui m'a intriguée.

L'intérêt de la policière grimpa d'un cran. Qu'est-ce que cette dinguette allait bien pouvoir lui sortir ?

— On dénombre un peu plus de huit mille espèces de Ciliés sur la planète. Chacune possède ses caractéristiques, ses spécificités. Or, celle que nous avons isolée appartient à la classe des Spirotrichea et a pour habitat exclusif les eaux douces.

Réponse de bon sens, du tac au tac.

— Il y avait peut-être une rivière sous-marine à proximité du lieu où la victime s'est noyée ?

Le hipster intervint. À son air assuré, Chloé comprit qu'on abordait sa zone de compétence.

— Bonne déduction. Il y a des centaines de sources karstiques en Méditerranée et on a aussi identifié des particules d'eau douce mélangées à l'eau de mer. Comme les résurgences les plus profondes sont situées à deux cents mètres sous la surface et que votre cliente était équipée pour les atteindre, ça aurait pu coller.

— Où est le problème ?

La biologiste récupéra la parole. Pour les protozoaires, il fallait s'adresser à elle.

— J'ai voulu être sûre. J'ai donc comparé notre Spirotrichea à ceux répertoriés sur nos côtes. Il n'était pas dans la liste.

— Comment ça ?

— Il n'y avait rien dans notre banque de données. Et c'est sans doute la plus complète de toutes celles que l'on peut se procurer sur le territoire. J'en sais quelque chose, c'est moi qui l'ai constituée.

— La victime a pu l'inhaler pendant le transport.

— Impossible. Les poumons étaient déjà saturés d'eau et par définition, un cadavre n'inhale plus rien. Et puis je viens de vous le dire, ce plancton n'existe pas en Méditerranée.

Le ton, agacé, fit prendre conscience à Chloé de la stupidité de sa remarque. Elle glissa en douceur.

— Ce qui signifie qu'il viendrait d'ailleurs ?

— Je ne vois pas d'autre explication.

— D'où ?

— Pour l'instant je n'en sais rien. J'ai lancé des recherches complémentaires et envoyé quelques mails. On verra bien…

La Grenobloise accusa le coup. Cette découverte donnait à l'enquête une impulsion nouvelle. Elle induisait aussi une évidence. Si le plancton n'avait pas une origine locale, on l'avait forcément inoculé dans les poumons de Lola Terzian. La dernière volonté d'une femme ayant décidé d'en finir, d'ordre symbolique et accomplie par une âme charitable qui l'avait accompagnée jusqu'au bout ? Ou, plus simplement, une explication que Chloé s'évertuait à refouler depuis l'accord passé avec Ago : un meurtre, accompli selon un rite précis par un meurtrier déjanté.

Larue regarda sa montre et lui tendit le rapport. La minute était largement dépassée, la science avait de nouveau besoin de ses services.

— Tout est là-dedans. Je vous tiendrai au courant si j'ai des précisions.

Chloé aurait aimé la cuisiner encore un peu, mais elle préféra s'abstenir. Le temps filait pour elle aussi. Il était bientôt midi et elle avait encore de la route à faire. À présent, ce n'était plus la crainte d'être prise en faute par Ago qui la guidait. Elle avait hâte de retrouver ses flics pour leur faire part de ses découvertes.

— Merci, docteur. Vous pouvez me joindre à ce numéro.

La biologiste prit la carte de visite et la fourra dans la poche de sa blouse. À son regard absent, Chloé comprit qu'elle était déjà repartie dans son monde.

16

Retour à la casbah.

Tempes en sueur, chemisier trempé et cerveau en surchauffe. Le mode surexcité, qu'un embouteillage monstre à l'entrée est de Marseille avait achevé de booster. Chloé avait dû traverser la ville sirène hurlante pour rejoindre son QG.

— Briefing !

Trois paires d'yeux se braquèrent sur elle. Cheveux collés au front, veste à l'épaule et air halluciné, Chloé devait ressembler à une folle.

— *Que pasa* ? demanda Belkhir, un poil inquiète.

— J'ai du nouveau dans l'affaire de la noyade.

Assis derrière son semblant de bureau, Agopian lui adressa un demi-sourire. À en juger par la mine interloquée des deux autres, il avait dû fermer sa gueule. Il avait respecté sa part du marché, attendu Chloé pour qu'elle fasse la synthèse et annonce le classement de l'enquête. Il devait être en train de se demander si elle allait bien tenir parole.

— J'arrive de l'Ifremer, lança-t-elle à la cantonade. On s'est plantés complet.

Échanges de regards. Celui de l'Arménien hésitait entre colère et incrédulité.

— Plantés ? répéta Nabilla d'un ton intrigué.

Commencer par le début. Remettre les pions dans l'ordre.

— On a identifié la victime. Elle s'appelait Lola Terzian. Une dresseuse de dauphins du parc Marineland, à Antibes.

— Merci pour l'info, ironisa Orsini. On sait où c'est. Si tu nous disais plutôt où est le bug.

Toujours à la limite de l'insolence. C'était sa façon de compenser le fait d'obéir à une pisseuse. Chloé ne releva pas. Elle brûlait, au sens propre du terme, de leur donner les résultats de ses investigations.

— Elle s'est noyée entre Bandol et Carqueiranne. Les résidus de schiste métamorphique correspondent aux sédiments présents dans cette zone.

— Et après ? Y'a un paquet de gens qui ne vont pas à la plage en bas de chez eux.

— Ses organes digestifs ont été soumis à une pression importante qui a occasionné des microlésions spécifiques, très différentes de celles liées aux gaz de décomposition. Tout laisse penser que le corps est descendu au moins jusqu'à cent cinquante mètres.

L'information tomba à plat. Bacman continuait sur le même mode, sourire en coin et voix moqueuse.

— Il a très bien pu couler à pic sur une zone où il y avait du fond. Classique.

Chloé lança un regard à son second de groupe, en recherche d'un soutien. Ago ne broncha pas. Il connaissait ce pan de l'histoire et attendait la suite avant de se décider.

Elle la lui livra sans attendre :

— Je l'ai d'abord pensé. Mais d'après l'Ifremer, Lola Terzian ne s'est pas noyée en surface. Elle a inhalé de l'eau à très grande profondeur pendant qu'elle effectuait une plongée au Trimix.

La révélation provoqua un silence. Passé la surprise, Orsini en profita pour se mettre en avant :

— Oxygène, azote, hélium. Le mélange des pros…

— Pas seulement, corrigea Belkhir. Tout le monde l'utilise aujourd'hui. Tekkies comme amateurs.

Le Corse se faisait à nouveau rabrouer. Deux fois en moins de cinq minutes, assez pour piquer son orgueil de mâle méditerranéen. Il étira un petit sourire, histoire de garder une contenance.

— Parce que tu donnes aussi dans la plongée ?

— Les deux sont complémentaires. Pour observer certaines espèces, il faut se rendre dans leur milieu naturel.

— Ça vaut pour les morues ?

— En fait, j'ai surtout étudié les maquereaux. Et tu veux que je te dise ? J'ai pas eu besoin de plonger pour ça.

Un partout, balle au centre. Agopian sortit de son mutisme, mettant fin à la passe d'armes.

— C'est quoi les « Tekkies » ?

— Le surnom que se donnent les plongeurs techniques, répondit Nabilla. En abrégé, ça donne Tek.

— Ça vient d'où ?

— Du terme anglais *Technician*, utilisé phonétiquement. À la base, il désigne tous les experts, quel que soit leur domaine de compétence. Le milieu de la plongée l'a récupéré.

— Notre victime était une experte ?

— C'est clair. Pour descendre à cette profondeur, avec ce type de mélange, vaut mieux maîtriser grave.

— Ce qui ne signifie pas pour autant qu'elle ait été une pro, c'est ça ?

L'Arménien cherchait à comprendre. De toute évidence, les remontrances seraient pour plus tard. L'histoire l'avait accroché, il était monté dans le train et souhaitait maintenant savoir où il les conduirait.

— Exact, confirma Belkhir. Elle pouvait très bien s'intéresser aux épaves. Ou alors faire de la plongée sous plafond, type spéléo ou calotte glaciaire. Avec l'évolution des matériels, de plus en plus de plongeurs ont accès à ces spots.

Chloé profita de la précision pour reprendre la main. Elle s'était postée près de la fenêtre, fesses sur le chambranle, seule place d'où elle pouvait cadrer ses trois coéquipiers sans avoir à tourner la tête de l'un à l'autre.

— L'hypothèse grotte sous-marine serait la plus cohérente. On a trouvé du plancton d'eau douce dans ses poumons et le coin est truffé de rivières souterraines. Seulement il y a un hic.

— Un de plus, ironisa Orsini. Ce cadavre, c'est une vraie boîte de Pandore. Plus tu ouvres, moins tu trouves.

— Plus tu ouvres, plus tu trouves, corrigea Nabilla.

— C'est ce que j'ai dit.

— Ben voyons...

Le Corse la gratifia d'un majeur bien tendu auquel la beurette répondit par un simulacre de baiser. Le club des poètes était de retour.

— Quel hic ? reprit Agopian avec sérieux.

Chloé s'expliqua.

— L'espèce identifiée par l'Ifremer n'est pas présente sur nos côtes.

— Tu peux développer ?

— D'après la professeure Larue, la biologiste qui a effectué les analyses, elle ne serait pas répertoriée dans leur banque de données.

— Elle a très bien pu passer entre les mailles, affirma Belkhir.

— Larue a établi la classification. Elle n'y croit pas. Elle est convaincue que ce plancton vient d'un autre écosystème.

La benjamine haussa les épaules. Une tête de faucon était tatouée dans son cou, dont le corps et une partie des ailes étaient dissimulés par le tissu du débardeur. Quand elle bougeait, le rapace semblait prêt à s'envoler.

— Tous les mêmes, ces chercheurs. Quand un truc leur échappe, c'est que ça n'existe pas.

— Il y a une autre possibilité.

— Laquelle ?

La commandante avait eu le temps de creuser sa réflexion pendant qu'elle poireautait dans sa voiture.

— Il est possible que cet organisme ait été introduit dans les poumons de la victime de façon artificielle.

— Une seringue ? demanda aussitôt Belkhir.

— Ce serait le plus simple. Une aiguille hypodermique plantée directement dans le poumon, juste après la noyade. Le même modus operandi que pour une réanimation cardiaque par injection d'adrénaline.

Une grenade assourdissante lancée en plein milieu de la pièce n'aurait pas eu plus d'effet. Tout le monde avait compris ce qu'une telle hypothèse impliquait.

— T'es sérieuse ? l'interpella Agopian.

— Je veux tout envisager.

— Tu vas pas un peu loin ?

— Peut-être. Mais la présence de ce plancton à un endroit où il n'a rien à faire pose une vraie question.

— La réponse n'est pas forcément le meurtre. A fortiori le meurtre rituel, si je te suis bien.

Chloé s'attendait à cette levée de boucliers. Elle concéda :

— C'est vrai.

— De plus, rajouta Agopian, qui dit rituel, dit potentiellement série.

— Encore vrai. C'est pour ça que j'ai pensé à une autre option.

— Laquelle ?

— Le suicide.

— Qu'est-ce qui te fait penser à ça ?

— Larue a trouvé des quantités astronomiques d'uranium 235 dans l'échantillon. La victime était sans doute contaminée.

— Elle se serait volontairement noyée pour éviter de souffrir ?

— Possible. Dans cette hypothèse également, il y aurait eu au moins un autre plongeur. Ça expliquerait qu'il ait pu injecter le plancton dans ses poumons et la déshabiller.

— Un genre d'assistant ?

— Quelqu'un de très proche en tout cas. Qui connaissait la signification symbolique qu'avait le plancton pour la victime et a accepté de suivre ses dernières volontés.

Agopian haussa les sourcils.

— C'est carrément mystique, ton truc.

— On est dans le monde de la plongée. Ils sont tous branchés sur ce genre de délires. Pareil que les surfeurs.

Le Pitbull se passa une main sur le crâne, comme s'il voulait en sentir chaque aspérité. Chloé connaissait ce geste. Il signifiait que son second de groupe évaluait la situation. Les autres l'avaient aussi capté. À l'instar de leur chef, ils attendaient le verdict.

— Tu comptes la jouer comment ? finit-il par lancer.

— En reprenant tout de zéro.

— Va falloir informer Verbier.

— C'est prévu.

Demi-mensonge. Pour l'instant, elle préférait laisser le substitut hors-jeu. Pas assez de preuves directes. Il grincerait des dents et risquait de lui compliquer la tâche.

— OK, lança Ago. On t'écoute.

Sentiment d'avoir gagné une manche. Si elle parvenait à convaincre l'Arménien, Orsini suivrait. Il le respectait. Quant à Belkhir, elle était déjà de son côté. D'esprit ouvert, curieux, elle laissait toujours sa chance au produit. Surtout quand il devenait si appétissant.

— On sait maintenant que la victime évoluait au large. Ce qui implique une embarcation.

— Et donc une autre personne, reprit Nabilla.

— Une ou plusieurs. On est encore sûrs de rien. On peut juste affirmer que si elle était partie seule, on aurait retrouvé le bateau.

— Elle a très bien pu nager jusqu'à l'endroit où elle a plongé, contra à nouveau Orsini.

— Peu probable. Il faut parcourir au moins un mille nautique en direction du large avant d'atteindre ce dénivelé.

— Une dresseuse de dauphins, doublée d'une plongeuse. Deux petits kilomètres ne devaient pas lui faire peur.

— Pas avec un équipement lourd.

Le Corse haussa les épaules et s'envoya une Nicorette. L'enfant du pays, c'était lui. Il avait du mal à avaler qu'une étrangère lui explique comment se comporter en mer.

— Admettons, lança Ago. Qu'est-ce qu'on a d'autre ?

— On l'a retrouvée à poil, indiqua Belkhir. Quelqu'un lui a forcément retiré son matos.

Chloé lui adressa un sourire qui voulait dire « merci ».

— Lola Terzian n'était pas seule quand elle s'est noyée. Quel que soit l'angle sous lequel on prend le problème, on aboutit toujours à la même conclusion.

Un à un, les coins s'enfonçaient. Orsini ne disait plus rien et Ago fixait Chloé. À en juger par leur silence, elle pouvait considérer que la partie était gagnée.

Elle profita de son avantage.

— Bacman, tu vas me répertorier les spots où on pratique la plongée Tek. Clubs, centres, sociétés de travaux sous-marins… Tu ratisses large, de Menton à Marseille. Ensuite tu vas leur rendre une petite visite.

— Je le gère en solo ?

— Pas le choix. On est que quatre et il faut se répartir le taf.

— J'te préviens, ça risque de prendre des plombes.

Belkhir intervint.

— Pas tant que ça. Les Teks ne sont pas si nombreux. En fait, c'est un tout petit milieu. Commence par la Fédération. Ils auront sûrement une liste.

Le Corse eut un haussement de sourcils. Vautré dans sa chaise, il semblait ruminer un truc.

— T'as un problème ? lui demanda Chloé.

— Je me demandais pourquoi Nabilla s'y collait pas ? Elle a l'air d'en connaître un rayon sur le sujet.

Pas si stupide. Dans le feu de l'action, la cheffe de groupe avait distribué les rôles sans réfléchir.

— D'accord. Aicha, tu t'en charges. Orsini, tu vas aller à la pêche du côté des tatoueurs et scarificateurs. J'ai besoin de savoir à quoi correspond ce motif.

Elle sortit son portable et montra la photo prise au médico-légal. Dans ce nouveau contexte, ce détail prenait maintenant de l'importance.

— Muller l'a découvert pendant l'autopsie. À première vue, ça ressemble à un code-barres.

Agopian tira la tronche. Il devait flipper de ne pas avoir eu la primeur de l'info. En tant que second de groupe et compte tenu de ses liens privilégiés avec la patronne, il estimait sans doute y avoir droit.

Il lâcha d'un ton agacé, comme pour se venger d'avoir été mis sur la touche :

— Elle se l'est peut-être fait graver de son plein gré. C'est à la mode, ce genre de conneries.

— Possible, admit Chloé. Mais s'il s'agit d'un meurtre, ce dessin pourrait bien constituer un élément du rituel. La mutilation a été effectuée peu de temps avant la mort. Les plaies n'étaient pas totalement refermées.

— Ton tueur l'aurait charcutée sous l'eau ? demanda Orsini.

— Ou peu de temps avant de plonger. De toute façon, il faut fouiller cette piste.

— Ça peut pas mieux tomber. J'ai une copine branchée *body art*.

Nabilla ricana. Question conquêtes, Bacman affichait un palmarès de champion du monde. Stakhanoviste de la drague, il s'envoyait tout ce qui passait à sa portée. La seule qui lui ait résisté était Belkhir. D'où sans doute la tension.

Chloé ignora l'échange et poursuivit sur le même ton de commandement.

— Ago, tu m'épluches les fadettes et tu te procures le dossier médical de la victime. Si elle a été contaminée, ça doit figurer quelque part. De mon côté, je fais un saut à Antibes et on refait le point dans vingt-quatre heures.

Orsini et Belkhir quittèrent le QG, déjà dans l'action. Agopian, toujours vautré dans sa chaise, lâcha d'un ton sec :

— T'as pas l'impression de me la faire à l'envers ?

— De quoi tu parles ?

— Je t'ai soutenue, couverte. Et pendant ce temps, tu m'as baladé avec ta petite enquête en loucedé.

On y était. Il s'était retenu jusque-là mais le temps de la mise au point était venu.

— Je n'ai pas eu le temps de te prévenir. Tout est allé très vite.

— C'est ça... Et le rapport d'autopsie ? Pourquoi tu me l'as pas transféré ?

— Je n'avais pas encore le retour des prélèvements. Je me suis dit que je vous donnerais toutes les infos en même temps.

— Sauf que dans l'intervalle tu m'as envoyé à Nice. C'était le moment ou jamais de me rencarder.

— Désolée, j'ai zappé.

Elle était de bonne foi. Les événements s'étaient enchaînés. Elle n'était sûre de rien et marchait sur un fil, notamment avec Ago. Quand elle lui avait demandé d'aller sonder la mère de la victime, il l'avait recadrée en beauté. Elle avait mis toute son énergie pour le convaincre et l'autopsie était passée à la trappe.

Le Pitbull secoua la tête.

— Prends-moi pour un con.

— Écoute...

— Laisse tomber. Tu t'enfonces.

Chloé sentit qu'elle était en train de le perdre. Elle laissa filer quelques secondes et changea de sujet :

— Au fait, t'as terminé le PV ?

— Lequel ?

— Celui sur le double homicide.

Ago se leva en enfilant son bombers. Puis il se dirigea vers la porte et balança sans se retourner :

— Sur ton bureau. Pour info, ça va faire une semaine qu'il est torché...

17

Elle l'avait poursuivi toute la nuit et une bonne partie de la journée sans qu'il parvienne à la chasser. Une pensée aux allures de bruit de fond, flottante, obsédante, comme ces douleurs récurrentes qui parasitent l'existence. Chaque fois que Jean n'était pas accaparé par une tâche, une action ou simplement un autre sujet du quotidien, elle se glissait dans les méandres de son cerveau et le colonisait.

Lola s'était noyée.

D'après les rares informations glanées dans la presse régionale, l'enquête avait conclu à un simple accident. Imprudence. Malaise. Faute à pas de chance. En réalité, les journalistes n'en savaient rien. Ils débitaient des poncifs à la con, meublaient leurs colonnes avec des généralités, sans oublier de surfer sur la vague du sacro-saint principe de précaution. « Ne jamais nager seul. » « Ne pas s'éloigner des zones de baignade surveillées. » « Éviter d'entrer dans l'eau après les repas. » La victime n'avait sans doute pas suivi ces recommandations de base, ce qui l'avait conduite à la noyade.

Sauf que Lola n'était pas n'importe qui. Elle connaissait la mer. Bossait dans un parc aquatique. Nageait comme un poisson. Elle ne se serait jamais exposée à une situation à risque. Et quand bien même… Si elle s'était retrouvée en difficulté, elle possédait les ressources suffisantes pour se tirer d'un mauvais pas.

Alors quoi ?

Que s'était-il passé ?

Jean mit en marche le compresseur. Un ronflement épais emplit le hangar, grondements de tonnerre d'un orage en approche. Purge, remplissage, vérification des robinets et des cols. Les bouteilles devaient être gonflées à deux cent trente bars – le maximum. De l'air comprimé recraché par la pieuvre – surnom donné à la batterie de tuyaux reliant les blocs à la machine – qui se dilaterait en passant par le détendeur et deviendrait respirable. La seule source de vie quand on s'aventurait sous la surface.

D'ordinaire, ce boulot le relaxait. Des gestes précis, mécaniques, toujours les mêmes. Il accomplissait ce rituel après chaque plongée, concentré sur les manos vissés en enfilade le long du mur de brique.

Mais pas ce soir.

Le visage de Lola se superposait aux aiguilles, aux cadrans, à tous les instruments familiers entreposés dans la station de gonflage. Une image reconstituée, mouvante, déjà passée au filtre de ses souvenirs.

Leur rencontre avait eu lieu quatre mois plus tôt, au centre aquatique du Marineland. Jean intervenait sur une canalisation défectueuse du bassin numéro un, une piscine géante où se déroulait le spectacle des dauphins.

C'est en sortant de l'eau qu'il était tombé sur elle. Lola était assise sur la margelle de pierre, emmaillotée dans sa tenue de travail comme si elle l'attendait. Elle lui avait demandé si la fuite était réparée et si elle pouvait faire passer ses animaux dans le grand bain.

Dès le premier regard, Jean avait été accroché. Le noir intense de ses cheveux, plaqués sur sa tête à la façon d'un casque. Celui de la combinaison en néoprène, luisante et ajustée, qui soulignait ses formes tel un collant de super-héros. Derrière son sourire clair, il avait saisi dans ses yeux une certaine forme de timidité. Comme une fêlure qui avait achevé de le faire craquer.

La suite s'était passée naturellement. Quelques banalités formulées à la volée, entre professionnels de la mer. L'évidence d'une attirance réciproque. Un échange de numéros de portables…

Leur histoire, partie sur les chapeaux de roues, avait duré deux mois. Soixante-quatre jours d'une passion enivrante pendant lesquels Jean s'était laissé porter. Sans réfléchir. Sans calculer. Sans écouter la petite voix tapie au fond de son crâne qui lui criait : « DANGER. »

Puis ses peurs l'avaient rattrapé. Le spectre d'un nouveau drame, aussi violent qu'imprévisible, à l'image de ceux qui avaient frappé toutes ses compagnes au cours des trente dernières années. Leurs morts avaient beau remonter à loin, la souffrance était toujours là. Ce soir, plus que jamais, elle ravivait la brûlure de la malédiction qui le poursuivait.

Pour Jean, le lien de cause à effet coulait de source. Une croyance absurde, dont le temps et son retour à Saint-Mandrier n'étaient pas parvenus à le libérer. Même si l'Enfer et le Paradis restaient à ses yeux des concepts, même s'il refusait les notions de péché ou de rédemption, l'idée d'une justice immanente, quasi surnaturelle, restait profondément ancrée en lui.

Il avait préféré la plongée à celle qui lui avait donné le jour. L'avait abandonnée, seule, entre les griffes de l'Ogre. Une faute impardonnable qu'il devait expier et dont le prix lui semblait légitime. C'était à son tour d'être abandonné. Et de la pire façon qui soit. Les femmes qu'il aimait mouraient comme il avait laissé mourir sa mère.

Retour à l'envoyeur…

N'importe quel psy aurait pu poser le diagnostic. Jean avait échangé ses terreurs d'enfant contre des angoisses d'adulte. Au bout du compte, le résultat était identique. Après cinq histoires avortées, chaque fois soldées par un décès brutal, il avait abandonné définitivement l'idée de se projeter dans un avenir à deux. Dans son esprit, la configuration comportait un risque physique, mortel, pour celle qui aurait eu le malheur de partager sa vie.

Et ça, il était incapable de l'assumer.

Un bip strident le ramena au présent. La première fournée était prête. Un par un, il dévissa les six embouts de la pieuvre et verrouilla les blocs. Pendant qu'il raccordait les suivants, le cheminement infernal reprit son cours.

Lola avait fait les frais de son délire morbide. Elle était la dernière femme qui avait vraiment compté et il l'avait congédiée sans prendre de gants. Une rupture brutale, directe, la seule façon de la protéger.

Pourtant, elle était quand même morte. Une mort violente, comme pour les autres. Les précautions qu'il avait prises n'avaient servi à rien et le scénario empirait. Il avait beau tenter de biaiser, l'issue ne variait pas.

Une autre idée déboula, qu'il essayait de toutes ses forces de tenir à distance. Et si Lola s'était foutue en l'air ? Pire : et si c'était à cause de lui ?

La jeune dresseuse était fragile. Une mosaïque de peurs, de failles, de souffrances enkystées au plus profond d'elle-même. Il n'était pas resté assez longtemps avec elle pour en appréhender les soubassements mais il l'avait senti. Brisée par leur rupture, elle avait pu succomber à une pulsion morbide.

Il se massa les yeux avec la sensation qu'ils allaient éclater. Suicide ou accident, la conclusion était la même. Tout était de sa faute.

D'une façon ou d'une autre, il était responsable de sa mort.

D'un revers de main, il chassa la sueur qui perlait sur son front. La chaleur régnant dans l'atelier, potentialisée par la surchauffe de son cerveau, lui donnait l'impression de bouillir. Il devait arrêter de gamberger, de se flageller. Passer à autre chose. Sans quoi, il allait devenir dingue.

Il démarra le moteur. Le ronflement emplit de nouveau l'espace, libérateur. Jean le laissa entrer en lui, saturer ses tympans, emplir chaque pouce de son être comme un cocktail d'anxiolytiques. Le ronron du compresseur le rassurait. Il préfigurait déjà l'espace de paix qui allait s'ouvrir sous ses palmes.

— JEAN !

Il sursauta en se retournant. Ève s'encadrait dans son champ de vision. Mains en porte-voix, elle cria encore afin de couvrir le vacarme :

— UN COUP DE MAIN ?

18

Elle portait un débardeur tout simple, un short en jean minimaliste et une paire de sandales tropéziennes lacées à la romaine sur les chevilles. L'uniforme sur la côte, incontournable et stéréotypé, en vigueur dès les premières chaleurs de juin. La plupart du temps, il était agrémenté d'accessoires – bijoux, lunettes, sac – dont le plus important était le tatouage. Les chairs à nu laissaient voir des motifs complexes, limite ésotériques, dont les propriétaires étaient les seules capables d'appréhender le sens. Une façon de s'identifier, de se définir, comme les étiquettes des produits de consommation vendus dans un supermarché.

Sur ce point, Ève faisait exception à la règle. Aucun dessin. Pas le moindre symbole. Seulement la peau. Un fourreau couleur miel, piqueté par endroits de taches de rousseur. Cette absence d'artifice sublimait sa beauté, lui donnait une dimension sacrée.

— Tu m'as fait peur, lança Jean.

— Désolée. Je ne voulais pas…

— Y'a pas de mal.

Il lui adressa un sourire bienveillant. Une façon de la mettre à l'aise mais également de se reprendre. Son cœur s'était emballé, et pas seulement à cause de la surprise.

Depuis la plongée test et le pot de bienvenue, Jean n'avait pas eu une minute à lui consacrer. Trop de boulot. D'autres priorités. Lola... C'était la troisième fois qu'il se trouvait dans le proche périmètre de la jolie rousse et sa présence venait encore de le déstabiliser.

— J'ai aucun doute là-dessus, répondit-elle.

Elle sourit à son tour. Une expression sincère, franche, sans la moindre once de minauderie ou de séduction. Le comportement naturel qu'aurait pu adopter n'importe quel autre membre de l'équipe.

— Il est bientôt 20 heures, s'étonna Jean. Comment ça se fait que tu sois encore là ?

— Premier jour. J'ai intérêt à me faire bien voir.

— T'as surtout intérêt à être en forme demain.

— Tu veux parler de la petite intervention sur la ligne télécom ?

Deux heures de plongée sur un câble sous-marin accroché à un tombant. Zone accidentée. Courants puissants. Cent vingt-six mètres. Pas vraiment une promenade de santé.

— Vous devez être sur site à 7 h 30.

— T'inquiète pas pour ça. Je ne suis pas une grosse dormeuse. Alors, ce coup de main ?

— J'ai quasiment fini.

Elle afficha une mine déçue. Jean rajouta aussitôt :

— Mais c'est sympa de proposer.

— Normal. La maintenance fait partie du job, non ?

Il la dévisagea. Un bon petit soldat, en ordre de marche pour la bataille. Il devait juste oublier l'enveloppe. Et surtout le regard. Le vert de ses iris évoquait les fonds cristallins d'une calanque. Chaque fois qu'il y plongeait les yeux, il se sentait comme aspiré.

— D'accord. Il y a un des V-Planner qui déconne. Tu saurais le réinitialiser ?

— Sans problème. Il est où ?

Jean alla chercher l'ordinateur de plongée. Au passage, il attrapa une tablette tactile posée au milieu du bordel et lui donna le tout.

— L'icône du logiciel est sur l'écran. T'as qu'à te laisser guider.

La Saint-Martinoise hocha la tête. Elle s'assit en tailleur sur le sol, matos en équilibre sur les cuisses et se mit au boulot.

Pendant un moment, chacun s'affaira à sa tâche. Ève pianotait sur le clavier. Jean suivait la progression du gonflage sur les manos. Aucune parole, aucun échange. Deux Teks concentrés sur leur job, bercés par la respiration sifflante du compresseur.

Au bout de quelques minutes, un nouveau bip annonça la fin de la séquence. Les bouteilles étaient pleines. Il n'y avait plus qu'à les ranger dans les casiers.

Jean coupa le moteur. Le silence s'abattit sur le hangar. Lourd. Déroutant. Jusque-là, le ronronnement avait servi de tampon. Maintenant qu'il s'était tu, Jean sentait la présence de la jeune femme dans son dos. Ses ondes s'enroulaient autour de sa poitrine, serraient ses côtes. Il était comme pris dans un étau.

Un pressentiment le traversa.

Hallucinant.

Et s'il ne s'agissait pas seulement d'une communauté de souffrance ? Si, plus simplement, il avait eu un coup de foudre ? Le genre qu'on ne voit pas venir, qui balaie tout sur son passage. L'impression de proximité s'expliquerait autrement. Quand on vivait ce genre de trip, le cerveau créait une sorte de fiction donnant l'illusion qu'on savait tout de l'autre. Qu'il faisait partie de nous. Jean l'avait déjà vécu plusieurs fois, il connaissait les signes avant-coureurs.

Il appuya sur le frein. Ève bossait pour lui. Déjà une excellente raison pour ne pas succomber à cette folie. Sans parler de Lola. Il l'avait quittée deux mois plus tôt. Elle était encore là, dans sa tête, une présence diffuse devenue plus prégnante depuis qu'elle était morte. Mais il y avait pire. Au-delà de la perte, de la douleur et de la culpabilité, la disparition de la jeune femme lui rappelait aussi que l'amour lui était interdit.

Il se retourna.

— T'en es où ?

— Ça charge.

— Parfait.

— J'en ai profité pour faire une mise à jour.

— Nickel.

Ses réponses sonnaient faux. Comme sa distance. Jean avait beau essayer de se raisonner, le malaise était toujours là.

Elle dut sentir que quelque chose le perturbait.

— Il y a un problème ?

— Non. Aucun.

— Tu voulais peut-être conserver l'ancienne version ?

— Pas de souci. T'as bien fait.

— Les bugs devaient venir de là. Le programme doit être corrigé en permanence sinon il se dérègle. J'en ai déjà fait les frais.

Elle avait l'air de connaître son sujet. Non contente de plonger comme une championne, elle maîtrisait également les arcanes de la technologie complexe sur laquelle les Teks s'appuyaient.

— Voilà... C'est dans la boîte. Tu veux que je m'occupe des autres ?

— Pas ce soir. Ils marchent encore très bien et il est tard.

Jean avait adopté un ton paternaliste. La meilleure posture pour rester sur les rails.

— Comme tu veux, répondit la jeune femme en se relevant. N'hésite pas, s'ils se mettent à déconner.

— C'est noté.

— Bon… Ben je vais y aller.

— Moi aussi. Demain, on a du pain sur la planche.

Elle se dirigea vers la sortie. Après trois pas, elle s'arrêta et se retourna.

— Au fait…

— Quoi ?

— Merci pour la caisse. Et aussi pour le meublé.

— De rien. Ça fait tourner le moteur de la Méhari. Quant à l'appart, on l'avait loué pour ton prédécesseur et il restait deux mois de préavis. Autant s'en servir.

— Tu parles du type qui a fait la narcose ?

— Oui.

— Thomas, c'est ça ?

— C'est ça.

Elle baissa la tête. Les rivières rouge rubis de ses cheveux retombèrent en cascade sur ses joues.

— Je suis désolée. Sincèrement.

— On l'est tous. Mais il a déconné. Et à cent quatorze mètres, ça pardonne pas.

Pas de commentaires. Tous les plongeurs connaissaient les risques. La nécessité impérieuse de respecter les règles, les procédures.

Sous peine de mort.

Jean n'avait pas envie de développer. Ni de s'enfoncer dans le pathos. Il laissa filer quelques secondes et revint sur un sujet plus léger : l'intendance.

— Si tu as besoin de quelque chose, tu m'le dis.

— Vraiment ?

— Vraiment.

Elle se trémoussa d'un pied sur l'autre avant de lancer en souriant :

— L'appart est pratique mais y'a quand même un petit hic.

— Lequel ?

— La déco. Elle est carrément déprimante.

— C'est provisoire. Le temps que tu trouves une piaule.

— Je sais… Mais là, j'ai vraiment pas envie d'aller m'y enterrer. On pourrait peut-être aller boire un petit verre. Pas longtemps…

Aucun sous-entendu dans la proposition. Elle ressemblait seulement à une gamine qui vient de faire un cauchemar et ne veut pas retourner au lit.

Pour n'importe qui d'autre, Jean aurait accepté. On ne refuse pas un peu de chaleur humaine à une personne qui cherche du réconfort. Mais Ève le perturbait. Il avait beau se raisonner, aligner les arguments logiques, objectifs, rendant toute hypothèse de rapprochement hors de propos, le résultat était le même. Pour l'heure, il ne contrôlait rien. Et quand on ne contrôle rien, mieux vaut être prudent.

— Je suis vanné.

Elle fit tout de suite machine arrière.

— Pas de problème. Je comprends.

— Une autre fois si tu veux.

— C'est ça. Une autre fois.

Elle lui adressa un petit signe de main et tourna les talons. En la voyant partir, Jean éprouva une émotion inattendue.

Pas du regret.

Encore moins des doutes.

Plutôt un soulagement.

19

Ciel bleu. Soleil blanc. Collines vertes.

Un tableau idyllique défilait de part et d'autre de la lanière d'asphalte, figé comme un cliché pour site de locations de vacances. La route 66, pure et sauvage, version Provence profonde.

Chloé avait pris le volant à l'aube. Pour ce déplacement éclair, elle avait réquisitionné la 308, plus rapide, plus confortable et surtout plus fiable que les Clio à bout de souffle dont la BC était dotée. Son programme était chargé. Elle voulait faire l'aller-retour dans la journée et pas question de tomber en rade.

Premier arrêt : Nice. Ago n'avait rien obtenu de la mère de la victime. Ni avec sa carte de flic, ni par son appartenance à la communauté arménienne. Il n'avait peut-être pas creusé dans la bonne direction, et pour cause puisqu'il ignorait encore les résultats fournis par l'Ifremer. Chloé comptait sur ces nouveaux éléments pour obtenir un bonus. Ensuite, elle ferait un saut à Antibes.

8 h 04. Le GPS indiquait une arrivée dans 57 minutes. Elle venait de dépasser la sortie Draguignan et entamait la partie la plus emmerdante du tracé. Une succession de courbes courtes, resserrées, coincées entre les contreforts abrupts des monts bleutés de l'Estérel.

Elle leva le pied. Depuis Marseille, elle avait tenu une moyenne de cent soixante km/h sans utiliser le gyrophare. La circulation était fluide. La caisse glissait sur le goudron sans faire d'efforts. Aucun intérêt de s'exciter. De plus, elle avait profité de cette parenthèse pour faire un nouveau point sur son enquête.

À ce stade, aucune hypothèse n'était validée. Celle d'un suicide assisté se tenait et pouvait encore emporter la mise. Un suicide libérateur, motivé par le refus de se faire ronger de l'intérieur après une contamination radioactive. Pourtant, même si Chloé ne possédait pas toutes les réponses, de nombreux éléments plaçaient maintenant celle d'un meurtre en pole position.

En tête de liste, le Spirotrichea. Larue était peut-être prétentieuse mais elle connaissait son job. Si la biologiste disait que ce plancton n'était pas présent sur le pourtour méditerranéen, c'était certainement vrai. En tout cas, les chances pour qu'elle se plante paraissaient minimes. L'hypothèse d'une introduction non naturelle dans les poumons de Lola – en clair, une inoculation – restait la seule explication possible.

Ensuite le Trimix. La dresseuse de dauphins avait franchi la barre des cent mètres en respirant ce gaz élaboré. Difficile d'imaginer une telle plongée en solo. Quelqu'un – le meurtrier ? – l'avait forcément accompagnée avant de lui arracher son détendeur. Et à cette profondeur, pas moyen de remonter sans air. Sans parler des paliers. Elle aurait eu le temps de se noyer dix fois avant d'atteindre la surface.

Il y avait aussi la disparition de l'équipement. Combi, masque, palmes, ordinateur de plongée et surtout bouteilles et stab. Un harnachement de cosmonaute dont Chloé avait pris la mesure en se rencardant sur un site spécialisé. Même ballottée par les courants, il en serait resté des éléments. Or, Lola était entièrement nue. On lui avait donc retiré son matos pièce par pièce, sans doute pour essayer de brouiller les pistes.

Enfin les scarifications. Ce point était plus aléatoire mais s'inscrivait néanmoins dans une logique possible. Celle d'un rituel accompli par le tueur, avec ou sans l'accord de la victime, dont l'uranium serait aussi un élément.

Et comme l'avait soulevé Ago, qui disait rituel, disait potentiellement série.

Une courbe plus serrée l'arracha à sa réflexion. Chloé avait repris de la vitesse et s'y engageait à plus de 150 km/h, coincée entre un camion et la barrière de sécurité. Elle se cramponna au volant et franchit l'obstacle en priant pour que ça passe. Une fois hors de danger, elle se rabattit sur la file centrale et leva le pied.

L'incident lui fit prendre conscience de son emballement. Elle allait trop vite. Sur la route comme dans ses déductions. Elle devait se calmer afin d'envisager toutes les options.

Les indices plaidant pour un meurtre pouvaient aussi être regardés sous un autre angle et redonner du corps à la thèse du suicide. Le plancton, le Trimix, la nudité du corps et les scarifications s'expliquaient peut-être par le désir de la victime de ritualiser sa propre mort. Un retour à la matrice originelle, au plus profond des mers, sans entraves ni contraintes et en symbiose avec la forme de vie la plus archaïque de la planète. Une sorte de délire écolo-mystique auquel avait participé un de ses amis aussi barré qu'elle.

Quoi qu'il en soit, l'enquête était en train de basculer. Suicide ou meurtre, cette nouvelle configuration posait également une foule de questions.

D'où venait le plancton ? Comment avait-il été introduit dans les poumons de Lola ? Pour quelle raison exacte ? À quelle profondeur s'était-elle noyée ? Cent mètres ? Cent cinquante ? Plus ? Évoluait-elle en pleine eau ou avait-elle fait une incursion dans une grotte ? Qu'était devenu l'équipement ? À quoi correspondaient ces scarifications ?

Et quelle place exacte tenait l'uranium dans le tableau ? Autant de cases à noircir avant de déchiffrer le rébus.

Vibration dans sa poche. Répercutée par le Bluetooth, la sonnerie de son portable siffla dans les haut-parleurs avec un léger temps de retard.

Muller, le légiste.

— Ce que je subodorais s'est confirmé.

— À quel propos ?

— Le corps ne s'est pas contenté de voyager dans l'eau. Il est très probable qu'il a également séjourné dans une grotte sous-marine.

Flambée dans ses artères. Le sac à énigmes s'allégeait de quelques grammes.

— Pourquoi ne m'en avez-vous pas parlé avant ?

— Je n'avais pas les éléments.

— Vous y avez pensé à cause de la murène ?

— Du tout. L'habitat de ces bestioles est assez étendu. Elles aiment toutes les sortes de cavité et se nichent aussi sur les tombants.

— La profondeur de la submersion ?

— Aucun rapport. Et là je vous l'aurais dit. Pour être honnête, je n'y avais pas fait attention. Puis en y regardant de plus près, j'ai identifié des résidus de corail dans certaines blessures de frottement. Du corail rouge, pour être précis.

Encore une donnée déroutante. On n'en était plus à une près.

— Du corail rouge ? Je croyais qu'il n'y en avait plus en Méditerranée.

— On en trouve encore un peu. Le plus souvent dans des grottes, justement.

— Comment pouvez-vous être certain qu'il s'agit bien de ça ?

Un court silence. La voix de Muller refit surface, embarrassée :

— J'ai transmis l'échantillon à Quignard.

— L'Anacrim ?

— J'étais curieux de savoir. Je le lui ai demandé comme un service.

Chloé ne fit pas de commentaire. Le légiste avait outrepassé ses attributions en saisissant l'analyste criminel dans son dos. À sa décharge, il l'avait fait pour la bonne cause.

— Il a confirmé la provenance ?

— À quatre-vingts pour cent. L'espèce en question évolue dans la zone des quarante mètres. Sa coloration plaide pour un habitat froid, dépourvu de toute lumière. Or, à cette profondeur et compte tenu du réchauffement climatique, ces conditions ne sont plus réunies que dans une grotte.

Le parcours du corps. De vraies montagnes russes. Et un sacré casse-tête. Lola était d'abord descendue jusqu'à cent cinquante mètres avec son équipement. Elle avait dû se noyer en bas au regard de la concentration d'azote retrouvée dans son sang, ainsi que des microlésions spécifiques laissées sur ses boyaux par la pression.

Puis, sous l'effet des gaz de décomposition, elle était remontée. Elle avait ensuite séjourné dans cette caverne sous-marine dont elle était sortie pour atterrir dans les filets d'un chalutier.

Nue…

Avait-elle été entraînée dans la grotte par les courants ? L'y avait-on emmenée ? Si tel était le cas, pourquoi n'y était-elle pas restée coincée ?

Cette chaîne d'interrogations remettait sur le tapis l'amputation du pied. La morsure de la murène était-elle anecdotique ou avait-elle permis de libérer le corps d'une attache censée le maintenir sous l'eau, bien planqué dans son cercueil de roches ?

Pas moyen de le savoir pour l'instant et un autre point restait en suspens.

— La mort a été datée ?

— Autour du 15 juillet. Je dis autour parce qu'on n'a pas pu être plus précis. Même avec le strontium.

Pas si mal. Quelle que soit la marge d'imprécision, le créneau collait. Dix jours avant la déclaration de disparition. Le temps pour la mère de s'inquiéter.

Elle songea à autre chose.

— Vous pouvez vérifier un détail ?

— Lequel ?

— Une trace de piqûre. Sur la cage thoracique, au niveau des poumons

— Une piqûre ?

— Faite par une seringue hypodermique. L'Ifremer a trouvé un plancton bizarre dans l'eau analysée. Possible qu'on le lui ait inoculé.

Un silence. Le légiste devait réfléchir.

— Vous pensez qu'il pourrait s'agir d'un meurtre ?

— Je ne suis pas encore sûre.

— Mais vous l'envisagez.

— Certains points ne collent pas. Comme ce plancton. Je dois vérifier.

— Ça va être difficile. Le permis d'inhumer a été délivré hier matin.

Un coup de retard. Tant pis. Muller l'empêcha aussitôt de regretter.

— De toute façon, le corps est trop abîmé pour relever ce genre de marque. Mais j'ai autre chose.

— Quoi ?

— La toxicologie est revenue. Elle a révélé des résidus de Trimix dans la formule sanguine. C'est un mélange…

— Je connais.

— On peut supposer que la victime effectuait une plongée au moment où elle s'est noyée. Et pas n'importe laquelle. Les lésions de profondeur le corroborent.

Chloé savait déjà tout ça. Elle allait raccrocher quand elle songea à autre chose.

— Il y avait aussi de l'uranium 235 ?

— Je vous demande pardon ?

— Est-ce que vous avez trouvé cet isotope dans son sang ?

Muller répondit sans hésiter.

— Quelques traces, oui, comme chez tous les noyés. L'eau de mer en contient souvent, surtout près des côtes.

— Il pourrait s'agir d'une contamination radioactive ?

— Vous pensez à une exposition de la victime à des radiations ?

— Exactement.

— Aucune chance. Si c'était le cas, les taux auraient été mille fois supérieurs. La proportion retrouvée était dans la fourchette haute mais correspond simplement à la migration dans l'organisme des molécules contenues dans l'eau inhalée.

— Ça marche aussi si l'uranium a été injecté post-mortem ?

— Comme le plancton ?

— Oui.

— C'est la même chose mais il en faudrait une quantité plus importante. Les alvéoles pulmonaires font office de conducteur. Quand le cœur fonctionne, elles tournent à plein régime. Quand il s'arrête, le phénomène tient plus de la capillarisation.

Chloé s'accrocha au volant. Pas d'uranium. En tout cas rien d'anormal. Pas besoin d'être docteur en physique nucléaire pour en déduire que Lola n'avait jamais été irradiée ni exposée, de près ou de loin, à ce type de contamination. Contrairement à ce que pensait Larue, ce n'était pas son sang qui avait contaminé l'eau contenue dans sa cage thoracique, c'était l'inverse. D'où les proportions. Lola n'avait donc eu aucune raison de se suicider. En tout cas pas celle-là.

A contrario, la présence massive de cet agent dans les poumons venait étayer la thèse du meurtre. Le tueur l'avait sans doute introduit à la seringue lui aussi, en même temps que le plancton. Une dose massive, dont seules quelques scories avaient filtré dans l'organisme de la victime puisqu'elle ne respirait plus au moment de l'injection.

Où avait-il bien pu se le procurer ?

Chloé remercia Muller et coupa son portable, l'esprit chauffé à blanc. À présent, elle y voyait plus clair.

Lola avait très certainement été assassinée. Un meurtre ritualisé, en lien avec le Spirotrichea, un métal lourd radioactif, la plongée Tek et les grandes profondeurs. Quel était le point commun entre ces éléments ? Et quelle place occupaient les scarifications dans ce tableau illisible ? Les interrogations continuaient à débouler, sans le moindre début de réponse.

Le péage du Capitou apparut au détour d'une courbe. Plus que cinquante bornes et elle serait à Nice.

Elle se cala dans son siège et prit une grande inspiration. Elle devait se vider l'esprit, évacuer les questions qui se bousculaient sous son front. Faire peau neuve avant de rencontrer la mère de la victime.

Chloé se préparait à l'aborder de biais. Pas en tant que flic mais avec l'empathie d'un soutien. Une épaule compatissante sur laquelle s'épancher. Ce genre de douleur, elle connaissait. Elle pouvait s'y couler afin de mettre toutes les chances de son côté pour obtenir du concret.

Le reste, elle verrait plus tard.

20

— Madame Terzian ?

— Plus depuis mon divorce. Qui êtes-vous ?

Chloé tiqua. Ago ne lui avait pas fait part de ce point. Elle ne fit pas de commentaire et présenta son badge.

— Commandante Chloé Latour. Je suis de la police. Brigade criminelle de Marseille.

La femme jeta un œil désabusé sur la plaque, tout en achevant de lever le rideau métallique de sa boutique. Le soleil s'infiltrait entre les arches de la place Masséna, dessinant sur le sol des losanges de lumière. La Grenobloise songea aux arcades de la rue de Rivoli, à une époque où elle accompagnait sa mère à Paris pour y faire du shopping.

La commerçante se présenta :

— Karine Rostand. Vous venez pour ma fille ?

— Oui.

— J'espère qu'il n'y a pas de problème pour l'enterrement. Il est prévu à 14 heures.

— Il ne s'agit pas de ça.

Un soulagement dans le regard. La première étape du processus de deuil passait par le cimetière.

Chloé précisa :

— Je viens pour l'enquête. La routine.

— J'ai déjà eu la visite d'un de vos collègues, il n'y a même pas deux jours. Le capitaine Agossian.

— Agopian.

— C'est ça. Un Arménien. Je lui ai dit tout ce que je savais.

Plantage sur toute la ligne. Cette femme n'était pas arménienne pour un sou. Au ton pincé, il semblait même évident que tout ce qui touchait à cette communauté la hérissait. Au lieu d'un avantage, les origines d'Ago avaient constitué un handicap. Pas étonnant qu'il ait passé ce point sous silence. Il avait eu peur que Chloé s'en serve pour critiquer les conclusions de son interrogatoire.

— Je peux entrer ?

— Faites.

Chloé suivit la commerçante à l'intérieur d'un vaste espace blanc, quasi minéral, parfaitement raccord avec le tailleur immaculé de sa propriétaire. Il était cloisonné par des panneaux de plastique translucides sur lesquels étaient posés des modèles de chaussures pour femme. Les pompes, plutôt classes, semblaient flotter dans l'air, en apesanteur. Elles évoquaient des colonies d'oiseaux étranges prêts à prendre leur envol.

— Je vous offre un café ?

— Merci. Je viens d'en prendre un.

En arrivant à Nice, Chloé s'était garée dans le parking creusé sous la place Masséna. Le magasin ouvrait à 10 heures, elle avait eu quarante-cinq minutes à tuer. Elle les avait passées devant un déca au bar de la boutique Nespresso – une entorse à sa religion du thé –, le seul endroit familier dans cet environnement inconnu. L'avantage avec les chaînes, lui avait dit un jour son père, c'est qu'on n'est jamais dépaysé.

— Si vous êtes ici, c'est que vous pensez qu'on a tué Lola. Je me trompe ?

Karine Rostand s'était assise sur un tabouret haut, derrière sa caisse enregistreuse. Elle ne portait pas de masque et le sujet ne semblait pas la concerner. Tasse à la main et regard absent, elle paraissait planer à côté de son brushing. Sa soixantaine, pourtant énergique, pesait sur ses épaules comme un fardeau trop lourd. Elle avait un peu trop forcé sur le fond de teint, ce qui donnait à son visage une fixité de carton-pâte. Une momie blonde, prête pour le sarcophage.

— Non, répondit Chloé sans détour.

— Le capitaine Agopian était moins affirmatif. L'enquête a progressé ?

— On peut dire ça.

Elle semblait s'y attendre. Au lieu de s'effondrer, elle se raidit.

— Alors ? Qu'est-ce que je peux faire pour vous ?

— Pour être franche, je n'en sais rien.

Karine Rostand dévisagea Chloé d'un air intrigué.

— Ça risque d'être compliqué.

— Je souhaitais vous rencontrer. Échanger un peu avec vous. Et également vous dire que je suis vraiment désolée.

— C'est très aimable de votre part, mais je ne suis pas certaine de pouvoir vous aider.

— Nous verrons bien…

Elle marqua une pause. Un climat de confiance s'installait. Pas de pression, seulement une discussion entre femmes.

— Finalement, je prendrais bien un déca. Vous en avez ?

La commerçante hocha la tête. Pendant qu'elle faisait couler l'expresso, Chloé demanda de but en blanc :

— Vous saviez que Lola pratiquait la plongée sous-marine ?

— Je l'ignorais. D'un autre côté, ça ne me surprend pas. Elle adorait la mer.

— Votre fille était une experte. Elle était capable de descendre à des profondeurs incroyables.

— Vraiment ?

— Plus de cent cinquante mètres. Avec des bouteilles bien sûr.

Une expression désabusée passa dans le regard de la sexagénaire. Les prouesses sportives de sa fille ne la lui rendraient pas. Elle posa la tasse chaude sur la banque et reprit sa place.

— Vous croyez qu'elle s'est noyée pendant une plongée ?

— Tout le laisse penser.

— Je croyais qu'il s'agissait d'un meurtre.

— L'un n'empêche pas l'autre.

— Ah…

Aucun intérêt de creuser par là. Karine Rostand n'entendait rien au monde des grands fonds, encore moins à la façon dont on pouvait l'utiliser pour supprimer un être humain.

Chloé avala une gorgée d'arabica. Corsé. Puis elle changea d'angle.

— Lola, c'était quel genre de femme ?

— Elle n'avait rien de spécial. Je l'ai déjà expliqué à votre collègue.

— Je sais. Mais vous avez peut-être omis de mentionner un détail à propos de son caractère, ses habitudes.

— Je la fréquentais peu. Elle m'appelait régulièrement mais c'était superficiel. Le devoir filial à mon avis. À une époque, nous étions très complices. Depuis le divorce, tout avait changé. Elle m'en voulait.

— Pourquoi ?

— C'est moi qui ai quitté son père. Il me trompait sans cesse.

Le paternel. Toutes les filles aiment leur papa. Peut-être une source d'infos à exploiter.

— Il habite où maintenant ?

— Aux dernières nouvelles, il était retourné à Milan. Il est né en Lombardie. Je n'ai plus aucun contact avec lui depuis que je l'ai mis dehors. Ça doit bien faire quinze ans.

Un coup dans l'eau. Chloé creusa dans le périmètre.

— Vous avez d'autres enfants ?

— Non. Ce salaud n'en voulait qu'un.

Elle commençait à se lâcher. Amertume. Frustration. Colère. Le mariage de cette femme n'avait pas été une partie de plaisir.

— Vous l'avez prévenu ?

— Pour quoi faire ? Il a coupé tous les ponts. Y compris avec sa fille.

Un salopard de concours. Et de toute façon hors de portée.

— Lola avait des amis ?

— Je suppose.

— Je veux dire, des amis que vous auriez pu connaître quand vous étiez encore proches.

— Sincèrement, je ne vois pas. Elle a toujours été secrète. Et puis tout ça est tellement loin...

La douleur refaisait surface, teintée de nostalgie. La louve avait perdu sa seule progéniture. Malgré les différends, la distance, le souvenir d'une époque heureuse ravivait la brûlure.

Une femme entra dans la boutique. Elle déambula entre les parois translucides en attendant qu'on s'occupe d'elle. Chloé termina son déca d'un trait. Le business reprenait ses droits. Il ne lui restait plus beaucoup de temps pour discuter tranquille.

— Le Spirotrichea, ça vous évoque quelque chose ?

— Non. Qu'est-ce que c'est ?

— Une espèce particulière de plancton. Lola en avait dans les poumons.

— Elle s'occupait de dauphins. C'est peut-être à cause de ça.

Inutile de la contredire. Encore moins de lui expliquer le pourquoi du comment. Les détails ne pourraient que la faire souffrir davantage.

— Elle s'intéressait à la biologie sous-marine ?

— Comment voulez-vous que je le sache ?

— Vous auriez pu.

— Vous ne m'avez pas écoutée. Ça faisait des années qu'on se parlait à peine et pour se dire des banalités. Je ne savais plus qui elle était vraiment. Alors ce genre de détails...

— On a aussi trouvé de l'uranium dans...

— Écoutez, je ne sais pas ce que fabriquait ma fille, ni avec qui. Je suis désolée mais je ne peux plus rien pour vous.

L'ambiance était en train de virer. La commerçante s'impatientait. Elle jetait de rapides coups d'œil vers la cliente qui se dirigeait maintenant vers la sortie.

— Une dernière question, insista Chloé.

— Faites vite. Il faut que je m'occupe de cette dame.

— Nous avons découvert des marques étranges sur la nuque de Lola. Juste à la racine des cheveux.

— Des marques ?

— Des scarifications pour être précise. Elles tracent un motif abstrait. Tenez, regardez. On dirait un code-barres.

Chloé lui colla l'écran de son portable sous les yeux, sans lui laisser l'occasion de se dérober. Karine Rostand lança une œillade craintive sur la photo puis tourna la tête aussitôt.

— Ça ne me dit rien mais c'est très surprenant.

— Qu'est-ce qui est surprenant ?

— Le fait qu'elle se soit infligé ces cicatrices.

— Pourquoi ?

— Enfant, Lola avait une peur panique des objets tranchants. Couteaux, rasoirs, scalpels... Elle craignait aussi les feuilles de papier, c'est pour vous dire. Cette phobie n'est jamais passée, même quand elle est devenue adulte.

— Elle l'a probablement surmontée.

— Il semblerait.

La commandante n'insista pas. Elle prit congé et se retrouva sous les arcades. La discussion ne lui avait pas beaucoup appris, hormis peut-être une chose. Lola était phobique de tout ce qui coupait. Une terreur irrationnelle, vrillée dans les profondeurs insondables de sa psyché.

Chloé était bien placée pour savoir qu'on ne guérit pas si facilement de ce genre de trouble. Ni totalement. En admettant que la jeune femme se soit soignée, ce qui restait à démontrer, difficile de la croire capable de se faire mutiler de son plein gré. L'absence totale de tatouages sur sa peau le démontrait. Les scarifications avaient sans doute été réalisées de force, ou sous l'emprise d'une drogue, seul le contexte dans lequel on les avait pratiquées restait maintenant à préciser.

Elle quitta Nice sur les chapeaux de roues. Cette découverte inattendue apportait une pierre supplémentaire à l'édifice et confortait ses convictions.

Il s'agissait d'un meurtre.

La nature subie des entailles en rajoutait une couche qui ne permettait plus d'en douter. Un crime ritualisé, pensé, réfléchi, élaboré dans les moindres détails par un psychopathe organisé.

Mais il y avait autre chose. Elle pressentait, inscrite en filigrane derrière ce rituel dément, l'existence d'une motivation encore plus dérangeante. Une sorte de défi. Le tueur avait gravé sa folie dans les chairs de Lola par pure provocation, comme un message codé qu'il la poussait à décrypter.

Chaque galère en son temps. Orsini creusait déjà la piste du *body art*. Elle ferait le point avec lui plus tard, en rentrant à la BC.

Elle regarda l'horloge de bord et écrasa la pédale de l'accélérateur. Dans l'immédiat, il lui restait encore une chose à faire pour boucler son programme.

21

— C'est pas une bonne idée.

— On est restés ensemble deux mois. Ça me paraît normal d'aller à son enterrement.

Jean marchait de long en large dans le cafoutche. Il crevait de chaud sous le costume noir et sa cravate l'étranglait. Deux fois qu'il l'enfilait en moins d'un mois. À force, il allait finir par se prendre pour un croque-mort.

Rosso grommela :

— Putain de tête de mule.

— J'en ai besoin. On a vécu une relation très forte.

— Au cas où tu l'aurais oublié, je te rappelle que tu l'as larguée comme une merde.

— Tu ne sais pas tout.

— Ah bon ? Et qu'est-ce que je devrais savoir ?

Pas le moment de s'étendre sur les tenants et les aboutissants. Le Grizzly ne connaissait rien ou presque de son histoire, de cette punition aux allures de malédiction qui lui collait aux basques depuis toujours. Jean ne s'était jamais confié sur ce pan de sa vie privée. Trop personnel.

— C'est compliqué.

Rosso secoua la tête. Dans une BD, on aurait vu une vapeur rouge sortir de ses naseaux.

— Peu importe. Elle est morte et c'est bien triste. De là à te sentir coupable, il y a de la marge. C'est comme pour Thomas. Tu vas finir par t'étouffer à force de te croire responsable dès que quelqu'un se noie.

On fait comme on peut. Avec ce qu'on a. Et le fait qu'il s'agisse de noyade n'y était pour rien. A fortiori pour Thomas, de toute façon étranger au tableau.

À cet instant, Jean pensait aux autres accidents. À cette chaîne de cadavres qu'il tirait derrière lui depuis des lustres, pire que le boulet d'un condamné. Des cadavres qui à la longue s'étaient transformés en fantômes. Il avait créé ces spectres de toutes pièces à force de culpabilité et à présent ils unissaient leur voix dans une unique supplique, un cri primal qui peu à peu se transformait en hurlement.

— Oh ! T'es là ?

— Je réfléchissais.

— T'as qu'à dire que je t'emmerde.

— Tu penses que je dois faire livrer des fleurs ?

— J'y crois pas. J'te dis que tu ferais mieux de pas y aller et toi tu me parles de fleurs ?

— De toute façon c'est un peu tard. J'aurais dû m'y prendre avant.

— T'as raison. Ni fleurs, ni couronnes. Tu mets ton costard au placard, tu enfiles ta combi et tu fais un petit tour sous l'eau. Ce sera le meilleur moyen de décompresser.

Jean ne répondit pas. Les directives de son associé lui étaient parvenues dans une sorte de brouillard, un parasitage auditif produit par ses propres pensées.

Tout en continuant sa déambulation, il était revenu sur le déroulé des dernières heures : sa décision de se rendre à l'enterrement, le jeu de piste qui lui avait permis d'obtenir la date, l'heure et le lieu de l'inhumation.

Tout s'était joué pendant la nuit. Une longue plage d'insomnie entrecoupée d'assoupissements où se déchaînaient des rêves pour le moins agités. Dans le plus prégnant, il effectuait une plongée sous glace avec Lola. Le décor était féerique. Irréel. Ils progressaient côte à côte dans un monde clos, figé, sorte de matrice bleu dur recouverte par un toit argenté. La lumière du dehors filtrait à peine, dégradant les couleurs en une palette froide et monochrome. Au-dessus de leurs têtes, leurs bulles s'aggloméraient en paquets lourds pour dessiner des motifs compliqués, quasi ésotériques. À ce stade, Jean ressentait une paix profonde.

Une illusion d'éternité.

Puis, en une fraction de seconde, tout basculait. Lola se mettait à couler. Vite. Très vite. Elle tombait dans un gouffre entouré de murs bleutés, comme aspirée par un siphon puissant. Jean n'essayait même pas de la suivre. Par expérience, il savait que ça ne servirait à rien.

Il voyait seulement le cri muet déformant son visage pendant qu'elle s'enfonçait dans les ténèbres. Un visage qui se transformait brutalement pour prendre les traits de sa mère. Avant qu'il ne s'efface, ses lèvres lui hurlaient « AIDE-MOI ! » avec une atroce impression de déjà-vu.

Ce cri n'était pas seulement un appel au secours.

Il était son fardeau.

À peine debout, il avait joint les différentes morgues de Marseille. Le corps avait été repêché au large de Planier, il était peut-être passé par l'une d'entre elles.

Il avait fait mouche au troisième coup, à celle de la Timone. Un type ensommeillé lui avait annoncé que la dépouille de Lola était partie pour Nice la veille au soir. Elle avait été convoyée par la société PFCA, une entreprise de pompes funèbres basée là-bas.

Un coup de fil plus tard, il avait eu toutes les infos. Par chance, il était encore dans les temps. On enterrait Lola l'après-midi même à 14 heures. Messe à l'église Saint-Roch. Inhumation dans la foulée au cimetière du même nom.

— Bon, faut que j'y aille.

Il venait d'interrompre Rosso en plein milieu de sa phrase. Le Grizzly avait dû continuer sa litanie pendant que Jean se repassait le film.

— C'est ça, lança son associé d'un ton amer. Vas-y. Enfonce-toi. Après tout, c'est ta vie.

— Te tracasse pas pour moi. Ça va aller.

— Tu rentres quand ?

— Ce soir.

Il se dirigea vers la porte en attrapant les clefs de sa caisse au fond de sa poche.

En route pour les festivités.

22

Dans le manuel du parfait policier, comme dans le Code pénal, il y a des règles auxquelles chaque flic doit se soumettre. Elles ont pour but de garantir un certain équilibre entre des forces antagonistes. D'un côté la liberté individuelle, de l'autre la nécessité de faire régner l'ordre. Sans elles, la société bascule dans l'anarchie ou, pire, la dictature.

Voilà pour la théorie.

Dans la réalité, il faut parfois composer avec les grands principes. En termes plus directs, s'asseoir sur le règlement pour obtenir des résultats. Seul impératif : ne pas se faire gauler. La hiérarchie vous couvre jusqu'à un certain point, avant de retourner sa veste et de vous lâcher comme un pestiféré.

Chloé n'était pas douée pour l'exercice. Son éducation bourgeoise avait érigé au plus profond de son cortex de solides barrières contre toute forme de déviance. Consolidées par ses études de droit, et plus particulièrement par un cours sur la loi et l'éthique, elles étaient devenues infranchissables.

Pourtant, à cette seconde, elle s'apprêtait à foutre toutes ses valeurs en l'air. Sur l'autoroute, elle avait tenté de joindre Verbier pour le tenir informé de ses dernières découvertes. Elle possédait maintenant assez d'éléments pour le convaincre de la suivre. Par la même occasion, elle voulait lui faire part de son intention de perquisitionner chez la victime.

Pas de bol, le substitut était d'audience toute la journée. Il avait coupé son portable, aucun moyen de le joindre. Elle avait donc pris sur elle pour se passer de son accord. Pour une fois, la prime irait à l'efficacité.

Elle se gara dans la rue, à une centaine de mètres de l'objectif. Le quartier où avait vécu Lola était du genre banlieue pavillonnaire, ni chic ni cheap, un rêve de classe moyenne avide d'espace et de tranquillité. Bâti à la périphérie d'Antibes, sur les collines de Biot, il avait néanmoins été rattrapé par l'urbanisation. De petits immeubles poussaient un peu partout, verrues cubiques et insipides damant le pion aux rares maisons encore présentes.

Elle marcha jusqu'au portail. Trottoirs déserts. Chaleur de canicule et zéro ombre. Ceux qui n'étaient pas au boulot devaient être calfeutrés derrière leurs murs de crépi blanc, bien à l'abri du sirocco. Sa petite incursion passerait inaperçue.

Regard circulaire.

Personne.

Chloé fit jouer la poignée. Ouvert. Elle poussa le battant, cœur dans la gorge, et se retrouva face à un jardinet au centre duquel trônait un puits en pierre surmonté d'une vieille poulie rouillée. La baraque était au fond, minuscule et pas de première jeunesse. Construite de plain-pied, recouverte de lierre, elle évoquait un cabanon d'été.

Elle s'avança. Table en plastique minable. Chaises longues usées jusqu'à la corde. Gazon jauni par le soleil. Lola ne roulait pas sur l'or. Une combi noire, en néoprène et frappée du logo du Marineland, était suspendue sur un fil à linge, sorte d'épouvantail décapité qui devait onduler au gré du vent et faire fuir les oiseaux.

Elle s'approcha de la porte d'entrée, un gros panneau en bois d'un goût douteux dont le vernis se fendillait. Fermée. Comme les volets donnant sur la façade. Elle fit le tour et tomba sur une terrasse en teck agrémentée d'une pergola en fer forgé. Une seconde porte, vitrée cette fois, permettait un accès par l'arrière. Verrouillée également.

De toute évidence, Lola n'était pas partie en catastrophe. Elle avait pris le temps de tout claquemurer. Elle avait donc suivi, ou rejoint, le meurtrier de son plein gré. Ce n'est qu'ensuite, probablement une fois sous l'eau, qu'elle s'était fait coincer.

Chloé poursuivit son inspection. Plus elle avançait, plus la sensation désagréable de perdre son temps se chevillait en elle. On n'entre pas si facilement dans une maison dont les accès sont cadenassés. Même si on est flic. Elle ne savait pas crocheter une serrure, encore moins fracturer des volets, et n'avait de toute façon pas le matériel pour ça.

Elle reprit espoir en découvrant le vasistas. Il était situé à mi-hauteur, dans la façade latérale donnant sur le mur mitoyen. À tous les coups les chiottes. Le panneau était remonté mais sa dimension lui permettrait d'entrer.

Nouveau scan de contrôle.

Aucun danger.

Elle sortit son arme de service, enleva sa veste et l'enroula autour. L'adrénaline galopait dans ses artères. Un troupeau d'éléphants martelait sa poitrine. Vraiment pas faite pour ça.

D'un coup sec, elle brisa le verre. Elle passa la main dans la brèche en faisant gaffe à ne pas se couper, déverrouilla le loquet et fit venir la lucarne vers elle. Les toilettes. Gagné.

Elle alla chercher une chaise sur la terrasse et se glissa dans l'ouverture. Réception facile sur la cuvette. Côté mental, plus compliqué. Elle pensait nullité de procédure, engueulade en règle, mise à pied…

Calme-toi. Tu risques que dalle. Si tu fais mouche, Verbier te couvrira. Sinon, personne ne le saura. La baraque est inoccupée depuis deux mois. Logique qu'on ait tenté de la braquer.

La porte était entrebâillée. Elle la poussa du bout des doigts. Une pièce s'ouvrait derrière, plongée dans la pénombre. L'odeur de charogne était si puissante que Chloé inspira malgré elle par la bouche. Elle songea à un rat en train de se décomposer dans la charpente. Ou peut-être même plusieurs…

Elle chercha l'interrupteur. Ce qui devait être le séjour apparut dans la lumière d'un plafonnier. Aux dimensions du cabanon, il ne dépassait pas vingt mètres carrés, dix si on tenait compte des meubles énormes qui encombraient l'espace. De toute évidence, Lola se tapait visiblement de son intérieur. Elle ne devait y passer que pour dormir ou se changer. Sa vie, la vraie, elle la passait au Marineland entourée de ses dauphins.

Exploration rapide. Deux chambres minuscules, une salle d'eau, une kitchenette. Le tout à peu près ordonné. Très peu d'objets personnels, à peine quelques fringues jetées en vrac dans une armoire. Plus surprenant, aucune trace de matériel informatique. Un quasi-désert numérique, à peine atténué par la présence d'une vieille box Internet. Le tueur était peut-être revenu faire le ménage après avoir récupéré les clefs dans les affaires de sa victime ?

Chloé s'assit sur le canapé. Elle avait chaud. Elle était lasse. Son expédition commando tournait au fiasco. L'enfoiré qui avait noyé Lola semblait avoir plusieurs longueurs d'avance. Un méthodique, froid et précis. Des qualités indispensables pour descendre avec sa proie à plus de cent cinquante mètres sous la surface des flots, la prendre par surprise une fois en bas, lui arracher son détendeur et la regarder crever.

Son regard se posa sur les magazines posés devant elle. Quelques vieux numéros de *Géo*. Une revue animalière avec une orque en couverture. Une autre sur l'univers de la plongée sous-marine.

Elle l'attrapa, par pure curiosité. Les photos étaient sublimes. Des reportages aux quatre coins de la planète, dans des lieux féeriques, de préférence exotiques. Des prises de vues irréelles, décors multicolores où des poissons ornés d'épines semblaient jouer avec l'objectif.

Un cliché, surtout, la fascina. Il représentait un plongeur évoluant à l'intérieur d'une grotte aux dimensions d'une cathédrale. Les éclairages, élaborés à dessein, faisaient ressortir la majesté du lieu. Son intemporalité. Du vert, du blanc, du bleu, haché par les lames effilées de stalactites millénaires. Elle n'avait pas le son mais entendait le silence. Elle le sentait. Il donnait au tableau une dimension divine.

Elle continua à feuilleter. Au détour d'une page, un encart attira son attention. Quatre traits épais l'encadraient, tracés au feutre noir, comme si Lola avait voulu se souvenir de son emplacement.

Il s'agissait d'une pub pour une entreprise de travaux subaquatiques. La société Tech Med, basée à Saint-Mandrier. On y voyait des plongeurs équipés de combis jaune fluo posant devant un énorme Zodiac. La mer en toile de fond et en surimpression un slogan accrocheur : « Tech Med, votre partenaire sous la surface ». En dessous, en caractères plus petits, les qualifications de la boîte. Soudure, découpage, renflouage, nettoyage et peinture de structures, dragage, dévasage… Il était également précisé que les scaphandriers de Tech Med intervenaient à tous types de profondeurs, y compris en milieu hostile ou confiné.

La température dans la pièce grimpa en flèche. Son cœur s'emballa pendant qu'elle voyait la connexion se matérialiser devant ses yeux.

Elle attrapa son téléphone sans réfléchir et composa le numéro inscrit dans l'annonce.

23

— Bien sûr que je la connaissais.

— Personnellement ?

— Pas vraiment. En tout et pour tout, je l'ai croisée deux fois.

— Vous êtes au courant de son décès ?

— J'ai lu ça dans le journal. Mais pourquoi ces questions ? C'était un accident, non ?

Le type à qui parlait Chloé s'était présenté comme un des dirigeants de la société Tech Med. Au ton assuré, direct, elle avait visualisé un vieux de la vieille à qui on ne la faisait pas. Le modèle loup de mer avec barbe et casquette, sorte de version méridionale du Captain Iglo en raison de son accent.

Sa confiance en lui s'était néanmoins écornée quand la policière avait décliné sa qualité. La brigade criminelle qui déboulait, même par téléphone, donnait à la noyade de Lola une coloration différente. Un parfum de meurtre planait maintenant sur le cadavre. Une odeur putride, comme celle du cabanon où se trouvait encore Chloé.

Elle quitta le canapé et se dirigea vers les toilettes. Besoin de respirer un peu d'air frais. De façon paradoxale, c'était le seul endroit où elle pouvait espérer en trouver.

Elle passa sa tête par le vasistas et emplit ses poumons de la fragrance des pins. Puis elle répondit d'une voix sèche :

— Je ne peux pas vous en dire plus. À quand remonte votre dernière rencontre ?

— J'sais plus. Fin mai, début juin.

— Dans quel cadre ?

Un silence. Trop long pour être neutre. L'enquêtrice venait de soulever un point embarrassant.

— Dans quel cadre, Monsieur Rosso ?

— OK… De toute façon vous finirez par le savoir. Elle était avec mon associé.

Chloé sentit un frisson lui parcourir la nuque.

— Vous voulez dire qu'ils sortaient ensemble ?

— Leur liaison n'a pas duré longtemps. À peine deux mois.

— Comment s'appelle-t-il ?

— Jean Sardi. On a fondé cette boutique ensemble mais c'est lui le patron.

— C'est aussi un plongeur ?

— Un des meilleurs.

Trop beau pour être vrai. Exit le tueur en série et bienvenue dans le crime passionnel sur fond de plongée technique. Le scénario se tenait et on lui amenait l'assassin sur un plateau.

Sardi s'était servi de leur passion commune pour entraîner Lola dans les abysses. Pour la piéger. Avec ses compétences, il n'avait eu aucun mal à maquiller le meurtre en accident. Le lieu de la noyade pouvait aussi coller. Saint-Mandrier se situait entre Bandol et Carqueiranne, en plein milieu du périmètre déterminé par l'Ifremer. Ça expliquerait pourquoi il se trouvait si éloigné du domicile de la victime.

Elle hésita. Demander tout de suite à parler au suspect ou continuer à cuisiner le Captain Iglo ? Elle se décida pour une poursuite de l'interrogatoire. Elle en apprendrait peut-être plus en passant par la bande.

— C'est elle qui l'a quitté ?

— Non, c'est lui. Il n'a jamais aimé les histoires à rallonge.

Retour à la case départ. Dans ce genre d'affaire, le meurtrier tue toujours par dépit. Pour la simple raison qu'il ne supporte pas la concurrence. S'il ne peut plus avoir l'objet de son désir, personne d'autre ne doit en profiter. L'exact opposé de la configuration décrite par l'associé de Sardi.

Rosso enfonça le clou. Sa voix vibrait dans les basses à l'autre bout de la ligne, posée à nouveau.

— Autant vous faire gagner du temps. Si vous soupçonnez Jean, vous vous foutez le doigt dans l'œil. Il n'avait aucune raison d'assassiner Lola. Je peux même vous dire que sa mort l'a profondément affecté. Il s'est mis dans la tête qu'elle s'était foutue en l'air à cause de lui.

— Parce qu'il l'avait plaquée ?

— Tout juste. Je lui ai dit que c'était débile mais c'est plus fort que lui. Il a tendance à se sentir responsable de tout. Dès que quelqu'un va mal, c'est de sa faute. Alors quand il meurt...

Chloé s'assit sur la cuvette des chiottes. Cette information fragilisait un peu plus l'hypothèse d'une culpabilité de Sardi. Son profil ne cadrait pas avec celui d'un tueur à sang froid, dénué de toute empathie.

Et puis il y avait le plancton. Cet indice renvoyait plutôt à un meurtre rituel. Comme les scarifications. Des éléments très éloignés du simple crime passionnel.

— Je dois quand même lui parler, conclut-elle. Vous pouvez me le passer ?

— Il est allé à l'enterrement de Lola.

Mauvais timing. Elle n'avait pas pensé à demander à la commerçante de la place Masséna où la cérémonie se déroulait.

— Ça se passe où ?
— À Nice.
— À quel endroit ?
— Aucune idée.

Un coup dans l'eau. Elle allait devoir être plus directe.

— Vous avez son numéro de portable ?
— Je vous le donne. Mais croyez-moi, il n'y est pour rien.

Chloé nota les chiffres et raccrocha. L'odeur de charogne la frappa de nouveau, accompagnée d'une forte envie de vomir. Elle inspira par la bouche et réfléchit.

Une seule personne pouvait la sortir de cette impasse. Muller. En espérant qu'il soit joignable. Avec un peu de chance, il lui fournirait l'info en consultant les registres de sortie de l'IML.

Regard sur sa montre. La cérémonie avait lieu à 14 heures et il était à peine midi. Si le légiste lui répondait, ça lui laisserait le temps de retourner à Nice et d'espérer trouver le cimetière.

24

Les tombes tenaient dans un mouchoir de poche.

Un rectangle minuscule, accroché à la colline, avec vue imprenable sur la gare de triage.

Au jugé, le cimetière Saint-Roch comptait une petite centaine de concessions. Modestes pour la plupart, elles s'alignaient sur trois ou quatre rangs en contrebas de la montée Favola. La route, étroite et sinueuse, grimpait à flanc de coteau sur les hauteurs de Nice. Quand un convoi funèbre était prévu, la police municipale était contrainte d'en interdire l'accès.

Après que Muller l'eut rencardée – il avait fallu moins de cinq minutes au légiste pour dégoter l'info –, Chloé avait soufflé. Une messe précédait l'inhumation, ce qui lui avait permis de rejoindre sa destination dans les temps. Elle s'était garée un peu plus bas, avait gravi la côte à pied, veste à l'épaule, et attendait maintenant la fin de la cérémonie sous un soleil de plomb.

Elle s'épongea le front. Bientôt 15 heures. La grimpette sur le bitume avait déjà fait exploser sa température interne et pas un arbre pour se soustraire à ce cagnard d'enfer. Sa chemise était trempée. Son pantalon lui collait à la peau et la sueur se faufilait entre ses seins. Elle se liquéfiait, littéralement.

De son poste d'observation, situé en surplomb derrière le grillage qui clôturait l'enceinte, elle voyait le petit groupe planté devant le caveau. Une dizaine de personnes, épaules voûtées, postures recueillies.

Elle repéra tout de suite Karine Rostand, la mère de Lola. La commerçante avait troqué son tailleur blanc contre un noir, toujours élégant et plus de circonstance. À ses côtés, un prêtre en costume de ville murmurait des mots inaudibles.

Chloé détailla les autres, un par un. Des jeunes pour la plupart, sans doute des amis ou des collègues de travail. Elle s'arrêta sur un grand type au physique sec, cheveux très courts, grisonnants, visiblement à l'étroit dans sa tenue d'enterrement. L'allure différait mais elle le reconnut tout de suite. Un des quatre scaphandriers de Tech Med, posant en combi jaune sur la photo publicitaire.

Sardi à tous les coups.

Elle patienta encore quelques minutes. Un temps sans consistance, une coquille vide au creux de laquelle se faufilaient les souvenirs. La même journée d'été. Le même soleil de plomb. La même ambiance de merde. Il y avait beaucoup plus de monde à l'enterrement de Sophie. Pourtant elle était seule. Prisonnière de sa douleur, de ses remords. Déjà rongée par un manque insondable que ni le temps ni les psychothérapies ne combleraient jamais.

Un mouvement dans l'assistance la tira de ses pensées. Les réjouissances touchaient à leur fin. Les employés des pompes funèbres s'affairèrent pendant que les proches se dirigeaient en file indienne vers la sortie.

Chloé redescendit au pas de course vers sa voiture. Elle n'avait pas la moindre envie de croiser la mère de Lola. Dans son esprit, la présence d'un flic dans ce moment d'intimité avait quelque chose de déplacé, d'indécent. La charge émotionnelle était suffisamment lourde comme ça. Inutile d'en rajouter.

De toute façon, tout le monde passerait par l'escalier pour rejoindre la route et ferait le chemin à pied jusqu'aux barrières de sécurité. C'était la seule option. Elle choperait Sardi en douce quand les autres auraient le dos tourné.

Par chance, elle n'eut pas à attendre trop longtemps. Il arriva le premier au bout de quelques minutes, marchant du pas rapide d'un type qui ne tenait pas à s'éterniser.

Elle se dirigea vers lui et l'interpella au moment où il ouvrait la portière d'un Patrol poussiéreux surmonté d'une galerie en métal.

— Monsieur Sardi ?

— Oui ?

— Commandante Chloé Latour. Brigade criminelle. Je peux vous parler une seconde ?

Un blanc. Forcément. La policière le rassura dans la seconde.

— Ne vous inquiétez pas. Je souhaite juste vous poser quelques questions.

— À quel sujet ?

Il n'avait pas fait le lien. Et il semblait sincère. Accident ou suicide, pour lui Lola s'était noyée toute seule. Aucune raison d'imaginer qu'il puisse s'agir d'un meurtre.

Les autres approchaient. En tête du cortège, Karine Rostand.

Chloé proposa :

— Montons dans votre voiture. Nous serons plus tranquilles.

Il s'exécuta, docile. Elle fit le tour et s'installa sur le siège passager. Impression d'entrer dans un four. Le 4x4 était resté au soleil. Il devait faire soixante degrés dans l'habitacle. Vitres, housses, plastiques, tout était crade. Pas de places à l'arrière, seulement un plateau métallique sur lequel traînaient des sangles d'arrimage. Une odeur de néoprène croupi accrochait les narines. Le véhicule devait servir à transporter du matériel de plongée.

— Que se passe-t-il ? demanda Sardi en lançant la climatisation.

— C'est à propos de Lola.

— Lola ?

— Vous avez eu une liaison, n'est-ce pas ?

— Oui, mais…

— J'irai droit au but. Nous avons de fortes raisons de croire que sa mort n'est pas accidentelle.

Nouveau silence. Plus dense cette fois.

— Que voulez-vous dire ?

— Il est fort possible qu'elle ait été assassinée.

L'air dans la cabine sembla se raréfier. Comme aspiré par une dépressurisation brutale.

— Assassinée ?

— Oui.

— Et vous pensez que c'est moi ?

— Pourquoi ? Nous devrions ?

Sardi desserra sa cravate. Il était blanc comme un linge.

— Bien sûr que non.

Le ton était sincère. Celui d'un type qui n'avait rien à se reprocher.

— Je ne le crois pas non plus. Même si, de toute évidence, le tueur fait partie de votre milieu.

— Comment ça ?

— Il a sans doute effectué une plongée avec elle. Nous pensons qu'il lui a arraché son détendeur une fois en bas.

— Vous en êtes sûre ?

— Quasiment.

Il soupira en secouant la tête. Les ondes qu'il balançait étaient contradictoires. Soulagement d'un côté, effarement de l'autre. Même si la nouvelle était dure à encaisser, le fait que Lola ne se soit pas suicidée semblait lui enlever un poids.

Il demanda au bout de quelques secondes :

— Comment en êtes-vous arrivée à cette conclusion ?

— L'autopsie a révélé la présence de Trimix dans son sang. Nous en avons déduit qu'elle était descendue à une grande profondeur et qu'elle devait forcément être équipée pour ça. Le problème, c'est qu'elle était nue quand son corps a été repêché. Quelqu'un lui a donc retiré sa combinaison, ses palmes, son masque et ses bouteilles.

Sardi hocha la tête. Pour un professionnel de son calibre, le cheminement des enquêteurs tombait sous le sens.

Il rétorqua néanmoins :

— Du Trimix ? Vous êtes certaine ?

— Oui, pourquoi ?

— Lola plongeait, c'est vrai. Nous avons fait plusieurs sorties ensemble. Mais c'était toujours dans la zone des vingt mètres. Elle débutait et n'avait jamais poussé plus bas.

L'information valait son pesant d'or. Le tueur aurait pu agir avec seulement dix mètres de flotte au-dessus de la tête. Un mode opératoire plus simple et tout aussi efficace, surtout avec une novice.

Pourtant, il avait choisi de l'emmener plus loin qu'elle n'était jamais allée. Une plongée technique compliquée, risquée, à laquelle Lola n'avait pas pu se soumettre spontanément. Il avait dû la forcer, ce qui dans ce contexte générait une foule de contraintes supplémentaires.

Une seule raison pouvait justifier un tel comportement : l'accomplissement d'un rituel. Après les découvertes de l'Ifremer, cette hypothèse devenait maintenant une certitude.

Elle enchaîna sur cet aspect.

— Il y a autre chose. L'eau récupérée dans ses poumons contenait un plancton spécifique. Un Spirotrichea. Or, cette classe de Ciliés n'est pas présente dans l'écosystème méditerranéen.

— Où voulez-vous en venir ?

— On le lui a sans doute inoculé. Très certainement avec une seringue hypodermique.

— Quand elle était en bas ?

— Sans doute. En tout cas après la noyade. Les voies alvéolaires devaient nécessairement être submergées au moment de l'injection. Le tueur y a ajouté une bonne dose d'uranium 235, toujours après la mort puisque le sang de Lola n'en contenait que des traces infimes, insuffisantes en tout cas pour envisager une exposition préalable.

Le plongeur se tassa dans son siège. Il fixait le pare-brise mais son regard n'accrochait rien.

— Je ne sais pas quoi vous dire…

— Moi, je sais. Le type qui a fait ça plonge comme un pro. Il a l'air de s'y connaître en biologie marine et a accès à des composants radioactifs. Ça ne vous évoque personne ?

— Le nucléaire n'a jamais été ma tasse de thé. Quant à la biologie marine, les trois quarts des plongeurs sont concernés par le sujet. Question d'éthique.

— Admettons. Mais votre milieu n'est pas si grand. Et je suppose qu'il s'agit d'une communauté.

— Cette *communauté,* comme vous dites, n'est pas aussi réduite que vous le pensez. La Fédération délivre plus de 65 000 brevets techniques par an. Et je ne vous parle même pas des autres pays. Autant vous dire que ça fait du monde.

Chloé serra les dents. Sardi coopérait, mais la réalité était très différente de ce que Belkhir lui en avait dit. L'univers de la plongée technique abritait un paquet d'adeptes. Il allait falloir ratisser large pour dénicher le bon.

Elle essaya d'affiner.

— Nous avons réussi à établir la zone où a eu lieu la noyade. Elle se situe entre Bandol et Carqueiranne. De plus, on a trouvé des résidus de corail incrustés sous la peau de la victime. Leur nature laisse penser que le corps a pu être immergé dans une grotte sous-marine.

— Par le tueur ?

— Trop tôt pour le dire. Mais si c'est le cas, il devait bien connaître le coin. Peut-être même qu'il est du coin.

— Pas forcément. La grande majorité des cavités est répertoriée. Il suffit de lire une carte géologique et tous les Teks savent le faire.

Nouveau coup d'épée dans l'eau. Elle changea de direction.

— Parlez-moi de Lola.

— C'était une fille super. Peut-être un peu fleur bleue. Mon associé pensait qu'elle était dépressive. Je crois qu'elle était simplement en souffrance.

— Pour quelle raison ?

— Je n'en ai aucune idée. Nous n'en avons jamais vraiment discuté.

Chloé songea au divorce des parents. Une douleur enkystée pouvait peu à peu conduire à la mélancolie.

— Vous connaissiez ses amis ?

— Non.

— Sa famille ?

— Non plus. Notre relation a été brève et passionnelle. Il n'y avait pas de place pour autre chose.

— Elle n'a jamais évoqué une personne qui aurait pu lui en vouloir ? Un ancien petit ami ? Une copine ? Une relation de travail ?

— Jamais. Je vous l'ai dit, nous étions concentrés sur nous.

Rien à gratter de ce côté-là. Si Lola avait un ennemi, Sardi ne connaissait pas son existence.

Elle tira un autre fil, cette fois en recherche d'une confirmation.

— Vous aviez remarqué les scarifications à la base de sa nuque ?

— Non.

La commandante lui montra la photo stockée sur son portable. Sardi la détailla, dents serrées.

— Je n'avais pas fait attention.

— C'est pourtant un endroit intime. Et vous étiez intimes.

— Que voulez-vous que je vous dise ? Je ne les ai pas vues. Je n'y peux rien.

— Ni même senties ?

— Non plus.

Muller avait vu juste : les marques avaient été effectuées plus tard, peu de temps avant la mort et sans doute par le tueur.

Sardi avait compris aussi.

— Vous pensez à une sorte de… rituel ?

— Il y a des chances, oui.

Elle réfléchit à une dernière question mais rien ne vint. Le plongeur avait donné tout ce qu'il avait, sans réticence, sans faux-semblant. La mort de son ancienne petite amie l'affectait réellement et le fait qu'elle ne se soit pas foutue en l'air à cause de lui atténuait à peine sa douleur. Une relation passionnelle selon ses propres mots. Même s'il l'avait quittée, il avait dû tenir à elle.

Chloé lui tendit une carte de visite.

— Je vous remercie, Monsieur Sardi. Si vous pensez à quelque chose, n'hésitez pas.

— Comptez sur moi.

Il marqua une pause et rajouta :

— J'espère que vous allez le trouver, ce salaud.

Chloé ouvrit la portière et lui adressa un petit sourire en guise d'adieu.

— On s'y emploie.

25

Un meurtre.

Il avait psychoté sur un suicide, pensé en être la cause. Le responsable. Comme toujours, il s'était conformé à son schéma habituel. Un chemin balisé où une force supérieure, incontrôlable, tirait en permanence les fils de son putain de destin.

Mais un meurtre…

Ça, il ne l'avait pas vu venir.

Après avoir rejoint l'autoroute dans un état second, Jean s'était calé sur la file de droite en mode escargot. Le Patrol se traînait à quatre-vingt-dix km/h mais pas moyen d'aller plus vite. La tête lui tournait trop, comme s'il se tapait une méga crise d'hypoglycémie.

L'enterrement, l'interrogatoire, et pour finir cette nouvelle hallucinante. L'épreuve avait pompé les dernières particules de glucose qui flottaient dans son sang.

Un meurtre.

Pire en fait. Un assassinat. Prémédité, ritualisé. Quel genre de dingue avait pu commettre un tel acte ?

Jean ne connaissait pas grand-chose de la vie de son ancienne petite copine. Il l'avait dit à la fliquette et c'était la stricte vérité. Mais pour ce qu'il en savait, elle n'avait pas d'ennemi. Personne, en tout cas, capable de lui en vouloir au point d'en arriver à cette extrémité.

Lola menait une existence tranquille, discrète. Presque solitaire. Les dauphins étaient sa seule passion, ses seuls amis. Elle attendait le prince charmant en leur compagnie et avait cru le trouver quand elle était tombée sur lui.

Il serra les dents. Tu parles d'un prince charmant. Il l'avait jetée comme un Kleenex sans se préoccuper des conséquences. Elle avait dû dériver, rencontrer la mauvaise personne, croire aux conneries qu'elle lui avait servies. Résultat, Lola s'était laissée embarquer dans un plan dont elle n'était pas sortie vivante.

Car c'était forcément ça, l'explication. Elle avait croisé la route d'un psychopathe. Un taré pur jus, un salopard branché plongée profonde qui s'était servi de sa fragilité pour dérouler sa partition. Un scénario tordu, étrange, accompli dans la nuit perpétuelle des abysses.

L'asphyxie par noyade était une des pires morts qui soit. Lente, terrorisante, en pleine conscience. On avait le temps de ressentir le manque d'oxygène. La brûlure arrachant la gorge, déchirant les poumons. La cage thoracique sur le point d'exploser.

Puis, quand la volonté faiblissait, quand le réflexe respiratoire prenait le dessus, on inhalait le liquide. D'un coup. De façon massive. Une grande quantité d'eau se répandait dans les bronches, semblable à une montée de sève. Elle les colonisait, les habitait, jusqu'à la plus minuscule des alvéoles.

Pourtant, on ne mourait pas encore. Pas tout de suite. On s'étouffait, c'est tout. Il fallait attendre un peu avant que le cerveau disjoncte. Qu'il se protège en provoquant la syncope.

Une poignée de secondes plus tard, le cœur lâchait.

Et là, c'était vraiment fini.

Jean ouvrit la fenêtre. Besoin soudain de respirer. De sentir l'air entrer dans sa trachée.

Ce processus, il le maîtrisait bien. Il l'avait étudié sous tous les angles au cours de sa formation et avait approfondi ses connaissances en passant un brevet de secouriste. Réanimé deux fois après des remontées en catastrophe, il l'avait même vécu en conditions réelles.

Mais ça n'avait été qu'une expérience désagréable. Rien d'autre. Hormis quelques migraines qui le prenaient parfois au dépourvu et lui bouffaient la tête, il était là, vivant et tiède.

Lola, elle, n'en était pas revenue.

Un tourbillon de chaleur s'engouffra dans l'habitacle, semblable à un souffle de vie. Il inspira une grosse goulée avec la sensation de sortir d'une apnée. La culpabilité ressemble à un grand feu, disait le proverbe persan. Il ne suffit pas d'éteindre les flammes pour en anéantir les braises.

Jean était en plein dedans. En apprenant que Lola ne s'était pas suicidée, il avait évacué une partie du problème. La partie émergée de l'iceberg. Il n'était pas responsable de sa mort. Pas directement. Déjà ça de pris, mais ce n'était pas réglé pour autant.

La malédiction continuait. Et avec ce crime, on franchissait un barreau supplémentaire sur l'échelle du délire.

Les souvenirs le prirent d'assaut. Des souvenirs qu'il s'évertuait à contenir depuis la veille et qui déboulaient maintenant à la façon d'une déferlante.

Florence. Accident de voiture.

Karina. Chute du douzième étage.

Paola. Crash de parapente.

Babeth. Cambriolage qui tourne mal.

Et bien sûr Marion. La première de la série. Avalée trente ans plus tôt par les glaces bleues du Groenland.

Toutes ces femmes avaient été les siennes. Toutes mortes pendant qu'il les aimait. Comme Lola, même si cette fois il avait essayé de conjurer le sort en la quittant.

Pas étonnant qu'il ait fait ce rêve la nuit précédente. Son inconscient amalgamait les situations, les personnages. Les visages se superposaient pour se fondre dans une figure unique et tutélaire. Celle qui était à l'origine de cette chaîne du malheur parce qu'il l'avait laissée mourir sous les coups d'un taré.

Sa mère.

II braqua brutalement et s'arrêta sur la bande d'arrêt d'urgence. Le sang lui battait les tempes. Sa vision se brouillait. L'autoroute, les collines, les arbres, chaque élément du tableau était flou. Une masse informe ondoyait devant lui, représentation à la Dalí d'un monde en pleine liquéfaction.

Il ferma les yeux et laissa aller sa nuque en arrière. Reprendre ses esprits. Relativiser. Le shoot d'adrénaline l'avait percuté par surprise. Un tir de missile en pleine figure, d'une violence inouïe. À la hauteur de ce qu'il venait d'apprendre.

Un meurtre.

L'horreur à l'état pur.

Comment pourrait-il vivre avec une telle idée ?

Mais ce n'était pas tout. Il y avait ce dessin. La scarification en forme de code-barres incrustée dans la chair transparente de Lola. Jean était sûr qu'elle n'était pas sur sa nuque quand ils étaient ensemble. Il avait posé tellement de fois ses lèvres sur cet endroit secret, intime. Il s'en serait rendu compte.

En revanche, le motif avait provoqué une sensation de déjà-vu. Comme s'il lui rappelait quelque chose. Quoi ? Impossible de recoller les morceaux. Il s'agissait d'une simple réminiscence, floue, mouvante, une image sortie d'un songe.

C'est pour cette raison qu'il n'avait pas réagi quand la policière la lui avait montrée. Il n'était pas certain de la réalité de ce souvenir. De sa matérialité.

La seule chose dont il pouvait être sûr, c'était le malaise qu'il avait éprouvé. Une sensation physique, viscérale, fruit de la connexion qui s'était mise en place. Un lien inattendu, obscur, le labourant jusqu'aux tripes et déclenchant une grosse bouffée d'angoisse.

Il regarda de nouveau devant lui. Ses perceptions étaient redevenues normales. Son rythme cardiaque régulier. Voitures, barrières de sécurité, vignes et forêt de pins. Le monde avait repris sa place. Sa logique.

Il enclencha son clignotant et se réinséra dans le trafic. Tout cela n'avait aucun sens. Aucune cohérence. Et de toute façon, ça ne ramènerait pas Lola.

Elle était morte.

Enterrée.

Il fallait l'oublier et passer à autre chose.

26

Chez les flics, on appelle ça « le tamis ».

On repasse le même limon plusieurs fois sur la grille de métal afin de le débarrasser de ses scories. Un boulot ingrat, fastidieux, fait de routine et de procédures standardisées.

Puis, peu à peu, à force de remettre le couvert, l'essentiel apparaît. Une matière encore brute, mal dégrossie, mais dont la taille appropriée fera avec une petite dose de chance surgir les pépites attendues.

Toutes les enquêtes suivent ce cheminement. Pour y adhérer, il faut avoir la fibre d'un chercheur d'or. Un *garimpeiro*, motivé, disponible, doté de patience et d'opiniâtreté mais également d'un instinct à toute épreuve.

Chloé possédait ces qualités. Elle était non seulement une cheffe de meute capable de motiver ses troupes, mais également une stratège accomplie équipée d'un cerveau performant.

En premier lieu, elle avait dû convaincre la moitié de son équipe du bien-fondé de ses intuitions. Maintenant, elle allait devoir synthétiser les avancées du groupe et définir la marche à suivre.

18 heures. Après être rentrée de Nice pied au plancher, Chloé avait convoqué tout son petit monde dans la salle de conf' de l'Évêché. Pupilles tournées vers elle, Orsini et

Belkhir attendaient le débrief avec impatience. Rencogné dans sa chaise, Ago tirait encore la gueule. Il s'était senti trahi et de toute évidence, la pilule passait mal.

— Je récapitule, lança Chloé en essayant de ne pas croiser son regard. Jusqu'à présent, on avait trois axes principaux. Le plancton. Le milieu Tek. Les scarifications. À partir de maintenant, il va falloir y ajouter le corail et l'uranium.

Elle se tenait devant le tableau mobile, un rectangle en alu posé sur un chevalet et pourvu d'immenses feuilles détachables. Elle y avait dessiné un schéma, des ronds et des carrés, identifiés par des lettres et reliés par des flèches.

Tout en le traçant, elle avait fait la synthèse de ses propres avancées – l'appel de Muller, sa rencontre avec la mère de la victime, la visite du pavillon de Biot et l'audition du patron de Tech Med. Afin d'avoir une vue d'ensemble, il était temps de connaître les progrès des trois autres.

— Bacman, t'en es où ?

— J'ai montré le symbole à ma copine. Elle n'avait jamais vu un truc pareil.

— Et ?

— Elle va se rencarder.

— D'accord. Et toi ?

— Quoi moi ?

— Tu comptes attendre les bras croisés ?

— Elle est branchée à donf sur ce genre de délire. Si ce truc représente quelque chose, j'te garantis qu'elle le trouvera.

Toujours partisan du moindre effort. Orsini était un bon flic. Il avait de l'instinct et un talent certain pour manipuler les suspects. Son seul problème, c'était le poil de la taille d'une queue de cheval qu'il avait dans la main.

— Creuse quand même le sujet. Avec un peu de chance, tu lèveras un lièvre avant elle.

Chloé n'était pas certaine de l'utilité de cette démarche. Elle affirmait juste son autorité. Poussée par cette logique, elle ne lui donna pas l'occasion de rétorquer.

— Et n'oublie pas : Lola avait une peur panique de tout ce qui coupe. En clair, impossible qu'elle se soit fait taillader de son plein gré.

Bacman sourit. Un sourire en biais creusant la fossette qu'il avait sur la joue.

— Ça te fait marrer ? lui balança Chloé.

— C'est pas ça...

— Quoi alors ?

— Tu l'appelles par son prénom, maintenant ?

Elle réalisa son erreur dans la seconde. Cet enfoiré avait suffisamment de bouteille pour décoder la signification d'une telle familiarité. Pour percevoir qu'elle était en train de s'impliquer personnellement dans l'enquête et essayer de la déstabiliser.

Elle répondit du tac au tac :

— Ça te dérange ?

— Perso, j'm'en tape. C'est juste... instructif.

— Tes analyses, tu te les gardes. Et tu te mets au boulot fissa. On n'a pas que ça à foutre.

Réplique brutale. À la hauteur du malaise. Bacman hocha la tête en ricanant. Il avait fait mouche et venait d'en avoir la confirmation.

Chloé l'ignora et bascula sur Agopian.

— Quoi de neuf de ton côté ?

— J'ai demandé le dossier médical. J'attends.

— Laisse tomber. Il n'y a aucune trace significative d'uranium dans son sang. On a dû le lui injecter avec le plancton.

Le Pitbull haussa les épaules. La piste du suicide se cassait la gueule et celle du meurtre prenait du poids. Pourtant, en dépit de ces avancées, il restait muré dans sa rancœur.

La commandante fit semblant de ne pas le remarquer.

— Les fadettes, qu'est-ce que ça donne ?

— Hormis quelques appels à Sardi et à sa mère, pas grand-chose.

— Pas de bonne copine ? Quelqu'un croisé sur un site de rencontres ?

— Non. Seulement ses collègues de boulot. Je les ai déjà interrogés. Ils sont clean.

Une solitaire un peu fleur bleue. Le plongeur l'avait bien cernée.

— OK. Branche-toi sur l'uranium. Marché officiel, marché parallèle, toutes les sources où on pourrait s'en procurer.

— Rien que ça ?

— Tu préfères t'occuper de la paperasse ? Parce que je peux aussi te la confier. Vu le retard, ça t'occupera.

Elle l'avait agressé sans réfléchir. Une pulsion. Elle était sur les nerfs et l'attitude de son second commençait à la miner. Elle s'était justifiée, excusée. Qu'est-ce qu'il voulait de plus ?

Ago secoua la tête, sourire en coin. Chloé regretta dans la seconde mais il était trop tard pour rattraper le coup. Elle préféra glisser et s'adressa à Belkhir.

— Des nouvelles des centres de plongée Tek ?

— J'ai appelé tous ceux de la région. La victime n'y était pas répertoriée.

— Ça colle avec la déclaration de Sardi. Autre chose ?

— J'ai contacté la Fédération. Elle n'avait même pas de licence.

Une débutante. Non, en fait une profane. Elle avait seulement dû plonger avec son petit ami. Pour lui faire plaisir.

— Tu laisses aussi tomber cette piste. Plus aucun intérêt. Je veux que tu te concentres sur le corail.

— La grotte ?

— C'est ça. Faut qu'on la trouve. Il ne doit pas y en avoir des centaines entre Bandol et Carqueiranne, a fortiori dans la zone des quarante mètres.

La benjamine fit préciser.

— Rassure-moi. Tu ne veux quand même pas que j'enfile ma combi et que je mette mes palmes ?

— Branche les plongeurs de la gendarmerie maritime sur le coup.

— Ils vont tirer la gueule.

— T'inquiète pas pour ça et appelle-les demain matin. De toute façon, ça fait huit jours qu'on a repêché le corps. J'ai rendez-vous avec Verbier dans vingt minutes pour faire le point et régulariser.

En clair, elle devait obtenir la prolongation du délai de flagrance. On avait découvert le cadavre de Lola le 2 septembre et la journée du 10 s'achevait. Elle était déjà hors cadre depuis quelques heures. Sans l'imprimatur du parquet, l'enquête s'arrêterait net.

— Y va pas être déçu, ironisa Orsini.

Il remettait le couvert. Une banderille supplémentaire, histoire d'agacer le taureau.

Chloé resta de marbre. Les sarcasmes de Bacman ne l'atteignaient plus. Elle avait repris le contrôle et sa posture de cheffe.

— Tu ne crois pas si bien dire. Un vrai meurtre, ça le changera des accidents de la route et autres noyades accidentelles. Si en plus ça devient une série, il va sauter de joie.

Elle regarda sa montre.

— Faut que je vous laisse. Vous me tenez au jus.

Elle attrapa son sac et quitta la salle de réunion. Les cartes étaient distribuées, la partie pouvait continuer.

Dernière formalité : faire valider la donne par le croupier.

27

Le tribunal judiciaire ressemblait à un Lego de mercure. Ses façades carrées, constituées d'une multitude de petits panneaux vitrés, réfléchissaient le ciel tel un miroir géant. Elles créaient au milieu des immeubles en pierre de taille une distorsion aux allures hypnotiques. Une œuvre étrange, futuriste, dans le droit style des toiles de Victor Vasarely.

Chaque fois qu'elle s'y rendait, Chloé songeait au Rubik's Cube. Une construction d'apparence simple mais dont la mécanique interne s'apparentait à un casse-tête. Complexe, tordu, à l'image des rouages de la machine judiciaire.

Elle franchit la double porte coulissante et présenta son badge au planton. Le type se mit au garde-à-vous pendant qu'elle faisait biper le portail de sécurité.

Clefs, pièces, montre... Sa quincaillerie personnelle affolait chaque fois les capteurs. Sans parler de son arme de service. Malgré sa structure en polymère, le Sig Sauer SP2022 dont étaient dotées toutes les forces de police comptait suffisamment de pièces en métal, à commencer par la culasse, pour faire sonner n'importe quel portique.

Sur le terrain, Chloé ne l'avait utilisé qu'une seule fois. Et encore, pour faire une sommation. Le suspect s'était couché tout de suite. Elle n'avait pas eu à vérifier si elle aurait eu le cran de l'allumer et au fond, elle préférait ne pas savoir.

Ascenseur. Deuxième étage. Couloirs déserts et ambiance morne. À bientôt 20 heures, les personnels administratifs avaient détalé depuis belle lurette. Restaient les juges – pour ceux qui aimaient rédiger leurs décisions sur place –, une poignée de gardiens de la paix et les substituts de permanence.

Elle traça droit sur le bureau de Verbier. Ce soir, le jeune parquetier bossait tard. C'est ce qu'il lui avait dit deux heures plus tôt, quand elle avait enfin réussi à le joindre depuis sa voiture. Après s'être tapé une audience marathon, il remettait le couvert le lendemain pour les comparutions immédiates. Vingt-cinq dossiers à se farcir avant de rentrer chez lui. Il n'aurait que quelques minutes à lui consacrer.

Elle toqua trois coups contre la porte. Une voix fatiguée filtra derrière le bois.

— Entrez !

Comme elle s'y attendait, le proc était penché sur une forêt de papiers. Sans distinguer les détails, elle reconnut pêle-mêle PV d'auditions, réquises, constates et citations. La matière première des procédures pénales. Leur carburant.

Il leva le menton et lui adressa un sourire de convenance.

— Bonsoir, commandante.

— Monsieur le procureur. Merci de me recevoir.

Hochement de tête lointain. Verbier y mettait un semblant de forme mais la visite le dérangeait.

— Je vous en prie, lança-t-il en désignant le fauteuil.

Chloé s'installa. Dans la lumière déclinante, le visage du substitut semblait avoir été passé à la chaux. Une pâleur surnaturelle illuminait ses traits creusés pour lui donner un air de cancéreux. Il avait à peine trente ans et en paraissait dix de plus. Le prix à payer pour défendre l'ordre et la loi. La rançon de la justice.

Il laissa tomber d'une voix lasse :

— Vous vouliez me voir ?

Faire court, percutant. Accrocher son attention dans les cinq premières secondes.

— Lola Terzian ne s'est pas noyée. Elle a été assassinée.

Léger écarquillement des yeux. Verbier se cala dans son fauteuil.

— Excusez-moi, mais... qui est Lola Terzian ?

Il avait zappé le nom. Trois noyades quotidiennes pendant l'été. La liste des victimes était trop longue pour être mémorisée.

— La fille repêchée à Planier la semaine dernière. Vous avez signé le permis d'inhumer hier matin.

— C'est possible... En ce moment, j'en délivre tous les jours.

Pas fatigué. Exténué. La proximité permanente de la mort en rajoutait une couche et rabotait son énergie.

— Nous avons découvert plusieurs indices corroborants, reprit Chloé.

— Pourquoi ne m'en avez-vous pas parlé avant ?

— J'ai essayé de vous joindre en début de matinée. Vous étiez en audience.

Il opina mollement. Les lunettes rectangulaires posées sur son nez par pure coquetterie remplissaient leur office. Elles atténuaient la fragilité de son allure et lui donnaient un semblant d'autorité.

— Je vous écoute.

Elle synthétisa au mieux ses avancées, sans omettre la perquise sauvage effectuée chez Lola. Verbier ne réagit même pas à ce détail, preuve sans doute que l'histoire l'accrochait.

Quand elle eut terminé, il reformula d'une voix neutre, presque clinique. Une méthodologie de juriste afin d'intégrer le cheminement.

— Si je résume bien, la victime aurait été tuée par cent cinquante mètres de fond. Un crime commis aux alentours du 15 juillet entre Bandol et Carqueiranne, à l'occasion d'une plongée technique que le meurtrier, qui d'après vous ne serait pas son ancien petit ami, l'aurait forcée à effectuer puisqu'elle était novice en la matière. Il lui aurait arraché son détendeur, injecté de l'uranium et un plancton non répertorié dans les poumons avant de la déshabiller entièrement et d'abandonner son corps dans une grotte sous-marine. Dernier point, il l'aurait également scarifiée sur la nuque, ce qui vous laisse penser à une sorte de rituel et donc à la possibilité que le tueur remette le couvert. C'est bien résumé ?

— Nous ne sommes pas certains qu'il ait placé le corps dans une grotte mais pour le reste, oui.

Vu sous cet angle, le tableau paraissait délirant. Limite improbable. Chloé eut soudain la sensation qu'elle s'était fait un film depuis le début. Une projection à son seul usage personnel, dont elle aurait été la réalisatrice et la spectatrice. En énonçant les faits de cette façon, Verbier leur avait donné une couleur différente. Celle des citations et des réquisitoires, où intuition et interprétation n'étaient pas de mise.

Le magistrat hocha la tête avec gravité.

— D'accord. C'est un peu alambiqué mais je vous suis.

Petite seconde à vide. Elle s'attendait à un refus et au lieu de ça, elle remportait la mise. Adhésion sincère du substitut ou simple désir d'améliorer son ordinaire ? Au fond, c'était sans importance. Elle l'avait convaincu, le reste ne comptait pas.

— Vous en êtes où des délais ?

— Huit jours.

— Je vous renouvelle la flagrance.

Chloé allait bénéficier d'une petite semaine supplémentaire. Un temps pendant lequel elle aurait les mains libres, ou quasiment, avant que le Code de procédure pénale n'oblige Verbier à demander la désignation d'un juge d'instruction.

— Merci, monsieur le substitut. Pendant que j'y suis, il me faudra aussi l'appui de la gendarmerie maritime pour essayer de trouver la grotte.

— Aucun problème. Je leur adresse une saisine par fax.

Comme sur des roulettes. Elle aurait pu lui demander de réquisitionner la garde républicaine, il l'aurait sans doute fait.

— Autre chose ?

Il était pressé d'en finir. Le monticule de dossiers empilés sur son bureau présageait que la nuit serait studieuse. Et courte.

Chloé avait néanmoins une ultime requête à formuler.

— Une dernière, oui.

— Faites vite.

— Il s'agit du commissaire Bornan.

— Votre supérieur ?

— Je préférerais l'informer moi-même de ces rebondissements.

Verbier hocha la tête. À force de fréquenter des flics, il savait comment fonctionnaient les services. Les jeux de pouvoir, les querelles intestines, les coups fourrés. Et surtout l'ego. Tout ça le laissait froid. Sa fonction le plaçait au-dessus de cette fange et il n'avait de toute façon pas le temps de s'en préoccuper.

— Je n'ai aucune raison de lui parler. Vous êtes l'OPJ saisi, c'est avec vous que je traite.

Chloé lui adressa un sourire reconnaissant. Elle appréciait Bornan et c'était réciproque. Un expatrié, comme elle, qui venait de Toulouse et la laissait bosser sans lui foutre la pression. Mais pour l'instant, rien n'était sûr. Elle préférait avancer seule avant de le mettre dans la boucle.

Elle prit son sac et se leva. Pendant qu'elle lui serrait la main, Verbier lui rappela quand même les règles.

— C'est votre enquête. On est d'accord là-dessus. Mais à partir de cette seconde, vous m'informez de vos moindres faits et gestes et vous le faites en temps réel.

La précision allait au-delà d'une simple recommandation hiérarchique. Elle éclairait maintenant Chloé sur les motivations du substitut.

L'œil de Verbier brillait d'une lueur d'excitation pure.

L'excitation de la chasse.

— Naturellement.

— Parfait. Alors ne perdez pas de temps.

II

LA ZONE DES CENT MÈTRES

28

— Parés ?

Hochements de têtes synchrones. Ève et Julie avaient déjà leur détendeur en bouche. Harnachées de pied en cap, elles étaient debout à côté de Jean sur le pont arrière du baliseur océanique *Provence*, un cargo en acier de trente-huit mètres équipé d'un portique hydraulique permettant l'entretien des bouées hauturières.

Jean cala l'embout entre ses dents. Inspiration profonde, accompagnée du son caractéristique des valves de surpression. Dark Vador sur la passerelle de commandement de l'*Étoile noire*. La première goulée donnait toujours la sensation de forcer. Il fallait ouvrir la voie pour faire entrer le mélange dans les poumons. Ensuite, on prenait le rythme. On respirait normalement et on n'y pensait plus.

La routine.

Il donna le top départ. Les plongeurs sautèrent à l'eau ensemble. Un mouvement fluide, jambes tendues vers l'avant, légèrement écartées en ciseaux, main gauche posée sur le masque afin de le maintenir en place.

La mission du jour n'était pas évidente. Elle consistait à assister l'équipe de maintenance du CMM – Centre de météorologie marine – venue tout droit de Brest pour effectuer le remplacement de la bouée Côte d'Azur. Le petit bijou de technologie flottait au large de Nice, ancré par deux cent cinquante mètres de fond sur le plateau continental. Usé par la houle et chahuté par les tempêtes, il avait pris des rides et méritait un petit lifting.

Il faudrait donc descendre jusqu'au point d'arrimage, libérer la ligne d'ancrage et suivre son relevage. Vu le prix de la vingtaine de sondes de température disséminées le long des câbles, il valait mieux faire gaffe.

Tech Med ne s'occuperait que de la première partie de l'opération. Les temps de décompression, trop longs pour gérer la seconde, nécessitaient l'intervention d'une autre équipe. Elle prendrait leur suite dans la foulée et s'occuperait de mouiller la nouvelle installation.

Regard circulaire. Jean aperçut d'abord Julie. Elle flottait à sa hauteur, mains sur le ventre comme si elle faisait la planche. Visage tourné vers le haut, elle regardait le plafond qui miroitait au-dessus de leurs têtes. Sa façon de se préparer à la descente.

Puis il vit Ève. Verticale, déjà stabilisée, elle attendait le feu vert un peu plus bas. Il palma jusqu'à elle et se positionna juste en dessous. Julie les rejoignit, fermant le convoi. Ils étaient maintenant en place et pouvaient entamer la plongée.

Cette partie du boulot ne présentait aucun risque. Pas pour des Teks de leur calibre. Il suffisait de se laisser couler le long de la chaîne, stabs à vide, aidés par la ceinture de poids accrochée à leur taille. Hormis les blocs, pas de surcharge supplémentaire. Les outils étaient déjà en bas. Des bouteilles suspendues à des filins d'acier attendraient aux paliers lors de la remontée.

Jean vérifia son V-Planner. Un réflexe. Une habitude. Même s'il ressentait avec ses tripes chaque donnée de sa plongée, il le ferait une bonne centaine de fois avant de sortir de l'eau. Ève avait réinitialisé tous les appareils de la boîte et ajouté quelques programmes. L'ordinateur cerclant son poignet lui fournirait les informations en temps réel, avec en prime l'exactitude d'un métronome.

Pour l'instant, RAS. Profondeur cinquante-quatre mètres. Bonne visibilité. Trimix quatre-vingt-dix-huit pour cent. Temps de plongée quarante-sept secondes. Dans la partie basse de l'écran, l'algorithme de décompression évoluait en permanence. Des pics de couleurs s'étiraient en hauteur, comme sur un relevé sismique ou un électrocardiogramme.

Il les oublia aussitôt. Tout allait bien. Son équipe le suivait. La ligne d'arrimage leur servait de guide. Autant en profiter. Après tout, c'était aussi pour ces moments de pur bonheur que Jean avait choisi cette vie. Quand le bleu l'entourait. Quand la surface disparaissait. Quand le fond n'était pas encore perceptible. Le monde prenait alors l'apparence de l'infini cosmique. Un néant silencieux, sans contours ni reliefs, sans la moindre aspérité. Un vide hypnotisant qui l'attirait jusqu'au vertige.

Soixante-deux mètres. L'obscurité était en train de se refermer sur eux, dense, profonde. Un écran noir rempli de mystères, de fantasmes.

Jean alluma la lampe sertie dans son masque. Dans son champ de vision, quelques maillons rouillés piégés dans le halo de lumière. La chaîne s'enfonçait dans les ténèbres, filin sorti de nulle part semblant conduire au centre de la terre.

Il continua de palmer, laissant son esprit vagabonder. Les abysses fascinaient, à la façon des contes de fées qui alimentent l'imaginaire humain depuis la nuit des temps. Ils étaient porteurs d'une part de merveilleux, rêve ou cauchemar, mélange subtil de beauté et d'horreur qui avait inspiré de nombreux auteurs. L'Atlantide évoquée par Platon. *Vingt Mille Lieues sous les mers* de Jules Verne. Aujourd'hui, les blockbusters produits par Hollywood...

De pures fictions. Comme celles ayant trait à la conquête spatiale. En réalité, toutes ces histoires poursuivaient le même objectif : se rassurer. À défaut de pouvoir maîtriser les forces dissimulées dans les grands fonds, l'homme avait tenté de se les approprier.

Jean, lui, n'était pas dupe. Il connaissait la réalité qui se dissimulait sous le manteau opaque de toutes les mers du globe. Celle de sa faune, de sa flore, de sa structure. Il était descendu à l'intérieur de bathyscaphes dans des fosses pélagiques, avait approché leurs écosystèmes, leurs habitants. En bas, il n'y avait rien. Pas de cité engloutie ni de monstres préhistoriques, encore moins de bases extraterrestres. Seulement les ténèbres. Froides, obscures, comme celles dans lesquelles il évoluait à cette seconde.

Quatre-vingt-dix-sept mètres. Il se retourna. Ève et Julie suivaient. Elles avaient également actionné leurs torches. Les faisceaux lumineux indiquaient leur position, l'une au-dessus de l'autre, séparées de quelques brasses. Jean ne les voyait pas. Il ne distinguait que deux points blancs, brûlants, incandescents, comme des soleils qui foraient ses rétines.

Il se remit dans l'axe. La nuit à nouveau. Avec cette fois une persistance flottant devant ses yeux. Les soleils continuaient à briller. Il avait beau rabattre ses paupières, ils étaient toujours là. Ils formaient maintenant des barres verticales qui dérivaient lentement à l'intérieur de son champ de vision. Elles s'éloignaient, se rapprochaient, se croisaient pour générer des motifs étranges, mouvants.

Une sorte d'échelle, un jeu de mikado, un râteau…

Sans savoir pourquoi, il repensa aux scarifications. Ces traits sans signification gravés à même la peau de Lola. Cette marque laissée dans ses chairs par le fou qui avait volé sa vie. Ce symbole qui lui avait donné une impression de déjà-vu et provoqué une crise d'angoisse sans qu'il parvienne pour autant à l'identifier.

Et là, au cœur de la nuit sous-marine, il se souvint.

29

Ces images, Jean les avait enfouies dans les zones interdites de son cerveau. Celles que l'esprit mure à grand renfort de refoulement, par crainte de les voir ressurgir un jour pour vous faire perdre la raison.

Bien qu'involontaire, la stratégie avait fonctionné. Pendant toutes ces années, il avait, à son insu, gommé de sa tête cette folie. Vécu comme si rien, ou presque, ne s'était produit. Jamais, depuis cette expérience extraordinaire, le moindre souvenir n'était remonté à la surface. Il n'avait retenu de cette nuit psychédélique que ses prémices.

Un nom chuchoté dans un bar.

Une maison rouge posée sur les rochers.

Un poêle à bois.

Ensuite, plus rien.

Il détourna les yeux de l'écran. Un début de migraine cognait ses tempes. Ses rétines le brûlaient. Mais il avait voulu être certain. S'assurer que la fatigue, la profondeur de la dernière plongée, le choc émotionnel provoqué par l'assassinat de Lola ne lui avaient pas joué des tours.

En rentrant de Nice la veille au soir, il s'était écroulé sur le canapé sans se déshabiller, avait dormi comme un plomb et s'était réveillé à l'aube. Après un jus de citron avalé à la hâte, il était monté dans sa chambre pour se lancer dans une recherche sur Internet. Une sorte d'urgence l'animait, comme si le lien qu'il avait mis au jour en plongeant sur la bouée pouvait lui échapper. Un peu comme ces rêves décousus que l'on cherche désespérément à retenir avant qu'ils ne sombrent dans l'oubli.

Photos à l'appui, il avait comparé les réminiscences jaillies des limbes de sa psyché aux données bien réelles disponibles sur le Web. Une investigation débridée, qui s'était révélée payante. Elle avait non seulement confirmé l'authenticité du flash reçu sous l'eau, mais aussi ravivé des séquences étouffées jusque-là.

D'abord le motif. Il s'était chargé d'ouvrir la voie pendant que Jean descendait sur la bouée. Sept traits verticaux, tracés en parallèle et évoquant un code-barres. Spontanément, il avait associé la persistance lumineuse laissée sur ses rétines aux scarifications retrouvées sur la nuque de Lola.

Presque aussitôt, une autre image était apparue, superposée à la première. Les mêmes traits fins, linéaires, cette fois en position horizontale comme les barreaux d'une échelle. D'un noir bleuté, luisant, ils semblaient éclairés par des rayons ultraviolets.

Puis, dissimulé par les deux autres, un troisième élément était sorti du bois. Jean avait deviné, derrière les lignes phosphorescentes, les contours indécis d'un visage. Des mâchoires anguleuses, des pommettes saillantes, des orbites vides où paraissaient danser des flammes. La vision d'un démon. Un diable aux traits de cuivre, couvert de ces mêmes peintures de guerre, dont il avait croisé la route à l'autre bout du monde.

Et là, le verrou avait sauté.

Il s'était souvenu de cet homme, de ce qui s'était passé, de ce qu'ils avaient fait. Un voile s'était levé et les maillons de la chaîne s'étaient unis dans la foulée.

Les préparatifs, les mises en garde, le voyage… Un film saccadé, haché, d'une netteté terrifiante. Il avait défilé sous ses paupières en une fraction de seconde. À ce moment-là, Jean avait perçu la scène d'une façon étrange. Toujours comme dans un rêve.

Maintenant, il le savait : le rêve avait eu lieu. Ces événements s'étaient produits. Les infos glanées en surfant sur la toile avaient confirmé la réalité des images créées par son cerveau. Elles leur avaient donné une consistance charnelle.

Un frisson le parcourut. Il comprenait mieux l'impression de déjà-vu comme les raisons de cette angoisse inexpliquée, quand il avait posé ses yeux sur la photo des scarifications. Son esprit avait fait un *black-out* mais son inconscient gardait ces événements en mémoire. La chaîne des associations s'était chargée de les exhumer pour lui adresser un signal.

Jean quitta le petit bureau en bois sur lequel était posé son Mac et se dirigea vers la baie vitrée. Il l'ouvrit en grand, sortit sur le petit balcon attenant à sa chambre.

Soleil tiède. Lumière douce. Apaisement. La vue donnait sur le chemin des Mimosas, un nom prédestiné, bordé de massifs de fleurs, qui descendait en pente douce vers le port de Saint-Mandrier. Au loin, en contrepoint, la rade de Toulon alignait ses croiseurs de guerre.

Il respira un grand coup, comme s'il voulait se purifier, et retourna s'asseoir. L'écran affichait la dernière page consultée. Un site personnel, construit par un amoureux de la culture inuite. Les infos, fouillées, précises, l'avaient replongé dans l'ambiance. Le type, qui se prenait pour Paul-Émile Victor, décrivait le déroulement d'une cérémonie initiatique au nord du cercle polaire. Il avait incrusté des photos de son aventure, dont l'une représentait un chaman.

Jean observa à nouveau le portrait. Mêmes sortes d'échelles dessinées sur les joues, le front, le menton. Mêmes traits abscons que ceux gravés dans la nuque de

Lola. Des motifs simples, presque enfantins, porteurs d'une symbolique puissante. Une œuvre dynamique, vivante, dont seule une infime partie avait été reproduite sur sa petite amie.

Pourtant, quand on la regardait dans son ensemble, l'architecture complète se révélait bien plus complexe. Elle évoquait une langue perdue, mystérieuse, qui de près ou de loin n'avait rien d'un code-barres.

Il poursuivit sa lecture. D'après l'article, les Inuits vivant dans les régions arctiques se tatouaient le corps avec des marques horizontales et verticales. Pouvoirs magiques, propriétés thérapeutiques, signes de puissance, de beauté…

Chaque ligne, selon son emplacement, son positionnement géométrique, avait sa signification. L'ensemble formait une fresque et racontait une histoire. Celle de celui qui en portait les hiéroglyphes. Un récit singulier, en constante évolution, dont seuls les membres de cette ethnie appréhendaient le sens.

Comment avait-il pu oublier ça ? Jean se souvenait à présent que le chaman le lui avait expliqué. Un topo précis, sans emphase ni exagération, qu'il avait écouté en silence dans une ambiance étrange.

D'un autre côté, c'était il y a longtemps. Dans une autre vie. Sans parler des deux bols d'urine de renne qu'il avait avalés. Un breuvage écœurant, acide, chargé à mort des restes de champignons hallucinogènes dont s'alimentaient les cervidés. La dose aurait pu assommer un ours.

À son réveil, il n'avait conservé du trip que des images fracturées. Une parenthèse hallucinatoire pendant laquelle il était devenu *autre chose*. Une créature mystique, mi-homme mi-dauphin, une chimère improbable dont il avait pourtant éprouvé la réalité au plus profond de ses chairs.

Sous la forme de son animal totem, porté par les principes actifs de l'amanite phalloïde, il avait défié les lois de la nature et de la physique. Plongé jusqu'à une profondeur impossible. Respiré sous l'eau. Perçu l'écho des glaces qui se fissuraient.

Du pur délire…

Très vite, visions et sensations s'étaient évaporées. Puis, peu à peu, l'existence même de cet album photos surréaliste s'était dissoute, comme tout ce qui avait eu un rapport avec lui. Pour se protéger, Jean avait tout simplement rayé cette histoire de la carte.

Il s'étira. Bosser derrière un bureau n'était définitivement pas dans ses cordes. Les ordis lui collaient la gerbe. Les papiers l'endormaient. La position assise lui cassait le dos. Il avait trouvé ce qu'il cherchait, autant arrêter la torture.

Il se dirigea vers son lit. 11 heures et des poussières. Impression d'avoir enroulé une journée pleine. Fort heureusement, on était samedi. Hormis le Grizzly, sans doute penché sur les comptes de la boîte, tout le monde faisait relâche. Et en principe, c'était ce qu'il était aussi censé faire.

Il s'allongea. Glissa un coussin sous sa tête. Son corps trouva aussitôt sa place. Calé dans le moule confortable creusé par son dos, il laissa dériver ses pensées.

Près de trente ans le séparaient de cette expédition tragique au Groenland. Une éternité. Pas étonnant qu'il en ait zappé certains pans. A fortiori quand on savait comment elle s'était terminée.

Il expira profondément. Jusque-là, il était parvenu à se mentir. Il s'était raconté que Marion avait été aspirée par un siphon pendant qu'ils plongeaient sous la banquise. Un accident stupide, une version acceptable échafaudée par son cerveau après la prise des hallucinogènes. Cette fable montée de toutes pièces l'avait aidé à se dédouaner. Jean l'avait tellement intégrée qu'il la reproduisait même dans ses rêves.

La résurgence inattendue de cette partie de l'histoire venait d'éclairer le drame d'une façon différente. À présent, il était en mesure de reconstruire la scène.

De lui restituer sa vérité.

Marion n'avait pas été emportée par un courant puissant. Elle avait disparu par sa faute. Parce qu'il avait fait le mauvais choix. Pris la mauvaise décision. C'est lui qui l'avait convaincue de rester en bas, quand son bloc avait vrillé et qu'elle n'avait plus été en mesure de tirer sur son détendeur. Lui qui lui avait demandé de l'attendre dans cette poche d'air où ils avaient trouvé refuge pendant qu'il irait chercher du secours.

Quand il était revenu, le glacier avait bougé. Impossible de retrouver le boyau qui les avait conduits dans cette caverne de glace. Il s'y était repris à plusieurs fois, en vain, avant de s'en remettre aux pouvoirs surnaturels d'un chaman qui lui avait vendu du rêve. Un rêve auquel il avait voulu adhérer parce qu'une petite partie de lui-même croyait en ces superstitions, mais surtout parce qu'aucune équipe de secours n'avait voulu risquer sa vie pour aller chercher un cadavre sous la glace.

Tout ça pour le même résultat.

Marion était restée coincée, sans aucun moyen de remonter à la surface.

Une boule de culpabilité lui garrotta la gorge. Il s'était toujours senti responsable de sa mort. Parce qu'il l'avait entraînée dans cette aventure et qu'elle n'en était pas revenue. Parce qu'il était censé veiller sur elle et avait échoué. Mais surtout, parce qu'il associait déjà de façon diffuse cet événement tragique au meurtre de sa mère.

Même si la disparition de Marion l'avait affecté au plus profond de son être, son stratagème lui avait permis de ne pas s'effondrer. Maintenant qu'il venait de recoller les morceaux, il avait l'impression qu'un gouffre s'apprêtait à l'avaler.

Marion était ce que l'on appelle communément « son premier amour ». Le plus important, le plus pur. Celui qui donne le ton, la couleur. L'étalon auquel les autres devront se référer.

Et d'une certaine façon, il l'avait tuée.

Des flashs l'envahirent. D'autres visages, d'autres femmes, celles qu'il était parvenu à aimer une fois le temps du deuil passé. Des histoires fortes, intenses, qui ne lui avaient pourtant jamais fait éprouver la même émotion. Le seul lien qui les unissait tenait en une constante terrifiante.

Toutes avaient connu une fin violente.

Une fin qu'il avait à nouveau associée à sa lâcheté et à sa conséquence irréversible, l'assassinat de sa mère par son salopard de père.

Une pointe lui fora le ventre, accompagnée d'une nouvelle association. Un parallèle qu'il avait été incapable de faire jusque-là puisqu'il avait gommé un pan entier du drame.

Et si sa faute originelle n'y était pour rien ? Si, plus simplement, les mises en garde du chaman s'étaient concrétisées ? Ce qu'il appelait « la malédiction », ce fatum tragique qui avait frappé chacune de ses compagnes par la suite, trouvait peut-être son origine dans cette expérience improbable, surnaturelle, vécue au cœur de la nuit polaire ? Un rite interdit, au cours duquel des esprits maléfiques étaient sortis des limbes pour s'en prendre à lui.

Stop. Jean croyait à l'ordre naturel des choses. À une sorte de justice immanente garante d'une certaine forme d'équilibre. Au fait que les actes, à commencer par les siens, entraînent des conséquences et que les fautes se payent. Il était prêt à adhérer aux superstitions que lui avait léguées sa mère.

Pas à la magie.

Il se leva d'un bond. Il échafaudait des théories délirantes sur les supposés pouvoirs d'un pseudo-sorcier adepte des hallucinogènes alors que l'essentiel n'était pas là. En fait, il se résumait à une question plus simple. Plus immédiate. Celle qu'il aurait dû se poser depuis le début.

Le meurtrier de Lola avait-il vraiment voulu reproduire ces symboles ? Un illuminé, croyant en la réincarnation, la survie de l'âme, les animaux totems et toutes ces conneries ?

Jean essaya de garder son calme. L'idée le séduisait mais il devait se méfier de ses propres projections, de ce passé qui venait de ressurgir auquel le meurtrier était parfaitement étranger. Après tout, des traits tracés en parallèle pouvaient signifier une multitude de choses. Les flics ne se gêneraient pas pour le lui rappeler.

Il fit quelques pas dans la chambre, sans cesser de gamberger. En dépit de sa tentative de rationalisation, une petite voix lui soufflait de creuser cette piste. Le crime s'était passé sous la surface lors d'une plongée au Trimix. On avait inoculé dans les poumons de Lola un plancton inconnu sur les côtes méditerranéennes. Et maintenant la culture inuite. Tous ces éléments étaient liés à l'eau. Difficile de croire à une coïncidence.

Il retourna se planter devant la baie vitrée, le cerveau en ébullition. Son intuition avait du sens. Si cette nouvelle pièce s'emboîtait, elle donnerait un coup de fouet à l'enquête. Il pourrait même aider la policière qui l'avait interrogé. Le rituel de ce dingue s'inspirait peut-être de celui qu'il avait suivi lui-même lors de son « voyage » sous hallucinogènes. Il aurait une expérience à partager. Des clefs à fournir. De plus, la mer était son monde, son univers. Personne n'était mieux placé pour en percer les mystères.

Tant pis si cette fliquette le prenait pour un allumé, il devait tenter le coup.

Il prit son portable et composa le numéro de Latour.

30

Le périmètre avait été sécurisé.

Voie fermée. Estafette de la gendarmerie au milieu de la chaussée. Pandores en faction. Pas moyen d'accéder à la zone sans montrer patte blanche.

Chloé tendit son badge. Le planton se mit au garde-à-vous et adressa un signe de main à son collègue. Aussitôt, le véhicule d'intervention libéra le passage.

Elle s'engagea dans la descente, pied crispé sur le frein. La route du feu qui descendait vers la calanque affichait une pente à 30 %. Du très, très raide, à la limite du décrochage. Large d'à peine trois mètres, revêtue d'une couche de béton brut, elle était interdite à la circulation. Seuls les pompiers l'utilisaient, ainsi que quelques randonneurs pendant l'été. Situé à proximité des plages naturistes du Bau Rouge, près de Carqueiranne, le site préservé était sous la protection du Conservatoire du littoral.

Mais pas moyen de faire autrement. Tout se passait cent mètres plus bas, au niveau de la mer. Et aucun autre chemin pour y arriver.

En descendant, Chloé fut frappée par la beauté du paysage. Les collines dessinaient un cirque naturel qui plongeait vers les flots. Une forêt de pins le recouvrait, d'un vert intense, dont les crêtes formaient une canopée inextricable.

Au fond de cet entonnoir, la côte aride et rocailleuse du massif de la Sainte-Baume se découpait sur la toile bleu cobalt de la Méditerranée. Encore un de ces trésors dont la région avait le secret, qu'en d'autres circonstances la Grenobloise aurait pu apprécier.

Une file de voitures, garées sur le bas-côté, lui fit comprendre qu'elle était arrivée. Elle se rangea à la suite et marcha vers le deuxième check point. Après s'être présentée à nouveau, elle passa sous le cordon de rubalise.

À en juger par la densité de flics au mètre carré, les grandes manœuvres avaient commencé. Deux camions techniques – dont celui de la PTS – et une ambulance du SAMU étaient déjà sur place. Bleus et civils allaient et venaient, serrés sur la dalle de ciment minuscule qui permettait en temps normal aux camions d'incendie de faire demi-tour. Ancré près des rochers, un patrouilleur côtier de la gendarmerie maritime complétait l'armada. Chloé reconnut *La Jonquille*, une unité de trente-deux mètres basée à Toulon, chargée des missions de surveillance maritime.

Belkhir vint l'accueillir. Moulée dans un débardeur blanc griffé Prada, elle portait une paire de lunettes de soleil Dolce & Gabbana très « téléréalité ». Toute ressemblance avec des personnes existant ou ayant existé était purement fortuite…

— Juste à temps. Ces bâtards allaient commencer sans toi.

La benjamine l'avait appelée deux heures plus tôt. Chloé était encore chez elle, attablée devant un bol de thé vert après un lever tardif. Rien n'avait bougé depuis que Verbier avait prolongé la flagrance. Ago et Orsini creusaient chacun de leur côté, pour l'heure sans résultat. Seule Nabilla avait fait mouche, et encore, grâce aux gendarmes. Les Cruchots avaient enfin trouvé la grotte. Sa présence était requise pour les premières constates.

— Ça se passe où ?

— Sur le rafiot.

Belkhir la conduisit au pas de course jusqu'au bateau. Une fine coupée télescopique le reliait à la berge et permettait de monter à bord. Chloé s'y engagea, bras faisant office de balancier afin de garder son équilibre.

Une fois sur le pont, elle suivit sa flicarde vers l'arrière. Trois plongeurs équipés de pied en cap étaient assis sur la plateforme de mise à l'eau. Sans doute les enquêteurs subaquatiques qui avaient repéré la cavité. Ils devaient attendre le feu vert pour redescendre.

Belkhir ouvrit une écoutille. Une volée de marches se dressèrent devant elles, presque à la verticale. Elles grimpèrent l'une derrière l'autre, prenant appui sur la rampe pour se hisser.

En haut, une salle équipée de hublots rectangulaires offrant une vue à cent quatre-vingts degrés. La pièce était saturée de moniteurs et d'instruments de mesure. Le poste de pilotage de *La Jonquille*. Une demi-douzaine de personnes s'y trouvaient, quatre en uniforme de la gendarmerie maritime, deux en civil. Chloé ne connaissait pas les militaires mais savait qui étaient les autres.

Pendant qu'elle ajustait son masque – dans ce lieu confiné, tout le monde en portait un –, Verbier se jeta sur elle.

— Ah ! Vous voilà.

— Monsieur le substitut.

Il paraissait surexcité. Les gendarmes avaient dû le prévenir sitôt la découverte effectuée. En bons milouzes, ils rendaient compte à l'autorité qui avait adressé la saisine.

— Vous aviez vu juste.

— À propos de la grotte ?

— La grotte et tout le reste.

Petite sensation de victoire. Verbier rajouta :

— Il s'agit bien d'un meurtre. On peut même dire qu'il s'agit d'une série.

— Qu'est-ce qui vous fait dire ça ?

— On a trouvé un autre corps. Vu l'état, il est là depuis longtemps.

De mieux en mieux. Pas encore suffisant pour obtenir le label « serial killer » – il fallait au moins trois victimes – mais Chloé était sur la bonne voie. Elle avait envisagé que l'assassinat de Lola ne soit que le premier acte d'une pièce qui en compterait plusieurs. Sauf qu'il en était le second. Le tueur avait déjà mis le couvert. Il avait juste été assez malin pour parvenir à dissimuler le crime précédent.

— L'affaire change de dimension, poursuivit Verbier. J'ai dû en informer votre supérieur direct.

Chloé se tourna vers l'homme qui discutait avec un des gendarmes. Le commissaire Bornan, veste en lin et chèche bobo autour du cou, était déjà sur place. Deux jours plus tôt, quand rien n'était encore certain, le substitut lui avait promis une exclusivité. Maintenant que les choses se précisaient, il préférait ouvrir le parapluie.

Elle adressa un petit signe de main au commissaire pendant que Verbier se justifiait.

— J'espère que vous comprenez.

— Naturellement.

Le soulagement se lut sur son visage. L'expression d'un gamin pris en faute à qui sa mère vient de donner l'absolution.

— Parfait. On s'y met.

31

— Poste de commandement à Calmars. C'est quand vous voulez.

Le capitaine Kervec avait la tête d'un type élevé au grain. Rose comme un bonbon, déjà bien dégarni, il respirait la santé jusque dans sa façon de donner des ordres. Une énergie farouche filtrait dans sa voix et donnait envie de le suivre au bout du monde.

Casque émetteur vissé au crâne, il était assis devant un gros ordinateur diffusant les vidéos provenant des action-cams. Chaque plongeur en avait une, ce qui permettrait d'avoir plusieurs points de vue.

Chloé verrouilla ses yeux sur l'écran. Elle se tenait debout à la gauche de Kervec. En vis-à-vis, sur sa droite, Verbier. Les autres, dont Bornan, avaient été relégués au deuxième rang. Les places étaient comptées, tout le monde ne pouvait pas assister au spectacle depuis l'orchestre.

Pour l'instant, rien d'extraordinaire. La caméra numéro 1 répercutait le décor de la calanque, vu depuis la plateforme de mise à l'eau.

— Ça démarre.

La voix du chef de palanquée. Portée par le système de communication intégré dans les masques faciaux, elle venait de résonner dans le haut-parleur avec une proximité troublante.

Le tableau changea d'un coup. Le vert des pins s'effaça au profit d'un gris trouble rempli de sphères translucides. Peu à peu, les bulles d'oxygène générées par l'entrée dans l'eau des plongeurs se dissipèrent. À la place, une étendue bleutée, légèrement opaque. Deux silhouettes de néoprène flottaient au milieu de ce néant, en apesanteur.

— Poste de commandement à Alpha, vous me recevez ?

— Cinq sur cinq.

— Audio confirmé. Je checke le visuel.

Kervec pianota sur son clavier. D'autres images apparurent. À peu près les mêmes, sous un autre angle. Elles étaient repérées par un chiffre correspondant au numéro de la caméra activée.

— Visuel validé.

— Reçu. On descend.

Bascule avant. Toujours le même bleu, avec en arrière-plan la masse sombre d'un tombant. La falaise qui s'enfonçait sous la mer et conduisait à la grotte.

Chloé suivit la progression comme si elle y était. Les plongeurs descendaient rapidement. Ils savaient où ils allaient. En longeant la paroi – Nabilla lui avait donné ces précisions par téléphone – ils étaient tombés sur une cavité creusée dans la roche par 42 mètres de fond, juste à l'aplomb de la pointe du Bau Rouge. La dixième qu'ils exploraient en vingt-quatre heures, dans le périmètre délimité par la provenance des schistes métamorphiques.

La zone, située à l'embouchure d'une rivière souterraine, était balayée par un courant puissant. Une configuration qui la rendait particulièrement dangereuse. Touristes et corailleurs devaient le savoir et ne s'y risquaient pas, ce qui avait constitué pour le tueur une opportunité. Il avait pu y immerger les corps en toute tranquillité, avec la quasi-certitude que personne ne tomberait dessus par hasard.

Cette donnée avait permis à Chloé d'affiner le profil de l'assassin. Soit il était du coin, soit il avait effectué des repérages précis. Dans les deux cas, il connaissait l'environnement comme sa poche. Il avait certainement plongé des dizaines de fois sur ce site, ce qui impliquait que quelqu'un avait peut-être repéré son manège. Une voiture stationnant sur la dalle. Un bateau mouillé à proximité. D'une façon ou d'une autre, il lui avait bien fallu accéder à ce spot. Le poids de l'équipement comme la durée d'autonomie des blocs l'avaient contraint à établir un camp de base dans le périmètre.

— On y est, annonça Alpha dans le haut-parleur.

Chloé plissa les yeux. L'action-cam renvoyait l'image d'une masse bleu gris. La pénombre naissante, ajoutée au courant qui troublait l'eau, gommait toutes les aspérités et donnait la sensation d'une surface uniforme.

Puis la lumière se fit. Les plongeurs venaient d'actionner les torches frontales intégrées dans leurs masques. Une faille apparut dans la veine du tombant, comme si on avait attaqué la paroi au marteau-piqueur. Large de trois mètres et haute d'un, elle permettait néanmoins de se faufiler à l'intérieur.

Chloé s'approcha de l'écran. Un détail venait d'attirer son attention. Des sillons blanchâtres striant la roche sur la périphérie.

— On dirait...

— Oui, confirma Verbier. Le passage a été élargi de façon artificielle.

— Comment ?

— À l'explosif.

— Le tueur ?

— Probablement. Les marques sont récentes.

Pas le temps de s'attarder. Alpha s'était déjà engagé. Pendant qu'il pénétrait dans la cavité, Kervec bascula sur les autres caméras. Palmes en gros plan sur la 2. Pareil sur la 3. Les enquêteurs subaquatiques se suivaient en file indienne. Des particules blanchâtres volaient dans tous les sens, accrochées par les faisceaux lumineux. Une vraie poussière de cendres. Elle attestait la force du courant qui agitait la zone.

Retour caméra 1. Un boyau rectiligne se déployait dans le prolongement de l'ouverture, à peu près de la même taille et foré dans la roche. La configuration laissait penser à un tunnel qui descendait en pente douce vers le cœur de la terre, comme la galerie d'une mine. Sans doute le tracé de la rivière souterraine. Déjà, par endroits, des éclats rouges annonçaient la présence du corail.

Les plongeurs avançaient. Le courant semblait toujours aussi puissant. Ils nageaient contre lui, les obligeant à redoubler d'efforts. Chloé n'entendait plus que le bruit de leur respiration. Haché, saccadé, il saturait les haut-parleurs.

Au bout d'une cinquantaine de mètres, une lueur pâle émergea des ténèbres. Elle s'amplifia progressivement pour exploser en un torrent de lumière quand les gendarmes débouchèrent dans la grotte. Ils avaient déjà préparé le terrain et descendu des groupes électrogènes étanches. Couplés à des projecteurs surpuissants, ils illuminaient la scène de crime comme en plein jour.

Dans le poste de pilotage, les souffles se suspendirent. Verbier fixait l'écran. Il semblait fasciné. Bornan regardait par-dessus son épaule, front plissé. Quant à Chloé, elle se concentrait pour ne rien louper.

La première chose qui la frappa fut la dimension de la salle. Une véritable cathédrale. À vue de nez, la hauteur sous plafond approchait les cent mètres. Une moitié sous l'embouchure de la rivière souterraine, l'autre au-dessus, sans doute jusqu'au niveau de la mer. Le travail du temps. L'eau douce avait rongé la roche au fil des millénaires afin de créer cette poche démesurée. Chloé songea à une matrice infernale dans laquelle le monstre était venu accomplir son œuvre.

La couleur d'ensemble renforçait cette impression. Un rouge intense, éclatant, triomphant. Ici, dans ce temple inviolé, le corail avait prospéré en toute tranquillité. Une colonie fantastique, des milliers de spécimens accrochés aux parois telle une forêt sanglante.

Les plongeurs se dirigèrent vers le fond de la cavité, situé une cinquantaine de mètres en contrebas. Au niveau du plancher, le courant semblait moins puissant. La visibilité était meilleure et ils palmaient tranquillement, toujours l'un derrière l'autre.

Étrange sensation. Les images étaient excellentes. Les changements de focale opérés par Kervec leur donnaient du relief. Chloé avait l'impression de visionner un reportage. Un film sur la plongée spéléo, diffusé sur Planète ou National Geographic.

La chute fut brutale. Les gendarmes venaient d'atteindre leur objectif. Un renfoncement creusé dans la pierre à la façon d'une crypte. Deux spots l'éclairaient d'une lumière clinique. Aucun détail ne pouvait échapper aux enquêteurs.

Chloé vit d'abord le corps. Ou ce qu'il en restait. Un squelette d'un blanc immaculé, nettoyé de la moindre particule de chair. Plusieurs os avaient été déplacés, sans doute par les prédateurs, mais l'essentiel était là. Assez en tout cas pour espérer procéder à une identification. Il était allongé sur le dos, comme s'il dormait. Une vision à la fois glaçante et grotesque, digne d'un train fantôme. La dépouille semblait retenue au sol par un lien invisible.

— Qu'est-ce qui le maintient comme ça ? demanda Verbier.

Kervec pianota sur son clavier et s'adressa à ses hommes.

— Alpha, fais-moi un gros plan sur le pied droit.

La caméra 1 zooma sur une menotte de plastique, à serrage autobloquant, du genre de celles utilisées lors des interpellations. Elle était accrochée à un mousqueton, lui-même retenu par un piton de métal chevillé dans la roche. L'entrave cerclait la cheville du cadavre comme un bracelet bon marché.

— Une version élaborée de la semelle en béton, commenta Bornan.

Le milieu marseillais, à une époque, faisait disparaître ses ennemis en les noyant au large, jambes emprisonnées dans du ciment jusqu'aux genoux. Le parallèle du commissaire pouvait se comprendre mais la configuration s'avérait très différente. Le tueur ne s'était pas seulement débarrassé du corps en l'immergeant. Il avait suivi un rituel précis. Comme pour Lola. Il faudrait attendre l'analyse des ossements pour le confirmer mais Chloé en avait déjà la certitude.

Elle s'adressa à Kervec :

— Vous avez trouvé autre chose ?

— Il y a un deuxième filin de plastique un peu plus loin. Je vais vous montrer.

Il donna ses directives et bascula sur la caméra 2. Gros plan à nouveau, sur une menotte semblable à la première. Le système d'arrimage était identique.

Même modus operandi, songea Chloé. Lola avait sans doute été attachée à cet endroit. En lui bouffant le pied, la murène avait libéré le corps. Sans cette intervention extérieure, la dresseuse serait encore allongée à côté du squelette.

Le capitaine de gendarmerie avait déjà anticipé la question suivante.

— Le courant est circulant dans la partie haute de la cavité. Il y a un phénomène de flux et de reflux qui a dû permettre l'expulsion du corps vers l'extérieur.

Chloé hocha la tête. Les circonstances se précisaient.

— Je suppose que vous avez tout fouillé ?

— Affirmatif, confirma Kervec. On a repéré un boyau un peu plus haut. Il remonte vers une autre salle.

— Vous y êtes allés ?

— On l'a passée au crible. Rien d'intéressant, si ce n'est qu'une partie se situe au-dessus du niveau de la mer.

— Une poche d'air ?

— Le niveau des flots a beaucoup varié selon les époques. Ce phénomène a favorisé la création de zones sèches. Certaines galeries remontent même jusqu'à l'air libre.

Énorme. La théorie du meurtre était validée, une deuxième victime venait d'être découverte et de nouveaux indices ne tarderaient pas à être mis au jour. La présence d'une seconde salle où il était possible de respirer expliquait mieux comment le tueur s'y était pris pour accomplir son rituel.

Après les avoir noyées à grande profondeur, cette cavité lui avait permis de retirer l'équipement de ses victimes en toute sécurité, de leur inoculer l'eau douce chargée du mélange plancton-uranium et de retourner dans la salle principale pour y positionner les corps. Hormis les scarifications, effectuées ante mortem, le reste avait dû se passer ici. Décidément, c'était vraiment une bonne journée.

Chloé prit les choses en main, portée par un sentiment puissant de légitimité. Elle avait tenu bon et le résultat était là. Personne ne pourrait plus lui mettre de bâtons dans les roues.

— Vous me remontez tout. Et faites attention à ne rien abîmer.

Kervec lui répondit d'un ton pincé.

— On a l'habitude.

Elle réalisa son impair. Elle s'adressait à des pros. Sortir des cadavres de l'eau, ils faisaient ça tous les jours, ou presque.

— Je n'en doute pas, recula-t-elle avec diplomatie. Mais je compte quand même sur vous pour faire le maximum.

Hochement de tête glacial. Chloé fit semblant de ne pas le voir et s'adressa à Verbier :

— Vous allez désigner un juge ?

— Avec ce qu'on vient de découvrir, ça me paraît évident.

Le jeune substitut suivait les prescriptions du Code. Une attitude scolaire qui lui allait bien mais qui risquait de ralentir l'enquête.

— Ce n'est pas forcément indispensable. Enfin… pas tout de suite.

— Que voulez-vous dire ?

— Vous venez de renouveler la flagrance. Il nous reste encore six jours. Nous pouvons les mettre à profit pour travailler plus efficacement. Juste vous et moi.

Le magistrat la regarda d'un air étonné. Il ne devait pas imaginer qu'une telle entorse puisse être envisagée. Chloé ne lui laissa pas le temps de gamberger.

— C'est tout à fait légal. Si vous me suivez, c'est vous qui piloterez l'avion.

La proposition devenait de plus en plus alléchante. Verbier bandait littéralement pour cette affaire. L'idée d'en conserver la maîtrise encore quelque temps l'attirait comme un aimant.

— Et Bornan ? chuchota le substitut.

— Il me suivra.

Ultime hésitation. Puis le verdict tomba.

— Six jours. Ensuite je passe le relais.

Chloé le remercia d'un signe de tête. Une petite semaine de rab. C'était court et à la fois très long. Au rythme auquel les choses progressaient, ce serait peut-être suffisant. À condition de ne pas perdre de temps.

Elle se tourna vers Belkhir.

— Je rentre. Tu termines le boulot et tu fais gaffe à ce qu'ils ramènent bien tout.

— T'as pas confiance ?

— Non.

Elle salua tout le monde et quitta le poste de pilotage. En s'engageant sur la coupée, elle sentit une vibration dans sa poche. Elle sortit son portable. Un message en attente. Le réseau ne devait pas être terrible dans le coin, il avait dû se déconnecter quand elle était à bord.

Elle écouta.

Sardi.

Le plongeur avait de nouveaux éléments dont il tenait à lui faire part.

32

Il lui avait donné rendez-vous sur le port.

Pas à Saint-Mandrier – il y était connu comme le loup blanc – mais à Toulon. Confusément, Jean pressentait que sa discussion avec la commandante Latour devait rester confidentielle. Thomas était mort un mois plus tôt, le cadavre de Lola venait d'être identifié, et dans les petites villes les commérages vont bon train. Le seul fait de parler à un flic pouvait ouvrir la porte à toutes sortes d'interprétations. À commencer par les plus folles.

Il regarda sa montre. La policière l'avait rappelé aux environs de midi alors qu'elle se trouvait à Carqueiranne. Vingt-cinq minutes de trajet à tout casser. En toute logique, elle aurait dû arriver avant lui.

— Pas moyen de trouver une place dans cette foutue ville. J'ai dû me garer en triple file.

Jean se retourna. Latour se tenait devant lui, visiblement très énervée. Elle portait un tailleur gris ajusté et ses cheveux étaient noués en queue-de-cheval. Le même style coincé-chic qui l'avait déjà surpris lors de leur première rencontre. Avec un tel look, il l'aurait plus imaginée aux commandes d'une entreprise du CAC 40 qu'avec un flingue à la ceinture.

— Vous n'aurez qu'à faire sauter le PV.

La vanne tomba à plat. La commandante n'avait pas la moindre envie de plaisanter.

— Alors ? De quoi s'agit-il ?

— On marche un peu ?

Il l'entraîna le long des pannes. Ses jambes avaient besoin de mouvement, ses yeux d'une perspective. Jean n'avait jamais évoqué ce pan de sa vie avec personne. L'idée de le faire avec une inconnue, a fortiori une enquêtrice de la brigade criminelle, le rendait un brin nerveux.

— Les motifs sur la nuque de Lola, lança-t-il après avoir fait quelque pas. En fait, je les ai vus.

— Les scarifications ?

— Oui.

Latour accusa le coup. Elle poursuivit sa marche, dos bien droit, épaules cambrées vers l'arrière dans une posture de combattante.

— Je croyais que vous ne les aviez pas remarquées.

— Pas sur Lola. Je les ai vues ailleurs.

Cette fois, elle s'arrêta.

— Ailleurs ? Où ?

— Venez. Je vais vous expliquer.

Ils se remirent en route. Mains dans les poches et voix serrée, Jean déroula son récit. L'expédition au Groenland, trente ans plus tôt. La plongée sous glace. La cérémonie chamanique pour tenter de retrouver la cavité dans laquelle Marion l'attendait. Un rituel ancestral accompli par un sorcier qui portait sur le visage des tatouages étranges. Des sortes d'échelles, en tous points semblables aux motifs gravés au scalpel sur la peau de Lola.

Quand il arriva au terme de son exposé, au flash qu'il avait eu sous l'eau et qui avait réveillé sa mémoire, ils étaient parvenus au bout du quai.

— Vous avez vraiment vécu cette « expérience » ? s'étonna Latour.

— En tout cas, j'en ai eu l'impression.

— Et vous n'en aviez gardé aucune trace ?

— Aucune. Hormis cette petite maison de bois plantée sur les rochers. Je ne savais même plus ce que j'étais allé y faire.

— C'était où exactement ?

— Tout ça est tellement loin…

— Essayez de vous rappeler. Ça pourrait nous être utile.

Jean nia de la tête. Une expression d'impuissance était plaquée sur son visage.

— La seule chose dont je sois sûr, c'est qu'on avait pris un vol depuis Paris et atterri dans un aéroport au nom imprononçable. De là, nous avons changé deux fois d'avion et embarqué sur une sorte de ferry pour remonter plus au nord, jusqu'au village où nous avions prévu de plonger. De mémoire, il était dans le fjord Robertson, en mer de Baffin. Pour le reste, tout est flou, vague, un peu comme dans un rêve.

Latour retira sa veste et la jeta sur son épaule. La promenade en plein cagnard lui avait donné chaud. Le fait qu'on pouvait maintenant voir son arme ne semblait pas la déranger.

— D'un autre côté, ça peut se comprendre.

— Que voulez-vous dire ?

— Avec ce que vous aviez ingurgité, votre cerveau a disjoncté.

— Sans doute. Mais d'après moi il n'y a pas que ça.

— À quoi pensez-vous ?

— Si j'ai gommé ces souvenirs, c'est également pour me protéger.

— Vous protéger de quoi ?

— De la vérité.

— Quelle vérité ?

Un blanc, comme si les mots étaient coincés au fond de sa gorge. Jean se força à verbaliser l'indicible.

— Ma petite amie, Marion… Elle est morte par ma faute.

— Parce que vous ne l'avez pas retrouvée ?

— Je n'aurais jamais dû faire ce que j'ai fait. C'était trop risqué.

Latour soupira. Elle devait sans doute espérer autre chose. Une véritable révélation qui lui aurait donné du grain à moudre.

— Si j'ai bien tout compris, vous n'aviez pas le choix.

— On a toujours le choix. J'aurais pu lui filer mes blocs et la laisser aller chercher de l'aide. Elle avait grandi à Saint-Mandrier elle aussi. On s'était connus au collège. On avait passé notre qualif de plongée technique en même temps. Elle était aussi compétente que moi pour y arriver. Au lieu de ça, c'est moi qui suis remonté.

— Vous pensiez la protéger. Vous ne pouvez pas vous le reprocher.

Contre toute attente, elle essayait de l'aider. La froideur du flic laissait place à l'expression d'une compassion sincère. Pourtant, en dépit de ces paroles bienveillantes, Jean ne pouvait pas adhérer à cette thèse. Marion et lui n'étaient qu'à une quarantaine de mètres sous la surface. En ajoutant son air au sien, elle aurait pu récupérer la ligne de vie, gérer le palier et palmer jusqu'au trou scié dans la glace aussi bien que lui.

Il avait seulement eu peur. Peur qu'elle se perde. Peur qu'elle ne retrouve pas la cavité. Peur qu'elle ne soit pas à la hauteur alors que lui l'aurait été. Péché d'orgueil ou manque de confiance en elle ? Au bout du compte, le résultat était le même.

Elle était morte.

Pas lui.

Il préféra revenir au sujet du jour.

— Qu'est-ce que vous en pensez ?

— De quoi ?

— Des scarifications.

— Il faudrait s'assurer qu'il s'agit bien d'une symbolique inuite.

— Vu le contexte, la probabilité est forte.

— Peut-être. Mais avant de tirer des conclusions, il faut être sûr à cent pour cent.

Réponse attendue. Il fit préciser.

— Comment ?

— Nous avons commencé à étudier ces motifs. Nous saurons bientôt à quoi ils correspondent. Et puis...

Elle laissa sa phrase en suspens. Jean sentit qu'elle retenait un truc.

— Vous avez trouvé autre chose ?

La commandante fit jaillir de sa poche des lunettes de soleil – le modèle snowboardeur vendu dans les boutiques de sport – et les posa sur son nez. L'accessoire ne cadrait pas avec le reste mais Jean eut l'intuition qu'il représentait la part la plus authentique de sa personnalité.

— Je n'ai pas le droit de vous en parler.

— Pourquoi ?

— Tout ce qui se rapporte à l'enquête est confidentiel.

— Vous n'aurez qu'à dire que je suis un consultant.

— Un consultant ?

— Ou un expert. Comme vous voulez.

Elle sourit.

— Vous voyez trop de films. Dans la réalité, ça ne marche pas comme ça. De plus, je vous rappelle que vous aviez des liens avec la victime.

— Et après ? Si ce que je vous ai appris aujourd'hui se vérifie, vous aurez besoin de moi.

Elle le regarda au travers des verres noirs. Pas moyen de voir ses yeux mais Jean sentit qu'elle gambergeait.

— Si on allait se mettre à l'ombre, proposa-t-elle de but en blanc. Je ne sais pas vous, mais moi je commence à fondre.

Une ouverture se profilait. Jean jeta un coup d'œil en direction des terrasses. Pleines à craquer.

— Il va falloir aller ailleurs.

Il l'entraîna dans une ruelle étroite, sorte de brèche ouverte à la hache entre deux immeubles, et ils se retrouvèrent sur une artère crasseuse, bruyante, remplie jusqu'à la garde de véhicules et saturée de gaz d'échappement. Le premier snack venu fit l'affaire, un boui-boui turc qui se résumait à quatre tables pliantes entourées de chaises en plastique blanches. Hormis le patron, personne.

Ils achetèrent deux eaux minérales au comptoir et allèrent s'installer au fond. Après s'être désaltérée, Latour laissa tomber :

— Nous avons découvert un autre corps.

Jean but à son tour. Sa bouche s'était asséchée d'un coup.

— Où ?

— Une caverne sous-marine, sous la pointe du Bau Rouge à Carqueiranne. J'étais sur place quand vous m'avez appelée.

Le plongeur connaissait le coin. Il avait exploré cette cavité dans son adolescence et en gardait une image assez précise.

— Si je me souviens bien, vous aviez déjà évoqué cette hypothèse à propos de Lola.

— Elle s'est confirmée.

— C'est-à-dire ?

Latour parut hésiter. Elle était en train de violer le secret de l'enquête et cette idée la perturbait.

— On parle de celle qui fut ma petite amie, insista Jean. Je crois que j'ai le droit de savoir.

— Vous n'avez aucun droit. Si je vous communique certaines informations, c'est uniquement parce que je le veux bien.

— Et aussi parce que je peux vous être utile, avouez-le.

Sourire en biais. Jean sut qu'il avait fait mouche.

— Nous verrons ça, admit-elle à demi-mot. Quoi qu'il en soit, c'est moi qui définis le cadre de nos échanges. Pas vous.

— Je n'ai jamais prétendu le contraire.

— Alors, ne l'oubliez pas.

Elle marqua une nouvelle pause, pour lui montrer qu'elle seule donnait le rythme. Puis elle reprit :

— Le cadavre était placé dans la partie inférieure de la grotte, une anfractuosité creusée au niveau du plancher. Une menotte en plastique le maintenait à la roche par la cheville. Juste à côté, il y en avait une autre. Même matériel, même dispositif de fixation.

— Lola aurait été attachée à cet endroit ?

— C'est quasiment sûr. L'ouverture a été élargie à l'explosif mais reste tout de même étroite. Il y a un courant circulant qui rend périlleuse toute incursion dans la grotte. Son corps n'a pas pu se retrouver là par accident. En revanche, ce même courant a pu l'expulser quand il s'est libéré de l'entrave.

— Comment a-t-il fait pour se détacher ?

— Une murène. Elle lui a dévoré le pied.

Jean serra les dents. Jusque-là, les détails scabreux lui avaient été épargnés. Il préféra clore ce chapitre et revenir au second cadavre.

— Concernant le corps que vous avez trouvé… Vous pensez que la victime a été tuée de la même façon ?

— Je ne pense rien. Il est trop tôt.

— Mais il s'agit du même tueur.

— C'est une éventualité.

Elle lui donnait les infos au compte-gouttes et restait dans le vague. Jean creusa encore.

— Vous l'avez identifiée ?

— Pas encore.

— Ce sera long ?

— Difficile à dire. Il n'y avait que les os.

Un squelette… Il faudrait sans doute effectuer des analyses pointues avant d'obtenir des réponses. Jean avait pourtant la certitude qu'il s'agissait d'une femme. Il imaginait un tueur en série s'attaquant uniquement à des plongeuses. Un dément qui prenait son pied en les regardant suffoquer par plus de cent mètres de fond.

— Il est là depuis longtemps ?

— Plusieurs mois. Ou plusieurs années. Pour l'instant, impossible de dater quoi que ce soit.

Le Tek connaissait bien les conséquences d'une immersion prolongée. C'était table ouverte pour tout le monde et chair humaine à volonté. Crabes et poissons s'en donnaient à cœur joie mais le processus de nettoyage avait sans doute pris du temps.

— Et vous ?

— Quoi, moi ?

— À titre personnel, vous en pensez quoi ?

Elle eut un petit sourire.

— J'en pense qu'il ne faut pas mettre la charrue avant les bœufs. D'abord on analyse les restes. Ensuite on tire les conclusions.

Nouvelle gorgée d'eau. Sa bouteille était presque vide. Elle la termina d'un trait et regarda sa montre.

— Il faut que j'y aille, lança-t-elle en repoussant sa chaise.

Jean eut l'impression qu'elle souhaitait abréger. Comme si elle regrettait de lui avoir parlé. Il préféra ne pas insister et se leva aussi.

— Vous me tiendrez au courant ?

— Seulement si j'ai besoin de vos lumières.

Il se retint de répliquer et dit simplement.

— Vous avez mon numéro.

33

Pas moyen de fermer l'œil.

À une heure du matin, Jean se retournait encore dans son lit en essayant de trouver le sommeil. Cette nuit, le sujet de ses préoccupations s'appelait Marion. Il avait beau faire le vide, ériger une barrière entre le passé et lui, rien n'y faisait. Les images jaillissaient de nulle part, percutaient sa conscience comme des missiles puis flottaient quelque temps devant ses yeux avant d'être remplacées par d'autres.

Toutes terrifiantes.

La pire, celle qu'il ne parvenait pas à évacuer, représentait son premier amour recroquevillé au fond de la cavité. Elle portait sa combi en néoprène, ses cheveux étaient mouillés, son visage apeuré. Une lueur pâle – sans doute celle de sa torche – éclairait la scène. Elle lui donnait l'aspect d'un spectre.

Un spectre.

C'était ce qu'elle était devenue. Une vision cauchemardesque venue hanter ses nuits. Elle le poursuivait depuis sa tombe pour lui rappeler à quel point il avait merdé.

Il croisa les bras sous sa nuque et fixa l'obscurité. D'une certaine façon, l'histoire se répétait. Elle se répétait toujours. La grande boucle du destin s'enroulait sur elle-même tel un ouroboros et rien ne changerait jamais cet axiome.

Pourtant, cette fois, Jean voyait dans cette répétition une opportunité.

Elle allait lui donner l'occasion de se racheter.

Le dingue qui avait tué Lola, et sans doute aussi la victime dont on avait retrouvé le squelette, suivait une route qu'il connaissait trop bien. La plongée. La grotte. Les symboles. Il avait déjà vécu ça. Il pouvait mettre son expérience au service de l'enquête. Aider à la capture du psychopathe. Faire en sorte que la mort de Marion serve au moins à quelque chose.

Tout naturellement, ses pensées se focalisèrent sur le tueur. C'était un excellent plongeur. Aucun doute là-dessus. Il avait dû franchir la barre des cent mètres, peut-être plus, remonter jusqu'à quarante et lutter contre un courant puissant en portant sur son dos le cadavre de ses proies. Tout ça sans s'essouffler et en gérant les paliers. La quantité d'air contenue dans les bouteilles n'était pas extensible. Plus on descendait profond, plus vite elle s'épuisait.

Mais ce n'était pas tout.

Ce type savait également bosser sous l'eau.

L'image d'un professionnel, au sens premier du terme, commença à se dessiner. La commandante Latour avait prononcé ce mot sans faire la distinction entre les Teks-plaisir et ceux qui gagnaient leur croûte au fond de la mer. Pour elle, le fait de descendre profond en inhalant du Trimix équivalait à plonger « comme un pro ».

Maintenant qu'il possédait l'ensemble des données, la perception de Jean avait évolué. Tous les plongeurs techniques ne se valaient pas. Si la majorité étaient des amateurs compétents, travailler en immersion demandait d'autres qualifications. Surtout quand on faisait péter la paroi d'une falaise à la dynamite. Pour réussir dans une telle entreprise, il fallait posséder une expérience différente.

L'expérience des chantiers.

Jean se redressa et alluma la lumière. Ce distinguo réduisait le cercle des suspects de façon drastique. Les plongeurs ayant, de près ou de loin, participé à des travaux subaquatiques n'étaient pas légion. De plus, ils étaient répertoriés. Contrat de travail, feuilles de paie, assurances sociales ou dossier médical, ils étaient fichés un peu partout. Quel que soit le pays. La plupart du temps, ils étaient affiliés à l'une des organisations mondiales de certification. Un gage de compétence – et une garantie de sécurité – vis-à-vis des employeurs. Avec un tel maillage, ce serait un jeu d'enfant d'en obtenir la liste.

Il se leva et descendit se servir un verre d'eau. Pendant qu'il buvait, l'image des scarifications traversa de nouveau sa conscience. Latour jouait la prudence, la rationalisation. Elle était flic, c'était dans l'ordre des choses. Peut-être même écrit dans le manuel du parfait petit policier.

Lui, en revanche, pouvait se permettre de fonctionner à l'intuition. Son instinct lui soufflait que les cicatrices laissées sur la nuque de Lola étaient bien des symboles inuits. Un peuple de l'océan. Une civilisation des origines dont la cosmogonie était liée à l'eau. L'élément matriciel dans lequel baignait le tueur et dont le plancton faisait partie intégrante.

Cette conviction en amena une autre. Ce taré était forcément allé se promener dans les régions arctiques. Boulot ou loisir, il avait dû plonger là-bas. Par la même occasion, il s'était intéressé aux habitants, à leurs coutumes, avait pu même « voyager » sous hallucinogènes. Une, ou des expériences, dont il n'était pas sorti indemne. Il reproduisait peut-être quelque chose de cet ordre en tuant sous l'eau. Un rituel dont il se croyait le gardien.

Le chaman.

L'idée le fit frissonner. Elle le renvoyait à ce qu'il avait vécu pendant sa transformation en animal totem. Une impression de déréalisation totale. Un basculement dans une folie aussi terrifiante que fascinante. Un état d'excitation tel qu'il aurait pu rester bloqué là-bas, dans un univers de pure sensation où l'inimaginable devenait possible. Où il était un être tout-puissant capable de s'affranchir des lois les plus élémentaires, à commencer par celle de respirer.

En un mot, une sorte de dieu.

Il regarda l'horloge du four. Une heure et demie et toujours pas la moindre envie de pioncer. La nuit s'annonçait longue. Pour couronner le tout, une migraine carabinée commençait à lui cogner les tempes. À force de se prendre la tête, elle finirait par exploser.

Il ouvrit le tiroir du buffet, attrapa la boîte d'Advil et en avala deux. Dans vingt minutes le problème serait réglé. Au moins ça…

Il alla se poser dans le canapé et alluma la télé. Pendant que la box moulinait, il prit son portable sur la table basse. Un message en attente. Laissé par Bert à 21 heures. L'appareil était sur vibreur depuis son rendez-vous avec Latour.

« Patrick m'a dit pour ta copine. T'aurais dû m'en parler. Enfin, bref… Si tu veux te changer les idées, j'vais faire un tour à la Paillote. À plus. »

Putain de Rosso. Pas foutu de tenir sa langue. Il était le seul à connaître l'existence de Lola. Pour ne pas tout mélanger, boulot et vie privée, Jean n'avait jamais évoqué son aventure avec ses employés. Il aurait été bien inspiré de dire au Grizzly de la boucler.

D'un autre côté, ce n'était peut-être pas plus mal. Il broyait du noir depuis trois jours, une petite sortie lui aérerait le cerveau. Avec la merde qui l'encombrait, c'était la meilleure chose à faire.

34

La Paillote se dressait sur les flots à l'extrémité du port de Saint-Mandrier. C'était une construction légère posée sur des piliers de béton, qui se résumait pour l'essentiel à une dalle nue coiffée d'un immense toit pagode. Érigée près de la digue, elle ressemblait à une vigie de lumière dressée par l'homme face aux ténèbres. Pour y accéder, une seule option : un ponton privé long d'une centaine de mètres, comme une passerelle entre deux mondes.

L'équipe qui avait transformé le restaurant en boîte de nuit ne s'y était pas trompée. Pandémie ou pas, les clubbeurs affluaient de toute la région. Ils se pressaient sur cette piste flottante pour assister aux mixes des DJ en vogue. La Paillote n'ayant ni murs ni vitres, la fête avait l'air de se dérouler à l'extérieur.

Jean salua le physionomiste – à Saint-Mandrier, tout le monde se connaissait de vue –, présenta son pass sanitaire et s'avança sur le ponton. Une haie d'honneur l'accompagnait, teufeurs accoudés aux balustrades qui reprenaient leur souffle dans la douceur d'une nuit d'été. Moyenne d'âge vingt-cinq/trente-cinq ans. À quarante-six passés, Jean faisait figure d'ancêtre. Pourtant, personne ne semblait le remarquer. La nuit, tous les chats sont gris...

En arrivant près du *dance floor*, il fut contraint de s'arrêter. Un mur humain barrait le passage, corps en sueur serrés les uns contre les autres jusqu'à former un bloc compact. Pour avancer, il faudrait jouer des coudes. *Struggle for life.*

Jean préféra sortir son téléphone et envoyer un sms.

« J'suis là. T'es où ? »

Une poignée de secondes et la réponse tomba. Quand Bert ne mordait pas un détendeur, il était littéralement scotché à son portable.

« Au bar. »

Logique. Pour s'alcooliser avec méthode, il valait mieux être près de la source.

« J'arrive. »

Jean se jeta dans la mêlée. Impression de se noyer. D'être avalé par un moloch de bras, de torses, d'épaules. Une hydre aux mille visages dont le corps tentaculaire n'abritait qu'un seul cœur. Ses pulsations battaient dans ses tympans, au rythme saccadé du *beat* craché par les enceintes.

Après dix bonnes minutes d'efforts, il atteignit son objectif. Bert était là, verre en main, entouré par deux nanas aussi sublimes l'une que l'autre. Petite poussée de tension en reconnaissant Ève. Le Marseillais aurait pu le prévenir. D'un autre côté, ils avaient à peu près le même âge. Normal qu'ils aient les mêmes loisirs.

— SALUT !

Jean avait dû crier pour couvrir le bruit. En voyant son boss, le visage de Bert se fendit d'un large sourire. Une expression de joie intense, presque enfantine, décuplée par les trois grammes qu'il devait avoir dans le sang.

— T'es sorti de ta grotte ?

— QUOI ?

— LAISSE TOMBER ! hurla le Marseillais. QU'EST-CE TU BOIS ?

— COCA.

— TU PRÉFÈRES PAS UN TRUC PLUS MAOUS ?

Jean refusa d'un signe de tête. Il regrettait déjà son escapade. Le bruit était insupportable. L'ambiance hystérique. Qu'est-ce qu'il était venu foutre dans cette galère ?

Pendant que Bert commandait, il salua les filles. Phrases convenues. Sourire de façade. Il se sentait de plus en plus mal. Pas à sa place.

Ève dut sentir le flottement. Elle s'approcha et cria dans son oreille :

— TU VEUX QU'ON AILLE DEHORS ?

— BONNE IDÉE !

Il attrapa au vol la canette que lui tendait son plongeur et ils se dirigèrent vers l'extérieur. Une coursive entourait le *dance floor*, assurée par des filets tendus le long d'une balustrade. Ils repérèrent un espace libre et s'y adossèrent.

Léger changement d'ambiance. La piste de danse n'était qu'à quelques mètres, des ombres allaient et venaient autour d'eux, mais l'impression de dégagement et la diminution du niveau de décibels changeaient la donne. Plus besoin de gueuler pour avoir une discussion suivie.

— Tu étais déjà venu ? demanda Ève.

Toujours cette foutue sensation de proximité. Dérangeante. Presque flippante.

— Bert m'a traîné ici une fois ou deux.

— T'as pas l'air d'apprécier.

— Je ne me souvenais pas que c'était aussi bruyant.

Elle lui sourit. Ses cheveux plaqués en arrière et ramenés en une longue natte dégageaient son visage. Cette coiffure « spécial soirée » la faisait paraître plus mûre. Elle avait toujours la même grâce, mais c'était celle d'une femme accomplie, posée.

— Si ça peut te rassurer, je ne suis pas fan non plus. Je préfère les ambiances plus… tranquilles.

— T'es servie…

Elle sourit encore avant de préciser.

— C'est Bert qui a insisté.

Jean opina. Le Marseillais était célibataire. Logique qu'il tente sa chance. Pourtant, au fond de lui, une sensation inattendue était en train d'éclore. Une sorte d'oppression. Comme si on essayait de lui voler quelque chose.

Il changea de sujet en essayant de masquer son trouble :

— Tout se passe bien ?

— À quel niveau ?

— J'sais pas... le job, l'équipe ?

— Je m'éclate. Tout le monde est super cool.

— Même Rosso ?

— Même.

— C'est vrai, ce mensonge ?

Elle haussa les épaules. Éclairée par la lune, sa silhouette se découpait sur la toile noire du ciel.

— Disons qu'il est un peu distant. J'imagine que ça ne t'étonne pas ?

— Pas vraiment. Patrick est un sauvage.

— J'avais capté.

— C'est quand même un mec bien. Tu verras. Il faut juste que tu lui laisses le temps.

— J'en suis sûre. Et de mon côté, je ferai tout ce qu'il faut pour que ça fonctionne.

Jean lui sourit à son tour. Contrairement à ses craintes, il commençait à se détendre. La sensation de proximité était toujours présente mais le ressenti différait. Il avait l'impression de mieux contrôler.

— Et toi ? demanda-t-elle.

— Comment ça, moi ?

— J'ai cru comprendre que tu avais vécu une sale semaine.

Décidément, Rosso avait ouvert sa gueule en grand. Tout le monde était au courant. Il porta la canette à ses lèvres et avala une rasade de Coca. Puis il se tourna, face à la mer.

— C'est compliqué…

— Tu ne veux pas en parler ?

Elle s'était tournée également. Ils étaient côte à côte, regards fixés sur l'immensité sombre qui s'étendait devant eux. Avec cette perspective, Jean avait l'illusion qu'ils étaient seuls au monde.

— Je ne sais pas, hésita-t-il. C'est vraiment personnel. Et puis…

— Quoi ?

— Tu es venue pour t'amuser. Pas pour écouter des trucs flippants.

— T'inquiète pas pour ça. Les histoires flippantes, je connais. J'ai traversé des trucs sales moi aussi. Un jour, ce sera mon tour de te raconter.

Jean l'avait bien senti. L'entendre l'émut en profondeur. Elle lui faisait confiance et il devait en faire autant.

— Comme tu veux…

Il déroula le fil de ses malheurs. La grotte de glace dissimulée sous la banquise. Le chaman. La disparition de Marion. Cette malédiction qui l'avait poursuivi toutes ces années, frappant chacune de ses compagnes et le condamnant à une vie solitaire. Lola était la dernière en date. Il l'avait quittée pour conjurer le sort mais son stratagème n'avait pas fonctionné. Le destin s'était chargé de remettre les pendules à l'heure. Avec cette fois un crescendo dans la violence. Il s'était manifesté sous la forme d'un psychopathe qui prenait son pied en noyant des femmes. Un Tek comme eux, qui les tuait par plus de cent mètres de fond et gravait sur leurs corps des symboles inuits. Lola n'était pas la première. Il y en avait sans doute eu une autre. Peut-être même plusieurs autres…

Jean se tut. Il avait parlé vite, expulsé le poids qui lui écrasait la poitrine, purgé toute cette merde qui lui brûlait les entrailles. À la différence de son entretien avec Latour, les mots lui étaient venus naturellement, sans retenue ni dissimulation. Comme une confession. Ou une psychanalyse. Ève en avait été le réceptacle. Une oreille bienveillante, creuset silencieux à l'intérieur duquel il avait pu poser son sac.

— C'est vrai que c'est flippant, admit-elle.

— Je t'avais prévenue.

— Je pensais surtout à toi.

Sa compassion était sincère. Jean baissa la tête afin de dissimuler son émotion.

— T'es mignonne...

— Juste désolée. Comment peux-tu envisager la vie comme ça ?

— J'en ai pris mon parti. Et de toute façon, je n'ai pas le choix.

— Bien sûr que tu l'as.

— Ce n'est pas si simple.

— Commence par arrêter de te sentir coupable. Ce sera déjà un bon début.

— J'ai essayé.

— Recommence.

— Ça ne marche pas. Mais j'ai peut-être trouvé un moyen de... disons de me racheter.

Elle laissa échapper un soupir triste. À peine un souffle qui se perdit dans la tiédeur de l'air.

— Tu comptes faire quoi ?

— Aider les flics.

Elle lui lança un regard interloqué.

— T'es sérieux ?

— Très.

— Et tu vas t'y prendre comment ?

— J'ai deux points communs avec ce dingue. Je maîtrise ce qui se passe sous l'eau et j'ai approché le chamanisme inuit de près. Je peux être utile.

Il n'en avait pas encore la certitude. Ni que Latour le laisserait faire. Le dire lui permettait seulement de s'en convaincre.

— Si ça peut te faire du bien.

— On verra…

Un silence les sépara. Ève ne partageait pas son point de vue. C'était une évidence. Par délicatesse, elle avait préféré le garder pour elle. On ne tire pas sur l'ambulance.

Jean ne relança pas non plus. L'échange l'avait apaisé mais il était vidé. Et un peu mal à l'aise. Il s'était carrément largué. Personne, dans son équipe, n'en avait jamais su autant sur lui.

— Je vais y aller, lança-t-il en regardant sa montre.

— Déjà ?

— Il est bientôt trois heures. Faut coucher Papi.

— Pas si Papi que ça, rétorqua-t-elle en souriant.

Jean lui rendit son sourire. Cette discussion venait de le faire évoluer. La présence d'Ève ne le troublait plus. Il se sentait juste en confiance, sans plus aucune arrière-pensée ni même aucun désir. C'était peut-être ça, l'amitié avec une femme. Une relation spéciale, un rapprochement émotionnel particulier. Comme une fraternité.

Si ce sentiment se confirmait, tout deviendrait plus simple. Il pourrait la côtoyer en toute sérénité, se reposer sur elle. Sans doute avoir une véritable alliée.

Mais plus que tout, il ne lui ferait courir aucun risque.

35

Retour à la morgue.

Chloé avait fait transférer le squelette du Bau Rouge à l'hôpital de la Timone avant de contacter Muller. Elle voulait que ce soit lui qui l'analyse. Compte tenu du lien plus que probable qui unissait les deux affaires, elle espérait que le légiste découvrirait sur le cadavre un indice corroborant. La preuve matérielle que les victimes avaient croisé la route du même tueur.

Comme à son habitude, Muller avait donné dans l'efficace. Il l'avait contactée une heure plus tôt, en s'excusant parce qu'on était dimanche, pour lui demander si elle pouvait faire un saut jusqu'à son antre. Il avait avancé. Ses découvertes allaient l'intéresser.

— J'ai pu récupérer un peu de moelle osseuse au niveau du fémur, annonça-t-il. Si des diatomées sont entrées dans l'organisme, on a des chances d'en retrouver dans le prélèvement.

— Après tout ce temps ?

— Dans cette partie du corps, le processus de putréfaction est ralenti. Tout dépendra de l'ancienneté de la mort. Si elle remonte à plus de trois ans, ce sera compliqué. En dessous, ça devrait fonctionner.

La présence des algues microscopiques à l'intérieur des os fournirait seulement une fourchette temporelle. Vu l'amplitude, elle ne serait d'aucune utilité.

— Diatomées ou pas, vous pensez pouvoir dater le décès ?

— Pas facile.

— Même avec le carbone 14 ?

Sourire bienveillant du légiste. Les réflexions de la commandante semblaient l'amuser.

— Ce n'est pas aussi simple. L'anthropologie criminelle n'est pas une science exacte. Loin de là… De plus, le corps a séjourné longtemps dans l'eau. Une circonstance aggravante, si je peux me permettre l'expression.

Chloé lui rendit son sourire mais le cœur n'y était pas. Le tueur ne s'était pas contenté de suivre un rituel dément. Il s'était également ménagé un bon moyen de brouiller les pistes.

Une autre idée lui vint.

— S'il y avait eu autre chose dans les poumons, vous pourriez aussi en isoler des traces ?

— À quoi pensez-vous ?

— Du plancton.

— Vous faites référence à celui retrouvé sur le premier cadavre ?

— Par exemple.

Muller croisa les bras sur sa poitrine. Ses lunettes demilune réfléchissaient la salle d'autopsie, une mise en abyme donnant le sentiment qu'il faisait littéralement partie du décor.

— Dans l'absolu, c'est possible. Tout ce qui entre dans les alvéoles pulmonaires se diffuse ensuite dans l'organisme, donc dans la moelle osseuse. Mais là non plus, je ne peux rien garantir.

— Faites la recherche. On verra ce que ça donne. Et par la même occasion, regardez aussi si vous trouvez de l'uranium et du Trimix.

Le légiste hocha la tête. Puis il reprit avec un sourire malicieux.

— En attendant, j'ai quelque chose pour vous.

Chloé n'en espérait pas moins. Le médecin n'avait pas dételé depuis la veille. Sous la charlotte vert d'eau, ses traits portaient les stigmates d'un marathon médico-légal.

— Je vous écoute.

Il s'approcha de la table de dissection. Le squelette était allongé sur le dos, bras le long du corps, crâne intact. Muller avait repositionné les os qui s'étaient détachés après la disparition de plusieurs ligaments, de façon à obtenir une vue d'ensemble. Dans cet agencement, sur cette fine plaque d'inox, les restes semblaient sortis tout droit d'un charnier.

— Là, regardez.

Chloé se pencha vers la partie du corps que désignait le légiste. Toujours la même répulsion, la même oppression. Comme si elle s'apprêtait, une fois encore, à identifier le cadavre de Sophie. Visage lacéré. Chairs tuméfiées. Paupières closes à jamais sur un avenir anéanti...

Elle se força à regarder et distingua, au travers des brumes glacées de ses souvenirs, une autre image. Des os d'un blanc éclatant, unis les uns aux autres pour dessiner un papillon.

— Le bassin est évasé, relativement large. La forme est caractéristique de celui d'une femme.

Demi-révélation. La probabilité était forte mais, en la validant, Muller enfonçait néanmoins un autre clou, plus douloureux. Le meurtrier était bien un tueur de femmes. Il appartenait à la même espèce que le taré qui avait assassiné Sophie.

Une vague de colère monta en elle. Elle la refoula et laissa le médecin poursuivre.

— Cette caractéristique de genre est corroborée par la taille de la boîte crânienne. Plus petite que celle d'un homme, avec des empreintes musculaires moins marquées.

— Une idée de son âge ?

— Entre 20 et 50 ans. La jonction des côtes avec le sternum présente des fossettes et les sutures crâniennes sont rigidifiées.

Une pensée traversa sa conscience. Lola, comme la première victime, se situait dans la tranche d'âge où les femmes procréaient. Un nouvel axe pour l'enquête ?

Muller poursuivait son exposé sur le même ton précis, didactique.

— D'après la morphologie, ce qui a été confirmé par la craniométrie, on peut également affirmer qu'elle est de race caucasienne.

Encore un élément. Le tueur avait l'air de chasser de la biche blanche. Il faisait donc probablement partie de ce groupe ethnique. Neuf fois sur dix, ces dingues avaient besoin de ce repère pour dérouler leur scénario.

Chloé classa toutes ces informations dans un recoin de sa tête. Dans l'immédiat, une seule question la taraudait :

— Vous pensez pouvoir l'identifier ?

— J'ai bon espoir. La dentition est quasi intacte et surtout, il y a ça.

Muller sortit de sa poche un tube à essai. À l'intérieur, un cylindre de plastique blanc, de la taille d'une demi-cigarette.

— Qu'est-ce que c'est ?

— Un DIN. Dispositif intra-utérin. Enfin, ce qu'il en reste. Il était coincé dans la fente osseuse du pubis.

Un stérilet. Incroyable. S'il y avait le moindre doute sur le sexe de la victime, cette découverte l'aurait balayé. Le corps étranger avait résisté à la décomposition, aux prédateurs, aux courants. Quand les chairs s'étaient dissoutes, il s'était accroché à son hôte. En matière de fiabilité, difficile de faire mieux.

— Il s'agit d'un modèle hormonal permettant de diffuser un progestatif en continu. À la base, il a une forme de T. Les branches latérales ont disparu, seul le réservoir a survécu.

— Des millions de femmes en portent un.

— Sans aucun doute. La bonne nouvelle, c'est qu'ils font tous partie de lots numérotés. Comme les prothèses mammaires. Le gravage est altéré mais avec un peu de chance on devrait pouvoir le reconstituer.

Merci la traçabilité. Les scandales médicaux à répétition en avaient accentué la rigueur. Il suffirait de croiser la liste des patientes qui s'en étaient fait implanter un avec celles des personnes disparues. Des noms sortiraient forcément.

— Combien de temps pour les résultats ?

Muller remonta ses lunettes sur son front et se gratta la tempe. Son visage anguleux se découpait dans la lumière glacée de la salle d'autopsie.

— La moelle osseuse et le stérilet, ça devrait aller vite. Pas plus de quarante-huit heures. Rajoutez-en vingt-quatre pour l'empreinte dentaire. La date du décès, en revanche…

Long. Mais pas le choix. Muller était un stakhanoviste de la dissection doublé d'un perfectionniste. Même s'il devait bosser jour et nuit, il irait au fond des choses.

— Merci pour tout, docteur. Je sais que vous ferez au mieux.

Elle quitta la morgue avec soulagement. Malgré elle, le passé l'avait de nouveau assaillie. Sophie étendue dans cette salle froide, métallique. La présence qui rôdait autour d'elle, ombre d'un psychopathe sans visage taillant les chairs à coups de cutter. Sa propre douleur, se muant peu à peu en une rage sourde, totale, comme un étau qui comprimait son cœur et l'empêchait de tourner la page.

Elle chassa ces fantômes et se concentra sur le présent. Un tableau différent se dessina aussitôt dans le sillage de son cauchemar, à la façon d'un palimpseste apparaissant dans la lumière.

Deux cadavres ondulant dans le courant, séparés par le temps mais réunis dans une souffrance commune. L'eau les avait envahis, enveloppés, à la fois poison et linceul manipulés par les mêmes mains expertes. Le tueur avait-il laissé des indices similaires sur le corps de sa première victime ? Plus moyen de retrouver la trace d'un tatouage ou d'une scarification. Avec un peu de chance, il y aurait peut-être le plancton ou l'uranium.

Elle songea à Larue. La chercheuse du Cedre ne lui avait donné aucune nouvelle depuis leur entretien. Elle avait eu quatre jours pour aller à la pêche.

Il était temps de voir ce qu'elle avait pris dans ses filets.

36

— Docteur Larue ?

— Commandante ! Vous travaillez le dimanche, à la Criminelle ?

— Désolée de vous déranger. Je ne serai pas longue.

— Ne vous excusez pas. J'allais justement vous appeler.

Chloé prit ça pour de la synchronicité. Avec son look new age, la biologiste devait avoir un penchant pour les connexions spirituelles.

— Vous avez du nouveau ? demanda-t-elle en s'installant dans sa voiture.

— Un des collègues que j'avais sollicités m'a adressé un mail ce matin. Le professeur Sam Gardner, du laboratoire de microbiologie sous-marine de Seattle.

La voix, à l'autre bout de la ligne, était toujours aussi étrange. Un mélange de douceur et de fermeté. Chloé songea à ces plats indiens, à la fois sucrés et épicés, qui vous caressent les papilles avant de les faire flamber. Une image qui collait au millimètre avec la scientifique.

— Il a trouvé quelque chose ?

— On dirait bien.

Coup de chaud. La 308 était garée sur le parking des ambulances, en plein soleil. La température dans l'habitacle devait frôler les 45 degrés. L'annonce venait de la faire encore grimper.

— Vous avez sûrement entendu parler du *Tara* ? demanda la chercheuse.

— Non. Qu'est-ce que c'est ?

— Un voilier. Son nom de baptême vous sera sans doute plus familier. L'*Antarctica*. C'était le bateau de Jean-Louis Étienne.

Réminiscence lointaine d'une goélette de métal gris flanquée de deux grands mâts orange. L'explorateur passionné par les pôles avait mené plusieurs expéditions en Antarctique afin d'y étudier le réchauffement climatique. Tous les médias avaient relayé l'info.

— L'*Antarctica* été racheté par sir Peter Blake dans le cadre de son programme de défense de l'environnement soutenu par les Nations unies. Après sa mort tragique en 2001, le bateau a été récupéré par le groupe Agnès B, toujours dans une optique scientifique. Craig Venter, le généticien, y a réuni les meilleurs dans chaque spécialité. Microbiologistes, océanographes, ingénieurs sous-marins... Des chercheurs de toutes les nationalités se sont succédé à bord. Nous avons fait le tour du monde afin de récolter des données sur la biomasse.

— Vous avez participé à ce programme ?

— C'était indispensable. Notre travail n'a pas seulement fait progresser la connaissance que nous avons de ces écosystèmes. Il a aussi permis de sensibiliser le public aux enjeux environnementaux. Les organismes planctoniques sont à la base de la chaîne alimentaire marine. Ils ont un impact direct sur le climat, les cycles géothermiques... bref, tout ce qui permet de réguler l'équilibre de notre belle planète. Non seulement leur disparition progressive s'apparente à un meurtre de masse, mais les conséquences sur toutes les autres espèces sont catastrophiques. Si on continue à ce rythme, nous allons disparaître nous aussi.

Une colère froide s'était glissée dans sa voix. Larue n'était pas seulement une scientifique de haute volée, une allumée perdue dans la stratosphère des nomenclatures et des formules chimiques. Elle était avant tout une passionaria, une croisée en blouse blanche luttant pour la survie de la vie.

— Mais je m'égare… Vous ne m'avez pas appelée pour entendre mes récriminations sur la connerie humaine.

— Rassurez-vous. J'aurais pas mal à en dire moi aussi.

Question comportements débiles, voire suicidaires, Chloé en connaissait un rayon. Elle avait poussé dans un cirque de montagne, partageait les convictions écologiques de la chercheuse et se désespérait depuis toujours de voir l'humanité se tirer une balle dans le pied. Son boulot avait achevé sa formation. Un observatoire de choix, d'où elle contemplait chaque jour et au plus près le grand bal des abrutis.

— Il y a eu quatre expéditions, reprit Larue. Je faisais partie de celle de 2009. Tara Océan. C'est à cette occasion que j'ai rencontré Gardner.

Elle avait frayé avec les plus grands, participé à des expériences au retentissement international. Pas de doute, Desireless en avait sous la pédale.

— Un biologiste de premier plan. Il a ramené des milliers d'échantillons. Certains ont été analysés sur place, d'autres congelés dans de l'azote liquide et envoyés dans son laboratoire.

— Gardner avait le Spirotrichea dans sa base de données ?

— Des prélèvements datant d'une mission précédente. Tara Arctic, en 2008. Un programme destiné à analyser les conditions du changement climatique sous hautes latitudes.

L'Arctique. Un océan de glace. Plusieurs millions de kilomètres carrés perdus à la lisière du monde. Un *no man's land* quasi inaccessible, dont les trois quarts étaient figés par la banquise. Le plancton inoculé dans les poumons de Lola venait donc de cette région.

Aussitôt, une connexion se fit. Sardi avait évoqué le Groenland. C'est là, sur ce continent gelé bordé par cette zone maritime, qu'il avait vécu son expérience chamanique et approché les rituels inuits. Les mêmes que ceux qu'il prêtait au tueur.

Elle chercha à faire le lien.

— C'est grand, l'Arctique. Vous avez une idée plus précise de sa provenance ?

— L'échantillon qui nous intéresse ne provient pas de l'océan Arctique, pas à proprement parler. Il s'agit d'un spécimen très rare, sous-classe des Stichotrichia, ordre des Urostylida. Gardner l'a prélevé pendant le voyage du retour, quand le *Tara* redescendait vers le Canada. Il vient de la côte nord-ouest du Groenland.

Nouveau coup de chaud. Les déductions de Sardi prenaient du corps. Larue continuait de parler mais Chloé ne l'entendait plus. Elle voyait un chaman danser dans des brumes de fumée, visage tatoué et longs cheveux de goudron. Il tenait à la main un couteau. La lame virevoltait au rythme d'un tambour, avant de s'abattre sur une nuque fine, offerte en sacrifice aux divinités du cercle polaire.

— Excusez-moi. Que disiez-vous ?

— Que pour être exact, notre Cilié a été repêché dans le fjord Robertson, en baie de Baffin.

Une précision supplémentaire, qui confortait encore un peu plus la théorie du plongeur. L'habitat naturel du Spirotrichea se recoupait avec l'endroit où il était allé, celui dans lequel évoluaient les chamans esquimaux. L'hypothèse d'un tueur mettant en scène les traditions inuites prenait la tête des scénarios envisageables.

Un détail, néanmoins, la faisait tiquer.

— Vous ne m'aviez pas dit que le Spirotrichea évoluait en eau douce ?

— C'est le cas.

— La mer de Baffin n'est pas salée ?

— Bien sûr qu'elle l'est.

— Désolée, je ne comprends pas.

— C'est très simple. Le prélèvement a été réalisé dans un fjord. Certains Ciliés colonisent les lacs de montagne pendant l'été. Quand ces lacs gèlent, ils sont absorbés dans les glaciers qui les entourent. Pendant la fonte, la glace s'écoule jusqu'à la mer. Des blocs se détachent, forment des icebergs, le plancton part avec et se retrouve dans un habitat différent. Quelques organismes réussissent à tenir le choc, du moins pendant un temps puisque comme je vous l'ai expliqué, ils ne vivent que quelques jours. Gardner a eu l'opportunité d'attraper un survivant.

Simple, à condition d'avoir le logiciel.

— Combien de chances de récupérer ce type de spécimens en mer ?

— Une sur un million. Le moins qu'on puisse dire, c'est que mon collègue a été verni.

Exit l'hypothèse maritime. Le tueur avait effectué son prélèvement dans un lac de montagne. Là où la densité de Spirotrichea était la plus forte.

Chloé visualisa un monde entièrement blanc, étourdissant à force de pureté. En contrepoint, une silhouette massive se découpant sur la pulvérulence du ciel. Elle se tenait devant un cercle bleu, trou d'eau découpé à la scie dans l'épaisseur glacée. Combinaison isotherme. Visage dissimulé derrière le masque. Blocs accrochés dans le dos. À sa ceinture, entre la masse compacte des plombs, un chapelet étrange. Des récipients étanches, oblongs, comme des cartouches d'air comprimé. Les urnes sacrées destinées à recueillir le fluide vital. Celui que le tueur inoculait à ses victimes après avoir rempli leurs poumons d'eau.

— Vous avez une fiche descriptive de la bestiole ?

— Je vous la fais suivre.

Parfaite. L'ordre et la rigueur des scientifiques. Avant de conclure, Chloé avait encore un point à lui faire préciser.

— Une dernière chose, docteur.

— Oui ?

— Vous m'aviez indiqué que le Spirotrichea était relativement bien conservé du fait de l'habitat dans lequel il avait été réintroduit. En l'occurrence, les poumons de la victime.

— C'est exact.

— Pensez-vous que le tueur ait pu le ramener vivant du Groenland ?

— Peu probable. Il aurait fallu qu'il le cultive et c'est très compliqué. À mon avis, il a dû le congeler jusqu'à ce qu'il le libère. Le processus de corruption n'a démarré qu'à ce moment-là, ce qui explique qu'on ait pu récolter des spécimens d'une telle qualité.

Cette fois, Chloé avait toutes les infos.

— Merci pour tout. Et… encore bravo pour votre boulot. J'espère sincèrement que vous parviendrez à inverser la tendance.

Elle raccrocha. Ses mains étaient moites. Son cerveau chauffé à blanc. L'enquête venait de progresser. Et pas qu'un peu. Le tueur n'était pas un simple Tek. C'était aussi un voyageur. Peut-être même un chercheur. Pour quelle raison était-il venu plonger dans cette région reculée ? Loisirs ? Boulot ? Il avait été en mesure d'identifier, d'isoler et de congeler ce type de plancton pour le rapporter intact et l'inoculer dans les poumons de Lola. Pas donné à tout le monde. Sans parler de l'uranium. Pas évident de s'en procurer, encore moins de le rendre soluble dans de l'eau de mer. L'hypothèse d'un scientifique devenait de plus en plus probable. Un biologiste très certainement, aussi à l'aise pour classifier les espèces que pour dissoudre un minerai rare dans une solution aqueuse.

Elle songea aux rituels chamaniques. Les avait-il approchés à cette occasion ? Le Spirotrichea avait-il un lien avec eux ? Un ingrédient symbolique évoluant dans les eaux glaciales des lacs arctiques, le réactif nécessaire à la transmutation du corps physique en un esprit totem ?

À moins que ce ne soit encore autre chose. Que la présence de ce micro-organisme dans le corps de Lola ait un tout autre sens. Une signification connue seulement de ce fou, qui tenait une place précise dans son modus operandi et structurait sa création.

Elle démarra, fenêtre ouverte pour chasser l'air brûlant. Tout ça devenait trop pointu. Il lui fallait vraiment un consultant. Par chance, quelqu'un s'était proposé. Même si l'idée de faire appel à lui la dérangeait, Sardi serait sans doute le plus qualifié en la matière.

37

Autoroute Est, direction Toulon.

Chloé n'avait jamais emprunté cet axe aussi souvent. D'ordinaire, aucune raison de le faire. Ses enquêtes se déroulaient la plupart du temps à Marseille, où le taux de criminalité était suffisamment élevé pour remplir son agenda. Quant à se faire cramer la peau pendant des heures sur des plages bondées, ce type de réjouissances n'avait jamais fait partie de son programme.

Mais cette fois, pas le choix. Elle voulait l'aide de Sardi, il valait mieux la lui demander en direct. Surtout après la façon dont elle l'avait rembarré. Et pour ça, il fallait se farcir le trajet jusqu'à Saint-Mandrier.

14 heures. Cagnard d'enfer. Voies dégagées. Ombres réduites au minimum. Pendant qu'elle enroulait les kilomètres, Chloé imaginait les gens normaux en train de se la couler douce sous la fraîcheur d'une treille. Poisson grillé, rosé glacé, farniente… Un trip qui l'aurait bien tentée – après tout, on était dimanche – mais n'était pas d'actualité. Pour l'heure, sa réalité se résumait à l'enquête. À ce désir profond, quasi cathartique, qu'elle avait désormais de coincer le meurtrier.

Un taré qu'elle devait serrer à tout prix.

Un autre tueur de femmes.

Si à l'époque elle n'avait rien pu faire, aujourd'hui elle avait des soutiens, une équipe, une légitimité. Celle d'une cheffe de groupe payée pour faire le job et s'apprêtant à passer ses troupes en revue.

Elle enclencha le Bluetooth et commença par Ago. Boîte vocale. Elle laissa un message sans trop y croire. Pour les Arméniens, le jour du Seigneur était sacré. Même si le Pitbull n'était pas pratiquant, il avait un prétexte en or pour l'ignorer.

Elle enchaîna sur Orsini.

— Salut, c'est moi.

— Chloé ?

— T'as du nouveau ?

— On est dimanche. T'es au courant ?

Voix légèrement traînante. Ton agacé. Bacman avait démarré les hostilités dominicales. Il n'en était certainement pas à son premier apéro.

— Pourquoi ? Tu bosses à la Sécu ?

— Je te rappelle que j'ai cinquante-six jours de RTT à rattraper, rien que pour cette année.

— Rajoutes-en un et envoie-moi le décompte. En attendant, dis-moi où tu en es.

Ricanement, plus par dépit que par défi. Comme tous les flics, quel que soit leur grade ou leur affectation, le Corse connaissait la musique. La vie perso après le service. Toujours. Pour se soustraire à cette règle de fer, il fallait être à l'hosto. Ou à la morgue.

— Nulle part. Ma copine n'avait jamais vu ça. Et pourtant elle en a vu.

— T'as creusé de ton côté ?

— À part les codes-barres, j'ai trouvé que dalle. Rien en tout cas qui se rapproche de ce type de motifs.

Mensonge. Il avait laissé la nana faire le job et s'était contenté de superviser. Du Bacman tout craché.

— Je vais t'aider. On est peut-être en présence d'une symbolique inuite. Versant chamanique.

Léger blanc. Chloé enroulait la pente qui descendait vers le péage de La Ciotat. La baie de Cassis venait de jaillir sur sa droite, anfractuosité de roches et d'eau découpée à la machette sous les falaises de cap Canaille.

— Tu peux répéter, demanda le Corse. J'ai pas bien compris.

Surtout jamais entendu parler. Malin comme un singe, Orsini ne brillait pas par sa culture. On ne peut pas tout avoir.

— Ce sont des peuples amérindiens. Ils vivent dans les régions arctiques. Au Groenland, notamment.

— Des Esquimaux ?

— En quelque sorte. Tu peux en toucher un mot à ta copine ?

— Pour quoi faire ? Maintenant que tu sais d'où ça vient, on a plus besoin de…

— Je veux être sûre. Demande-lui si elle connaît quelqu'un branché sur ce genre de trucs.

— Les chamans ?

— Chamans, sorciers, divinités… Tout ce qui touche à la magie pratiquée par ces peuples.

Soupir profond, marqué.

— OK. Je m'en occuperai demain.

— Pas demain. Maintenant. Rappelle dès que tu as une info.

Elle raccrocha. Pas envie d'entendre ses plaintes sur le fait qu'on était dimanche. Et surtout un autre coup de fil à passer avant d'atteindre Saint-Mandrier.

— Je te dérange ?

— Je bosse.

— Le concours ?

— Il me reste plus qu'un mois.

Belkhir ambitionnait d'être commissaire. La promotion à l'ancienneté, très peu pour elle. Dans son système, aucune raison d'attendre pour obtenir ce qu'elle désirait.

— Désolée, mais je vais être obligée de t'interrompre.

— *Que pasa* ?

— Le Spirotrichea. Il vient du Groenland. Sans doute d'un lac de montagne proche du fjord Robertson.

— En baie de Baffin ?

— Tu connais ?

— À ce que j'en sais, Robertson est une destination plutôt prisée. Enfin, pour ceux qui aiment se les geler. Pas mal de paquebots à touristes y croisent pendant l'été. Sans parler des plongeurs. Le spot est réputé.

Réactive, intelligente, motivée. Si quelqu'un méritait de porter la feuille de chêne, c'était bien elle.

— Ça cadrerait avec la provenance des scarifications, répondit Chloé en franchissant la barrière de péage. Il s'agit peut-être de symboles inuits.

— Un adepte du chamanisme ?

— Possible.

— Et le plancton ferait partie du rituel ?

— Je ne sais pas encore. En tout cas, il n'est pas venu tout seul. Notre type est forcément allé là-bas.

— Ou alors il en vient.

Chloé eut une seconde à vide. À aucun instant, elle n'avait envisagé cette option.

— Un autochtone ?

— Pourquoi pas ? Qui serait mieux placé qu'un habitant du coin pour maîtriser des connaissances aussi spécifiques ?

— Tu penses à quoi ? Un chaman ?

— Ils sont en connexion directe avec leur environnement. Plantes, poissons, animaux… Et sans doute aussi le plancton. Ils connaissent certainement l'existence du Spirotrichea.

La théorie était séduisante. Pourtant, trop de points ne collaient pas.

— Le plancton retrouvé dans les poumons de Lola était encore bien conservé, contra Chloé. Il a dû être congelé jusqu'à l'inoculation, ce qui implique un processus technique élaboré. Tu crois qu'un chaman serait capable de ça ?

— Pas sûr que ce soit si compliqué. Il suffit de foutre un peu d'eau au congélo et de le trimballer dans une glacière électrique autonome. J'en ai une pour aller à la plage. Ça le fait carrément.

— Qu'est-ce que tu fais de l'uranium ? Il n'a pas pu le cueillir sur les arbres.

— L'eau prélevée en contenait peut-être déjà. Va savoir. Il suffirait juste que le lac soit proche d'un gisement.

Belkhir avait réponse à tout. Un vrai rouleau compresseur. Chloé lui opposa un ultime argument.

— Tu oublies que les meurtres ont eu lieu ici. Le type aurait traversé la moitié de la planète pour mettre en scène son rituel ? Dans quel but ?

— Avec ce genre de dingues, tout est possible. Y compris le fait qu'il ait déjà tué ailleurs.

— Tu veux dire, dans un autre pays ?

— Oui.

Celle-là non plus, Chloé ne l'avait pas vue venir. La gamine envisageait toutes les éventualités, même les plus improbables. Une qualité pour une enquêtrice de la Criminelle. Mais sur ce coup, elle faisait l'impasse sur un point capital. Les tueurs en série, et il se pouvait que l'assassin de Lola en soit un, chassaient à l'intérieur de leur groupe ethnique. Or, celui des victimes n'était pas Amérindien.

— On approfondira cette hypothèse plus tard, coupa la commandante. Pour l'instant, je voudrais que tu te concentres sur les plongeurs qualifiés Tek qui sont allés dans le fjord Robertson.

— Fenêtre de tir ?
— Les vingt-cinq dernières années.
— Pourquoi si loin ?
— On ne sait pas à quelle date les spécimens ont pu être congelés. Mieux vaut balayer large.
— Va y avoir du monde.
— À mon avis, pas tant que ça. Il y a de fortes chances pour que notre homme soit un biologiste. Commence par les missions scientifiques. Il a pu y participer. Creuse aussi du côté des tour-opérateurs, au cas où il y serait allé tout seul. Certains sont spécialisés dans les plongées extrêmes.
— Je rajoute les demandes de visa ?
— J'allais te le dire. Si tu as besoin de quoi que ce soit, t'appelles Verbier. On fait le point dans vingt-quatre heures.
Chloé raccrocha, un sourire attendri vissé au coin des lèvres. Elle l'aimait bien, cette gamine. Elle avait du potentiel. Des valeurs. Si elle continuait sur cette voie, elle deviendrait sûrement un très grand flic.
Elle écrasa l'accélérateur. 14 h 30. La longue ligne droite de La Cadière s'étirait sous ses roues. De part et d'autre, les vignes d'où s'écoulerait dans quelques mois le nectar rose des vins de Bandol. Un bon cru s'annonçait, léger, fruité, gorgé de soleil.
Elle espérait bien le goûter en trinquant au succès de son enquête.

38

— Vous bossez le dimanche ?

Encore un. À croire que dans cette région, violer la trêve dominicale s'apparentait à un délit. Chloé se défendit en désignant les factures empilées sur le bureau.

— J'ai l'impression qu'on est deux.

— Aucun rapport. Moi, c'est ma boîte.

— La mienne, c'est la police. Un service public ouvert sept jours sur sept, week-end compris.

Rosso fit une moue. La notion de bien commun lui était de toute évidence étrangère. Un concept qui n'entrait pas dans son modèle économique.

Chloé ne s'étendit pas. Ni le temps ni l'envie de débattre du sujet.

— Votre associé, il est ici ?

— Qu'est-ce que vous lui voulez encore ?

Posture méfiante du chien de garde. Pas touche à mon maître.

— Lui parler.

— Toujours à propos de Lola ?

— Toujours.

— Je vous ai dit que…

— Il est là, oui ou non ?

Son ton s'était durci. Après l'épisode du squelette à la morgue de la Timone et les révélations de Larue, la matinée n'avait pas été de tout repos. S'y ajoutait une heure et demie de route avant de rejoindre la base nautique et un sandwich infect avalé à la hâte dans une station-service. Sa réserve de patience frôlait le zéro absolu.

— Sur le quai, grommela Rosso. Tout au bout.

Elle le remercia d'un signe de tête et quitta le réduit. Coup d'œil circulaire, paupières plissées pour échapper à la morsure brûlante de la lumière. Elle aperçut, à une trentaine de mètres, deux silhouettes en maillot de bain qui s'affairaient près d'un ponton flottant. Elle reconnut tout de suite Sardi mais n'avait jamais vu la jeune femme. À cette distance, si elle avait dû la décrire, elle aurait juste parlé d'une rousse super bien foutue.

Elle marcha jusqu'à eux en se composant un visage avenant. On n'attrape pas les mouches avec du vinaigre.

— Je peux vous voir une minute ?

Sardi leva la tête. Une fine pellicule de sueur faisait briller son front et recouvrait sa peau. Une enveloppe sombre, tannée par le soleil, sous laquelle se dessinaient les lignes nettes d'une musculature sèche et nerveuse.

— Commandante ?

— Un point à vérifier. Je ne serai pas longue.

Le plongeur opina. Il s'adressa à la fille qui se tenait face à lui.

— Tu peux nous laisser ?

— Pas de souci.

La rousse se retourna. Elle adressa un sourire à Chloé, attrapa un tee-shirt posé sur des cordages et s'éloigna d'un pas tranquille.

Une fraction de seconde, la policière eut l'impression que le temps s'était figé. La beauté de cette inconnue l'avait saisie de façon inattendue. Au-delà de sa plastique exceptionnelle, elle possédait une sorte de grâce intemporelle qui perforait le cœur et touchait l'âme en profondeur. La grâce des anges. Sophie lui avait fait cet effet-là. Depuis, Chloé n'avait jamais ressenti une émotion aussi puissante.

— Commandante ?

Sardi l'observait, bras croisés sur sa poitrine. Un sourire amusé était vissé au coin de ses lèvres.

— Elle travaille avec vous ? demanda Chloé afin de masquer son trouble.

— Ève Hébrard. Nous l'avons recrutée récemment.

La Grenobloise acquiesça, un peu gênée. Le Tek avait remarqué le flottement. L'idée qu'il puisse subodorer la nature de son orientation sexuelle la dérangeait. Toujours cette putain de culpabilité à la con, cadeau de rupture laissé par ses parents que même la résilience et les années n'avaient pas pu éradiquer.

— Alors ? demanda Sardi. Ce point à vérifier.

Le plongeur était cool. Détendu. Disponible. En dépit des craintes de Chloé, il n'avait pas l'air de lui en vouloir.

— C'est à propos du rituel chamanique. Celui dont vous m'avez parlé. C'est bien de l'urine de renne que vous aviez ingurgitée ?

— Chargée en hallucinogènes. C'est ce qu'on m'a dit.

— Y avait-on ajouté un plancton ?

Le Tek prit un air entendu. Il avait déjà fait le rapprochement.

— Vous pensez à celui retrouvé dans les poumons de Lola ?

— Nous l'avons identifié. Il vient du Groenland. Un lac de montagne proche du fjord Robertson. La zone où vous avez vécu votre expérience.

Silence. Sardi jouait avec un cordage, enchaînant les nœuds sans y faire attention. Il semblait triturer sa mémoire à la recherche des pièces qui s'y dissimulaient.

Chloé l'invita à partager sa réflexion :

— Ce lac, ça vous parle ?

— Non.

— Il était peut-être au-dessus du village où vous avez plongé et rencontré le chaman ?

— Je n'en ai pas la moindre idée. Je vous l'ai dit, c'est comme si un voile recouvrait cette partie du voyage.

La policière n'insista pas. Les souvenirs de Sardi remontaient à leur rythme. Il suffisait d'attendre que le fruit tombe.

— Revenons au plancton. Cet ingrédient était-il présent dans ce que vous avez bu ?

Le plongeur nia de la tête. Ses cheveux poivre et sel, coupés très court, soulignaient la force anguleuse de ses traits.

— Hormis le champignon, on ne m'a pas donné les détails de la mixture.

— Vous n'avez pas voulu savoir ?

— Ce n'était pas le sujet. Pour s'engager sur ce genre de chemin, il faut avoir la foi. C'était le cas à ce moment-là. J'étais prêt à tout pour retrouver Marion. Peu importait le moyen.

La réponse se tenait. Si on lui avait offert la possibilité de ramener Sophie d'entre les morts, Chloé n'aurait pas demandé la formule du philtre.

Elle préféra laisser tomber. D'autres questions restaient en plan, sur lesquelles Sardi aurait peut-être un avis. Elle avait mis Belkhir sur le coup, mais puisqu'elle était là, autant les lui poser.

— Vous pouvez me parler des missions effectuées dans la région du fjord au cours des vingt-cinq dernières années ?

— À quoi pensez-vous ?

— Essentiellement à la recherche. L'hypothèse d'un plongeur ayant également des compétences en biologie marine devient de plus en plus sérieuse.

Sardi s'était fermé. Ce nouveau volet de la discussion semblait le déranger.

— Des équipes de scientifiques sont régulièrement envoyées sur place. Ils mesurent les effets du réchauffement climatique. Il y en a au moins une ou deux par an.

Tara Arctic faisait partie du lot. Des veilleurs affûtés, comme la professeure Larue, qui allaient et venaient sur la banquise en quête de preuves tangibles de la liquéfaction du monde.

La commandante tenta de creuser :

— Les chercheurs qui participent à ces expéditions sont aussi des plongeurs techniques ?

— Pas à ma connaissance. Généralement, ce sont des Teks professionnels qui descendent faire les prélèvements.

La piste d'un biologiste sachant s'immerger sous des dizaines de mètres de glace s'effritait. Et avec elle une bonne partie des théories de Chloé. Elle ne pouvait néanmoins accepter cette impasse.

— J'avais reçu une proposition hyper intéressante à une époque, continuait Sardi. Un labo, si je me souviens bien. Je n'y avais pas donné suite. La simple idée de remettre les pieds là-bas me collait le bourdon.

La commandante n'écoutait plus. Son esprit moulinait la nouvelle hypothèse qui était en train de germer sous son front.

Le tueur n'avait peut-être aucune compétence scientifique particulière. Il s'était juste débrouillé pour participer à une expédition afin de se procurer les échantillons dont il avait besoin. Un des chercheurs présents à bord avait pu l'aider à son insu et lui permettre ainsi de subtiliser le Spirotrichea, peut-être déjà congelé et prêt à être transporté. Il s'était ensuite démerdé pour trouver de l'uranium. Sur un autre chantier ? Possible. Ce dingue n'avait pas appris à manier les explosifs en se renseignant sur Internet. Il avait ensuite trouvé le moyen d'ajouter le minerai à l'eau avant de l'inoculer dans les poumons de Lola.

Elle demanda :

— On peut se procurer la liste de ces plongeurs ?

— Ça doit être jouable.

— Où ?

— Laissez-moi le temps d'y réfléchir.

Chloé se détendit. Elle ne serait pas venue pour rien. Sardi ne l'avait pas aidée sur le plan des connaissances chamaniques mais il allait lui faire gagner un temps précieux en obtenant ces noms. Avec un peu de chance, celui de l'assassin ferait peut-être partie du lot.

Une vibration dans sa poche. Orsini. Elle s'excusa d'un geste et colla le portable sur son oreille.

— Oui ?

— J'ai ton contact.

— Déjà ?

— Tu le voulais fissa, non ?

Le Corse pouvait parfois se révéler d'une efficacité redoutable. Il fallait seulement le secouer un peu.

— Je t'écoute.

— J'ai appelé ma copine. Elle peut nous rencarder sur un allumé qui a l'air de s'y connaître.

— Quel genre, l'allumé ?

— Une sorte de guérisseur.

— Tu as ses coordonnées ?

— Je te les fais suivre par sms.

Elle allait raccrocher quand Orsini ajouta.

— Au fait…

— Quoi ?

— N'oublie pas mes RTT. Faut que je les prenne avant la fin de l'année.

Jamais rien pour rien. Avec Bacman, tout se monnayait. Surtout les extras.

Elle coupa la communication et regarda l'écran de son téléphone. Orsini venait de lui adresser la fiche du guérisseur. Avant même de l'ouvrir, elle demanda à Sardi :

— Qu'est-ce que vous faites, là, tout de suite ?

— Rien de spécial. Je bricole.

— Un interrogatoire, ça vous tente ?

39

On trouve vraiment de tout dans les campagnes françaises.

Au fil du temps, en raison notamment de la hausse des prix de l'immobilier, une flopée de citadins est venue grossir les rangs de la population rurale. Familles à la recherche d'un logement abordable, adeptes de la décroissance, illuminés en quête d'une communion avec les forces de la Nature et toutes sortes de marginaux aux motivations moins avouables.

Richard Seran appartenait à cette dernière catégorie. L'homme, dans la cinquantaine, semblait avoir roulé sa bosse dans pas mal de plans glauques. Son visage cabossé, encadré par de longs cheveux noirs, portait les stigmates de la rue. Une gueule de cauchemar, tout en creux et en bosses, rendue plus inquiétante encore par l'éclair noir qui la fendait de part en part. Nul doute qu'à Auriol, la commune agricole proche de Marseille où il était venu se terrer, les têtes devaient se retourner sur son passage.

— Z'êtes flics ?

— Je viens de vous le dire, répondit Chloé.

Le type jeta un œil amorphe sur le badge. Il se tenait dans l'embrasure de la porte, vêtu d'un caleçon moulant et d'un tee-shirt douteux frappé du logo du Hellfest. Bras, jambes, cou, chaque centimètre carré de sa peau était recouvert par un tatouage.

— Z'avez un mandat ?

— Pas besoin.

— Faites partie des services secrets ?

— Brigade criminelle. Il s'agit d'une enquête de flagrance.

Léger blanc. Regard en direction de Sardi. Seran devait se demander s'il pouvait résister à l'argument ou s'il devait coopérer.

Chloé ne lui laissa pas l'occasion de pousser la réflexion plus loin.

— On peut entrer ?

Il hésita encore un peu puis s'écarta pour les laisser passer. À peine à l'intérieur, la commandante perçut immédiatement l'odeur de shit. Un vieux relent tenace, flottant dans l'air comme le parfum d'un désodorisant. Tout l'appartement en était imprégné.

— Alors ? lança le tatoué d'un ton fatigué. De quoi on m'accuse cette fois ?

Il s'était laissé tomber dans un canapé défoncé, l'endroit où il passait sans doute le plus clair de son temps. Des meubles de récup habillaient son studio, un clapier vétuste perché au dernier étage d'un petit immeuble du centre-ville. Quelques amulettes en bois, un gros tambour peint de couleurs criardes et des attrape-rêves pendus un peu partout donnaient le ton de son délire.

— Vous n'êtes accusé de rien, répondit Chloé. Nous avons seulement besoin d'un éclairage.

— Si je peux aider…

Elle attrapa une chaise et s'assit face à lui. Sardi était resté debout, un peu en retrait. Elle ne lui avait pas encore laissé l'occasion d'intervenir et il la jouait discret. Un bon point pour lui. Elle le solliciterait si elle était dépassée, mais pour l'instant elle pouvait très bien se débrouiller seule.

— Il paraît que vous vous intéressez au chamanisme ?

— Première nouvelle.

— Vous êtes même un spécialiste des rituels inuits, à ce qu'on raconte.

— Ah oui ? Et vous tenez ça d'où ?

Le type se méfiait. Il avait déjà eu affaire à la police, c'était une évidence. Gratuits ou rémunérés, les services du guérisseur devaient inclure des franchissements de ligne jaune. Chloé songea à des sacrifices d'animaux, à la fabrication de potions illicites, à des prélèvements de sang, ou même d'organes…

— Les bruits vont vite, répondit-elle. Surtout dans les petites villes.

Ne jamais griller ses indics. Une des règles de base. Elle rajouta, afin de clore le sujet :

— Et puis y'a qu'à regarder votre déco. Franchement… on se croirait dans la hutte d'un chaman.

Seran haussa les épaules. Trop explosé pour jouer au chat et à la souris.

— Admettons que ça me branche. C'est pas interdit, que je sache ?

— On se tape de votre petit business. On veut juste des infos. Vous nous les donnez et on vous fout la paix.

— Vous voulez savoir quoi au juste ?

— Ce que représentent ces motifs.

Le marginal prit le portable que lui tendait Chloé. Ses doigts recouverts de grosses bagues argentées évoquaient les serres d'un oiseau de proie. Il scruta l'écran un instant avant de le lui rendre.

— Ça ressemble bien à des symboles inuits. Mais en principe ils sont tatoués, pas scarifiés.

— Quelle différence ?

— Aucune. Tenez, regardez, j'ai les mêmes sur la jambe.

Il pointa du doigt son tibia. Cinq séries de barres horizontales y étaient tracées en parallèle, d'un noir profond, comme des échelles minuscules posées sur sa cheville et grimpant à l'assaut de son genou.

— Qu'est-ce que ça signifie ? demanda Chloé.

— Tout dépend.

— De quoi ?

— D'un tas de trucs.

— Mais encore ?

— On est en train de parler de symboles. Ils peuvent avoir une signification contradictoire. Représenter, selon le cas, des forces antagonistes.

— Le bien et le mal ?

— Entre autres. Mais aussi la joie ou la peine, le plaisir ou la douleur, la vie ou la mort. Leur interprétation est toujours liée au contexte.

Il avait changé de phrasé, parlait avec emphase. Le ton qu'il devait employer avec ses clients.

— Pour moi, par exemple, chaque trait est associé à une épreuve. Une putain de galère dont j'ai réussi à me sortir.

Chloé en évalua le nombre. À vue de nez, une bonne centaine. Si ce type disait vrai, elle avait devant elle un véritable miraculé.

Elle lui montra à nouveau la photo.

— Et celui-là, il représente quoi ?

— J'vous l'ai dit, faudrait connaître le contexte.

Le sujet n'avait pas été abordé. Secret de l'enquête oblige. Pour avancer, il allait falloir s'accommoder d'une petite entorse au règlement.

— Un homicide.

Sourire narquois du guérisseur. Sous cette lumière blafarde, avec ses longs cheveux noirs et cet éclair qui lui zébrait le visage, il ressemblait à un chanteur de metal en train de se concentrer avant de monter sur scène. Kiss, dans une version encore plus déglinguée.

— Vu votre boulot, je m'en doutais un peu. Z'avez autre chose ?

— Le tueur a gravé ces lignes au scalpel sur la nuque de la victime.

Une lueur d'intérêt fit briller les pupilles de Seran. Les détails du rituel devaient lui rappeler des scénarios qu'il avait mis en place.

— Ça pourrait bien être une liste, finit-il par avancer.

— Une liste ?

— À l'origine, les Inuits inscrivaient sur leur peau le nombre d'animaux, ou d'ennemis tués. Ces pratiques ont disparu depuis un bail mais restent présentes dans tous les rituels. Les chamans inscrivent dans leur chair la trace des esprits maléfiques qu'ils ont combattus. Un trait pour chacun.

Sept traits. Un par victime. Cette hypothèse venait se superposer à la théorie de Belkhir. Un tueur en série, peut-être pas amérindien, mais qui avait déjà opéré ailleurs, dans d'autres pays. Un globe-trotter du crime, dont la route passait maintenant par le Sud de la France.

Sardi avait également percuté.

— Chaque entaille correspondrait à un meurtre ?

— Ça se pourrait bien, confirma le tatoué. Un peu comme celles que les cow-boys font sur la crosse de leur Colt.

Il étira un sourire. L'idée avait l'air de l'amuser. Puis il redevint sérieux.

— Faut quand même pas trop s'emballer. Il se peut aussi qu'il s'agisse d'autre chose.

— Quoi ? demanda Sardi.

— J'en sais que dalle, mec. D'autant qu'il y a des variantes selon les tribus, les régions.

— Le rituel qui nous intéresse vient du fjord Robertson, en baie de Baffin.

— Au Groenland ?

— C'est ça.

Chloé lui lança un regard noir. Sardi avait pris l'initiative de creuser le sujet en direct. Jusque-là pas de problème. Mais pas question qu'il continue à dévoiler au guérisseur des pans aussi précis de l'enquête.

Elle reprit la main d'autorité, la seule façon de limiter la casse.

— Que pouvez-vous nous dire sur le chamanisme de cette partie du monde ?

— C'est un des plus anciens. Très pur. Très puissant. Il faut l'avoir pratiqué longtemps pour le maîtriser.

— C'est votre cas ?

— J'aimerais bien…

— Vous connaissez au moins ses spécificités ?

— La théorie seulement. Et juste dans les grandes lignes. Ce genre de savoir ne s'acquiert que par l'expérience. Et pour ça, y'a pas trente-six solutions : faut aller faire un tour là-bas et j'en ai pas les moyens.

Un coup dans l'eau. Enfin, pas tout à fait. L'info confirmait de plus belle que le tueur s'était rendu sur place.

— Une idée de quelqu'un qui pourrait nous renseigner ?

— J'vois pas. On n'est pas nombreux sur le créneau et on se connaît tous plus ou moins. Les sages, ceux qui nous ont transmis la connaissance, pratiquent le chamanisme inuit le plus répandu, celui d'Amérique du Nord.

— Donc, pas d'adeptes en France.

— A priori non.

Chloé interrogea Sardi du regard. Le Tek nia de la tête. Il n'avait pas d'autre angle d'attaque.

— Une dernière question, laissa tomber la policière. Pour la route.

— Allez-y.

— Quelle place le plancton occupe-t-il dans vos cérémonies ?

— Le plancton ?

— Vous l'intégrez dans les potions ? L'utilisez comme élément symbolique ? Les deux, peut-être ? Bref, à quoi ça sert au juste ?

Seran pinça ses lèvres. Une moue qui n'augurait rien de bon.

— Jamais entendu parler. Les Inuits se servent de plantes, de poissons et d'animaux. C'est tout.

— Pas de l'eau ?

— Si, bien sûr. Mais en tant que véhicule. Peu importe ce qu'elle contient. D'ailleurs, comment le savoir vraiment ?

Le constat tombait sous le sens. Le plancton allait et venait dans les fonds sous-marins. Insaisissable, volatil, jamais au même endroit. Pour l'isoler, il fallait du matos, un labo. Difficile d'imaginer les chamans inuits munis d'une batterie d'éprouvettes, analysant la composition de prélèvements pour y repérer la trace de ces micro-organismes.

Encore un coup à blanc, mais qui avait le mérite d'éliminer une hypothèse. Le Spirotrichea n'avait aucune signification chamanique. Il s'agissait d'autre chose. Un sens spécifique, lié au délire intime du tueur.

Ils laissèrent le pseudo-sorcier à sa fumette et rejoignirent la 308. Tout en marchant, Chloé en profita pour recadrer le plongeur.

— Vous êtes bouché ou vous le faites exprès ?

— Pardon ?

— Je croyais avoir été claire. Les interrogatoires, c'est moi qui les mène. Vous ne parlez que si je vous y autorise.

— J'ai simplement posé une question.

— Vous avez communiqué une information sur l'enquête.

— Il fallait bien, non ?

— C'est pas le sujet. Je suis la seule à décider de la façon dont ça se passe. Alors la prochaine fois, s'il y en a une, vous la fermez. C'est bien compris ?

Sardi hocha la tête sagement. La virulence de Chloé l'avait pris de court. Une vraie furie. Elle en avait conscience et réalisa avec un temps de retard qu'elle aurait pu éviter cette sortie.

Mais elle était crevée. Déjà 20 heures, la journée avait été particulièrement longue et n'était pas terminée pour autant. Elle allait devoir ramener le plongeur jusqu'à Saint-Mandrier et ne serait pas rentrée chez elle avant le milieu de soirée. Question heures sup, Orsini pouvait aller se rhabiller.

Son portable vibra à l'instant où elle déverrouillait les portières. Un sms venait de tomber. Expéditeur non enregistré.

« Théron, de l'IJ. J'ai une info à vous communiquer dans le dossier Terzian. Vous pouvez me rappeler à ce numéro. »

Du nouveau dans l'affaire de Lola ? Tout avait été passé au crible, le corps avait été rendu à la famille et Chloé avait même assisté à l'enterrement. En principe, les investigations techniques auraient dû être bouclées.

Elle s'éloigna un peu et lança à Sardi :

— Un appel à passer. Montez, j'en ai pour une seconde.

40

— Vous pouvez répéter ?

— On a un ADN. Pas en grande forme mais exploitable. Il était incrusté dans les fibres de néoprène qu'on a récupérées sous les ongles de la victime.

Incroyable. Et pour le moins inespéré. Chloé ne put retenir un mouvement d'humeur.

— Et c'est maintenant que vous le dites ?

— Je sais... On a un peu tardé. Vu que Muller avait conclu à une noyade, on n'a pas appuyé sur l'accélérateur. Quand on a su pour le deuxième meurtre, on a mis les bouchées doubles.

Priorisation des dossiers. L'IJ était dans le jus en permanence. Une urgence chassait l'autre.

— Vous l'avez passé au FNAEG ?

— Pas encore. On doit d'abord reconstituer l'empreinte.

— Combien de temps ?

— Difficile à dire. Les brins ne sont pas complets.

Chloé jugula son impatience. La science faisait des miracles mais restait néanmoins la science. Même avec un outil aussi performant que le Fichier national automatisé des empreintes génétiques, il fallait avoir toutes les données pour faire parler un ADN.

— Et le néoprène ?

— Rien de spécial, répondit le technicien. C'est juste du néoprène.

— Vous pouvez identifier sa provenance ?

— Ça peut venir de n'importe où. Je peux seulement vous affirmer qu'il était jaune. Un jaune un peu fluo, tirant sur le vert.

Une combinaison couleur bonbon acidulé. Pas vraiment discret. Encore moins courant. Pourtant, elle était certaine d'en avoir déjà vu une. Mais où ? Dans un documentaire ? Sur Internet ? À moins que ce ne soit chez Decathlon ? Quand Chloé allait y faire des achats, elle aimait bien flâner dans les rayons.

— Tenez-moi au courant pour l'ADN.

Elle raccrocha. Une nouvelle piste, peut-être. Lola s'était sans doute débattue avant de se noyer. Elle avait pu emporter dans sa lutte un souvenir du meurtrier. Un petit bout de son équipement, à l'intérieur duquel s'étaient nichées des squames de peau.

— Du nouveau ? demanda Sardi quand elle s'assit à côté de lui.

— Peut-être.

— Ça veut dire quoi, « peut-être » ?

— Que je ne sais pas encore.

— Vous ne voulez pas m'en parler ?

Elle le fixa d'un air sévère puis prit sur elle pour s'adoucir.

— Je me demande si je dois encore vous donner des infos.

— C'est vous la patronne.

Ton ironique. Sourire en coin. Le Tek digérait mal de s'être fait reprendre. Chloé rendit les armes. Sa colère était retombée et elle ressentait le besoin de se racheter.

— C'est à propos de Lola, lança-t-elle en démarrant. L'IJ a trouvé un nouvel indice.

— L'IJ ?

— Identité judiciaire. Vous n'avez jamais vu *Les Experts* ?

— Je ne regarde pas la télé.

Vraiment un extraterrestre, songea la commandante. Les fonds marins étaient très certainement le seul spectacle qui lui convenait. Un avatar de Jacques Mayol, le héros du *Grand Bleu*.

— Lola avait des résidus de néoprène sous les ongles, expliqua-t-elle. Ils contenaient des squames de peau. Avec un peu de chance, nous aurons un ADN exploitable.

Pas de réaction. Sardi regardait par la vitre les rues d'Auriol qui défilaient. Planté sur le bas-côté, un panneau bleu annonçait déjà l'entrée de l'autoroute.

— J'ai peur que ça ne serve pas à grand-chose.

Affirmation tranquille. Verdict sans appel. Chloé s'étonna.

— Comment pouvez-vous être aussi affirmatif ?

— Les probabilités. Lola s'occupait de dauphins. Le néoprène, c'était sa tenue de travail.

Vue sous cet angle, la déduction du Tek tenait la rampe. Sauf que dans son souvenir, la combi qui séchait sur le fil dans le pavillon de Biot était d'un noir de suie.

— Les employés du Marineland ont des tenues jaunes ?

— Pas que je sache.

— Ils les mettent peut-être pour les spectacles ? Un jaune fluo tirant sur le vert. Très flashy. Très voyant.

— Je n'ai jamais assisté à leurs shows. Les animaux en cage, c'est pas mon truc.

Il fronça les sourcils, comme s'il venait de prendre conscience de quelque chose.

— Vous avez bien parlé d'un jaune fluo, tirant sur le vert ?

— En effet.

— Ce type de teinte n'est pas produit en série, encore moins vendu dans le commerce. Il s'agit toujours de commandes spéciales effectuées par des professionnels. Du sur-mesure.

— Continuez…

— Il y a trois ans, j'ai dû creuser le sujet. Quand nous avons retravaillé le marketing de la boîte. Nous voulions être facilement repérables et avions décidé d'abandonner le bleu pour un jaune très spécifique, un peu comme celui que vous me décrivez. Nous avons fait fabriquer nos combis par un artisan, près de Montpellier.

Chloé se souvenait maintenant de l'endroit où elle avait vu des équipements semblables. La pub, à l'intérieur du magazine, dans la maison de Lola. Une photo de l'équipe Tech Med qui lui avait permis d'identifier Sardi. Pourquoi une telle coïncidence ?

— Vous n'en avez jamais jeté, ou perdu ? On ne vous en a pas volé ?

— Non. On les a toutes.

— Un de vos concurrents aurait pu passer une commande du même genre ?

— Dans le milieu Tek, je ne vois pas. Chaque société a pour priorité de se distinguer des autres. Question de survie.

— Et ailleurs ?

— Les centres de plongée-loisirs préfèrent éviter. Trop cher et aucun intérêt pour eux. En revanche, certains clubs de plongée spéléo utilisent ces coloris. Elles rendent les plongeurs plus visibles et dans une grotte, c'est pas du luxe.

Le tueur, en tout cas, portait une combinaison de cette couleur. Pour l'explication, Chloé verrait plus tard. Le plus urgent était de découvrir où il avait bien pu se la procurer.

— Hormis votre artisan, qui peut répondre à ce type de demandes ?

— Pas grand monde. Quatre ou cinq ateliers en France et une dizaine dans toute l'Europe.

Ils arrivaient au péage. Chloé regrettait de moins en moins d'avoir associé Sardi à l'enquête. Ce type était une vraie mine d'or.

Elle s'engagea sur la bretelle d'accès et écrasa la pédale de l'accélérateur.

— Je suppose que vous avez leurs coordonnées ?

41

Le syndicalisme n'avait jamais été sa tasse de thé.

Et pour cause.

Jean se souvenait de la violence de l'Ogre après les réunions de son syndicat de marins-pêcheurs, quand il avait descendu une bouteille de pastis à lui tout seul en discutant le coup avec ses soi-disant collègues. Pas beau à voir. Et dangereux. Son père lançait la danse avec des réflexions acides puis se mettait à gueuler avant de sortir la ceinture. Les coups pleuvaient, désordonnés, vicieux, un déluge brûlant qui s'abattait sur sa mère et sur lui.

Plus tard, avec le temps, Jean avait compris que l'action collective n'était pour le tyran qu'un prétexte, un défouloir à la colère profonde et viscérale qui l'habitait. Il avait la haine, depuis toujours et sans vraiment savoir pourquoi. Tous ceux qui l'approchaient en subissaient les conséquences, à commencer par sa famille.

Il chassa ces images douloureuses et appuya sur la sonnette. Fort heureusement, tous les syndicalistes n'étaient pas coulés dans le même moule. La plupart étaient des types bien, souvent idéalistes, parfois même utopistes.

Pourtant, malgré lui, Jean éprouvait une sorte d'appréhension à chaque fois qu'il avait affaire au syndicat. Un réflexe pavlovien, incontrôlable, qui faisait battre son cœur un peu plus vite et rendait ses mains moites. Son associé, adhérent de longue date, avait insisté pour qu'il s'y inscrive. Le bien de la boîte avant tout. Le Syndicat national des entrepreneurs de travaux immergés était selon lui le seul rempart contre une surrégulation qui les tuait à petit feu.

Ascenseur. Troisième étage. Porte en bois bleue agrémentée d'un panneau en plexi. L'antenne toulonnaise du SNETI ne roulait pas sur l'or. Elle louait un petit local dans le quartier de la Rode, alignement de tours sinistres coincées sous l'autoroute où s'entassaient tous ceux qui ne pouvaient pas s'offrir une vue sur mer. Le personnel se composait d'une secrétaire et d'un permanent, le minimum pour maintenir le contact sur place. Quand les problèmes devenaient sérieux, il fallait s'adresser à Paris.

Jean entra sans frapper. Une femme un peu boulotte était assise derrière le comptoir d'accueil. Même look désuet, même place, même air concerné. Un hologramme qui n'avait pas bougé d'un centimètre depuis sa dernière visite, quand il était venu signer le formulaire d'inscription.

— Bonjour. Jean Sardi. J'ai rendez-vous avec Monsieur Di Carlo.

L'assistante lui adressa un sourire entendu.

— Société Tech Med ?

— Tout à fait.

— Je le préviens.

En s'adressant au syndicat, Jean espérait bien obtenir la liste des Teks que recherchait Latour. Des plongeurs chevronnés, compétents, recrutés sur des missions scientifiques au cours des vingt-cinq dernières années. S'il parvenait à dégoter cette info, il lui riverait enfin son clou. Une perspective qui n'était pas pour lui déplaire.

— Monsieur Sardi ?

Stéphane Di Carlo venait de jaillir sur sa droite. Jean ne l'avait rencontré qu'une seule fois, mais impossible de l'oublier. Sec comme une trique, portant encore le bleu de Chine des révolutionnaires maoïstes, son physique de piquet de grève s'accordait pile-poil avec sa tronche. La soixantaine bien frappée, il fleurait encore bon les défilés musclés, les barrages sauvages et les pneus cramés au milieu de la chaussée. Autant de faits d'armes à son actif, dans une carrière sans faille commencée un demi-siècle plus tôt sur les docks de Toulon.

— Merci de me recevoir si vite, répondit Jean en lui serrant la main.

— Ça fait plaisir de vous revoir. C'était quand, la dernière fois ?

Accent du Sud, très prononcé. La voix était chaleureuse, le regard franc. On était entre amis.

— J'sais plus. Cinq ans. Peut-être six.

— Déjà ?

— Le temps passe vite…

— Surtout pour les vieux.

Di Carlo décocha un sourire rieur et désigna la porte de son bureau.

— Venez.

Il le fit entrer dans une pièce minuscule. Posters du syndicat, de la Fédération, photos sous cadre de plongeurs techniques en pleine action. Plus discrets mais bien présents, des fanions de la CGT et une affiche de la dernière fête de l'Huma. Les souvenirs d'une vie dévouée à la cause, entre distribution de tracts, signature de pétitions et organisation de rassemblements.

— Patrick m'a mis au parfum.

— Vous pouvez m'aider ?

— On est bien d'accord. C'est à usage perso.

— Tout ce qu'il y a de plus perso.

Rosso avait prévenu. Les données transmises par la Fédération pour étayer leurs statistiques ne pouvaient pas être communiquées aux adhérents. Des questions de confidentialité, de concurrence… Membre éminent du SNETI et ami de longue date du responsable local, il avait donc appelé son pote la veille pour préparer l'entretien. Quarante ans de syndicalisme, surtout au même endroit, ça crée des liens. Jean aurait ce qu'il voulait à condition de fermer sa gueule.

Di Carlo lui tendit une feuille de papier. Ses lèvres souriaient toujours mais son regard était devenu sérieux.

— J'ai déjà préparé la liste. Les missions techniques et scientifiques faisant intervenir des Teks dans le fjord Robertson sur les vingt-cinq dernières années. Elles y sont toutes.

Après son dérapage chez le guérisseur, Latour lui avait mis les points sur les i. Pas question d'évoquer l'enquête avec qui que ce soit. Jean avait donc décidé de noyer le poisson en élargissant la recherche à l'ensemble des expéditions effectuées sur la période, quel que soit le sujet.

— Ça tient sur une seule page ?

— Il n'y en a qu'une petite dizaine. Et j'écris gros.

Jean prit le document. Il y jeta un coup d'œil rapide et constata que les mentions étaient manuscrites et quasiment illisibles. Di Carlo ne voulait prendre aucun risque, même pas celui de passer par sa bécane pour éditer un listing. Il avait demandé que Jean vienne récupérer les infos en personne et les avait recopiées à la main pour éviter de laisser des traces dans son système informatique. Le déchiffrage serait compliqué mais il faudrait s'en accommoder.

— Qu'est-ce que vous voulez en faire ? demanda le syndicaliste, plus curieux que méfiant.

Il ressortit le bobard déjà servi à Rosso.

— C'est pour une étude de marché.

— Vous attaquez un nouveau segment ?

— On y pense.

Le sourire du responsable s'étira un peu plus. L'explication semblait le satisfaire.

— Je ne suis pas certain que le Groenland soit très porteur.

— Pourquoi ?

— D'après la Fédé, les pétroliers se font la malle. Trois l'année dernière, et pas des moindres. Suez, Statoil et Dong.

— Il n'y a pas que le pétrole.

— Exact. Les miniers ont le vent en poupe en ce moment. Le dégel progressif du permafrost donne accès à de nouvelles zones d'exploration. Mais de vous à moi, c'est pas encore l'Eldorado.

Di Carlo maîtrisait son sujet. Pour défendre les intérêts des Teks, il fallait connaître l'écosystème à l'intérieur duquel ils évoluaient.

Jean continua de le questionner. Il devait faire semblant de s'intéresser au contexte.

— Qu'est-ce qu'ils cherchent ?

— Ils balaient large. Ce qui les intéresse avant tout, c'est l'uranium.

Un déclic. En plus du plancton, on avait trouvé des traces de ce minerai dans les poumons de Lola. Latour se demandait d'où il pouvait venir et l'information donnée par Di Carlo proposait un début de réponse : le lac d'où avait été extrait le Spirotrichea était peut-être proche d'un gisement.

Il poursuivit sur sa lancée. Il avait une source en béton à sa disposition, autant profiter de l'aubaine.

— J'ai entendu dire que la zone située autour du fjord Robertson était très convoitée.

L'autre valida d'un signe de tête. Il souriait toujours.

— Encore exact. Les autorités groenlandaises ont accordé quelques permis d'exploration sur un périmètre situé au nord du fjord, à une centaine de bornes de Qaanaaq.

Deuxième déclic. Qaanaaq. Le dernier aéroport où ils avaient atterri avec Marion. C'était de là qu'ils avaient embarqué sur le ferry pour remonter jusqu'au village inuit.

— Toujours l'uranium ?

— Pas seulement. Ils misent aussi sur le cuivre, le zinc et surtout l'or.

— Ces recherches impliquent des Teks ?

— Non. Elles se déroulent à l'intérieur des terres, le long de la bande côtière.

— Il n'y en a pas en milieu aquatique ?

— À quoi pensez-vous ?

— Je ne sais pas. Un lac, par exemple. Il doit forcément y en avoir quelques-uns.

— Peut-être… Je n'ai eu aucun retour là-dessus.

Di Carlo avait beau en connaître un rayon, il ne pouvait pas tout savoir. Il faudrait faire appel à une source plus pointue pour valider cette hypothèse.

Jean prit la liste manuscrite et se leva. Maintenant qu'il était rencardé, il avait hâte de partager le produit de sa pêche avec Latour.

— Merci pour les infos.

— Pas de quoi. Si vous avez besoin de quelque chose, n'hésitez pas.

L'ancien piquet de grève quitta son siège et raccompagna Jean jusqu'à la porte.

— Au fait, vous connaissez la devise du syndicat ?

— Je l'ai oubliée.

— Seul, on descend plus vite. Ensemble, on descend plus profond.

— Je valide.

L'éternel sourire de Di Carlo s'effaça, laissant la place à une expression plus grave.

— Tenez-moi au courant pour votre étude. À charge de revanche. Qui sait ? Elle pourrait peut-être intéresser le syndicat.

42

À peine monté dans sa voiture, Jean avait cherché à joindre la commandante sur son portable. En vain. L'appel basculait directement sur messagerie, comme si Latour avait coupé sa ligne. Après trois tentatives, il avait laissé un message laconique indiquant qu'il avait des infos à lui communiquer. Compte tenu de leur importance, il préférait le faire en *live*.

Un demi-mensonge. Et un péché d'orgueil. Il aurait pu aborder le sujet par téléphone, au moins lui livrer la teneur de ses découvertes et lui adresser la liste par mail. Au lieu de ça, il avait préféré attendre pour le lui annoncer en face. Le savon de la dernière fois lui restait en travers de la gorge. Son efficacité, sur ce coup, allait lui permettre de prendre sa revanche. Un plaisir qu'il voulait savourer pleinement.

Il prit une bouteille de Pulco qui traînait dans le frigo – il n'avait pas eu le temps de se préparer un jus naturel – et s'installa derrière le bureau.

13 heures. Rosso avait déserté son antre pour la pause déjeuner. Le reste de l'équipe était parti pour une intervention sur le site industriel du port de Fos. Jean serait tranquille pour jeter un œil sur la liste remise par Di Carlo. En

attendant de débriefer Latour, il pourrait peut-être accrocher un détail qui permettrait de faire avancer l'enquête.

Il mit son téléphone en mode vibreur – la seule façon d'avoir la paix –, chaussa ses lunettes, un des désagréments des années qui filaient, et se mit au boulot. La première difficulté consistait à décrypter les hiéroglyphes tracés par le syndicaliste. Son écriture était illisible, pire qu'une ordonnance médicale. Il songea qu'il faudrait la recopier pour permettre à Latour de la lire.

Premier survol. Les infos étaient classées par ordre chronologique et par catégorie : une colonne pour les chantiers sous-marins, une autre pour le reste.

Au moins ça.

Di Carlo avait rajouté une mention relative à l'objectif de la mission. Comme annoncé, la présence des plongeurs Teks dans le fjord Robertson était réduite à la portion congrue. À peine dix interventions en vingt-cinq ans, soit en moyenne une tous les deux ans et demi.

Le Groenland, c'est pas encore l'Eldorado. Effectivement. Six chantiers seulement, le reste concernant des expéditions scientifiques menées par des organisations internationales patentées, des associations de défense de l'environnement ou des acteurs économiques opérant dans le cadre R&D – recherche et développement – de labos pharmaceutiques.

Jean se frotta les yeux. Analyser ces lignes de code lui collait déjà la migraine. Mais pas le choix. Il ne se voyait pas appeler Di Carlo pour demander une traduction. Il avala une gorgée de jus de citron et se remit à l'ouvrage, cette fois en profondeur.

D'abord les chantiers. Par pure curiosité professionnelle. Sociétés étrangères, opérations classiques de renflouage, la plupart réalisées par des pétroliers. La dernière mission datait de 2015, une intervention effectuée pour le compte de l'armée américaine sur les infrastructures sous-marines de la base aérienne de Thulé, au sud de

Qaanaaq. Sur toute la période, une petite vingtaine de Teks avait mouillé le néoprène dans les eaux glacées du fjord Robertson. Des inconnus qui de toute façon n'étaient pas concernés.

Il passa à la seconde colonne, les missions scientifiques, celles qui intéressaient Latour. Quatre expéditions à peine et beaucoup moins de monde sous l'eau.

1997. Greenpeace. Étude de la brisure du glacier de Quetertat. Sergio Lupi – Italie – et Serguei Mumloff – Fédération de Russie. Certifiés TDI (Technical Dive International).

Jamais entendu parler. Et a priori trop vieux.

2000. BUND (Bund für Umwelt und Naturschutz Deutschland). Analyse de la fonte des glaces en milieu semi-fermé. Karl Ehlrich – Allemagne – certifié CMAS (Confédération mondiale des activités subaquatiques) et François Sergent – France – certifié IANTD (International Association of Nitrox and Technical Divers).

Jean connaissait vaguement Sergent. Un Breton plutôt sympathique qui avait raccroché ses palmes l'année dernière. L'autre patronyme ne lui évoquait rien.

2002. Groupe pharmaceutique Carvec. Recherche et développement. John Loyd – Royaume-Uni. Certifié TDI.

Légère montée d'adrénaline. Il s'agissait du labo qui lui avait proposé une mission vingt ans plus tôt, offre à laquelle il n'avait pas donné suite. Loyd était certainement le Tek qui avait pris sa place quand il s'était désisté.

Il passa au dernier. 2010. CAM (Climate Action Network). Prélèvement sous glace d'organismes planctoniques. John Cruser et Matt Farell – USA. Certifiés PSAI (Professional Scuba Association International).

Ces types ne lui disaient rien. Les Américains frayaient peu avec leurs collègues européens. Ils vivaient en vase clos, recroquevillés sur un pré carré qui leur suffisait amplement. Mais pourquoi pas ? Ils avaient les compétences et étaient dans la tranche d'âge.

Jean surligna au Stabilo le nom des suspects potentiels, tout en prenant conscience d'un fait intéressant, au moins pour son business. Les ONG et autres laboratoires pharmaceutiques n'avaient plus fait appel à des Teks depuis plus de dix ans. La recherche, comme la défense de la planète, semblait maintenant pouvoir se passer d'eux.

Nouvelle rasade de Pulco. Au bout du compte, la récolte n'était pas si mauvaise. Il avait quatre noms, des plongeurs expérimentés, capables de travailler par grande profondeur et en milieu hostile. Ils s'étaient tous rendus dans la zone concernée pour participer à des études sur la biomasse.

Par association, l'épisode du labo lui revint en mémoire. Le groupe Carvec, basé à Meyrin, près de Genève, lui avait fait un pont d'or à l'époque. Il s'agissait de réaliser des prélèvements sous la calotte glaciaire en vue de la récupération d'algues microscopiques intégrées dans des traitements phyto. Un peu comme en Amazonie, pour les plantes fleurissant dans la canopée et destinées à la recherche pharmaceutique. Le job, plutôt simple, consistait à ratisser les zones ciblées par les chercheurs et à rapporter le plus d'échantillons possible. La banquise était un univers en mutation constante. Cet environnement très particulier nécessitait la présence de spécialistes capables d'en déjouer les pièges.

Jean sentit son cœur se serrer. Ces compétences, il les avait. Des qualifs spécifiques dont son CV faisait état, raison pour laquelle Carvec l'avait contacté. Paradoxalement, c'étaient ces mêmes compétences qui lui avaient fait refuser la proposition. Marion était morte parce qu'il était censé maîtriser ce type de plongée sous glace. Si ça n'avait pas été le cas, ils ne seraient jamais allés au Groenland et elle serait toujours en vie.

Il tapa le nom du labo dans la barre de recherche. Un geste mécanique, le genre de surf qu'on fait parfois sur Internet sans trop savoir pourquoi, seulement guidé par une pulsion aussi incontrôlable qu'inexplicable.

Les slogans figurant sur la page d'accueil résumaient bien la philosophie du groupe. « Améliorer votre bien-être. Soigner et préserver votre santé. Protéger l'environnement. » Carvec était un acteur responsable, soucieux d'éthique, de transparence, de développement durable et de parité homme-femme.

Jean ne put retenir un sourire. Labos et pétroliers tenaient le même discours formaté, élaboré par des communicants hors de prix, dont le seul but était de faire avaler la pilule d'une industrialisation à tout crin. Ils voulaient se faire passer pour des altruistes, soucieux du sort des individus et de celui de la planète alors que le profit était leur seule boussole. Pour preuve de sa bonne foi, Carvec consacrait toute une partie de son site à la recherche et au développement. *Notre vision : vous offrir le meilleur.* Quelle blague…

Poussé par la curiosité, Jean cliqua sur l'icône. Une nouvelle page apparut, découpée en plusieurs thèmes. Traitements innovants. Essais cliniques. Recherches en milieu naturel. Du très sérieux, positionnant le labo à la pointe de la technologie.

La dernière occurrence, celle concernant les collectes de matières premières dans la nature, l'intéressa plus spécialement. On y parlait peut-être de l'expédition qui avait eu lieu en 2002 dans le fjord Robertson.

Il s'y attaqua. La première page concernait une mission de prélèvements commanditée par Carvec en Amazonie brésilienne pendant l'été 2010. Une liste de liens renvoyait sur des missions précédentes, cinq au total, mais rien sur celle de 2002, sans doute trop ancienne pour figurer dans les archives.

Nouvelle rasade de jus de citron. La clim tournait à fond la caisse, sa gorge était plus sèche qu'après une plongée de plusieurs heures.

Tout en buvant, Jean parcourut les photos qui illustraient l'aventure des chercheurs de Carvec d'un œil distrait. Plantes aux noms imprononçables. Scientifiques aux allures d'aventuriers, évoluant à plus de cinquante mètres du sol dans des filets suspendus. Labos de campagne installés dans des tentes…

Il s'arrêta sur une photo de groupe. L'équipe avait posé façon selfie, une vingtaine de personnes prises en pied devant des sacs de jute et souriant sans retenue à l'objectif. L'image, dans son ensemble, dégageait une impression d'intelligence, d'énergie, et surtout d'espoir. *Notre vision : vous offrir le meilleur.*

Jean allait se diriger vers un des autres liens quand une silhouette au second rang attira son attention. Taille moyenne, corps menu, treillis militaire et épaules nues sous l'échancrure d'un débardeur kaki. Les traits étaient en partie dissimulés par un chapeau de brousse mais l'allure lui évoquait quelqu'un.

Il agrandit le cliché, zoomant au maximum sur le visage. Le grain était mauvais, le personnage avait un peu vieilli mais il était de plus en plus convaincu de le connaître.

Et c'est alors qu'il comprit.

Pas avec sa mémoire, ni avec ses yeux, mais avec ses tripes.

Cette femme qui crapahutait dans la jungle et se cachait derrière ce déguisement était celle qu'il avait passionnément aimée trente ans plus tôt. La même qu'il avait laissée mourir sous la banquise.

Marion.

En chair et en os.

Lazare, ressuscité d'entre les morts.

43

Elle avait fait le tour du cadran.

Pas son style.

Depuis combien de temps Chloé ne s'était-elle pas laissée aller à ce genre de plaisir ? Des années. Peut-être même des siècles. Ses derniers souvenirs de grasse mat' remontaient à la période de ses études. Elle adorait se réveiller tard, traîner au lit avec Sophie, se rendormir en la serrant dans ses bras.

La mort de sa petite amie avait mis un point final à cette période bénie. La sérénité l'avait définitivement désertée et son sommeil était parti avec. Elle devait vraiment être au bout du rouleau pour écraser aussi longtemps.

Premier réflexe, rallumer son portable. Il était plus de quatorze heures, ses flics devaient se demander où elle était passée.

Comme elle s'y attendait, plusieurs messages dans sa boîte vocale. Ago, plus froid que jamais, avait bien eu son appel. Sans s'excuser du temps qu'il avait pris pour lui répondre, il se tenait à sa disposition pour faire un point.

Belkhir avait tenté de la joindre aussi. L'analyse des ossements du deuxième cadavre était terminée, Muller venait de mailer son rapport.

Enfin Sardi. Il avait une info à lui communiquer et préférait le faire en direct.

Elle sortit de son lit et classa les priorités. Avant tout, un thé. Bien infusé, façon piqûre d'adrénaline. Elle aurait besoin de cet antidote pour émerger du puits noir dans lequel elle s'était enfoncée.

Tasse en main, elle alla s'asseoir dans le canapé. D'abord son second. Elle devait crever l'abcès. Rétablir un fonctionnement normal. Aussi bien pour le boulot qu'à titre personnel. L'Arménien n'était pas seulement un collègue ou même un équipier. À la longue, il était devenu son ami. L'idée d'être en conflit avec lui la perturbait.

— C'est moi.

— Salut.

Toujours aussi distant. Chloé prit sur elle pour ne pas mettre les pieds dans le plat tout de suite. Elle tenait à avoir une discussion en tête à tête.

— Faut qu'on se voie. T'es où ?

— Chez Momo.

— Attends-moi, je te rejoins

Elle raccrocha, prit une douche express, s'habilla en deux-deux et quitta son appart au pas de course. Le Roi du Couscous, le resto où son groupe avait ses habitudes, était juste à côté, dans la rue de l'Évêché. Elle y serait dans cinq minutes.

À peine dans l'escalier, elle passa son deuxième appel.

— Aicha ?

— Ah, Chloé. T'as eu mon message ?

— Je viens de l'avoir. Mengele t'a envoyé ses conclusions ?

— Une seconde, je les récupère.

La Grenobloise imagina Belkhir furetant dans la masse de papelards qui traînaient en permanence sur son bureau. L'organisation rigoureuse du désordre. Un oxymore qui lui allait bien.

— Voilà, je les ai. Alix Tardif. 41 ans. Dernière adresse connue, 17, rue d'Endoume à Marseille. Déclaration de disparition enregistrée le 28 septembre 2018 par son frère au commissariat du septième arrondissement.

— Ils l'ont identifiée avec l'empreinte dentaire ?

— Elle correspond. Mais c'est le stérilet qui a ouvert la voie.

Sacré Muller. Un vrai virtuose. Ce n'était pas Mengele qu'on aurait dû le surnommer. Plutôt Beethoven.

— Il parle du reste ? Diatomées ? Plancton ? Uranium ? Trimix ?

— C'est sur le feu.

L'analyse de la moelle osseuse prendrait plus de temps. Chloé avait été prévenue. Pour la date du décès, il faudrait attendre. Comme pour sa cause et l'éventuelle présence de Spirotrichea et de matière radioactive dans l'organisme de la victime. La commandante subodorait néanmoins que la mort et la disparition devaient avoir eu lieu dans le même créneau temporel, à quelques jours près.

— T'as commencé à creuser l'entourage ?

— Pas encore.

— Je reprends la main. Il y a peut-être un lien entre les deux victimes. Si c'est le cas, faut qu'on le trouve.

— Tu ne me fais pas confiance ?

— Arrête tes conneries. C'est pas le sujet.

Bien sûr que ça l'était. Avec l'identification du deuxième cadavre, de nouvelles pistes allaient s'ouvrir. Des routes encore inexploitées qui allaient la rapprocher un peu plus du tueur. Elle ne voulait laisser à personne le soin de les emprunter.

— Envoie-moi les coordonnées de son frangin. Je vais commencer par là.

La surdouée avait capté depuis un bon moment l'investissement hors norme de sa patronne dans cette enquête. Elle était bien trop maligne pour se risquer sur ce terrain.

— Sur ton portable, ça ira ?

— Nickel. Tu as pu récupérer une photo de la victime ?

— Les collègues du septième viennent de me l'envoyer. Je te la joins.

Parfaite. Aucun fichier national des personnes disparues n'existant pour l'instant, elle était allée prendre l'info à la source, là où la déclaration de disparition avait été effectuée.

— Les Teks, t'en es où ?

— J'suis dessus.

— Concentre-toi en priorité sur les tour-opérateurs.

— Je laisse tomber les chantiers et les missions scientifiques ?

— Tu diffères. Je vais peut-être avoir des infos via une autre source.

— Je ne sais pas pourquoi, mais je parierais bien sur Sardi.

La benjamine du groupe avait vraiment oublié d'être conne. Chloé confirma avant de conclure.

— Lui-même. Je compte sur toi pour éclaircir le reste et on fait le point en fin de journée.

Elle allait raccrocher quand elle pensa à un dernier détail.

— Ah... Encore un truc.

— Quoi ?

— L'IJ a trouvé des résidus de néoprène sous les ongles de la victime. Il avait une couleur très spécifique. Un jaune fluo tirant sur le vert, le même que celui des combis de Tech Med.

— Intéressant...

— Pas anodin en tout cas. Mais pour l'instant, on se concentre sur la provenance. D'après Sardi, le tueur a été obligé de la faire fabriquer spécialement.

— Un don du ciel, ce type. Je suppose qu'il t'a déjà refilé la liste des fournisseurs.

— Je te l'envoie. Tu me trouves les coordonnées de toutes les personnes qui ont commandé une combinaison de cette couleur et tu me tiens au jus. Allez, fonce !

Elle glissa son téléphone dans sa poche. Plus le temps d'appeler le plongeur. Le Roi du Couscous était déjà en visuel.

44

Chloé entra dans le restaurant d'un pas décidé.

Décor marocain, tout en dorures, rosaces, plantes vertes et bois verni. Un vrai riad de carton-pâte, quasi désert, où elle était chez elle. À bientôt 15 heures, les clients – essentiellement des employés de bureau – étaient retournés au turbin depuis longtemps.

Elle repéra le Pitbull et traça droit sur lui. Il était installé à sa place habituelle, au fond et au frais, sous la clim réversible. Bombers posé à côté de lui, il s'était noué une serviette autour du cou, prêt à faire honneur à la cuisine parfumée de Momo.

Chloé salua le patron d'un signe de tête et s'assit en face de son second.

— Je vois que tu ne te laisses pas aller.

— Tu veux m'accompagner ?

Un tajine monstrueux fumait dans son assiette. Un des plats préférés de Chloé. Mais pas cette fois. Son estomac était fermé à double tour.

— Un Perrier, ça ira.

Ago passa la commande. Momo l'apporta lui-même dans la seconde et repartit derrière son comptoir, après avoir gratifié la nouvelle arrivante d'un sourire entendu. Le propriétaire des lieux avait l'habitude des conciliabules du groupe. Les flics l'appréciaient aussi pour sa discrétion.

— Alors, lança l'Arménien la bouche pleine. Quoi de neuf ?

Il la jouait cool mais le ton ne trompait pas. Pincé, distant. Le ton d'un type qui prend sur lui pour rester calme.

Chloé n'avait pas l'intention d'entrer dans son jeu. Elle l'attaqua frontal.

— Pourquoi t'as pas répondu quand je t'ai appelé ?

— Le jour du Seigneur. Je croyais que ça te parlait.

— Arrête tes conneries. T'as pas foutu les pieds dans une église depuis des lustres.

— Rien à voir. Le dimanche, c'est sacré. Point final.

Il s'était raidi un peu plus. Un arc tendu à mort, prêt à décocher une volée de flèches.

— D'accord..., laissa tomber Chloé en prenant une grande inspiration. Tu veux quoi au juste ? Des excuses en bonne et due forme ?

L'Arménien piqua un morceau de poulet dans son assiette. Il mastiqua la chair quelques secondes sans dire un mot et laissa tomber sans desserrer les dents.

— Ce serait bien le minimum, tu ne crois pas ?

— Je t'ai déjà dit que j'étais désolée de t'avoir zappé. C'était involontaire.

— Justement. C'est là que ça coince.

— Ça veut dire quoi ?

Ago reposa sa fourchette et cadra Chloé droit dans les yeux.

— C'est simple. Tu t'es tellement investie dans cette enquête que tu ne fais plus la part des choses. Tu bosses en solo et tu en oublies tout le reste, y compris ceux qui te soutiennent.

— Qu'est-ce que tu racontes ?

— Pour te la faire courte, tu ne m'as pas zappé par hasard. La vérité, c'est que tu ne m'as pas fait confiance.

Chloé baissa la tête. À quoi bon rétorquer ? Ago venait de mettre le doigt sur une vérité qu'elle s'efforçait de refouler. Rien ni personne n'était plus important que sa traque. Si elle ne l'avait pas tenu informé avant les autres, c'était pour cette unique raison. Parce qu'elle craignait qu'il désapprouve et qu'il l'empêche de la mener à bien.

— T'as raison. J'ai merdé avec toi. Je suis désolée.

— Tu te répètes.

Il reprit sa mastication, les yeux de nouveau rivés sur son assiette. Un bœuf devant sa mangeoire, concentré sur sa bouffe. Chloé sentit néanmoins que la tension avait baissé d'un cran. Le Pitbull avait craché sa Valda, il commençait à respirer.

Elle laissa filer quelques secondes et demanda d'une voix douce :

— On fait quoi maintenant ?

Il haussa les épaules, sans interrompre son festin. Puis il laissa tomber :

— À toi de voir.

Le marché était simple. Soit elle effectuait un virage à cent quatre-vingts degrés, soit elle allait se faire foutre.

— Ça ne se reproduira plus. Tu as ma parole.

— Pour ce que ça vaut...

— Laisse-moi au moins une chance.

Sa requête était sincère. Elle tenait à recoller les morceaux et ferait le nécessaire pour y arriver.

Agopian secoua la tête. Un demi-sourire étirait ses lèvres, signe qu'il se laissait fléchir.

— T'es une emmerdeuse...

Elle lui rendit son sourire et concéda :

— Il paraît. Alors ? Tu décides quoi ?

— OK. Je passe l'éponge. Pour cette fois... Mais j'te préviens. Plus de cachotteries, d'embrouilles ou de coups fourrés. Tu me rencardes en temps réel.

Chloé acquiesça, comme une élève bien sage. Il venait de lui accorder l'absolution et cette idée la soulageait. Ils allaient refaire équipe. Retrouver leur complicité. À partir de maintenant, elle ne serait plus seule.

— D'ailleurs, on va commencer tout de suite, lança le Pitbull en s'attaquant aux légumes. Vous en êtes où ?

Elle avala la moitié de son Perrier avant de répondre. La tension avait séché sa gorge, elle aurait bu un océan.

Puis, dans l'ordre, elle évoqua les dernières avancées de l'enquête. La grotte du Bau Rouge. Le second cadavre, encore une femme, tuée dans les mêmes conditions et que l'on venait tout juste d'identifier. La provenance du plancton. La symbolique inuite des scarifications et la possibilité qu'il y ait encore d'autres victimes, sept en tout si l'interprétation du chaman d'Auriol tenait la route. Enfin, les restes de néoprène jaune fluo retrouvés sous les ongles de Lola Terzian. Toutes ces découvertes convergeaient vers la piste d'un Tek ayant participé à une mission scientifique au Groenland.

Ago l'écouta sans l'interrompre. Il paraissait désorienté.

— Sept victimes ?

— Ce n'est qu'une hypothèse. Les traits peuvent vouloir dire autre chose.

— T'as une idée ?

— Aucune. La seule chose dont on est sûr, c'est que ce salopard est un plongeur hors pair, qu'il est versé dans le chamanisme et que son modus operandi inclut la noyade à grande profondeur. Reste à préciser ce que le plancton et l'uranium viennent foutre dans son délire.

Elle marqua un temps avant de demander du bout des lèvres.

— À ce propos, t'as avancé sur le sujet ?

L'Arménien s'essuya la bouche avec sa serviette. Son assiette était vide, ses traits détendus. Pas de doute, il était revenu dans la course.

— C'est compliqué.

— Alors fais simple.

— Officiellement, pas moyen de se procurer un gramme d'uranium 235 en France. Nos mines sont fermées depuis belle lurette et il n'y a qu'Areva qui en importe pour faire tourner les centrales électriques d'EDF. De plus, la réglementation est super serrée. Tant au niveau national qu'international. Matières nucléaires obligent. Je te passe les détails mais tu dois déclarer toute détention à partir de quelques grammes.

Chloé songea à l'hypothèse de Nabilla. Celle d'un isotope déjà présent dans l'eau récupérée dans les poumons de Lola.

— Le Groenland fait partie des fournisseurs ?

— Pas à ma connaissance. Niger, Canada, Kazakhstan et Australie sont les seuls pays répertoriés. Mais d'après mes infos, il y a un paquet de gisements sous la banquise. Avec le dégel, toutes les compagnies minières sont sur la brèche.

La possibilité d'une diffusion passive évoquée par Belkhir n'était donc pas si farfelue. Mais pour l'instant, rien de bien concret.

Restait la troisième option.

— Et le marché parallèle ?

— Rien à tirer de ce côté-là.

— Explique.

— Trop éclaté. Toutes les mafias du globe s'y intéressent. Autant chercher une aiguille dans une botte de foin.

Pas vraiment surprenant. Tout ce qui est rare, cher et illicite suscite les convoitises d'une foule de trafiquants. Il fallait juste espérer que le tueur n'ait pas utilisé ce canal.

— Bon boulot, conclut Chloé. Je te laisse prendre ton café et ton après-midi. On refera le point demain.

La trogne du Pitbull se claquemura.

— Attends… Tu me mets sur la touche ?

— J'essaie seulement de me faire pardonner.

— En me demandant d'aller buller chez moi ? Franchement, j'espérais mieux.

— T'inquiète, ça va venir. Mais pour l'instant, j'ai rien pour toi. Sauf si tu veux te taper la paperasse en retard.

— Merci. Ça ira.

Elle lui décocha un clin d'œil et se leva.

— Faut que j'y aille.

— Déjà ?

— Je dois interroger le frère de la seconde victime.

— Tu ne veux pas que je t'accompagne ?

Ago ne lâchait pas l'affaire. Jamais.

— J'préfère pas.

— Pourquoi ? T'as peur que je fasse désordre ?

Chloé lui lança un regard amusé mais ne céda pas.

— Il va d'abord falloir lui annoncer qu'on a retrouvé sa sœur. Ce sera moins lourd si j'y vais seule.

45

Le frère d'Alix Tardif tenait une galerie d'art en bas de la rue Sylvabelle, dans le quartier des antiquaires. Après un passage rapide par le bureau, Chloé avait choisi de faire le chemin à pied – à peine un petit quart d'heure depuis la rue de l'Évêché – et remontait maintenant la rue Paradis en direction de son objectif.

Au-delà de l'aspect purement pratique – contourner le Vieux-Port en voiture lui aurait pris plus de temps – la balade avait eu une vertu apaisante. Annoncer à la famille la mort d'un de ses membres disparu depuis deux ans n'était pas une partie de plaisir. A fortiori quand il n'en restait que quelques os, planqués au fond d'une grotte sous-marine et attachés à la roche par un bracelet de plastique.

Chloé avait plusieurs fois eu l'occasion de pratiquer cet exercice, sans jamais s'y habituer. Elle ressentait la douleur des proches par simple effet miroir, une brûlure née vingt ans plus tôt quand un jeune type mal à l'aise avait sonné à sa porte et présenté sa carte de flic en prononçant le nom de Sophie.

Elle traversa la place Estrangin sans y faire attention et aborda la dernière ligne droite d'un pas rapide. À cet endroit, la hauteur des immeubles plongeait le centre-ville dans une ombre permanente, comme si un filtre avait été posé sur les couleurs. La mairie avait beau rénover les façades, la crasse suintait encore des murs. Une peau grisâtre enveloppait le béton, s'accordant au noir du bitume pour créer une ambiance terne, sinistre. L'idéal pour se mettre dans le ton.

Au bout d'une centaine de mètres, elle bifurqua à gauche. La galerie de Boris Tardif était au numéro 39, coincée entre un barber shop et une boutique d'antiquités. Deux grandes vitrines s'étiraient de part et d'autre de l'entrée, habillées de tableaux immenses. Des traits, des fractures, des cercles concentriques ou des éclaboussures. À l'évidence, le propriétaire des lieux ne faisait que dans le contemporain.

L'impression se confirma à l'intérieur. Les œuvres exposées se renvoyaient la balle dans une surenchère d'abstraction. Elles s'alignaient le long de travées rétroéclairées, sur des niveaux différents, sortes de décrochés séparés par des marches. Toutes convergeaient vers le fond de la salle, où un bureau blanc posé sur une estrade de verre semblait suspendu dans les airs à plus d'un mètre du sol.

— Monsieur Tardif ?

L'homme assis derrière le bureau baissa la tête vers elle. Pas plus de quarante ans, chevelure romantique, costume gris perle et chemise blanche. Bien qu'un peu empâtés, ses traits de chérubin avaient conservé une élégance naturelle signant l'appartenance à une classe aisée. L'élégance de ceux qui sont nés du bon côté.

La victime venait donc d'un milieu élaboré. Un terreau différent de celui dans lequel avait poussé la dresseuse du Marineland. Pour une fois, Chloé allait évoluer en terrain connu.

— Oui ?

— Commandante Latour. On vient de se parler.

— Je suis à vous tout de suite.

La policière n'avait pas donné les raisons de sa venue par téléphone. Elle n'avait pas non plus fait mention de sa qualité de cheffe de groupe à la brigade criminelle. Ce genre de révélation se faisait toujours en direct et rien ne devait permettre de présupposer quoi que ce soit.

Elle patienta quelques secondes, laissant son regard dériver sur une toile étrange, enchevêtrement de lignes grises et blanches ponctuées de taches rouges qui lui évoqua un papillon blessé. *Prémonition*. Le nom donné à sa peinture par l'artiste ne collait pas avec ce que Chloé voyait. Un délire de plus, qui en disait plus long sur l'univers du créateur que sa création elle-même.

Enfin, Tardif descendit de son perchoir. Pas très grand, engoncé dans sa veste comme un chapon trop gras, il affichait une assurance surfaite trahie par un sourire enfantin.

— Que puis-je pour vous ?

— Vous êtes bien le frère d'Alix Tardif ?

Le sourire s'effaça d'un coup. À sa place, une expression que Chloé connaissait bien. Celle qui précédait l'annonce redoutée par les proches d'une victime disparue. Une phrase en forme d'épitaphe, dont ils avaient anticipé la teneur avant même qu'elle soit formulée.

— Vous l'avez retrouvée ?

— Oui.

Un silence. Chloé savait que Tardif avait compris. Avec la tête qu'elle tirait, le pire était certain.

Il murmura quand même :

— Est-ce qu'elle est morte ?

La commandante hocha la tête. Il avait prononcé le mot fatidique et d'une certaine façon, elle lui en était reconnaissante. Il lui avait évité de le faire, ou pire de s'empêtrer dans une périphrase à l'issue incertaine.

Le galeriste accusa le coup. Il demanda d'une voix étranglée :

— Que s'est-il passé ?

— Ce serait mieux si on s'asseyait.

Il acquiesça sans faire de commentaire et la conduisit jusqu'à une pièce attenante. Aucune toile au mur. Pas d'éclairage savant. Zéro fioriture. Seulement une table ronde autour de laquelle se serraient quelques chaises. Sans doute l'alcôve où se concluaient les ventes.

Chloé s'assit face à lui. Elle avait passé le plus dur mais la suite serait tout aussi délicate.

— Je dois d'abord vous dire quelque chose.

— Quoi ?

— Je travaille à la brigade criminelle.

Une façon d'amorcer en douceur. De laisser à l'autre le soin de comprendre lui-même. Chloé savait que certains mots, quand ils sont balancés sans prendre de gants, font des dégâts considérables. En se les appropriant, ceux à qui ils sont destinés en maîtrisent mieux l'impact.

— Elle a été assassinée ?

— Nous avons toutes les raisons de le penser.

— Mais… pourquoi ?

La policière résuma les faits, depuis le meurtre ritualisé de Lola Terzian jusqu'à la grotte sous-marine du Bau Rouge, une chambre des horreurs où l'on avait retrouvé les restes de sa sœur. Tardif l'écouta sans l'interrompre. Plus Chloé racontait, plus il se recroquevillait. Il ressemblait maintenant à ce qu'il était, un enfant triste, dévasté par une épreuve trop lourde pour lui.

— Elle a souffert ? laissa-t-il tomber quand elle eut terminé.

— Je ne crois pas.

La commandante n'en était pas certaine. Muller devait confirmer le mode opératoire. S'il correspondait à celui utilisé pour tuer Lola, Alix Tardif n'avait vécu que quelques minutes de panique, le temps que l'eau colonise ses poumons et que son cœur s'arrête de battre. Dans le cas contraire, tout était envisageable.

— Où est-elle ?

— À la Timone.

— On peut la voir ?

— Je ne pense pas que ce soit une bonne idée.

— Pourquoi ?

— Elle est restée très longtemps dans l'eau. Son corps…

Il leva la main en secouant la tête. Il avait dû réaliser l'ineptie de sa question et n'avait aucune envie d'entendre les détails. Au-dessus de ses forces.

— Il faudra faire en sorte que mes parents ne puissent pas y aller. Trouvez un bon prétexte. N'importe quoi. Ils ne sont plus tout jeunes. Vous comprenez ?

— Naturellement.

Un silence s'installa. Chloé ne le brisa pas. Tardif venait de se prendre un 30 tonnes pleine face. Il avait besoin de répit pour récupérer.

Au bout de quelques secondes, il posa la sempiternelle question :

— Vous avez une piste ?

— On progresse.

— Je peux vous aider ?

— Oui. En me parlant d'elle.

Il opina. De triste, son visage était devenu grave.

— Que voulez-vous savoir ?

— Commençons par son activité professionnelle. Que faisait-elle ?

— Alix bossait dans la com.

— Où ça ?

— Elle avait sa boîte.

Une famille de travailleurs indépendants. Les parents avaient sans doute insufflé le virus. Le père de Chloé avait été chirurgien libéral avant de prendre sa retraite et elle avait failli être avocate. Elle connaissait le schéma par cœur.

— Des associés ? Des salariés ?

— Non. Elle sous-traitait de temps en temps mais en général elle gérait seule.

Encore un élément distinguant ce profil de celui de la première victime. Milieu social, univers professionnel, façon de travailler : les deux femmes étaient aux antipodes l'une de l'autre. Idem pour l'apparence physique. Lola était une brune aux traits de madone, Alix, sur la photo récupérée par Belkhir, affichait une blondeur scandinave encadrant un visage tout en angles.

Quel pouvait être le lien qui les réunissait ? Le détail commun qui avait attiré l'attention du tueur ? Souvent, dans les affaires de meurtres en série, on retrouvait ce type de connexions. Un point de focalisation connu seulement de l'assassin, qui activait sa pulsion comme un catalyseur.

À moins qu'il n'y en ait pas. Que le prédateur ait pioché au hasard. Que seul son rituel ait une signification. Qu'importe le calice pourvu qu'on ait l'ivresse.

Elle reprit le déroulé de sa *check-list*.

— Ses amis ?

— Je ne les fréquentais pas. Pour tout vous dire, je côtoyais peu ma sœur.

— Vous ne vous entendiez pas ?

— Si. Au contraire. Nous avons toujours été proches. J'étais son petit frère. Je crois que d'une certaine façon, elle se sentait responsable de moi. Après, il y a la vie. Nous avons suivi des routes différentes, créé nos propres cercles. Quand on se voyait, c'était plutôt en tête à tête, ou pour les réunions familiales.

Il y avait dans ses yeux comme de la nostalgie. Le regret d'une époque révolue, où l'aînée qu'il avait dû admirer s'occupait de lui comme une seconde maman.

— Elle portait toujours son nom de jeune fille. Elle n'était pas mariée ?

— Divorcée.

— Depuis longtemps ?

— Une bonne dizaine d'années.

— Son ex-mari aurait eu des raisons de lui en vouloir ?

Le galeriste eut un sourire désabusé. La question semblait hors de propos.

— Aucune. C'était un divorce par consentement mutuel. Pas d'enfants. Pas encore de patrimoine. Ils s'étaient rencontrés trop tôt et se sont séparés comme ils s'étaient mariés. En moins de six mois.

Exit l'hypothèse d'une vengeance au long cours. Et de toute façon, ça n'aurait pas collé avec le meurtre de Lola. Mais Chloé se devait de cocher toutes les cases, d'éliminer la moindre des options.

Naturellement, elle enroula sur la question suivante.

— Elle était avec quelqu'un quand elle a disparu ?

Le visage poupin s'assombrit un peu plus. Chloé décela dans l'expression du chérubin comme une sorte de colère. Un sentiment rentré depuis des lustres qui remontait d'un coup à la surface.

— Plus vraiment.

— Comment ça ?

— Elle avait eu une liaison pendant cinq ou six mois. Avec un de ses clients. Le type venait de la larguer. Elle en était malade. On a tous pensé qu'elle s'était foutue en l'air à cause de ce connard.

Un grelot tinta dans le cerveau de la policière. À peine une résonance dont le son étouffé lui en rappelait une autre.

— Vous pourriez me donner son nom ?

— Elle me l'avait dit mais je ne m'en souviens plus. Je ne devais pas avoir envie de l'imprimer. En revanche, je n'ai pas oublié ce qu'il faisait. Ce n'était pas courant.

Le grelot s'agita à nouveau. Un son plus net, plus cristallin.

— Qu'est-ce qu'il faisait ?

— De la plongée technique. Il dirigeait une entreprise de travaux sous-marins. Sub quelque chose. Je ne sais plus.

Cette fois, ce fut le son d'une cloche qui explosa dans son cerveau. Le gong puissant d'un bourdon de bronze appelant les fidèles à la messe.

— Tech Med ?

— C'est ça !

Chloé eut l'impression d'être avalée par un trou noir. Elle posa l'ultime question, pour la forme.

— Le nom du type, ce ne serait pas Jean Sardi ?

46

Pas moyen de faire l'impasse.

La présence de Sardi dans le périmètre de la seconde victime – ou plutôt de la première en termes chronologiques – remettait l'enquête en perspective.

Il avait pu mentir sur toute la ligne. Être le tueur de femmes qu'ils recherchaient. Une sorte de Barbe Bleue qui noyait ses compagnes en pratiquant un cérémonial dément après avoir pris le soin de se constituer un alibi. Il les avait quittées. Il n'avait donc, a priori, aucun mobile sérieux de leur en vouloir – encore moins de leur faire du mal.

Chloé avait avalé l'explication sans se poser de questions. Le profil du plongeur, tout en empathie, ne cadrait pas avec celui d'un tueur à sang froid. La ritualisation du meurtre encore moins avec celui d'un crime passionnel. Le fait qu'il ait eu une liaison avec Lola, comme celui qu'il pratique la plongée Tek, ne faisait pas pour autant de lui son meurtrier.

De plus, et ce point avait encore raffermi la position de la policière, le plongeur était revenu vers elle spontanément pour lui fournir des informations essentielles. Il l'avait mise sur la piste du chamanisme inuit tout en lui avouant sa propre expérience en la matière. Mieux, il avait insisté pour l'aider dans son enquête. Et en dépit de quelques maladresses, c'était ce qu'il avait fait.

Et si tout ça n'était que du cinéma ?

Une mécanique diabolique, montée par un orfèvre de la manipulation dans le seul but d'éloigner les soupçons. De les enfumer. La suite d'un plan méticuleux, collant cette fois pile poil avec le profil organisé d'un assassin.

Vu sous cet angle, le parcours de Sardi pouvait prendre un tout autre sens. La plongée Tek. Ses compétences techniques ultrapointues. Sa connaissance de la symbolique très particulière des scarifications. Son excursion en baie de Baffin et son expérience chamanique. Autant de spécificités qu'il partageait avec l'assassin.

Jusque-là, Chloé n'avait vu dans ces parallèles qu'une opportunité, un bon moyen de faire avancer une enquête compliquée, sur un terrain – ou plutôt un océan – dont les arcanes lui étaient étrangers. L'attitude coopérative du plongeur ne pouvait pas laisser penser à autre chose.

À présent, avec ce qu'elle venait d'apprendre sur sa relation avec Alix Tardif, ces points de convergence ne pouvaient que poser la question de son éventuelle culpabilité. Il connaissait les deux victimes. Il les avait séduites, attirées dans son lit, puis répudiées. Des schémas identiques, une phase d'approche similaire, comme un moule à l'intérieur duquel il aurait fait grandir sa pulsion.

Le fait que sa société soit installée à quelques encablures de la grotte où on avait trouvé le deuxième cadavre en rajoutait une couche et achevait le tableau. Comme la similitude de couleur des combis de néoprène.

Pour autant, cette analyse était loin de satisfaire la commandante. Trop de points ne cadraient pas, à commencer par le timing. Sardi ne s'était rendu au Groenland qu'une seule fois et c'était il y a longtemps. Il avait à peine dix-huit ans à l'époque de ce voyage. Difficile d'imaginer qu'il ait pu anticiper avec autant de précision ce qu'il ferait trente ans plus tard.

Sans parler du reste. Encore plus difficile de croire qu'il ait pu prélever et congeler du plancton afin de le ramener en loucedé dans ses bagages. Il fallait posséder de solides connaissances en microbiologie marine pour mener à bien une telle entreprise. Aurait-il simplement pu passer la douane avec un récipient hermétique bourré d'azote liquide et renfermant des éprouvettes ? Une batterie d'autorisations était nécessaire pour introduire des organismes vivants sur le territoire. De la paperasse par kilos que seuls des scientifiques étaient en mesure de gérer. Sardi était peut-être un plongeur hors pair mais jusqu'à preuve du contraire, il n'avait rien d'un chercheur.

Et l'uranium ? Sauf à ce qu'il soit déjà contenu dans l'eau, ce qui restait à démontrer, où et comment aurait-il pu en obtenir ? Ce type de minerai ne s'achetait pas chez Super U. Là aussi, il fallait avoir des connexions, glaner des autorisations, remplir des formulaires…

Chloé plissa les yeux. Une flèche de lumière blanche venait de perforer ses rétines. Elle était sortie du couloir d'ombre des rues étroites du cœur de ville et arrivait sur l'espace dégagé du Vieux-Port. Sur sa gauche, l'immense voile d'acier qui surplombait le marché aux pêcheurs décochait des reflets de mercure. Prise par ses pensées, elle avait déjà parcouru la moitié de la distance la séparant de l'Évêché.

Elle accéléra le pas. Une nouvelle hypothèse venait de s'insinuer entre les murailles infranchissables de ce fatras de contradictions. Une hypothèse qui pouvait les réunir toutes et les faire tenir ensemble.

Le tueur connaissait Sardi. Son histoire, son parcours, ses failles et ses faiblesses. Quelqu'un qui s'était suffisamment bien renseigné sur lui et essayait de lui faire porter le chapeau. Quoi de mieux que d'offrir un coupable bien emballé dans un joli paquet-cadeau pour éviter de se faire choper ?

Elle rembobina le film. C'était peut-être ça le point commun qu'elle cherchait, celui qui existait entre les deux victimes et expliquait le choix de l'assassin. Elles avaient eu une relation amoureuse avec le Tek et c'est pour cette seule raison qu'elles étaient mortes. Ce mobile idéal, évident, hisserait le plongeur sur la première marche du podium des suspects. Par la même occasion, il détournerait l'attention des flics et les éloignerait du véritable responsable.

Mais alors, pourquoi avoir dissimulé les corps de cette façon ? Avec autant de précautions ? Sans la murène, on n'aurait pas retrouvé celui de Lola. Ni celui d'Alix. Il n'y aurait pas eu d'enquête, pas d'investigations, pas de soupçons de meurtre. En d'autres termes, beaucoup moins de risques pour le tueur.

Chloé eut un vertige. Elle n'avait rien avalé depuis la veille et ces suppositions en cascade lui pompaient le peu de jus qui courait dans ses veines. D'autant qu'une autre pointait son nez, encore plus folle, que l'enchaînement des faits permettait également d'envisager.

Sardi avait congédié ses maîtresses et, d'après les témoignages, aucune ne s'en était remise. Le tueur avait peut-être voulu les venger ? Une vengeance en forme de punition, peine psychologique pire que la mort ou la douleur dont le plongeur devrait porter le poids en silence toute sa vie. L'assassin avait donc dissimulé les corps pour laisser croire à des disparitions et, pourquoi pas, à des suicides. Des actes désespérés dont Sardi se sentirait responsable et qui lui feraient vivre une existence de culpabilité.

Nouveau vertige, plus violent. Les questions se bousculaient et Chloé avait la sensation que son cerveau était en train de fondre. Même si ce dingue connaissait les victimes, on n'assassine pas quelqu'un sous prétexte de lui rendre justice. Ça n'avait aucun sens. De plus, que viendrait faire ce rituel dément dans un tableau de cet ordre ? Cet élément, de par sa spécificité, ne cadrait pas avec un tel mobile.

Elle s'assit sur un des bancs posés par la mairie devant les pannes et s'accorda une pause. En cette fin d'après-midi, les eaux moirées du port scintillaient comme une boule à facettes. Des milliers de miroirs accolés les uns aux autres qui ne reflétaient aucune image précise. Seulement une impression d'ensemble, en perpétuel mouvement, à l'instar de cette putain d'enquête dont trop de vérités lui échappaient encore.

Elle sortit son portable. Sardi l'avait appelée trois heures plus tôt. Il avait des infos à lui communiquer.

Ça tombait bien, elle aussi.

47

Gare de Toulon.

Blindée de monde.

Jean leva les yeux vers les écrans d'informations, deux moniteurs flambant neufs plantés comme des pétales bleutés au bout d'une tige d'acier.

TGV 9867/Lyon/16 H 48/Voie 2.

Il lui restait cinq minutes pour rejoindre sa voiture. Ensuite, deux heures quarante-cinq de trajet jusqu'à Perrache, changement de gare pour sauter dans un TER à La Part-Dieu et rebelote pour deux plombes supplémentaires. En tout, près de six heures de transhumance avant de rejoindre Genève. Un périple hallucinant pour parcourir moins de trois cents bornes mais pas d'autre solution. Il voulait être sur le pied de guerre le lendemain matin, sa caisse n'aurait pas tenu la distance et tous les vols étaient complets. Il avait donc été forcé de se rabattre sur le train, ce voyage au long cours étant le seul encore disponible.

Il grimpa dans sa rame quelques secondes avant la fermeture des portes. Ambiance ouatée, moquettes épaisses, sons étouffés par l'enrobé de tissu clair qui enveloppait le wagon. Pas un fauteuil de libre et pour autant une sensation d'espace. Le privilège des premières classes.

Il s'installa à sa place. Par chance, pas de voisin. Il avait hérité d'un *single* côté fenêtre, une sorte d'alcôve où il serait tranquille et pourrait réfléchir.

Le train démarra aussitôt, sans un bruit, sans un à-coup, obus de fer taillé pour la vitesse qui paraissait glisser sur un tapis de feutre. Nuque reposant sur l'appuie-tête, paupières closes et respiration régulière, Jean fit le vide dans son esprit. Les sièges larges et profonds favorisaient ce lâcher-prise. Un temps volé à la réalité, parenthèse de douceur et de calme dans laquelle il se laissa couler.

Peu à peu, l'engin prit de la vitesse. Secousses et grincements d'essieux firent leur apparition, ramenant le plongeur à la surface.

Marion. Vivante. C'était juste impossible.

Et pourtant...

Après la découverte de la photo mettant en scène l'expédition Carvec en jungle amazonienne, Jean avait d'abord cherché le nom de son premier amour dans les pages mises en ligne sur le site. Rien. Les archivistes du labo avaient seulement mentionné celui du directeur de la mission, un botaniste polonais qui semblait être une sommité en la matière.

Il s'était ensuite lancé dans une recherche Internet. L'algorithme avait isolé plusieurs occurrences au nom de Marion Delmare, aucune ne correspondant à celle qu'il recherchait. Des homonymes, des inconnues, dont l'âge, le job ou le visage ne correspondaient pas.

Ce premier tri l'avait fait douter. Il s'était peut-être planté. Il avait vu ce que son esprit avait bien voulu voir. Un fantôme dont il n'avait jamais vraiment fait le deuil et qui continuait de le hanter.

Pour être sûr, il avait immédiatement appelé le labo suisse. La standardiste n'avait pas de Marion Delmare dans son listing. Elle l'avait mis en relation avec la DRH, qui après dix minutes de palabres – Jean lui avait servi un bobard invérifiable en se faisant passer pour un généalogiste – avait accepté de jeter un œil sur les archives du personnel. Aucun des employés du groupe, quel que soit le département, ne répondait à ce patronyme. Pas plus aujourd'hui qu'au cours des dix dernières années.

Le Tek n'avait pas insisté. Toutes ses démarches menaient à la même conclusion : il avait eu une hallucination. Ses émotions, à commencer par sa culpabilité, s'étaient liguées comme une armée de démons dans le seul but de réparer ce qui avait été détruit.

Les morts, ceux avec lesquels on n'a pas pu faire la paix, marchent toujours à nos côtés. Ils surgissent dans les rêves, au détour d'une rue, en plein milieu d'une foule. Puis ils disparaissent et retournent au néant, laissant dans leur sillage l'odeur entêtante des remords.

Malgré lui, Jean s'était de nouveau abîmé dans la contemplation du portrait. Un acte compulsif, à la limite du masochisme, comme s'il avait voulu retourner le couteau dans la plaie pour gratter la blessure. Il en avait édité un tirage papier, agrandi au maximum afin d'en distinguer chaque détail.

La femme devait avoir un peu moins de quarante ans. L'âge qu'aurait eu Marion en 2010, époque à laquelle le cliché avait été pris. Près d'une vingtaine d'années séparait cette photo de celle qu'il avait conservée dans un vieil album et, néanmoins, la ressemblance était là.

Frappante. Dérangeante. Vertigineuse.

Même nez droit, fin, tranchant comme une arête. Même ossature anguleuse, encore plus saillante qu'à l'époque et révélant une volonté de fer. Même bouche ourlée pour adoucir le tout, comme une rivière paisible dessinée au pinceau dans un paysage de volcans. Enfin, et c'était sans doute le plus déstabilisant, une similitude dans le regard qui fixait l'objectif comme pour le défier. Un authentique sosie, possédant le même capital génétique et qui aurait pu vieillir comme elle.

Son double.

Une heure passée à se crever les yeux sur ce visage sorti de la tombe l'avait de nouveau fait vaciller. Et s'il ne s'agissait pas d'une simple ressemblance ? Si Marion s'en était réellement tirée ? C'était du délire mais cette hypothèse ne le lâchait pas.

Si tel était le cas, comment avait-elle fait ? Pourquoi n'avait-elle pas repris contact ? Et qu'est-ce qui pouvait expliquer qu'elle ait changé d'identité ? Aucune de ces questions n'avait de réponse. Sa seule conviction tenait en une certitude plus intime. Jean n'imaginait pas vivre avec un tel doute et devait en avoir le cœur net.

Pour ça, une seule option. Remonter à la source, aller chez Carvec, identifier cette femme posant sur la photo. Ce serait la seule façon de tirer un trait sur l'hypothèse délirante à laquelle son esprit ne parvenait pas à renoncer.

Une annonce pulsée d'une voix trop forte le tira de ses pensées. Le bar était ouvert. Boissons chaudes, fraîches, snacking ou plats sous vide concoctés par un chef étoilé. Jean n'avait pas faim. Ni soif. Il avait deux heures à tuer avant d'atteindre la première étape. Assez pour tenter de faire un somme.

Il prit son portable pour le mettre sur mode avion. Un appel en absence s'affichait sur l'écran, reçu pendant qu'il embarquait. Latour.

Il écouta le message – la commandante faisait simplement suite à son appel –, hésita une seconde, puis plaça le téléphone dans le filet. L'enquête, les flics, il verrait plus tard. Comme tout le reste. Il n'avait prévenu personne de son départ précipité, Rosso ne tarderait pas à lui tomber dessus.

Pour l'heure, ses préoccupations étaient ailleurs. Il suivait un chemin personnel, une route de souffrance et de doute sur laquelle il avait besoin d'avancer seul. Et surtout, en toute tranquillité. Les dernières heures l'avaient littéralement vidé, il devait à tout prix se recentrer.

Il étendit ses jambes et ferma les yeux.

Cinq minutes plus tard, il dormait à poings fermés.

48

L'hôtel réservé sur OUI.sncf en achetant le billet ne cassait pas trois pattes à un canard. Un sous-Ibis standardisé, aseptisé, qui fleurait bon le représentant de commerce et le cinq à sept improvisé. Son unique qualité – Jean l'avait choisi pour ça – tenait dans sa situation. Il se trouvait à cinq minutes à pied du siège social de Carvec, dans la zone industrielle de Meyrin-Satigny, à portée de tympans de l'aéroport de Genève-Cointrin.

Il posa son sac sur le lit et fila sous la douche. Minuit passé. Le TER pris à Lyon était entré en gare à 23 h 19. Le temps de choper un taxi, de s'extirper du centre-ville et de parcourir les quinze bornes le séparant de sa destination finale, il avait pris une heure supplémentaire dans la vue. Il était lessivé, se sentait sale, moite, et un peu nauséeux.

Ce mal au cœur diffus ne devait rien à la fatigue. Il en était conscient. En se rapprochant du but, de cette réponse qu'il espérait trouver, une angoisse sourde s'était emparée de lui.

Que ferait-il si son intuition se confirmait ? S'il découvrait que Marion était vivante et bossait toujours chez Carvec ? Chercherait-il à la revoir ? Pour lui dire quoi ? Qu'il était désolé ? Qu'il avait tout tenté pour la sauver et vivait avec ce poids depuis toutes ces années ?

On ne refait pas l'histoire. Même s'ils se voyaient, se parlaient, même si elle pardonnait, leurs routes s'étaient disjointes à tout jamais. Près de trente ans avaient filé. Une vie. Chacun avait vécu la sienne et rien ne pourrait changer cette évidence. Ils avaient fait des choix, des rencontres, noué des liens. Toutes ces pierres amassées le long du chemin avaient construit leur édifice. Des murs qui les définissaient et désormais les séparaient.

Jean attrapa une serviette et l'enroula autour de sa taille. L'eau avait lavé son corps et purifié son esprit. Il se sentait mieux. Plus léger. Une accalmie dont il fallait profiter. Demain, peut-être même plus vite, la tension reviendrait. Le serpent continuerait de serrer son cou jusqu'à ce qu'il sache. En espérant que ses anneaux ne l'étouffent pas quand il aurait le fin mot de l'histoire.

Pour l'instant, point d'étape. Il alluma la veilleuse de lecture et s'assit sur le lit, jambes allongées et dos calé par un coussin. Puis il reconnecta sa ligne.

Comme il s'y attendait, Rosso avait appelé trois fois. Et pas pour prendre de ses nouvelles. Ève avait eu un malaise en sortant de l'eau, après être intervenue dans les bassins du port de Fos. Rien de grave mais le Grizzly aurait apprécié que Jean gère le bordel. C'est lui qui l'avait recrutée. C'était à lui d'assumer.

Il soupira et passa au message suivant. Latour avait remis le couvert, plus insistante. Elle avait elle aussi des informations à lui communiquer. Elle devait absolument le voir.

Il regarda sa montre. Une heure du mat'. Trop tard pour rappeler la fliquette et pas vraiment le courage. Idem pour son associé. Rosso devait somnoler devant Geo Wild, il répondrait sûrement, mais Jean n'avait pas envie d'entendre ses remontrances. Encore moins de lui expliquer les raisons de son départ précipité, si tant est qu'il lui en parle un jour.

La seule dont il se préoccupait à cette seconde était sa plongeuse. Ève avait eu un pépin. Pas dramatique, certes, juste inquiétant. Dans leur secteur, aucune défaillance physique n'est anodine. L'organisme est soumis quotidiennement à des variations de pression importantes. Il souffre, compense, s'use plus vite. Il fallait espérer que cet incident en apparence bénin ne soit pas annonciateur de problèmes plus lourds. L'arbre qui cache la forêt. Les débuts d'une pathologie qui la mettrait sur la touche.

L'idée le fit flipper. Il commençait vraiment à s'attacher à elle, d'une façon plus profonde que celle fondée sur une simple attirance physique.

Depuis leur discussion sur le ponton de la Paillote, leur relation avait évolué. Il se sentait en totale confiance, avait la conviction de pouvoir compter sur elle comme elle pouvait compter sur lui. Un sentiment inédit, rassurant, dont il ignorait encore où il le conduirait. La seule chose dont il était sûr, c'est qu'il tenait à elle et devait le lui montrer.

Il pianota un texto. À peine quelques mots indiquant qu'il était au courant pour son malaise et l'appellerait demain. En attendant, il espérait qu'elle allait mieux et se reposait.

Trois secondes après avoir envoyé le sms, la sonnerie de son téléphone envahit la chambre.

Ève.

— Tu ne dors pas ?

— Toi non plus on dirait.

— J'ai pas sommeil.

— Comment tu vas ?

— Mieux. Je ne sais pas ce qui s'est passé. J'ai dû faire une chute de tension en remontant.

Jean ne commenta pas. Quand un plongeur buggait, même juste un peu, la procédure se mettait en branle. Bilan complet, scanner, IRM… Le diagnostic tomberait vite.

— On verra ça. Pour l'instant, tu devrais essayer de tirer le rideau. Si tu n'y arrives pas, prends quelque chose.

— À vos ordres, capitaine.

Jean sourit. Il avait été trop directif et elle le lui faisait gentiment remarquer.

— Je m'inquiète, c'est tout.

— Tout va bien. Je t'assure. Mais toi, t'es où ? Patrick te cherchait partout. Il avait grave les boules.

Il hésita une demi-seconde et cracha le morceau. L'ambiance, tranquille, poussait aux confidences.

— En Suisse. Près de Genève.

— Qu'est-ce que tu fous là-bas ?

— Tu te souviens de ce que je t'ai raconté la dernière fois, à propos de mon amour de jeunesse ?

— Celle qui est morte au Groenland ?

— Marion, oui. Tu vas trouver ça complètement dingue mais il est possible qu'elle soit toujours en vie.

— Tu déconnes ?

— Pour la faire courte, je suis tombé sur la photo d'une femme qui lui ressemble comme deux gouttes d'eau. Une photo récente, une petite dizaine d'années. Si Marion avait survécu, son physique aurait sûrement évolué comme ça.

— Comment elle aurait fait ? Tu m'as expliqué qu'il y avait quarante mètres de flotte entre la grotte et la surface et qu'elle n'avait plus d'air.

— Je n'en ai pas la moindre idée. Et pour l'instant, ce n'est pas ce qui me préoccupe.

Cette question, Jean avait refusé de se la poser. Il voulait éviter toute rationalisation qui l'aurait fait dévier de son objectif.

Ève n'avait pas la même approche. Elle restait dans le dur.

— Tu as pensé à un sosie ? Il paraît qu'on en a tous un. Et il paraît aussi qu'ils vieillissent comme nous.

Jean dut concéder :

— C'est une éventualité. Mais il faut que je sois sûr.

— Et c'est pour ça que t'es en Suisse ?

— Elle bosse peut-être pour un labo pharmaceutique. Carvec. J'y vais demain matin.

Silence. Assez pesant pour comprendre qu'Ève ne validait pas l'initiative.

— Tu crois que j'ai tort ? demanda Jean sur la défensive.

— Non. C'est juste que…

— Quoi ?

— Je te l'ai déjà dit. Tu ne t'es jamais vraiment remis de cette histoire. Tu culpabilises toujours. Tu fabriques une réalité pour essayer de te réparer.

— En clair, tu penses que je délire ?

Elle rétorqua d'une voix douce, comme une caresse dans la pénombre.

— Tu es malheureux. Ce n'est pas la même chose. Et quand on est malheureux, tous les moyens sont bons pour se sortir du gouffre.

Ce fut à Jean de ne pas répondre. Elle avait touché juste, saisi depuis longtemps les motivations qui sous-tendaient l'ensemble de ses comportements. Sa vie affective était placée sous le sceau de la tragédie. Un fatum noir, semblable à ces malédictions antiques, qui avait d'abord tué sa mère puis toutes les femmes qu'il avait aimées. Cette succession d'épreuves l'avait façonné dans un moule de souffrance, de peur, de culpabilité. Il avait toujours considéré que, d'une façon ou d'une autre, il était responsable de ces drames.

Pour briser cette spirale de ténèbres, il avait tout tenté. Il s'était obligé à rompre les liens auxquels il tenait le plus et avait même proposé d'aider les flics à retrouver l'assassin de Lola.

Maintenant, il était prêt à ressusciter Marion.

Du pur fantasme.

— T'as sûrement raison, finit-il par concéder.

— Contente de l'entendre.

— Seulement je n'ai pas le choix. Je dois savoir.

— Au risque de souffrir encore plus ?

— Je le prends.

Il l'entendit soupirer. Un souffle lent, profond, qui exprimait son désarroi.

— Tu comptes rentrer quand ?

— Dès que j'ai fini.

— C'est-à-dire ?

— J'espère demain.

— Tu veux que je fasse passer le message ?

— J'allais te le demander. Mais ne parle pas de notre conversation à Patrick. Dis-lui juste que je suis sur le flanc. Une intoxication alimentaire, ça devrait le faire.

Elle eut un petit rire bref, comme un cristal tintant à l'autre bout de la ligne.

— L'équipe des bras cassés qui se serre les coudes. Ça déchire carrément.

Il sourit à son tour. Elle n'approuvait pas sa façon d'aborder les choses et elle le soutenait quand même. Une preuve de confiance mais également de respect.

— J'te tiens au courant, conclut-il. Maintenant je vais essayer de dormir. Il est tard et je compte me lever tôt.

— OK. Prends soin de toi.

Il allait raccrocher quand la voix d'Ève le rattrapa.

— Au fait, une dernière chose.

— Quoi ?

Elle laissa filer une seconde, comme si elle hésitait. Puis elle murmura d'un ton d'adolescente.

— Je t'embrasse.

49

Le siège social des laboratoires Carvec jurait au milieu des blocs de béton blanc alignés le long de la zone industrielle. D'une hauteur peu courante – plus d'une vingtaine d'étages –, posé sur une assise étroite et de forme alambiquée, il évoquait une sorte de vaisseau spatial venu des confins de la stratosphère pour accomplir sur terre une mission de prélèvements.

Jean frissonna en remontant le col de sa parka. Plafond de nuages, dégradé de gris et pas plus de huit degrés au thermomètre. Dans la banlieue de Genève, l'automne avait déjà pris ses quartiers. Une bruine glaciale l'accompagnait, mêlée à l'air et donnant l'impression de respirer de l'eau. Jean avait bien anticipé en emportant des fringues épaisses, mais la différence de température l'avait saisi dès l'arrivée.

Il traversa la route et se dirigea vers la barrière qui permettait d'accéder au complexe. 9 h 30. Il avait mis moins de cinq minutes pour franchir la distance le séparant de l'hôtel, même pas le temps de se réchauffer. Rien ne garantissait que la suite du parcours serait aussi rapide.

Premier obstacle, et pas des moindres, un balaise en uniforme montait la garde dans une guérite sécurisée et contrôlait l'accès. Blouson bleu nuit, casquette assortie, le tout siglé du logo de Carvec, deux C accolés rappelant le symbole mathématique de l'infini.

— Bonjour, lança Jean d'une voix affirmée. Je viens voir Madame Nathalie Zimmer.

Le plongeur avait retenu le nom de la DRH quand elle s'était présentée la veille au téléphone. C'était son passe, son sésame, le seul point d'entrée susceptible de lui ouvrir les portes du temple. En priant pour qu'elle soit là.

— Vous avez rendez-vous ? grésilla l'hygiaphone.

— Capitaine Philippe Cadoux. OCDIP.

Le type, trogne au carré et petits yeux rapprochés, lui lança un regard méfiant.

— C'est quoi ?

— Office central des disparitions inquiétantes de personnes. Police judiciaire française.

L'idée de se faire passer pour un flic lui était venue naturellement. Il l'avait déjà fait une fois, quand il avait interrogé le chaman avec Latour. Sa prestation avait dû être convaincante, le type n'y avait vu que du feu.

Il colla sous le nez du cerbère la fausse carte bricolée avant de partir. Un montage plutôt réussi, réalisé à partir de modèles trouvés sur Internet. Jean misait sur la rapidité de la manœuvre et sur le fait qu'il s'adresserait à des Suisses. A priori, le personnel de Carvec n'avait aucune raison d'avoir posé les yeux sur ce type de document. Il n'avait donc aucune raison non plus de découvrir la supercherie.

Le vigile hocha mollement la tête. Première étape franchie avec succès. Il consulta un écran incrusté dans son pupitre.

— Vous n'êtes pas sur le listing.

— Visite surprise.

— En principe, il faut prendre rendez-vous.

— Dites-lui que je veux la voir. Ce ne sera pas long.

Appel interne, à contrecœur. Les Suisses ne rigolent ni avec l'exactitude ni avec la procédure. Question de culture. Brandir des papiers de flic ne changeait pas la donne.

— Vous avez une arme ? demanda le gardien en reposant son combiné.

— Pas sur moi.

— C'est bon, allez-y. Présentez-vous à l'accueil. Ils vous attendent.

La barrière verrouillant l'accès du site se leva comme par magie. Jean longea un parking sur lequel était garée une flotte de berlines. Audi, BMW, Mercedes. Carvec payait bien ses collaborateurs. Il se dirigea vers l'entrée, une grande porte à tambour dont l'épaisseur des vitres avait tout d'un blindage.

Second checkpoint. Signature d'un registre. Confiscation de la carte tricolore. Remise d'un badge visiteur et pour finir portail anti-métal. Les mesures de sécurité, renforcées au maximum, en disaient long sur la nature sensible des recherches de Carvec. Pourtant, comme depuis son arrivée à Genève, Jean constata que personne ici ne portait de masque. La vaccination était sans doute passée par là et la Suisse avait de toute évidence levé le pied sur les mesures de restriction sanitaires.

Il traversa un hall démesuré, de forme pyramidale, au faîte duquel était accroché un long filin d'acier soutenant une structure métallique. L'objet, une œuvre d'art contemporain d'une envergure de plus de six mètres, semblait flotter dans l'air. La représentation d'une molécule lui traversa l'esprit. Pas de doute, on était bien dans un labo.

Une hôtesse l'attendait à l'autre extrémité, assise derrière un grand comptoir en verre bleuté. Sourire mécanique, chignon impeccable, un androïde au visage inexpressif, raccord avec l'image que Carvec souhaitait projeter.

Elle l'apostropha avant qu'il ait eu le temps de se présenter.

— J'ai prévenu Madame Zimmer. On va venir vous chercher.

Les séquences s'enchaînaient, comme à la parade. Il était dans la place et la DRH à son poste. Avec un peu de chance, tout serait bouclé en moins d'une demi-heure.

La femme-tronc désigna deux petits canapés blancs positionnés en vis-à-vis dans un renfoncement. Une table les séparait, sur laquelle s'empilaient des magazines.

— Vous pouvez vous asseoir là-bas. Elle ne va pas tarder.

Jean remercia d'un hochement de menton. Il eut à peine le temps de poser ses fesses sur le cuir qu'une petite chose en tailleur gris et talons plats vint à sa rencontre.

— Capitaine Cadoux ?

— Oui.

— Je suis l'assistante de Nathalie Zimmer. Vous venez avec moi ?

Il suivit l'émissaire jusqu'à un ascenseur, un cylindre de plexi transparent positionné près d'un des pans inclinés. Léger malaise au démarrage. La fille le fixait en souriant, sans décrocher un mot. La discrétion helvète. Puis, sans qu'il s'y attende, une vision époustouflante vint saisir Jean et dissipa sa gêne.

L'intérieur de l'immeuble avait été conçu comme un gigantesque open space. Sols, murs, plafonds, structures, tout était transparent. Une vraie maison de verre. Un aquarium géant dans lequel évoluaient des bancs de poissons multicolores.

Les battants s'ouvrirent au quatorzième. Long couloir desservant de minuscules postes de travail, tous occupés. Pas un bruit. Pas un regard. Impression flippante de marcher au-dessus du vide, entouré par une armée de spectres. L'assistante n'avait toujours pas ouvert le bec. Elle précédait Jean d'un pas rapide, une créature elfique glissant sur l'eau.

Enfin, elle s'arrêta devant un bureau d'angle doté de stores rétractables – baissés. Sa position dans la ruche comme la présence du paravent signalaient le chef de service. Sur la porte, une petite plaque en plastique mentionnant le nom et la fonction de la DRH confirmait cette déduction.

La petite chose à talons plats frappa trois coups contre le verre. Une voix rauque parvint jusqu'à Jean, mélange de détermination et de fatigue passé au gril d'un haut-fourneau.

— Entrez !

50

Nathalie Zimmer était difficile à dater.

À vue de nez, on lui donnait la cinquantaine. Des cheveux gris, coupés court, de grosses lunettes à monture noire et une absence totale de maquillage lui conféraient un air sévère. Une mère fouettarde en chemisier écru, limite dominatrice, qui devait mener son monde à la baguette.

Jean la salua et s'installa face à elle, sur la chaise qu'elle venait de lui désigner. Un grand bureau en verre les séparait, sur lequel était posé un énorme iMac. Les quelques meubles qui habillaient la pièce – métal et cuir, seulement en noir et blanc – lui donnaient une texture minérale.

— Merci de me recevoir.

— Je n'ai que quinze minutes.

— Ça suffira.

Hochement de tête glacial. Une façon de passer l'éponge sur son arrivée inopinée, tout en lui signifiant qu'elle lui faisait une fleur en acceptant de le recevoir.

— De quoi s'agit-il ?

Pas de préliminaires ni de circonvolutions. Zimmer avait déjà toutes les infos sur son état civil et sa pseudo-fonction. Et de toute évidence, son temps était précieux.

— D'une disparition.

— Vu le service auquel vous appartenez, ce n'est pas surprenant. De qui s'agit-il ?

Sous le vernis lustré de la politesse, perçait le ton sec de l'adjudant. Jean devait se méfier. La DRH avait l'habitude des entretiens. La psychologie relationnelle était son fonds de commerce. S'il tournait trop autour du pot, elle ne mettrait pas longtemps avant de le démasquer.

— Une femme. D'après nos informations, elle travaillerait chez vous.

Ébauche de sourire. Le regard, toujours aussi froid, avait quelque chose de reptilien.

— Décidément...

— Quoi ?

— J'ai reçu un appel hier. Un généalogiste. Il voulait entrer en contact avec...

Elle ouvrit un grand cahier à spirale posé sur son bureau, divisé par des carreaux et rempli de notes manuscrites. L'écriture était serrée, nerveuse, les informations ordonnées dans un agencement précis.

— Une certaine Marion Delmare. C'est elle ?

Ses yeux étaient revenus se planter dans ceux de Jean. Deux sondes glaciales qui essayaient de lire en lui. Avait-elle reconnu sa voix ?

Il se composa un air dégagé, un air de flic sûr de son fait. Le meilleur moyen de déjouer l'attaque.

— Non. Pas du tout.

Elle referma son cahier d'un geste lent. Impossible de savoir si elle avait senti quoi que ce soit.

— De toute façon, je lui ai dit que nous n'avions personne qui répondait à ce patronyme. Comment s'appelle la femme que vous cherchez ?

Jean croisa les jambes. On entrait dans le vif du sujet.

— C'est justement là que le bât blesse.

— J'ai peur de ne pas vous suivre.

— Elle a probablement changé de nom et nous n'avons qu'une vieille photo.

La DRH se raidit un peu plus. Une trique, prête à s'abattre sur le dos d'un élève dissipé.

— Vous êtes en train de me dire qu'une de nos collaboratrices nous aurait dissimulé sa véritable identité ?

— C'est fort possible.

Elle secoua la tête. L'hypothèse lui paraissait inconcevable.

— Je ne vois pas comment elle aurait fait. Nous opérons dans un secteur ultrasensible. Nos procédures de recrutement répondent à des critères d'exigence élevés. Nous enquêtons toujours de façon très approfondie avant de les valider.

— Vous avez très bien pu vous faire abuser. Vouloir changer de vie stimule l'imagination. Tous les moyens sont bons. Même les plus dingues. Et croyez-moi, je sais de quoi je parle.

Jean avait balancé sa tirade d'un ton affirmé. Du pur bluff, à l'instinct. Son coup de poker produisit pourtant l'effet escompté. Zimmer soupira et se cala dans son siège, comme si elle avait soudain besoin de retrouver un appui.

— Admettons. J'imagine que vous avez cette photo avec vous ?

Il tendit le tirage papier et désigna la femme ressemblant à Marion.

— Là, sur la droite. C'était à l'occasion d'une expédition menée par votre laboratoire dans la jungle amazonienne, en février 2010.

La cheffe du personnel prit le document et l'observa avec attention. Ses ongles peints en rouge faisaient penser à des taches de sang qui auraient éclaboussé le papier. Au bout de quelques secondes, elle releva la tête.

— Ce visage ne me dit rien.

— Vous êtes sûre ?

— Cette femme ne fait pas partie de nos effectifs. J'en suis certaine.

— Vous employez beaucoup de monde. Elle vous aura peut-être échappé.

— Nous avons plus de cinq mille collaborateurs répartis sur une dizaine de sites et sommes présents dans huit pays. Alors oui, ça fait du monde. Je ne les connais pas tous personnellement mais j'ai lu chaque CV. Ça fait partie de mon job.

La réponse avait claqué façon fouet. Jean battit en retraite. Inutile de titiller le cobra.

— Je n'en doute pas. Pourtant les faits sont là. Cette expédition a été menée par votre laboratoire, la femme que je recherche pose bien sur la photo et le cliché a été archivé sur votre site. Il doit forcément y avoir une explication.

La DRH croisa les bras, comme si elle souhaitait se barricader. Puis elle finit par concéder, du bout des lèvres et sur un ton de justification :

— J'en vois une, effectivement.

— Laquelle ?

— Je ne suis là que depuis 2015. Après ma prise de fonction, je n'ai eu à étudier que le profil des employés en poste. Si elle a été rayée de la liste du personnel avant mon arrivée, je n'ai pas pu avoir connaissance de son existence.

Jean avait envisagé cette option, la plus probable au bout de tant d'années. Les certitudes de Zimmer, comme sa façon de les exprimer, l'avaient fait passer à la trappe.

— On peut vérifier ?

— Il faudrait d'abord savoir comment elle s'appelle.

Mauvais prétexte. Chaque membre de la mission scientifique devait être parfaitement identifié. Il suffisait de chercher un peu et de faire ressortir le dossier.

Jean resta sur sa ligne. Un flic expérimenté, calme et déterminé.

— Vous devriez trouver facilement. Ce genre d'opération laisse des traces. Elles doivent être consignées quelque part.

— Je ne sais pas si nous avons encore ces archives.

— En France, elles sont conservées pendant dix ans. Je crois savoir que c'est la même réglementation en Suisse.

La DRH poussa un soupir agacé. Elle avait prévu un entretien express, on s'orientait vers des fouilles archéologiques.

— Très bien. Laissez-moi vos coordonnées, mail et téléphone. Je vous ferai suivre ce que nous aurons trouvé.

Il refusa d'un signe de tête.

— Je préférerais attendre.

— Ça risque de prendre un certain temps.

Jean lui adressa son plus beau sourire, celui qu'il réservait aux clients lorsqu'il voulait les rassurer.

— Je suis payé pour ça.

51

Sardi était aux abonnés absents.

Deux appels la veille, deux ce matin, et toujours pas de retour. Ce silence étrange, inhabituel, commençait à devenir assourdissant.

Son associé, joint par téléphone une heure plus tôt, n'avait pas la moindre idée de l'endroit où il se cachait. Il était passé chez lui avant d'aller au bureau et ne l'y avait pas trouvé. À en juger par le ton de sa voix, le vieux loup de mer disait la vérité. Il était carrément furax. Chloé l'avait laissé déblatérer quelques secondes avant de lui demander de la prévenir s'il avait de ses nouvelles.

Pour l'instant, elle ne tirait aucune conclusion de cette disparition soudaine. Beaucoup trop tôt. Sardi avait peut-être eu un problème personnel. Rien d'inquiétant, mais suffisamment sérieux pour qu'il débranche son portable afin de le gérer en toute tranquillité. Il referait sans doute surface dans la journée.

En même temps, l'instinct de la policière lui soufflait tout le contraire. Il s'était passé quelque chose. Pas un simple contretemps, ni un désagrément mineur, mais un événement important, beaucoup plus grave, qui l'avait poussé à disparaître de façon soudaine et à couper tout contact.

De quoi s'agissait-il ? Y avait-il un rapport avec l'enquête, l'assassinat de Lola, celui d'Alix ? L'hypothèse d'une connexion établie par le plongeur entre les deux victimes, et donc de l'existence d'un lien entre ces morts et lui, était impossible. Chloé ne lui avait laissé aucune indication sur ses messages et il n'avait aucun moyen de savoir qu'on avait identifié les restes découverts dans la grotte.

Pourtant, elle en avait la conviction, Sardi creusait une piste. En solitaire, sans filet ni appuis, mais également sans avoir de comptes à rendre. Une piste suffisamment sérieuse pour qu'il plante tout et s'y consacre à cent pour cent.

De plus, un détail continuait de la tarauder. Avant de s'évanouir dans la nature, il avait lui aussi tenté de la joindre. Souhaitait-il lui faire part d'un fait nouveau ? S'était-il ensuite ravisé ? Pour quelle raison ? Son comportement défiait toute logique. Il ressemblait à celui d'un type bouffé par la panique, qui agit sans réfléchir et se débat pour échapper à une menace.

Chloé poussa la porte de leur QG. Odeur de café chaud. Ambiance studieuse d'une salle de classe au petit matin. Ses flicards étaient là, penchés sur leurs écrans, prêts à passer à l'action. Elle les avait convoqués à 9 h 30 pétantes pour faire un point. De nouvelles pistes étaient sorties, posant de nouvelles questions. C'était le moment de voir où on allait et de redistribuer les tâches.

— Bien dormi ? lança-t-elle à la volée.

Réponses en forme d'onomatopées. Les derniers jours avaient été intenses. Tout le monde était sur les rotules.

— C'était vraiment indispensable de nous tirer du lit à l'aube ?

Attaque directe. Ton mauvais. Orsini avait une vision toute personnelle du rythme circadien. Avant onze heures, c'était encore la nuit.

Chloé rangea son arme de service dans le tiroir de son bureau avant de lui répondre par un sourire. Ce matin, elle pétait le feu. Elle s'était couchée tôt, avait dormi comme un plomb et s'était réveillée avec le jour. Une énergie paisible courait en elle, comme un torrent puissant canalisé entre deux digues.

Elle se dirigea vers la fenêtre, l'ouvrit en grand et s'assit à sa place habituelle, fesses en appui sur le rebord.

— Les affaires reprennent. Ça bouge dans tous les sens et il va falloir mettre le paquet.

— Parce que d'après toi on faisait quoi ? ironisa le Corse. Au cas où tu ne l'aurais pas remarqué, on bosse 24/24, même le dimanche.

Il n'avait toujours pas avalé la pilule. Pour lui, congé rimait avec sacré. Sa cheffe de groupe avait commis l'irréparable en le sollicitant pendant le week-end.

Chloé l'ignora. Inutile de mettre de l'huile sur le feu. Elle passa à Belkhir et aux recherches de Teks ayant plongé en baie de Baffin.

— Tu en es où avec les tour-opérateurs ?

— J'en ai trouvé une dizaine qui organisent ce genre de trip. La plupart sont aux États-Unis. Il n'y en a que deux en France.

— Tu les as contactés ?

— J'attends leurs listings.

— Tente quand même le coup avec les voyagistes étrangers. Notre homme n'est pas forcément passé par une agence française.

— Je mets Interpol dans la boucle ?

— Trop long. Vas-y au flan. Tu parles bien l'anglais, je crois ?

— Je me débrouille.

Six mois de stage au LAPD dans le cadre d'un programme d'échange international mené par l'école des officiers de police de Cannes-Écluse. Belkhir faisait mieux que se débrouiller.

Chloé lui adressa un sourire entendu et demanda encore :

— Et les combis ?

— C'est prévu.

— Pour quand ?

— Dès que j'ai bouclé les tour-opérateurs.

— Laisse pas traîner. Ça pourrait être payant.

Elle revint vers Orsini. Elle ne souriait plus. Bras croisés et visage fermé, elle s'apprêtait à entrer dans le dur.

— Bacman, j'ai un nouveau boulot pour toi.

— Génial…

— Je veux un dossier complet sur Sardi.

— Ton pote le plongeur ?

Le Corse cherchait encore à la déstabiliser. Elle le cadra pleine face et l'affronta.

— T'insinues quoi, là ?

— Paraît que vous allez faire des auditions ensemble. Ça crée des liens, non ?

À dix contre un, l'info venait de la tatoueuse. Orsini lui avait demandé un compte rendu de la rencontre à Auriol. La fille s'était rencardée en appelant le chaman, ce qui avait conduit Bacman à en déduire que Sardi l'accompagnait.

Chloé préféra laisser tomber. Elle avait besoin de son lieutenant. On réglerait les comptes plus tard.

— Je veux tout savoir sur lui. Jusqu'à la marque de ses chaussettes. T'as vingt-quatre heures.

Orsini baissa la tête. Il fulminait mais n'osa pas aller plus loin. L'attitude de sa patronne, un bloc de glace, ne lui offrait pas la moindre ouverture.

Il s'étonna quand même.

— Il est suspect maintenant ?

— Victime.

— C'est quoi encore ce plan ?

Chloé quitta sa place et traversa la pièce en conservant le silence, une façon de mettre ses idées en ordre. Puis, après s'être installée à son bureau, elle entama son laïus en commençant par ses trouvailles les plus récentes.

D'abord la visite à la galerie d'art contemporain. Son entretien avec le frère d'Alix Tardif. La découverte de la relation amoureuse que Sardi avait entretenue avec elle. La rupture brutale et douloureuse, comme pour Lola.

Ensuite ses nouvelles hypothèses.

Première option : le leurre. Les deux femmes avaient été les maîtresses du plongeur. Il se pouvait que le tueur le sache, comme il pouvait aussi savoir pour ses compétences techniques et ses expériences de vie. Le mode opératoire, assis sur ces éléments spécifiques incluant l'utilisation d'une combinaison aux couleurs de Tech Med, aurait eu pour but de lui faire porter le chapeau.

Seconde option : la punition. La dresseuse de dauphins et la communicante étaient raides dingues de Sardi. Le Tek les ayant larguées comme des merdes, on pouvait imaginer que le tueur avait voulu faire croire à des suicides afin de transformer sa vie en un enfer de culpabilité. Seule difficulté, et de taille, il fallait découvrir son mobile…

Dans les deux cas, Chloé en était à présent persuadée, ils devaient fouiller dans l'entourage de Sardi. Même si pas mal de pièces ne s'emboîtaient toujours pas, l'assassin était là, quelque part, dissimulé dans son ombre. Il suffisait d'éclairer chaque recoin de son existence et on tomberait sur lui.

Un silence concentré succéda à ses paroles. On n'entendait plus que le piaillement des goélands qui survolaient les quais en quête de nourriture.

Chloé attendit. Elle leur avait balancé une foule d'infos nouvelles et ce n'était que le début. D'autres allaient suivre, au risque de rendre le plat indigeste. Si l'un de ses équipiers avait besoin de précisions sur la première partie de l'exposé, c'était le moment.

Elle demanda :

— Des questions ?

Pas de question. Elle enchaîna aussitôt sur l'entretien avec le guérisseur, un interrogatoire étrange dont elle gardait une impression mitigée.

Côté reculade, il n'existait a priori aucun lien entre les rituels chamaniques pratiqués au Groenland et un quelconque plancton. Les Inuits n'utilisaient pas cet ingrédient dans leurs potions. Il faudrait donc fouiller ailleurs pour trouver quel sens spécifique, intime, le tueur donnait au Spirotrichea.

Côté avancée, il se pouvait qu'il y ait plus de cadavres que prévu. Dans la culture esquimaude, les traits, tatoués ou scarifiés, représentaient souvent des animaux tués, des ennemis vaincus ou des esprits maléfiques combattus avec succès. Rapportées au contexte – des homicides –, il était tout à fait envisageable que ces marques représentent le nombre de crimes commis par le tueur depuis le début de sa série.

Sept barres pour sept mortes.

Il y avait donc potentiellement cinq macchabées supplémentaires dans la nature.

Elle marqua une pause, le temps de leur laisser digérer les infos. Puis elle planta ses coudes sur le bureau et se tourna vers Orsini :

— Voilà pourquoi je veux qu'on creuse le dossier de mon « pote ». Si on est sur la bonne voie, il y a fort à parier qu'il y a eu d'autres victimes, que ce sont également des femmes et qu'elles ont eu une relation avec Sardi.

Le Corse attrapa un trombone et se cura les ongles sans prononcer un mot. Cette suite logique lui avait coupé le sifflet.

— Une dernière chose, poursuivit Chloé en s'adressant à l'ensemble de l'équipe. Sardi a disparu depuis hier. J'ai laissé plusieurs messages sur son portable mais il ne répond pas.

— Chelou..., marmonna Belkhir.

— D'autant qu'il avait essayé de me joindre juste avant. Je pense qu'il a trouvé un truc.

La benjamine enfonça le clou.

— Et il aurait décidé de la jouer en solo, comme ça, sans prévenir ?

— Il doit avoir une bonne raison.

— La fuite, peut-être ? balança Orsini en ne plaisantant qu'à moitié.

— T'es sourd ou quoi ? Je viens de te dire qu'il était très certainement l'objet d'une manipulation.

— Question de point de vue. Mais de toi à moi, y'a quand même du lourd contre ton plongeur.

Chloé en était consciente. Et c'était précisément ce faisceau d'indices qui donnait de l'épaisseur à sa thèse. Il y en avait un peu trop, comme si le tueur les avait positionnés sciemment afin de faire accuser Sardi.

— Justement. Cette accumulation d'éléments, c'est trop cousu de fil blanc. Je mettrais ma main au feu que c'est son ADN qui était coincé sous les ongles de Lola.

— Parce qu'en plus on a retrouvé de l'ADN ? ironisa Bacman.

— L'IJ m'a appelée. Ils ont isolé des squames de peau. Elles étaient mélangées aux particules de néoprène.

— Tu parles de la combi que cherche Nabilla ?

— Je vois que tu suis.

Sourire en coin. Orsini essayait de rester calme mais ses mâchoires saillaient comme deux balles de ping-pong.

— Donc, d'après toi, le tueur nous aurait collé sous le nez une preuve irréfutable pour être bien sûr qu'on s'oriente sur Sardi ?

— Ce serait le plus logique. Il est intelligent, organisé. J'ai du mal à croire qu'il ait pu oublier quoi que ce soit derrière lui.

— Personne n'est parfait.

— Lui, si. Dans son domaine.

Le Corse haussa les épaules, à court d'arguments. Chloé en profita pour annoncer l'étape suivante.

— Ago, tu vas aller faire un saut chez Sardi pendant qu'il joue les filles de l'air et me récupérer ce qu'il faut. Cheveux, ongles, peau, à toi de voir. On va les comparer avec le prélèvement, comme ça on sera fixé.

— Tu veux que j'entre chez lui par effraction ?

— C'est dans tes cordes, non ?

Il acquiesça en souriant, preuve qu'il ne lui en voulait plus.

— On lance quand même un avis de recherche ? demanda Belkhir.

— Pas encore. Je préfère le laisser avancer de son côté. Ça donnera peut-être des résultats.

La benjamine hocha la tête. Elle attrapa un casque audio muni d'un micro émetteur et demanda :

— On a fait le tour ?

— Pour l'instant, répondit Chloé.

— Alors j'y retourne.

Son premier appel, effectué en anglais, donna le signal de la dispersion. Elle était revenue dans l'enquête et contactait les voyagistes américains. Orsini en profita pour mettre les voiles, visage fermé. Ago alluma son ordi, attrapa un bloc-notes et se mit également au boulot. Fin du briefing. Le taf était réparti, tout le monde était sur le pont.

Chloé s'y colla aussi. Elle ouvrit sa boîte mail et tomba sur un WeTransfer adressé par Muller le matin même. Le légiste avait terminé son rapport sur la deuxième victime et lui adressait ses conclusions.

52

Le retour s'était déroulé sans encombre.

Jean avait rejoint l'aéroport de Genève en taxi – une course de cinq minutes payée au prix fort vu la proximité – avant d'embarquer sur le vol de 12 h 20 à destination de Marseille. De là, il avait pris un car pour Toulon, récupéré sa caisse garée sur un parking et filé droit en direction de Saint-Mandrier.

Il n'était pas loin de 17 heures quand il boucla son périple. Après les paysages lugubres de la zone industrielle de Meyrin-Satigny, les petites rues fleuries de sa presqu'île avaient des airs de paradis. Une carte postale grandeur nature, odeurs d'iode et de pins en prime, dans laquelle Jean replongeait avec délice chaque fois qu'il la quittait.

Il poussa la porte, pas mécontent de regagner ses pénates. Ce déplacement éclair l'avait lessivé. La fatigue du voyage, la tension émotionnelle, le numéro joué devant Nathalie Zimmer avaient siphonné son énergie.

Pourtant, en dépit de cette fatigue intense, Jean était satisfait. Il avait au fond de sa poche une petite clef USB qui contenait toutes les données concernant Patricia Lajoux, la salariée qui faisait partie de l'expédition amazonienne de 2010.

Comme il s'y attendait, Zimmer avait retrouvé le nom après l'avoir identifiée grâce aux archives des différentes missions de recherches menées par le labo. La suite avait été un jeu d'enfant. Il avait suffi de ressortir le dossier, d'en scanner chaque pièce et de les transférer sur un support externe.

Il retira sa parka, récupéra son téléphone dans la poche intérieure et le posa sur la table basse. Il l'avait éteint la veille après sa conversation avec Ève, ne l'avait pas rebranché depuis et n'était pas pressé de le faire. De toute façon, la Saint-Martinoise avait dû faire passer le message. Il était censé être sur le flanc et pouvait donc se consacrer à ses priorités.

Il monta dans sa chambre, s'installa à son bureau et alluma son Mac. Zimmer lui avait fait remettre la sauvegarde par son assistante sans lui laisser le loisir de consulter les fichiers sur place. Sa patience avait des limites.

Jean avait donc dû attendre avant d'ouvrir le coffre au trésor, avec pour seule certitude que Patricia Lajoux avait démissionné en octobre 2011 pour convenances personnelles et ne faisait plus partie des effectifs de Carvec depuis cette date.

Il cliqua sur la seule icône affichée sur l'écran. Ses mains étaient moites. Son cœur battait plus vite. Une sorte de fièvre l'habitait, de celles qui envahissent l'esprit à l'annonce d'une nouvelle capitale.

Premier contact : le CV. Choc immédiat en découvrant la photo d'identité scannée. Plus aucun doute, c'était bien elle. Marion, encore plus jeune que sur le cliché pris en forêt, encore plus ressemblante au portrait que Jean gardait en mémoire.

Mêmes cheveux noirs, mêmes traits vifs, en un peu plus anguleux, même regard intense. Elle n'avait pas la trentaine, ce qui collait avec la date de son recrutement, en septembre 2001, au poste de coordinatrice de missions.

En clair, une cheffe d'équipe, option terrain, qui s'occupait de l'organisation des différentes expéditions menées par le labo.

Pour en arriver là, elle avait visiblement fait les études adéquates. BTS en logistique, suivi d'une licence professionnelle dans le domaine et d'un master en management de projets. Ces différents diplômes avaient été délivrés par l'université de Genève, où elle s'était inscrite en 1995 sous sa nouvelle identité de ressortissante helvétique et qu'elle avait quittée en juin 2000 après avoir validé son cursus. Suivaient quelques stages en entreprise ainsi qu'une expérience d'un an chez Sanofi, pôle R&D, à Vernier, une petite ville située dans le canton de Genève, à dix minutes à peine du siège social de Carvec.

Ce parcours cent pour cent suisse mené avec brio lui avait ouvert les portes d'une carrière inattendue, tout au moins pour Jean. D'après son contrat de travail – le second document auquel il s'attaquait à présent – Carvec lui avait fourni l'opportunité de devenir une sorte d'exploratrice des temps modernes. Une aventurière enchaînant les expéditions aux quatre coins du globe, en quête de découvertes, de nouveautés, et sans doute aussi de sensations.

Les annexes – avenants, notes de frais, polices d'assurance spécifiques – révélaient qu'elle avait participé à pas moins d'une trentaine de missions en une dizaine d'années, sous différents climats et dans plusieurs pays. Des missions, selon les termes de sa fiche de poste, qu'elle montait de A à Z en effectuant également des repérages sur toutes les zones de recherches potentielles, en concertation avec les scientifiques du groupe.

Étrange… À l'époque où ils étaient ensemble, Marion rêvait de devenir biologiste. Elle voulait consacrer sa vie à étudier les virus, les bactéries. Pourquoi un tel changement de cap ? Ce boulot avait beau se situer dans l'univers pharmaceutique, il était à des années-lumière de ses aspirations profondes.

Jean releva la tête. Sa bouche était sèche. Son esprit déraillait et des fourmis invisibles cavalaient le long de son épine dorsale. Au-delà de ces découvertes, le fondement qui les soutenait le perturbait jusqu'à l'écorce. Il avait sous les yeux la preuve par quatre que Marion avait survécu à la grotte, était rentrée en Europe et avait refait sa vie sans rien lui dire.

La même question revint battre ses tempes.

Qu'est-ce qui l'avait poussée à prendre cette décision ?

La première réponse, la plus évidente, était qu'elle ne souhaitait plus, de près ou de loin, avoir de contact avec lui. Ça, Jean pouvait l'entendre. Elle avait réussi à s'en sortir seule et s'était sans doute sentie trahie. Logique de vouloir mettre de la distance avec celui qu'elle aimait plus que tout et qui l'avait laissée pour morte.

Mais pourquoi de telles mesures, aussi radicales ? Ils auraient pu avoir une discussion, juste pour rétablir la vérité, quitte à ce qu'elle le largue sans ménagement dans la foulée. Surtout, elle aurait dû faire en sorte que la mention « décédée » ne figure plus sur les registres d'état civil. Au moins pour ses parents.

Au lieu de ça, elle avait changé d'identité, de pays. Elle s'était, au sens premier du terme, volontairement rayée de la carte. Une telle option signifiait forcément autre chose qu'un simple souhait de couper les ponts. Elle révélait une volonté de disparaître. De s'effacer. Comme si elle avait voulu tirer un trait définitif sur son passé.

Il fit craquer ses doigts et revint sur l'écran. Un point l'intriguait. Un vide, laissé par Marion entre la date d'obtention de son bac, un mois avant sa « mort » en juillet 1993, et la reprise de ses études. Deux années pendant lesquelles il ne s'était apparemment rien passé, rien en tout cas qu'elle mentionne sur son CV.

Ce trou pouvait se justifier par une volonté de découvrir le monde. Pas mal d'étudiants prenaient une ou plusieurs années sabbatiques avant de se lancer dans un cursus. C'était sans doute ce qu'elle avait dit à Carvec à l'époque de son recrutement, mais Jean n'y croyait pas. Pas après ce qu'elle avait traversé.

Il y voyait plutôt la nécessité de digérer son traumatisme. Une période blanche, en apparence, pendant laquelle il avait dû se produire en elle un événement psychique déterminant. Une prise de conscience intime, motivée par la proximité de la mort. Ce que Marion avait compris sur elle-même l'avait impactée au point de lui faire prendre ce virage à cent quatre-vingts degrés.

Jean se laissa aller sur sa chaise. Une heure s'était écoulée et il n'était pas plus avancé. Il avait eu la confirmation que Marion vivait toujours, mais n'avait pas la moindre idée de l'endroit où elle pouvait se cacher. Comme des raisons profondes qui avaient motivé cette fuite. Pour en avoir le cœur net, il faudrait fouiller son passé, remonter plus loin, trouver des gens capables de le renseigner.

Il soupira. La tâche était énorme. Insurmontable. Il ne se sentait pas de retourner fouiner chez Carvec, le dernier endroit où Marion avait laissé une trace, ni de partir à la pêche du côté des universités ou de ses précédents employeurs. Cette partie du chemin était bien trop ancienne, déjà recouverte par la poussière du temps.

Quant à la suite, il n'avait pas grand-chose à quoi se raccrocher. Une vieille adresse à Genève, un numéro d'assurée sociale, de passeport et de compte bancaire, tous établis sous un faux nom et sans doute périmés. Les infos de base sur une salariée fantôme, instable, qui avait peut-être encore changé d'identité avant de s'évanouir dans la nature.

Sur une impulsion, Jean se redressa et tapa « Patricia Lajoux » dans la barre de recherches. Un acte machinal, effectué en désespoir de cause comme on lance une bouteille dans l'océan. Des occurrences s'alignèrent, sans intérêt, sans rapport avec Marion. Une fois encore, le destin s'acharnait. Après lui avoir adressé un clin d'œil depuis l'au-delà, elle avait de nouveau disparu.

Il éteignit son Mac, en proie à un gros coup de déprime. Le champ des investigations était trop vaste. Autant chercher une aiguille dans une meule de foin. Le caractère aventureux de Marion l'avait sans doute poussée dans une nouvelle direction, peut-être un nouveau pays.

Il ne la reverrait plus, ne lui parlerait pas, ne solderait jamais sa dette. Il lui faudrait reprendre sa vie tout en sachant qu'elle était là, quelque part, inaccessible. La parenthèse se refermait, avec en prime un goût de cendres au fond de la gorge et une blessure supplémentaire au fond du cœur.

On ne choisit pas son karma.

On le subit.

Quels que soient ses efforts, sa volonté de réparer ou son désir de changer les choses, il allait devoir se faire une raison et vivre avec.

53

La journée avait été fructueuse.

Chloé l'avait passée derrière son ordi à mettre de l'ordre dans ses mails et à finaliser des queues de dossiers. Le double homicide de la rue d'Italie, le meurtre de la gamine dont le corps sans tête avait été retrouvé neuf mois plus tôt dans les calanques et l'assassinat d'un rappeur à la sortie d'un concert au Dôme.

Tout ça allait devenir de l'histoire ancienne. Les PV de synthèse étaient signés, les soit-transmis rédigés et les fichiers enregistrés, prêts à être balancés aux différents juges d'instruction saisis des procédures.

D'une certaine façon, ce grand ménage l'avait libérée. Depuis la découverte du cadavre de Lola Terzian, Chloé s'était focalisée sur cette affaire. Elle avait négligé le reste et la paperasse s'accumulait. Bornan le lui avait fait remarquer, gentiment mais fermement. Même si le commissaire lui était tout acquis, il avait lui aussi des comptes à rendre.

17 heures. Nabilla était rentrée bosser son concours, après avoir jonglé toute la journée avec les différents fuseaux horaires pour contacter les tour-opérateurs répartis sur l'ensemble du territoire américain. En vain. Personne, via ce canal, n'était allé faire de la plongée Tek dans le fjord Robertson.

Les listings communiqués par les deux agences françaises spécialisées n'avaient pas été plus parlants. À croire que la destination ne faisait pas recette. La benjamine avait également attaqué les entreprises qui fournissaient des combis sur mesure. Elle avait éclusé une bonne moitié de la liste, pour l'instant sans succès.

Côté Ago, mission accomplie. Il était passé chez Sardi en fin de matinée, où il avait pu effectuer ses prélèvements en toute tranquillité. Le plongeur n'était pas là et la porte n'était même pas fermée à clef. Quelques cheveux accrochés sur une brosse avaient suffi, expédiés aussitôt au gars de l'IJ. La correspondance mettrait au max quarante-huit heures avant d'être établie.

Quant à Orsini, il était allé à la pharmacie se chercher une boîte de Nicorette. Il avait pas mal avancé lui aussi et s'était accordé un break avant de la débriefer.

Un calme apaisant régnait dans le bureau, propice à la concentration. Chloé attrapa son thermos et se servit une nouvelle tasse de thé. Puis elle en profita pour relire le compte rendu adressé par Muller. Un rapport en demi-teinte dont elle connaissait déjà chaque virgule. Elle cherchait à présent à l'intégrer dans le cadre, comme une pièce nouvelle venant dévoiler une autre partie du puzzle.

Le légiste n'avait pas réussi à dater le décès d'Alix Tardif avec précision. Pas encore. Quant à l'analyse de la moelle osseuse, elle n'avait tenu qu'une partie de ses promesses. Présence de diatomées mais aucune trace de plancton, d'uranium ou de Trimix. La disparition ayant été déclarée le 28 septembre 2018, soit trois ans plus tôt, c'était déjà une chance que Muller ait réussi à isoler au moins un élément.

Seule certitude, Alix Tardif était bien morte noyée. Pas moyen de l'affirmer, mais Chloé avait la conviction qu'il s'agissait du même modus operandi que pour Lola, avec descente profonde, arrachage du détendeur, récupération du matériel de plongée – combinaison comprise – et remontée dans la grotte pour y arrimer le corps. Un déroulé aussi efficace que précis dont chaque étape était maintenant identifiée.

Le meurtrier avait-il également suivi son rituel en inoculant des corps étrangers dans les poumons d'Alix ? Impossible à dire. Avait-il fait l'impasse sur l'aspect chamanique de ses crimes ? Pas de certitude non plus. Il avait pu pratiquer des incisions sur la nuque de la jeune femme, des encoches symboliques dont l'existence s'était dissoute avec sa peau dans l'eau salée.

Sept entailles pour sept victimes.

Lola étant la dernière, quel numéro portait Alix ?

Chloé avala une gorgée de thé. Elle n'avait pas toutes les réponses mais le tableau se précisait. Ce dingue était intelligent. Imprévisible. Il possédait aussi des muscles taillés pour palmer en conditions extrêmes, ainsi que des nerfs à toute épreuve lui permettant de manipuler des explosifs.

La tête, les jambes, le mental.

Difficile de faire pire.

La porte s'ouvrit à la volée. Orsini rentrait de sa virée à la pharmacie. Il paraissait plus détendu. Il avait dû s'envoyer deux Nicorette sur le chemin, de quoi faire remonter la jauge de poison dans son sang.

— On s'y met ? lança-t-il d'un ton enjoué.

— Je t'attendais.

— Je commence par quoi ?

— T'as carte blanche.

Il s'installa derrière son bureau, chaussa une paire de lunettes Hugo Boss et parcourut ses notes. Dans cette posture, il ressemblait à ces footeux affublés de costards et de carreaux bidons, qui essaient de se faire passer pour des intellectuels. Vraiment n'importe quoi.

— Sardi est né le 4 février 1975 à Toulon. Maternité de la clinique Saint-Michel. Père marin-pêcheur. Mère sans profession. Les deux d'origine sicilienne. Il se met à la plongée très tôt, à dix ans, et suit en parallèle une scolarité sans histoire, tout au moins jusqu'en première. Il a abandonné le lycée à ce moment-là et n'a jamais passé son bac.

— Pour se consacrer à sa passion, je suppose.

— Exact. Mais entre-temps, il s'est quand même produit un truc énorme.

— Quoi ?

— Son père a massacré sa mère quand il avait quatorze ans. Et il l'a fait sous ses yeux.

Chloé sentit un frisson lui parcourir l'échine. Les violences faites aux femmes, quelle que soit leur forme, déclenchaient au plus profond d'elle une réaction physiologique incontrôlable.

— Tu as les détails ?

— Du très classique. Le type bastonne sa meuf régulièrement. Jamais aucune plainte déposée. La dernière correction dégénère.

Rien d'extraordinaire, en effet. Un drame du quotidien, banal et terrifiant, dont des centaines de femmes faisaient les frais chaque année.

Chloé imagina sans peine les conséquences. Dans ce genre de configuration, les gosses endossent souvent la responsabilité du conflit qui déchire leurs parents. A fortiori quand ça se termine de cette façon. L'assassinat de sa mère avait fait voler l'univers de Sardi en éclats, un traumatisme d'une brutalité inouïe qui avait renforcé son sentiment de culpabilité.

Il a tendance à se sentir responsable de tout. Dès que quelqu'un va mal, c'est de sa faute. Alors quand il meurt…

Le vieux de loup de mer ne s'était pas trompé. Un constat implacable, qui sous cet éclairage donnait du corps à l'hypothèse d'une punition. Le tueur était peut-être au courant de ce drame fondateur, un pivot sur lequel il s'était appuyé pour atteindre le plongeur.

— Moi, je dis « reproduction ».

— Quoi ?

— Tu m'écoutes pas ?

Emportée par sa réflexion, Chloé avait décroché. Elle s'adossa à sa chaise et raccrocha les wagons.

— Je réfléchissais. Continue.

— J'étais en train de te parler de « reproduction ». Sardi a vu sa mère se faire fracasser par son padre. Ça l'a traumatisé et il remet le couvert avec ses copines. Classique.

La mine réjouie de Bacman s'expliquait. La thèse de Chloé sur un tueur manipulant Sardi l'avait laissé dubitatif. Trop d'éléments accusaient le plongeur et de toute façon, il ne l'aimait pas. Même si c'était de la psychologie de bazar, l'interprétation sauvage de cette découverte apportait de l'eau à son moulin.

— Laisse tomber. C'est pas notre homme.

— J'y crois pas. Ce truc enfonce le clou et tu veux toujours pas le voir ? Qu'est-ce qu'il te faut de plus ?

— Je te le dirai. En attendant, dis-moi ce que t'as trouvé sur lui.

Orsini se tassa sur sa chaise. Il lui lança un regard noir et reprit d'un ton dégoûté.

— Famille d'accueil, émancipation dès qu'il a pu, monitorat de plongée et première expérience pro au centre de Bandol. Il obtient ses certificats de plongée technique à dix-huit balais et met les voiles un an plus tard. Un véritable oiseau migrateur. J'ai identifié pas moins de soixante-quinze missions entre 1994 et 2010, dans pas loin de vingt-cinq pays.

Une volonté de couper les ponts, de tirer un trait sur son histoire. Normal avec ce qu'il avait vécu. Sardi avait fini par revenir, mais les fantômes du passé n'avaient de toute évidence pas fini de le torturer.

Bacman continuait sa lecture, front plissé, à la façon d'un élève buté.

— Il rentre à Saint-Mandrier début 2011, après la mort de son père, et s'installe dans la maison de son enfance, dont il vient d'hériter. Une petite année de flottement pendant laquelle il bosse à droite à gauche, puis il crée Tech Med avec un associé minoritaire, Patrick Rosso, un ex-Tek qui a eu un accident de décompression et qui gère l'intendance. La suite de son parcours n'a pas grand intérêt. Il bosse comme un chien, sa boîte tourne à fond et à part son équipe et les poissons, il ne fréquente personne.

Hormis des femmes assassinées par plus de cent mètres de fond, songea Chloé. Elle embraya sur le sujet.

— Passons à ses relations amoureuses. T'as trouvé quoi ?

— Si on met de côté nos deux victimes, sa vie sentimentale est un quasi-désert. Jamais marié. Jamais pacsé. Pas d'histoire stable à l'exception d'une seule, en 2012.

— Je t'écoute.

— Élisabeth Favier. Une avocate inscrite au barreau de Toulon. Il l'avait rencontrée quand il a créé sa boîte. C'est elle qui s'est chargée des formalités.

— Portée disparue, elle aussi ?

— Non. Morte et enterrée. On l'a inhumée au cimetière du Pradet le 2 juin 2012. Elle avait trente-deux ans.

Chloé ne savait pas trop quoi en penser. Il y avait bien un cadavre supplémentaire, mais le contexte était très différent. Elle recherchait des victimes susceptibles d'avoir connu le même sort que Lola et Alix. Des disparues dont le corps aurait été planqué quelque part, de préférence sous l'eau.

— Elle est morte de quoi ?

— Perforations thoraciques à l'arme blanche. Au moins une quinzaine de points d'entrée. Elle s'est fait agresser à son cabinet. Peut-être par un de ses clients, mais en réalité on n'en sait rien. Elle faisait aussi du pénal. Elle voyait pas mal de monde, pas toujours répertorié et encore moins recommandable. L'enquête n'a pas abouti.

Un crime. Accompli avec acharnement. On revenait dans la logique initiale. Mais encore une fois, le modus operandi ne cadrait pas.

— Rien de spécial sur le corps ? Pas de scarifications, de traces de piqûres ?

— Que dalle. Juste les perforations. Du lourd, effectué avec un couteau de chasse.

La connexion s'éloignait de plus en plus. Il s'agissait seulement d'un fait divers. Aucun rapport avec le rituel suivi par le tueur.

— Autre chose ?

— Pas pour l'instant. Comme je te l'ai dit, Sardi a beaucoup bougé. J'ai pu cerner son parcours depuis qu'il est revenu, mais ça risque d'être compliqué de le tracer à l'étranger.

— Essaie quand même. Il faut qu'on découvre qui étaient ses petites amies pendant les années où il n'était pas en France.

Le Corse soupira. La tâche s'annonçait difficile, voire impossible. Des heures de galère en perspective, sans être certain d'obtenir un résultat.

— Comme tu veux. Perso, j'y crois pas une seconde.

Au fond, Chloé savait que son flic avait raison. Reconstituer une existence dans de telles conditions relevait du miracle. Mais pas question de le reconnaître. Elle lui avait donné un ordre et il allait l'exécuter.

Elle prit son arme dans le bureau et se leva. Une autre idée venait de lui traverser le cerveau. Plus cohérente.

— Tu te casses ? demanda Orsini.

— Un truc à régler. Ferme la boutique, j'repasserai pas.

54

Quand on veut une info, le plus simple est de remonter à la source.

En l'occurrence, cette source s'appelait Sardi.

Il était le mieux placé pour identifier les femmes avec lesquelles il avait entretenu une relation significative. Des femmes susceptibles de compléter la série de victimes supposées afin de la porter à sept, comme le nombre d'entailles effectuées dans la nuque de celle qui avait croisé la route du tueur en dernier.

Jusqu'à présent, Chloé tenait deux noms : Lola Terzian, Alix Tardif. Un troisième, celui d'Élisabeth Favier, venait de s'ajouter à la liste. Elle l'avait d'abord mis de côté, le modus operandi de ce meurtre étant trop différent de celui des deux premiers. Puis, en y réfléchissant, elle avait fini par se dire qu'il y avait peut-être un lien.

Même si l'avocate n'était pas morte dans des circonstances similaires, elle avait également été assassinée. Sardi l'avait-il quittée aussi ? En avait-elle souffert ? Dans l'affirmative, la thèse d'une punition prendrait encore de l'épaisseur. À condition de comprendre pourquoi l'assassin ne l'avait pas tuée de la même façon. Chloé n'en avait pas la moindre idée et comptait sur le plongeur pour éclaircir tout ça.

Elle claqua la portière de la 308 et traversa la rue des Mimosas. La maison de village où habitait son « consultant » était au numéro 14. Orsini lui avait refilé l'adresse trouvée sur Internet – jusque-là, elle n'avait rencontré le Tek qu'à sa boîte – et le GPS s'était chargé du reste.

Le portable du plongeur était toujours débranché, mais Rosso l'avait appelée en milieu d'après-midi pour la tenir informée. Aux dernières nouvelles, son associé se reposait chez lui. Apparemment, un coquillage qui était mal passé. Alité depuis la veille, il ne l'avait même pas entendu sonner quand il était venu le voir.

Chloé était persuadée que rien n'était vrai. Sardi avait quitté son domicile pendant plus de vingt-quatre heures et il venait à peine d'y retourner. Elle restait sur l'intuition qu'il s'était éclipsé pour mener à bien une quête personnelle. Des investigations sur un sujet dont personne, même pas son partenaire, ne devait être au courant.

Elle pressa la sonnette. Quelques instants de battement. Le Tek apparut à la fenêtre du premier.

— Qu'est-ce que vous faites là ?

— Je vous ai laissé au moins six messages, lança-t-elle en levant le menton.

— Je n'étais pas dans mon assiette.

— Ça vous empêche de prendre les gens au téléphone ?

— J'allais vous rappeler.

— Plus la peine. Vous venez m'ouvrir ou on se parle depuis la rue ?

Il acquiesça d'un signe de tête et disparut. Vingt secondes plus tard, sa silhouette longue et nerveuse s'encadrait dans la porte. Chloé nota qu'il était habillé de pied en cap, chaussures incluses, des fringues épaisses et chaudes taillées pour affronter l'hiver. Où était-il allé ? Pas chez le médecin en tout cas. La température extérieure frôlait encore les trente degrés. Même avec de la fièvre, il n'aurait eu aucune raison de se couvrir comme ça.

Elle garda ce constat pour elle et le suivit à l'intérieur. Séjour-cuisine un peu vieillot, limite poussiéreux, comme figé dans les années 1980. Un vrai repaire de vieux garçon. Contrastant avec cette ambiance terne, le soleil de fin d'après-midi inondait la pièce au travers d'une grande fenêtre qui ouvrait sur la mer.

Sardi se planta devant elle, bras croisés dans une posture fermée. Une façon de lui signifier que l'entretien ne devait pas s'éterniser. Chloé fit mine de ne pas le remarquer et s'installa d'autorité dans le canapé.

— Je crève de soif. Vous n'auriez pas quelque chose à boire ?

Il se dirigea vers le frigo pour en sortir une grande carafe remplie d'un liquide jaune.

— Jus de citron. Ça ira ?

— Parfait.

Il lui servit un verre et s'assit face à elle. Son visage était gris, son regard absent, il paraissait crevé. Une fatigue psychique dont Chloé connaissait trop bien les stigmates.

— Alors ? demanda Sardi. Que vouliez-vous me dire ?

Elle avala une lampée de la mixture en étirant une grimace. Pas un gramme de sucre, acidité maximale. Assez puissant pour déboucher des chiottes.

— Vous d'abord, rétorqua-t-elle en reposant la bombe. J'ai cru comprendre que vous aviez des infos.

— Quelques-unes, oui. Fournies directement par le CNETI.

— Le quoi ?

— Notre syndicat. J'ai pu obtenir la liste des missions scientifiques ayant fait intervenir des Teks dans le fjord Robertson au cours des vingt-cinq dernières années.

Elle songea « bien joué » mais s'abstint de le dire. Il la baladait depuis la veille, aucune envie de lui faire plaisir.

— Il y en a beaucoup ?

— Sur tous ceux qui sont allés là-bas, quatre seulement seraient susceptibles de faire l'affaire. Les autres sont trop vieux. Ceux que j'ai retenus ont participé à des recherches sur la biomasse, la fonte des glaces et la collecte d'organismes planctoniques à des fins pharmaceutiques. J'ai leurs noms, leurs employeurs, les dates et l'objet des expéditions.

Quatre nouvelles pistes. Sardi s'était débrouillé comme un chef. Elle ressentait néanmoins dans son ton un côté revanchard. Une façon de lui signifier qu'elle aurait dû lui faire confiance plus tôt.

— J'ai également découvert un fait intéressant, poursuivait le plongeur. Depuis quelques années, les compagnies minières recherchent de l'uranium au nord du fjord Robertson. Il paraît qu'il y en a des tonnes.

Connexion immédiate avec les données récoltées par Ago. Les traces de minerai retrouvées dans les poumons de Lola avaient peut-être été rapportées de là-bas…

— De plus, continuait Sardi, les permis n'ont été accordés que pour des exploitations situées sur la terre ferme, à une centaine de kilomètres de Qaanaaq. Des circonscriptions rendues accessibles grâce au dégel du permafrost. Il se pourrait donc très bien que le lac que nous cherchons soit localisé dans le périmètre d'un gisement, ce qui aurait eu pour conséquence de le contaminer.

Sa déduction allait dans le sens des intuitions de Nabilla. L'uranium 235 n'avait pas été ajouté à l'eau. Elle le contenait déjà. Par la même occasion, il lui fournissait le lieu exact d'où provenait le composé radioactif, une zone proche de l'endroit où il s'était rendu trente ans plus tôt.

— Voilà, laissa tomber le Tek d'un ton las. Vous savez tout. Maintenant à vous.

Chloé avala une nouvelle gorgée de jus. Toujours aussi acide. Elle reposa son verre et attaqua sans détour.

— On a identifié les restes retrouvés dans la grotte du Bau Rouge. La victime s'appelait Alix Tardif.

Le visage du plongeur vira au livide.

— Alix ?

— Je suis désolée. Je sais que vous la connaissiez.

— Alors elle est bien morte…

— Vous vous en doutiez ?

— Elle avait disparu peu de temps après notre rupture. Sa famille pensait à un suicide. Comme je l'avais quittée, ils s'étaient mis en tête que c'était moi le responsable.

— Et vous ?

— Quoi, moi ?

— Sa disparition ne vous a pas inquiété ?

— Si, bien sûr. Mais pour être franc, j'ai préféré ne pas creuser. C'était trop difficile.

Un silence lourd emplit la pièce. Sardi encaissait l'information. Chloé laissa filer quelques secondes, par simple décence, puis exposa ce qu'elle pressentait.

— Je ne crois pas à une coïncidence, d'autant qu'Alix a été assassinée d'une façon similaire. Une asphyxie par submersion, comme pour Lola.

— On lui a aussi inoculé du plancton et de l'uranium ?

— Impossible de l'affirmer. L'échantillon de moelle osseuse sur lequel on a travaillé était trop ancien pour y trouver autre chose que quelques diatomées. Mais je suis quasi certaine que le tueur a suivi le même rituel et l'a fait descendre à une grande profondeur pour la noyer.

Il répondit sans la regarder. Une partie de son esprit semblait ailleurs.

— Même façon de faire. Même lien direct avec moi. J'aurai beau vous jurer que je n'y suis pour rien, je comprendrais que vous me soupçonniez.

Il s'y mettait lui aussi. À force de voir les preuves s'accumuler, certains innocents avouent des crimes qu'ils n'ont pas commis.

— La question de votre culpabilité s'est posée, je ne vous le cache pas. En ce qui me concerne, je n'y crois toujours pas.

— Vous êtes là pourquoi, alors ?

— Le mobile. C'est de ça dont je voulais vous parler.

— Parce que vous l'avez trouvé ?

Elle marqua une pause. L'hypothèse qu'elle s'apprêtait à partager, celle qu'elle privilégiait de plus en plus, risquait de provoquer un tsunami.

— Il est possible que vous soyez la cible, finit-elle par lâcher.

— Pardon ?

— En assassinant ces femmes, le tueur cherche à vous atteindre. Personnellement.

— Ça n'a pas de sens. Pour quelle raison ferait-il ça ?

— Vous punir.

— De quoi ?

— Je n'en sais rien. Mais il y a sûrement un lien avec le fait que vous les ayez abandonnées.

— Absurde.

La commandante s'attendait à cette réponse. Elle-même n'était pas certaine. Il lui manquait encore le véritable motif de cette punition et la confirmation de sa récurrence.

— Élisabeth Favier, vous l'avez quittée, elle aussi ?

Les yeux du Tek se tournèrent vers elle. Au fond des deux puits noirs, de la surprise teintée de méfiance.

— Vous avez enquêté sur moi ?

— Dans votre intérêt.

Il s'affaissa sur sa chaise. Des tombereaux de malheur semblaient s'être abattus sur lui.

— Je n'ai pas quitté Babeth. J'étais très amoureux. Et même si je l'avais fait, ça n'aurait de toute évidence servi à rien.

Coup d'arrêt. Celle-là, Sardi ne l'avait pas plaquée. L'hypothèse châtiment s'éloignait, et avec elle l'idée d'un lien direct, émotionnel, entre lui et le tueur.

Chloé demanda quand même :

— Que voulez-vous dire par « ça n'aurait servi à rien » ?

Il expira profondément. Une vague de tristesse le submergeait, surgie des profondeurs de son histoire.

— J'aimais aussi Alix. J'avais rompu avec elle pour mettre un terme à la malédiction. Comme je l'ai fait avec Lola. Je croyais avoir réussi. Jusqu'à ce que j'apprenne qu'elle s'était noyée.

— De quelle malédiction parlez-vous ?

— De celle qui me poursuit depuis trente ans. La même qui frappe toutes mes compagnes. De ce putain de poids que je porte depuis que ma mère est morte.

— Vous faites référence à son assassinat par votre père ?

Il hocha la tête, résigné. Le fait que Chloé sache tout de sa vie ne semblait plus le perturber.

— Je l'ai laissé faire. Juste pour me sauver moi. Il était cohérent que j'en paye le prix.

Sur ce point, Chloé avait vu juste. La culpabilité de Sardi s'ancrait dans ce drame fondateur. Un soubassement de souffrance qui avait conditionné sa vie.

— C'est complètement irrationnel, vous en êtes conscient ?

— Peut-être. Mais les faits sont là. Elles sont toutes mortes. Enfin… presque toutes.

Une bouffée de compassion envahit Chloé. Le parcours amoureux de Sardi était jonché de cadavres. Qu'il les ait quittées ou pas ne changeait rien à ce destin pourri.

— Il y en a eu combien ?

— En tout, sept.

Chloé sentit son corps s'électriser. Sept femmes. Comme le nombre d'encoches sur la nuque de Lola. Même si la piste punition avait du plomb dans l'aile, le lien lui explosait à la gueule avec la force d'un coup de tonnerre. Curieusement, Sardi ne semblait pas avoir fait le rapprochement.

— Les noms, vous pouvez me les donner ?

— Noms, dates, circonstances. Je n'ai rien oublié.

La policière sortit son portable de sa poche et activa l'application Notes. Elle était venue pour obtenir une liste, elle allait l'avoir.

Un dernier détail restait néanmoins à valider pour remonter le courant. Une nouvelle récurrence qui, indépendamment du mobile, relierait de façon incontestable le tueur à Sardi.

Toutes les victimes devaient être mortes de mort violente.

55

— Avant Babeth, il y avait eu Paola, en 2010. Un crash de parapente sur les hauteurs de Leblon, à Rio. Je l'avais rencontrée à l'occasion d'un contrat de dix-huit mois signé avec Scubo, le leader sud-américain du marché. Elle faisait des reportages pour le quotidien *O Globo*. Nous avions fait connaissance dans le cadre d'un sujet qu'elle préparait sur les plongées techniques. Une vraie casse-cou…

Sardi avait prononcé sa tirade d'une traite, un sourire nostalgique vissé au coin des lèvres, avant de se murer dans un silence lointain. Des images semblaient défiler sous son front, suffisamment prégnantes pour le projeter là-bas, avec elle, dans le cadre idyllique où ils avaient vécu leur relation.

Chloé en profita pour consigner ces premières infos dans son portable. Cette femme avait eu une fin brutale. Pour l'instant, tout collait.

Enfin, il reprit :

— Quatre ans plus tôt, c'était Karina. À cette époque, je travaillais pour un pétrolier russe. Je plongeais sur un gisement en mer Caspienne et j'étais basé à Bakou, en Azerbaïdjan. J'avais un petit appartement en centre-ville où je rentrais pour mes périodes de récupération. Karina habitait sur le même palier. Elle était guide touristique et parlait le français parfaitement. Nous avions sympathisé, puis nous sommes sortis ensemble.

— Que lui est-il arrivé ?

— Une chute de son balcon. Douzième étage. J'étais coincé dans un caisson de décompression quand c'est arrivé. Je l'ai appris par la concierge en revenant chez moi.

Encore une fois, la cause du décès était raccord. Chloé l'inscrivit dans son pense-bête avant de faire préciser.

— Elle aurait pu se suicider ?

— On n'a jamais su.

Nouveau silence. Nouvelle douleur. La lame replongeait dans la plaie pour triturer son cœur.

— Il y a eu aussi Florence, poursuivit-il après un temps. Cette fois, c'était un accident de voiture. Tout ce qu'il y a de plus banal. Les freins qui lâchent dans un virage.

— Ça s'est passé où ?

— À Baraka, au Sud-Kivu. Un petit village sur la rive ouest du lac Tanganyika.

— Quelle année ?

— 2003. En novembre. Je me souviens du mois parce que c'était le début de la saison des pluies. Je faisais partie d'une équipe recrutée par le CERES, une société spécialisée dans la recherche d'épaves. Nous devions localiser un ferry qui avait sombré six mois plus tôt à un kilomètre de la côte et qui reposait par plus de cent cinquante mètres de fond. La mission a duré six mois. Nous étions tous logés sur place. Florence représentait la compagnie d'assurances qui pilotait le projet. J'avais à peine vingt-huit ans et elle trente-cinq. Elle me fascinait. Nous avons vécu une histoire brève mais très intense.

Il se tut à nouveau. Un silence plus long que les précédents, comme un point d'orgue marquant la fin de son récit. Chloé compléta ses notes, un feuilleton macabre émaillé de disparitions violentes qui allait dans le sens de ses intuitions. Quel que soit son mobile, le tueur avait ciblé Sardi. Crash de parapente, chute du balcon, freins qui lâchent… Des meurtres que le tueur avait très bien pu maquiller en « accidents ».

Pourtant, le compte n'y était pas. Avec ces trois décès, on en était à six.

Il en manquait encore un.

— Qui était la première ?

— Marion. En 1993 au Groenland. Je vous ai déjà raconté.

Chloé se souvint des premières confessions du plongeur, sur le port de Toulon. Une agonie terrifiante, seule, frigorifiée, prisonnière dans une caverne de glace. Elle n'avait pas fait le lien pour un motif tout simple. Même si cette fin pouvait s'apparenter aux autres par sa brutalité, elle s'était déroulée dans un contexte très différent. Hormis Sardi et sa copine, il n'y avait personne sous l'eau. Aucune raison en conséquence qu'elle fasse partie du nombre.

— Vous êtes sûr qu'il n'y en a pas eu une autre ?

— Ça ne vous suffit pas ?

Coup d'arrêt. Si la liste du Tek incluait son amour de jeunesse, la septième victime du tueur n'était donc pas reliée à lui. En un claquement de doigts, la théorie de Chloé venait de s'effondrer.

— Le seul point positif dans cet enchaînement de merde, poursuivait le plongeur de la même voix atone, c'est que Marion s'en est sortie.

La policière se demanda si elle avait bien entendu.

— Elle n'est pas morte ?

— Je vous l'ai dit mais vous n'avez pas fait attention. Elles sont « presque » toutes mortes. Marion est toujours en vie et je viens juste de l'apprendre.

— Comment c'est possible ? Vous m'aviez raconté que…

— Je sais. C'est complètement dingue et je n'ai pas la moindre idée de la façon dont elle s'y est prise. La seule chose dont je suis sûr, c'est qu'aux dernières nouvelles elle avait changé d'identité et bossait pour un labo pharmaceutique à Genève. Elle a démissionné fin 2011 et s'est volatilisée dans la nature. J'ai fait quelques recherches, mais je n'ai rien trouvé sur elle depuis cette date.

Les pompes épaisses, le pull, la parka en Goretex posée en vrac sur une chaise. Sardi avait dû découvrir le pot aux roses incidemment. Il avait commencé son enquête sur le Web et repéré l'existence du labo, avant de se rendre en Suisse pour essayer de retrouver Marion. Chloé avait vu juste en pensant qu'il menait une enquête personnelle.

— Vous y êtes allé, n'est-ce pas ?

— Où ?

— Voir ce labo. Vu votre tenue, vous ne revenez pas de la plage.

Il lança un regard en direction sa parka et étira un sourire fatigué.

— OK. J'avoue. Je suis rentré il y a une heure.

— Pourquoi ne me l'avez-vous pas dit ?

— Tout est allé très vite. Et puis c'est mon histoire. Je ne voyais aucune raison de vous en parler.

— Sauf qu'à présent, votre histoire et l'enquête sont intimement liées.

Le plongeur secoua la tête. Il semblait soudain excédé.

— Laissez tomber avec ça. Votre thèse sur le châtiment ne tient pas la route une seconde. Hormis mes deux dernières petites amies, et je l'ai fait pour les protéger, je n'ai quitté aucune des autres. De plus, sur les sept femmes qui ont compté pour moi, seules six sont mortes. Ça ne correspond pas au nombre d'entailles retrouvées sur Lola.

Il y avait donc pensé. Le fait que Marion ait survécu l'avait sans doute conduit à évacuer cette hypothèse immédiatement.

— Sans parler du mode opératoire, poursuivait-il du même ton animé. Même en admettant que les accidents n'en soient pas, il aurait changé à chaque fois ? Allons, commandante. Vous savez comme moi que rien ne colle.

Chloé était déjà consciente de cette réalité. Pourtant, une idée folle commençait à germer sous son front. Une idée terrifiante, soufflée par Sardi sans qu'il en ait conscience et qui permettrait à l'ensemble de tenir debout.

Elle y alla par étapes.

— Et si le Tek que nous cherchons n'était pas dans la liste ?

— Où voulez-vous en venir ?

— S'il s'agissait de quelqu'un qui aurait participé à une mission de recherche en occupant une autre fonction.

— Un scientifique ?

— Pas forcément.

— Je ne vous suis pas.

Plus moyen de différer. Chloé marchait sur des œufs mais elle devait maintenant lui faire part de son hypothèse.

— Si l'assassin était Marion ?

Un blanc. Sardi se redressa, buste en avant dans une posture d'attaque.

— C'est quoi encore cette connerie ?

— Je sais, ce serait difficile à avaler. Surtout pour vous. Mais le fait qu'elle soit l'assassin expliquerait pas mal de choses.

— Lesquelles ?

— D'abord le fait qu'on ait trouvé sept traits dans la nuque de Lola. Celui que nous n'avons pas pu raccorder à une de vos petites amies pourrait représenter Marion.

— Je ne comprends pas.

— C'est pourtant simple. Elle doit considérer que d'une certaine façon, elle est morte le jour où vous l'avez abandonnée dans cette caverne de glace. Une mort symbolique qui l'a poussée à renaître sous une autre identité.

— Elle penserait être la première victime ?

— En quelque sorte.

Un rictus déforma la bouche du plongeur.

— C'est de la psychologie de bazar. Vous délirez complètement.

— Je ne crois pas. De plus, elle possède un mobile.

— Un mobile ? Qu'est-ce que vous me chantez ?

— Elle aurait pu mourir et elle doit être persuadée que c'est à cause de vous. Elle pourrait très bien avoir voulu se venger.

— En supprimant les femmes que j'aime ?

— La douleur peut rendre les gens fous. On peut imaginer qu'elle ne voulait pas être remplacée.

— Il aurait été plus logique de s'en prendre à moi.

— Elle devait connaître votre fragilité. Cette culpabilité liée à la mort de votre mère dont vous lui avez sûrement parlé. Elle a sans doute pensé que cette punition serait bien plus terrible.

— Et elle m'aurait surveillé toutes ces années pour mettre ce plan dément à exécution ?

— Pourquoi pas ? Ce n'était pas le plus difficile.

— N'importe quoi. Votre théorie n'a aucun sens.

Chloé ne s'attendait pas à une adhésion immédiate. N'étant pas sûre de son hypothèse, elle imaginait très bien ce qu'elle impliquait pour Sardi. Elle ne lui laissa pas le temps de souffler et continua son pilonnage.

— Vous ne trouvez pas ça étrange, qu'elle n'ait jamais repris contact avec vous ?

— Elle m'en voulait et il y avait de quoi. De là à imaginer ce scénario absurde...

— Alors pourquoi a-t-elle changé d'identité ?

— Un nouveau départ.

— On ne se raye pas de la carte comme ça, sauf si on a une bonne raison. Mettre en œuvre ce genre de plan pourrait en être une.

— Des centaines de gens s'évanouissent chaque jour dans la nature. Ce ne sont pas forcément des tueurs en série.

— Peut-être. Mais comme par hasard, elle a aussi quitté Carvec en 2011, peu de temps après que vous êtes revenu à Saint-Mandrier.

— Une simple coïncidence.

Il se défendait comme un diable, réfutant chaque argument pour ne pas envisager le pire.

— Réfléchissez, poursuivit Chloé. Nous cherchons un plongeur technique et elle possède ces compétences. C'est vous qui me l'avez dit. Elle est allée dans le fjord Robertson puisqu'elle a disparu là-bas, ce qui lui a peut-être permis de se familiariser avec la symbolique inuite. Maintenant, vous m'apprenez qu'elle n'est pas morte et qu'elle travaillait dans un laboratoire pharmaceutique. Ces trois constats sont déjà susceptibles d'en faire une suspecte. Si on rajoute le mobile et le fait qu'elle se soit évaporée dans la nature, on n'est pas loin de la zone critique.

— À deux détails près. Le Groenland, c'était il y a trente ans. J'ai du mal à croire qu'elle ait pu identifier le plancton à cette époque. Encore moins à le ramener. Quant à son job, elle occupait un poste de coordinatrice de mission. Pas de chercheuse en biologie marine et encore moins de plongeuse Tek.

— Elle était sur le terrain avec eux. Elle a très bien pu subtiliser des prélèvements à l'occasion d'une expédition. Le labo pour lequel elle travaillait n'est jamais allé là-bas ?

À l'expression qui avait muré les traits de Sardi, Chloé sentit qu'elle venait de faire mouche.

— Il y a eu une mission en 2002. C'était celle à laquelle je devais participer. Mais encore une fois ça ne prouve rien.

— Ça prouve au moins qu'elle a pu se rendre dans le fjord dans un contexte lui permettant de faire les prélèvements.

— Et elle aurait pris le risque de tomber sur moi ?

Pour la première fois, Sardi marquait un point. Ce détail ne cadrait pas avec la logique que Chloé prêtait à Marion. Celle d'une tueuse de l'ombre, invisible, indétectable, dont l'objectif était justement de rester dissimulée.

— Vos théories ne tiennent pas debout, conclut-il en se laissant de nouveau aller sur sa chaise. Marion n'est pas une psychopathe. Vous aurez beau me raconter ce que vous voulez, je n'y croirai pas.

Pas le moment de flancher. La policière éclaircirait cette incohérence plus tard.

— Comment s'appelle ce labo ?

— Vous comptez y aller ?

— J'en ai bien l'intention.

Sourire crispé. Colère rentrée.

— Vous êtes vraiment butée.

— Il paraît. Mais quoi que vous en pensiez, Marion est maintenant la suspecte numéro un. Ses anciens employeurs auront peut-être une idée du chemin à prendre pour la retrouver.

Il haussa les épaules, comme s'il voulait se débarrasser d'un poids.

— Carvec. C'est le nom du labo. Mais vous perdez votre temps. J'ai déjà essayé, ils ne savent rien.

— On verra bien.

Elle quitta le canapé et se dirigea vers la sortie. Une ultime question lui vint à l'esprit, essentielle, qu'elle avait failli oublier de poser avant de partir.

— Au fait, vous ne m'avez pas dit. C'est quoi le nouveau nom de Marion ?

— Aujourd'hui, aucune idée. Mais quand elle travaillait pour eux, elle s'appelait Patricia Lajoux.

III

DE PROFUNDIS

56

Chloé n'aimait pas Genève.

Cette ville trop calme, propre sur elle, figée dans un décor de carte postale et une rigidité quasi cadavérique, la déprimait. Elle n'y voyait qu'un sanctuaire pour retraités friqués et fraudeurs en tous genres, un coffre-fort bourré de comptes à numéros qui abritaient dans leurs entrailles les fruits pourris du grand arbre des magouilles.

La Grenobloise n'avait pas remis les pieds ici depuis l'adolescence mais rien n'avait changé. Les mêmes parterres de fleurs, les éternelles boutiques de luxe, du chocolat à chaque coin de rue et l'inévitable jet d'eau planté en plein milieu du lac. Toujours aussi chiant.

Pourtant, quatre fois par an et pendant des années, son père avait fait le voyage en voiture – et en famille – pour venir y planquer ses espèces à l'abri de la convoitise du fisc. Un fric que selon lui il n'avait pas volé, le petit extra que réclamait cet enfoiré chaque fois qu'il charcutait le visage ou la poitrine d'une femme.

Une voix synthétique la tira de ses souvenirs. Le GPS de la Golf louée à l'aéroport lui demandait de tourner à droite, direction Meyrin-Satigny, la commune où se trouvait le siège social des laboratoires Carvec.

Elle quitta les berges bleutées du lac et s'engagea sur une nationale encombrée. Temps de parcours annoncé : dix-neuf minutes. La dernière ligne droite, au sens propre du terme.

Elle profita de cette parenthèse pour relancer Orsini. La clef USB remise par Sardi au terme de leur discussion contenait toutes les informations administratives utiles sur Patricia Lajoux. Avant de prendre l'avion, Chloé avait demandé à Bacman de passer quelques coups de fil, sans trop y croire.

— T'en es où ?

— Nulle part. J'ai tapé un peu partout et c'est toujours la même chanson. Plus aucun signe depuis dix ans.

— Même les institutionnels ?

— Même. Aucune demande de remboursement sécu, zéro déclaration fiscale, comptes bancaires clôturés. J'ai aussi creusé du côté de son domicile. Le bail est résilié depuis octobre 2011. Idem pour les abonnements. Pas de portable, pas de box, pas de facture d'eau ni d'électricité. Que dalle. On pourrait croire qu'elle est morte.

— Sauf qu'il n'y a pas de certificat de décès.

— Non. J'ai vérifié.

Le résultat était à la hauteur de ses attentes. Nul. Il confirmait néanmoins ce que Chloé pressentait. Vu la façon dont Marion s'était évaporée, il était fort probable qu'elle avait encore changé d'identité. Cette découverte, bien que prévisible, enfonçait encore un peu plus le clou de sa culpabilité. Pourquoi avoir jeté cette seconde vie à la poubelle si ce n'était pour achever de brouiller les pistes ?

— Tu passes à la boîte ? demanda Bacman.

— Pas aujourd'hui.

Elle raccrocha et appela Agopian. Il lui restait encore un peu de temps avant d'atteindre sa destination et elle n'avait informé personne de son déplacement. Si Orsini n'avait pas besoin de savoir, plus question de cacher quoi que ce soit au Pitbull.

— T'es passée où encore ? On t'a pas vue de la journée.

— En Suisse.

— En Suisse ?

— Je t'expliquerai. Promis. Tu as des nouvelles de l'IJ ?

— Justement. J'allais t'appeler. L'ADN a parlé.

— C'est celui de Sardi ?

— 99,96 % de correspondance avec l'échantillon trouvé sous les ongles de Lola Terzian.

Demi-révélation. Si Marion était bien l'assassin, elle possédait une raison de plus qu'un tueur lambda pour faire accuser Sardi. Non seulement elle éloignait les éventuels soupçons, mais, cerise sur le gâteau, elle enfonçait encore un peu plus l'homme dont elle voulait se venger.

— Alors ? Toujours convaincue de son innocence ? plaisanta l'Arménien.

— Plus que jamais.

— Tu rentres quand ?

— Le plus tôt possible.

— T'as intérêt. Et je veux un débrief complet.

— Tu l'auras.

Elle se concentra de nouveau sur la route. La zone industrielle dans laquelle elle s'enfonçait à présent avait tout d'un labyrinthe. Du gris, du blanc et du béton, à perte de vue.

Enfin, au détour d'une avenue, elle tomba sur ce qu'elle cherchait. Plantée au bout d'un mât métallique à la façon d'un étendard, une enseigne stylisée affichait les couleurs des laboratoires Carvec. Vert, jaune et bleu étaient unis dans une fluorescence glaciale qui évoquait une aurore boréale.

Chloé montra sa carte au planton et se gara sur le parking. Elle avait pris rendez-vous le matin même avec une certaine Nathalie Zimmer, la DRH rencontrée par Sardi, après que Verbier lui avait donné son feu vert la veille au soir. Le petit proc s'était bougé le cul. C'était l'affaire de sa courte carrière et il lui restait à peine trois jours avant de sortir de la flagrance et de perdre le contrôle. Il avait réussi le tour de force d'obtenir l'aval de ses homologues suisses en un peu moins de douze heures, dans le cadre des accords de coopération judiciaire internationaux conclus entre les deux pays.

Porte à tambour, vigiles en batterie, portail anti-métal et présentation des documents : Fort Knox. Après trois checkpoints, elle accéda enfin à l'accueil. Une hôtesse lui remit un badge visiteur puis elle suivit une employée à l'intérieur d'une structure translucide.

Dans l'ascenseur, elle se remémora les autres éléments du dossier de Patricia Lajoux. Il faisait état d'une quinzaine de missions auxquelles avait participé la coordinatrice. Sardi n'avait pas fait le rapprochement, et pour cause puisque la culpabilité de Marion ne l'avait jamais effleuré. Chloé, en revanche, avait tout de suite percuté sur trois des occurrences.

2003. République démocratique du Congo. Goma. Région des Grands Lacs.

2006. Azerbaïdjan. Neftçala. Embouchure du fleuve Koura sur la mer Caspienne.

2010. Brésil. Manaus. En plein cœur de la forêt amazonienne. La dernière expédition à laquelle avait participé Patricia Lajoux avant de quitter Carvec.

Ces pays étaient ceux dans lesquels Sardi s'était rendu dans sa jeunesse, là où il avait eu des relations amoureuses significatives qui s'étaient terminées tragiquement.

Les dates ne correspondaient pas, à quelques mois près, les lieux différaient légèrement, à quelques centaines de kilomètres près, mais l'analyse des différentes notes de frais montrait que Marion s'était déplacée à plusieurs reprises dans ces régions du globe. Des séjours courts, sans doute des repérages, effectués en amont de chaque mission. Elle avait donc très bien pu profiter de ces voyages pour rejoindre les zones où opérait le Tek, approcher ses compagnes et les assassiner en maquillant les crimes en accidents.

Chloé repensa aux trois autres meurtres. Ils s'étaient déroulés en France, dans le périmètre de la presqu'île où habitait Sardi. Le plongeur s'étant enfin posé, Marion n'avait plus eu besoin de le traquer au bout du monde. Ce changement de contexte pouvait expliquer sa démission brutale, comme sa disparition – cette fois les dates étaient raccord avec le retour de Sardi à Saint-Mandrier –, deux circonstances qui lui avaient permis de surveiller sa cible en toute tranquillité et de passer à l'action quand elle l'avait jugé utile.

Mais pourquoi une telle évolution dans le mode opératoire ? Ce grand écart ne cadrait pas avec le tableau. Ou alors il s'était passé quelque chose. Un événement qui avait poussé Marion à reconsidérer sa feuille de route.

Les battants s'ouvrirent dans un feulement, tirant Chloé de sa réflexion. Son guide la précéda dans un couloir aux parois transparentes et s'arrêta devant un bureau d'angle. Une femme l'occupait, sorte de dominatrice raide comme une trique qui pianotait sur un clavier d'ordinateur. Elle dut sentir leur présence et se leva aussitôt pour leur ouvrir la porte.

— Nathalie Zimmer, lança-t-elle en la saluant d'un signe de tête. Entrez, je vous attendais.

57

— Patricia Lajoux ?

— C'est ça.

Chloé était assise face à Zimmer, de l'autre côté d'un grand bureau en verre sur lequel aucun papier ne traînait. La DRH avait baissé les stores et allumé une petite lampe, donnant à l'entretien une tonalité plus intime. En une fraction de seconde, elle était passée du bocal à poissons au terrier de la mangouste.

— Décidément, cette femme suscite de l'intérêt. Pas plus tard qu'hier, j'ai eu la visite d'un de vos collègues. Il essayait aussi de la retrouver.

La commandante eut un sourire rentré. Sardi s'était fait passer pour un flic. Sans doute la meilleure option pour glaner des infos.

— Vous la cherchez pourquoi ? poursuivit la DRH d'un ton affirmé.

— Elle est soupçonnée de plusieurs meurtres.

La réponse, volontairement abrupte, jeta un froid.

— Ici, en Suisse ? demanda Zimmer en se contractant un peu plus.

— Non. Mais vous êtes sans doute les derniers à l'avoir vue.

— Pas en ce qui me concerne. Elle a démissionné avant mon arrivée.

— Je sais.

— On vous a remis son dossier ?

— Je l'ai lu, oui.

— Alors je n'ai plus rien à vous apprendre.

Directe. Frontale. Presque comminatoire. Le comportement de Zimmer collait avec son physique. Une femme de tête, habituée à diriger son monde à la baguette. Pas vraiment le genre à faire triper Chloé.

Elle prit sur elle pour ne pas passer en mode autoritaire. Ce type de personnalité ne marchait pas à la pression et la commandante n'était pas sur ses terres. Deux bonnes raisons de la jouer soft.

— J'espérais pouvoir parler à un de ses collègues. Une personne qui l'aurait connue.

— Elle est partie depuis dix ans. Je ne sais pas si on se souviendra d'elle.

— Il doit bien y avoir quelqu'un. Un de vos salariés qui était là à l'époque, avec qui elle aurait sympathisé.

— Nous avons plus de cinq mille collaborateurs. Sans parler du *turn-over*. Sur dix ans, ça correspond à plus de cinquante pour cent des effectifs. Vous imaginez le travail ?

Zimmer ne faisait aucun effort. Chloé lui adressa un sourire compréhensif et poursuivit sur sa lancée, tout en douceur.

— Compte tenu de son poste, je suppose qu'elle dépendait du siège ?

— Vous supposez bien.

— Ça circonscrit déjà pas mal le périmètre.

— Il reste encore plus de mille personnes.

— On pourrait commencer par les membres de la dernière expédition. Celle qui s'est déroulée en forêt amazonienne en 2010.

— On pourrait…

— Mais ?

— Ce sera long, fastidieux et à mon avis sans résultat. La plupart des scientifiques collaborant à nos missions de recherches en milieu naturel ne font pas partie du groupe. Nous recrutons les meilleurs, au coup par coup et seulement pour la durée de l'opération. Des sortes de free-lance, si vous préférez. Nos ingénieurs prennent ensuite le relais en interne et exploitent leurs prélèvements.

— Il y a bien des équipes logistiques qui les accompagnent, non ? Patricia Lajoux était justement chargée de ce travail.

— Tout à fait. Mais là aussi nous recrutons sur place. Nos coordinateurs de mission sont les seuls permanents. Ils ont pour objectif de minimiser les coûts et font appel à des locaux.

En dépit des professions de foi placardées sur son site – de la bonne com de base écolo-humanitaire – Carvec ne faisait pas exception à la règle. Celle d'une logique capitaliste où le profit était la règle d'or.

La commandante croisa les jambes et essaya autre chose.

— J'imagine que vous pouvez envoyer un mail interne à tous les employés du groupe ?

— Bien sûr. Seulement je ne suis pas certaine que…

— Ce serait le moyen le plus direct et le plus rapide de savoir si l'un d'eux se souvient de Patricia Lajoux.

Zimmer se tortilla dans son fauteuil. La maîtresse femme semblait gênée aux entournures.

— Ça pose un problème ? demanda Chloé d'un ton faussement inquiet.

— On est en train de parler d'une… tueuse. Je ne voudrais pas affoler notre personnel inutilement.

— Vous n'êtes pas obligé de leur dire la vérité. Il suffit juste de trouver le bon prétexte.

La DRH lui lança un regard amusé. On revenait en terrain connu. Mensonge et manipulation, le b.a.-ba d'un bon management.

— Pourquoi pas ? On peut essayer.

Elle ajusta ses lunettes, de grosses montures rectangulaires qui lui mangeaient les traits, et se pencha sur son clavier. Après avoir pianoté quelques secondes, sans avoir l'air de réfléchir, elle tourna l'écran vers Chloé.

— Ça vous va ?

La Grenobloise plissa les yeux pour lire les minuscules caractères. Depuis quelque temps, sa vue avait baissé. Presbytie d'après l'ophtalmo, normal après quarante balais. Elle n'avait pas encore accepté l'idée de porter des verres correcteurs et ramait de plus en plus quand elle rédigeait ses PV.

Elle attaqua tant bien que mal. Le message rédigé par Zimmer était simple, factuel, enrobé d'une bonne dose de culpabilisation. De la belle ouvrage, parfait pour susciter les confessions.

From : drh.zimm@carvec.ch

NOTE DE SERVICE À L'ATTENTION
DES COLLABORATEURS DU GROUPE CARVEC

Bonjour à tous,

Nous souhaiterions savoir si quelqu'un connaissait Mme Patricia Lajoux, une coordinatrice de mission qui a travaillé avec nous entre 2000 et 2010.
Celle-ci est activement recherchée par l'association Swisstransplant pour une transplantation rénale dont son frère a besoin. Elle serait la seule donneuse compatible mais il n'a malheureusement plus de nouvelles de sa sœur depuis dix ans, époque à laquelle Mme Lajoux a quitté le groupe. Merci de vous signaler auprès de la DRH par retour de mail si vous avez des informations permettant de retrouver cette ancienne salariée.

— C’est parfait, valida Chloé en relevant la tête.

Zimmer appuya sur la touche « Enter ». Un sourire satisfait barrait ses lèvres fines, comme un trait tracé au cutter dans un masque en latex.

— Il n’y a plus qu’à attendre, lança-t-elle en se calant dans son fauteuil.

La vraie question, celle qui conditionnait la suite, était : combien de temps ?

Chloé sortit une carte de visite et la posa sur le bureau.

— Vous pouvez me contacter à ce numéro ou me transférer directement les réponses à cette adresse mail.

— Comptez sur moi.

La commandante reprit le chemin de sa voiture. 17 heures. Elle pouvait encore attraper un vol mais préféra se mettre en quête d’un hôtel.

Avec un peu de chance, il y aurait du nouveau d’ici le lendemain.

58

Le retour à la réalité n'est pas toujours facile.

Après le choc de la découverte, l'espoir qu'elle suscitait et l'excitation de la chasse, Jean s'était consumé dans le grand brasier de la déception. Il ne restait de son expédition en Suisse que quelques cendres, encore piétinées par Latour quand elle lui avait fait part de ses soupçons.

Pour chasser le goût amer qui rampait dans sa gorge, il s'était remis au taf. Le seul moyen de se recentrer, d'évacuer la peine, la frustration et la colère qui se mélangeaient en lui.

Programme du jour : repérages pour le compte de la DRASSM – Direction des recherches subaquatiques et sous-marines du ministère de la Culture – sur une épave de galion repérée au large du Bec de l'Aigle, à La Ciotat. Presque une plongée-loisir, en mode observation, entre 80 et 90 mètres.

Jean avait demandé à Ève de l'accompagner. Elle avait retrouvé la forme – les examens médicaux n'avaient rien révélé d'anormal – et son passé de photographe subaquatique la désignait naturellement pour ça.

Plus honnêtement, Jean ne s'était pas senti d'humeur à faire semblant. La Saint-Martinoise connaissant les raisons de sa « disparition », il n'aurait qu'à se laisser aller, sans faire d'effort, juste en roue libre.

Ève ne l'avait pas déçu. Elle n'avait pas posé de question, ni sur ce qui s'était passé, ni sur ce qu'il ressentait, se contentant de l'envelopper d'une attention discrète. Ils s'étaient rendus en bateau sur le site, s'étaient équipés sans dire un mot, avaient fait le job, puis étaient remontés au palier avec plus d'un millier de clichés.

Assis à l'avant du Zodiac, dos calés contre les boudins, ils partageaient maintenant un thermos de jus de citron en faisant défiler les prises de vue sous-marines sur l'écran du Nikon.

— Tu n'as jamais pensé à exposer ? demanda Jean.

— Tu te fous de moi ?

— Je suis très sérieux. C'est de l'art, ce que tu fais.

Ève eut un sourire gêné, une mimique de petite fille.

— J'crois pas, non.

— Tu devrais y réfléchir. Ce genre de photos, j'en ai vu un paquet. Les tiennes ont quelque chose de plus.

— Quoi ?

— Je ne sais pas. Quelque chose… Je le sens.

Elle sourit à nouveau, tout en posant sa nuque contre l'armature de caoutchouc.

— On ne va pas aller loin avec ça.

Jean eut un petit rire. Manière de dire qu'elle avait parfaitement raison. Il posa lui aussi sa tête contre le boudin et laissa un silence s'installer. Il était bien, parfaitement détendu. Les effets de la plongée, la tiédeur de l'air, la lumière scintillante de fin d'après-midi l'avaient comme nettoyé. La mer, le ciel et les falaises se découpant au loin dessinaient la matrice intangible de ce qui faisait sa vie. À cet instant, dans cet écrin de nature, il était revenu à l'essentiel.

— Je ne m'étais pas trompé.

— À propos de quoi ?

— Marion. Elle est vivante.

Jean marqua une nouvelle pause, plus lourde, plus dense. Il n'avait pas prévu d'aborder le sujet. Celui-ci s'était imposé de lui-même, de façon naturelle, sans doute la conséquence de l'état de relâchement dans lequel il flottait.

Ève hocha la tête, comme si elle ressentait ce qu'il éprouvait. Une expression de pure compassion flottait sur son visage.

— J'ai rencontré la DRH du labo, reprit le Tek. Elle m'a remis son dossier. Marion a quitté Carvec en 2011, ensuite plus rien. J'ai essayé de la tracer, sans résultat.

Il parlait d'une voix monocorde, ses yeux fixant un point invisible, lointain, une étoile de douleur que lui seul pouvait voir.

— Mais tu ne sais pas la meilleure, ajouta-t-il avec un ricanement cynique.

— Dis-moi.

— Elle a changé de nom.

— Comment ça ?

— Après l'accident, plus aucune trace pendant deux ans. Puis elle réapparaît à Genève, à la fac, sous une autre identité.

— Une autre identité ?

— Patricia Lajoux. C'est comme ça qu'elle s'appelait quand elle a été recrutée par Carvec.

— T'en es sûr ?

— Il y avait plusieurs photos d'elle dans le dossier. Je les ai examinées sous tous les angles.

Ève opina à nouveau. Elle essayait de comprendre.

— C'est fou quand même. Qu'est-ce qui a pu la pousser à faire un truc pareil ?

Jean soupira. Il avait commencé à se confier, difficile d'en rester là.

— Au début, j'ai pensé qu'elle avait juste voulu tirer un trait sur moi.

— En sacrifiant tout le reste ?

— Je sais. C'était peut-être un peu prétentieux, mais ça se tenait. Marion a toujours été entière. Passionnée. Je l'ai abandonnée à son sort, trahie, laissée pour morte. La réponse était à la hauteur de la blessure.

Il baissa la tête. En remontant le fil de son cheminement, il réalisait que lui non plus n'avait jamais vraiment cru à cette thèse. Même si elle l'avait aimé profondément, la réaction de Marion était trop radicale.

— Pour être honnête, reprit-il, je me doutais bien qu'il s'agissait d'autre chose.

— Quoi ?

— Je n'en avais pas la moindre idée. Jusqu'à ce que Latour vienne m'en souffler une.

— Latour ?

— Une enquêtrice de la brigade criminelle. C'est elle qui s'occupe du meurtre de Lola. Elle est passée à la boîte il y a trois jours.

— Blonde, dans le genre BCBG ?

— C'est ça.

— Et c'est quoi, sa thèse ?

Jean prit encore quelques secondes, regard tourné vers le large. Ce qu'il s'apprêtait à lui confier était tellement énorme qu'il avait du mal à le verbaliser.

— Marion serait l'assassin, finit-il par lâcher.

— Elle pense ça ?

— Oui… Et le pire, c'est qu'elle a des arguments.

— Quels arguments ?

Il attrapa la gourde et but une grande gorgée de jus. La détente éprouvée quelques instants plus tôt avait cédé la place à une forte sensation d'oppression.

— C'est compliqué. Je ne sais pas si…

— Raconte. S'il te plaît.

Ève avait pris sa main. Elle la serrait avec tendresse, comme pour l'encourager à poursuivre. Il ferma les yeux et accepta de dérouler le fil.

Les mots sortirent en un flot bouillonnant. Un torrent sombre dont la force emportait tout. Il évoqua Alix, la piste d'une punition mise au jour par le nombre d'entailles retrouvées dans la nuque de Lola, l'hypothèse du meurtre fondateur, symbolique – celui de Marion – expliquant la présence du septième trait alors qu'il n'y avait que six victimes.

Puis, sans doute le plus troublant, il passa en revue les indices matériels qui convergeaient vers son premier amour. Sa qualif Tek, son job chez Carvec, ses déplacements dans le fjord Robertson, lieu de provenance du plancton et berceau de la magie inuite. Une zone de montagne et de lacs saturée d'uranium, dont on avait aussi trouvé des traces dans les poumons de Lola.

Jean se tut. Il était arrivé au bout de son récit. Sa gorge était sèche, son cœur se consumait. Il réalisa qu'il serrait toujours la main de la jeune plongeuse, comme s'il s'accrochait à une bouée.

— Je ne sais pas quoi dire, murmura-t-elle au bout de quelques secondes.

— Il n'y a rien à dire. En tout cas pour l'instant. Latour doit déjà être chez Carvec pour essayer de trouver une piste. Si elle y arrive, on saura.

— Et toi ?

— Moi ?

— Tu en penses quoi ?

Jean regarda sa main, toujours nouée dans celle de la jeune femme.

— Certains détails ne collent pas. Ils me font penser qu'elle n'a pas pu faire ça. En même temps…

— Quoi ?

— J'essaie peut-être de me rassurer. C'est tellement…

Il ne put terminer sa phrase. Des larmes montaient, dont il n'était pas certain de parvenir à endiguer le flot.

Ève n'insista pas. Elle posa sa tête contre sa poitrine et resta silencieuse, lovée contre lui.

Sans qu'il s'y attende, Jean fut submergé par une bouffée de tendresse. Un sentiment puissant, total, qui lui donna envie d'enfouir son visage dans son cou.

De sa main libre, il caressa la chevelure rouge. Un geste qu'il regretta aussitôt, comme si le contact l'avait brûlé. Il se dégagea doucement, prétextant un besoin de bouger.

Ce qu'il venait d'éprouver ne pouvait pas se concrétiser.

Sous aucun prétexte.

Cette fois, il ne s'agissait plus de la malédiction. Une menace bien réelle pesait sur Ève. Si Marion, ou qui que ce soit d'autre, s'en prenait aux femmes auxquelles il tenait, elle deviendrait une cible.

La prochaine sur la liste.

59

Chloé avait bien fait d'attendre.

Après une soirée morne au restaurant de l'hôtel – un Ibis situé au cœur de la zone industrielle – suivie d'une nuit moyenne dans un lit trop raide, elle s'était réveillée aux environs de 9 heures et avait aussitôt ouvert sa boîte mail. Zimmer lui avait transféré trois messages adressés par des collaborateurs du groupe, tous prétendant posséder des infos sur Patricia Lajoux.

Elle s'était habillée au pas de charge, avait avalé un mauvais thé et était retournée chez Carvec pour commencer les auditions. La DRH avait mis une salle de réunion à sa disposition, un petit geste prouvant qu'elle soutenait la cause.

En contrepartie, Chloé avait joué le jeu. Elle s'était fait passer pour une bénévole de Swisstransplant, l'association qui avait servi d'hameçon à Zimmer pour sonder les salariés du groupe.

Le premier retour n'avait rien donné. Un employé modèle, qui avait voulu se faire bien voir en faisant état d'une vague relation entretenue dix ans plus tôt avec la coordinatrice de mission. L'ancien collègue de Marion avait parlé de lassitude, de besoin de reconversion, d'humanitaire… Des lieux communs que Patricia Lajoux avait abordés à l'occasion d'un pot de fin d'année.

Chloé avait tenté de creuser, sans résultat. Ce bon Samaritain n'avait pas la moindre idée de ce qu'elle était devenue, encore moins de l'endroit où elle pouvait se trouver.

11 heures. Installée dans un fauteuil aux larges accoudoirs, la policière française consignait ces maigres infos dans son portable quand on toqua à la porte.

Le deuxième témoin pointait son nez.

Elle mit son iPhone sur vibreur et se leva pour accueillir un type en blouse blanche, la cinquantaine sportive, qu'elle aurait vu sans mal crapahuter sur des sentiers de montagne ou dévaler des pistes de ski. D'après les renseignements fournis par Zimmer, il s'agissait du médecin généraliste salarié par le groupe, le docteur François Chenaux. Il avait reçu Patricia Lajoux plusieurs fois pour des vaccins ou des contrôles, en raison des nombreux déplacements qu'elle effectuait dans des pays à risque sanitaire élevé.

— Merci de me consacrer un peu de votre temps, attaqua-t-elle pendant qu'il s'asseyait.

— C'est bien normal.

Le type était du genre play-boy. Sourire séducteur, cheveux grisonnants, à peine bouclés, traits nets et regard de velours. Il possédait une classe toute naturelle qui le rendait encore plus charmant. Chloé n'était pas sensible à ce type d'arguments mais les salariées de sexe féminin devaient sûrement se presser au portillon pour quémander du Doliprane.

— Comme vous l'a dit Madame Zimmer, nous essayons de localiser Patricia Lajoux pour une transplantation rénale, entama Chloé. Il s'agit de son frère.

— Je ne savais pas qu'elle avait un frère.

La commandante avait déjà préparé sa réponse.

— Il habite à Zurich.

— Elle ne m'en avait jamais parlé.

— Ça a l'air de vous surprendre.

— Le cadre médical crée une proximité. Les patients se confient souvent à moi.

— Ils ne vous disent pas forcément tout.

Sourire désabusé, presque teinté de regrets.

— C'est juste. Je ne suis pas psychiatre.

— Vous pensez pouvoir nous aider ?

— J'espère. C'est une femme généreuse. Elle sera certainement partante pour la transplantation.

Marion était visiblement experte dans l'art de la dissimulation. Pas surprenant. Certains tueurs en série, psychopathes au dernier degré, menaient une vie de famille paisible, allaient à la messe et donnaient de leur temps à des associations. Des citoyens modèles...

— Dites-moi tout.

Chenaux se cala sur sa chaise et plissa le front. Chloé voyait enfin le praticien se dessiner derrière le bellâtre.

— Ça remonte à loin. C'était à l'occasion de notre dernière consultation, peu avant son départ. Ses analyses sanguines étaient bonnes mais je la trouvais un peu déprimée. Je lui ai demandé si tout allait bien et c'est là qu'elle m'a annoncé sa démission. Selon ses propres termes, elle arrivait au bout d'un cycle. Elle devait se renouveler.

— Elle vous a dit ce qu'elle comptait faire ?

— Plus ou moins. Elle avait évoqué le Canada, la ville de Montréal, en raison de son caractère francophone.

L'hypothèse que Marion ait traversé l'Atlantique ne cadrait pas avec la localisation des trois derniers meurtres mais pouvait encore tenir la route. Elle avait pas mal bougé pour parvenir à ses fins, elle avait pu continuer.

— Pour y faire quoi ?

— Ce n'était pas très clair. Elle songeait à une reconversion dans le secteur du tourisme.

— On est loin des expéditions en milieu hostile.

Le toubib la regarda bizarrement. Chloé réalisa que la tournure de l'entretien était sans doute trop orientée, en lien quasi direct avec son enquête. Elle corrigea le tir aussitôt.

— En fait, je me demandais comment on pouvait passer de l'un à l'autre. Elle vous a peut-être parlé de suivre une formation ? Ce serait un bon point de départ.

Chenaux nia de la tête et reprit son exposé.

— Elle n'y a pas fait allusion. Et à mon avis ce n'était pas nécessaire. Patricia Lajoux possédait un solide bagage en logistique et avait vécu chez Carvec une expérience professionnelle originale. Elle avait toutes les qualités requises pour travailler dans ce secteur.

— C'est grand, Montréal. Il doit y avoir pas mal de professionnels qui opèrent dans cette branche. Elle vous a donné des précisions ?

— Elle voulait trouver un job pépère. Un poste où elle pourrait enfin se poser.

— Du genre ?

— Si je me souviens bien, elle avait évoqué l'idée d'une agence de voyages ou d'un groupe hôtelier.

— Elle avait un employeur en vue ?

— Elle n'en a pas parlé.

Toujours aussi flou, songea Chloé. Et compliqué à creuser. Dix ans avaient filé. Marion avait peut-être encore changé de nom. Il allait falloir gratter profond si elle voulait trouver du grain à moudre.

— Vous pensez à autre chose ?

Le généraliste secoua la tête.

— Non, je ne vois pas.

— Très bien. Merci docteur.

— Je vous en prie. J'espère que ces informations vous aideront à la retrouver.

Chenaux s'était levé. En le voyant quitter la salle, pas nonchalant, blouse blanche immaculée et gueule d'amour,

Chloé eut l'image du docteur Mamour, le neurochirurgien de *Grey's Anatomy*.

Elle intégra le fruit de la discussion dans son portable et enchaîna sur le troisième témoin. Si l'entrevue ne donnait rien, elle aurait cramé une journée en pure perte.

La femme que Chloé fit entrer semblait être d'une timidité maladive. Le genre à s'excuser de s'excuser, qui en dépit de sa quarantaine bien entamée avait encore des airs d'adolescente.

— Merci d'avoir répondu à notre appel, commença la commandante d'un ton rassurant.

— Il n'y a pas de quoi.

— Je vous écoute.

L'employée baissa la tête. De toute évidence, parler s'apparentait à une épreuve.

— Je dois tout de suite vous dire que ce n'est pas moi qui pourrai vous renseigner.

— J'ai peur de ne pas comprendre.

— Je ne connaissais pas Madame Lajoux. Enfin pas personnellement. Je ne l'ai croisée que quelques fois, pour la validation de ses notes de frais. (Elle eut un petit sourire rentré, une expression de fierté.) Je travaille à la comptabilité.

— Parfait. Et en quoi pouvez-vous m'aider ?

— Il y a quelqu'un que vous devez absolument rencontrer. Elle ne s'est sûrement pas manifestée, vu qu'elle ne lit jamais ses mails. En revanche, je suis certaine qu'elle vous renseignera. Elles étaient très copines. En tout cas, elles en avaient l'air.

— De qui s'agit-il ?

— Camille Ravier. La coordinatrice qui a pris sa suite.

— Elle travaille au siège ?

— Quand elle n'est pas sur le terrain.

— Elle est ici aujourd'hui ?

— Je suis désolée, mais je ne sais pas.

Pas grave, songea Chloé. Zimmer lui fournirait les infos.

— Si vous voulez, je peux vous donner son numéro de portable. Toutes les personnes qui doivent se faire rembourser des frais me le donnent. Elles veulent que je les prévienne quand je fais le virement.

La balle rebondissait dans un angle inattendu. Chloé reprit son téléphone, posé devant elle sur la table et enregistra la suite de chiffres.

— Voilà, laissa tomber la femme en se levant. C'est tout. J'espère que vous la retrouverez. La famille, c'est ce qu'il y a de plus important.

La conclusion sonnait comme un constat d'échec. Chloé la regarda quitter la pièce avec un sentiment de tristesse. Sa vie n'était pas un modèle de bonheur mais il y avait toujours pire. Des existences en noir et blanc marquées par le poinçon de la solitude, comme une route sans relief, en attendant de mourir.

Elle regarda sa montre. Bientôt 13 heures. Le temps filait à la vitesse du son et un témoin inattendu venait de se rajouter à la liste. La partie n'était pas encore terminée. Il lui restait encore un coup à jouer.

En priant pour que la pêche soit fructueuse.

60

Pour rejoindre Crozet, dans le département de l'Ain, une seule option. Prendre la route de Meyrin, traverser la frontière pour arriver en France, rejoindre la D35 en direction de Gex et s'enfoncer dans les contreforts du Jura. Pas insurmontable en termes de distance – à peine quinze kilomètres – mais compliqué au regard du trafic. Le petit village abritait une grosse population de transfrontaliers, dont la transhumance quotidienne créait un bordel monstre dans lequel Chloé était engluée.

Après avoir appelé Camille Ravier, elle avait remercié Zimmer et pris la route. Le quatrième témoin, qui n'avait effectivement pas vu passer le mail, l'attendait chez elle. Coup de pot, elle rentrait tout juste d'une expédition dans la forêt primaire de Bornéo. Elle était en congé et aurait tout son temps pour la renseigner.

Au bout d'une énième zone commerciale, la circulation finit par s'alléger. On quittait l'espace périurbain pour accéder à l'habitat rural, plus espacé. Des champs en friche remplaçaient entrepôts et pavillons préfabriqués, dont les extrémités étaient cernées par des bois sombres.

Chloé parcourut encore trois kilomètres avant de quitter la départementale et de s'engager sur un axe secondaire. Elle roula une dizaine de minutes dans une sorte de *no man's land* bordé de pâturages, puis tourna à gauche dans ce qui ressemblait plus à une piste qu'à une voie carrossable. Chemin de la Crotte. Elle y était. Une impasse au bout de laquelle était censé se trouver le chalet.

Elle l'aperçut très vite. Seule construction érigée dans la zone, en haut d'une petite butte recouverte d'herbe jaune, la bâtisse en imposait par sa lourdeur. Élevée sur deux niveaux, elle était faite d'un assemblage de pierres épaisses et grises qui lui donnait un aspect moyenâgeux. Le style jurassien, sobre, efficace, en parfaite adéquation avec l'environnement.

En sortant de sa voiture, Chloé aspira l'air à pleins poumons. Ici, au pied de ce cirque montagneux, sa pureté était telle qu'il avait une odeur. Celle du passé, de sa jeunesse, quand la Savoyarde qu'elle était habitait encore Grenoble et ne vivait que pour le ski.

Grosse porte en bois, épaisse et lourde, gravée de frises. Une cloche à l'ancienne permettait de s'annoncer. Chloé attrapa le battant et fit tinter l'étain.

Une petite brune proche de la quarantaine lui ouvrit aussitôt, comme si elle la guettait. Légèrement essoufflée, elle portait des leggings blancs ultramoulants laissant entrevoir un ventre plat où se dessinaient des barres d'abdominaux.

— Madame Ravier ?

— C'est moi.

— Chloé Latour. Association Swisstransplant. Je vous ai appelée avant de venir.

— Bienvenue. Et désolée pour la tenue. Je viens à peine de terminer ma gym.

Camille Ravier était le genre de nana que Chloé appréciait. Naturelle, saine, spontanée. Elle commençait déjà à s'en vouloir d'être obligée de la mener en bateau.

— Pas de souci, répondit-elle. Pour ma part, je fais du *freeride* et pas mal de yoga.

Un sourire franc éclaira les traits de la jeune femme, découvrant des dents d'une blancheur minérale. Chloé eut la vision d'une montagnarde pure souche, nourrie au lait entier et perfusée au grand air.

— Venez, entrez.

L'intérieur était dans le droit fil de l'extérieur. Une ambiance à l'ancienne, dans le style refuge, avec buffet encombrant, table de ferme et grosses poutres apparentes. Seule concession à cette décoration traditionnelle, une cuisine high-tech avait été superposée au reste dans un des coins de la pièce.

— Vous en voulez une ? lança la maîtresse de maison en attrapant une canette de Red Bull dans un frigo américain.

— Je me contenterai d'un peu d'eau.

Elle prit une bouteille de Volvic et la tendit à Chloé. Pas de verre, pas de manières. On était entre sportives.

— Donc, vous cherchez Patricia ?

— Pour une transplantation, oui.

— Son frère a besoin d'un rein, c'est ça ?

— Il est sous dialyse. C'est très urgent.

Camille Ravier opina d'un air grave. Elle s'assit sur la console centrale, jambes dans le vide, et lança d'un air rêveur.

— Patricia Lajoux… Un sacré numéro.

L'évocation de son ancienne collègue semblait la replonger dans un abîme de souvenirs. Une source potentielle d'informations dans laquelle Chloé s'engouffra.

— Vous la connaissiez bien ?

La jeune femme eut un sourire nostalgique.

— C'est Patricia qui m'a fait venir chez Carvec.

— Vous étiez son assistante ?

— Plutôt son élève.

— C'est-à-dire ?

— Je bossais dans une agence spécialisée, en région parisienne. Je m'occupais des stages de cohésion en entreprise. *Team building*, survie, commando… Bref, tout ce qu'il faut pour secouer les cadres. J'en avais marre de rentrer dans mon deux-pièces après le boulot, alors j'ai répondu à l'annonce de Carvec. Ils cherchaient de toute urgence une coordinatrice de mission pour un poste basé à Genève. Patricia a retenu mon CV, on s'est rencontrées et ça a tout de suite matché. On n'a bossé que six mois ensemble, le temps de son préavis. Elle m'a appris toutes les ficelles.

Un recrutement à l'arrache, conséquence d'une démission soudaine. La passation de pouvoir s'étant faite rapidement, elle avait certainement été intense.

Chloé continua de creuser. Tout en douceur afin de ne pas éveiller les soupçons.

— C'était quel genre de femme ?

Camille Ravier lui lança un regard amusé. Elle devait penser avoir décodé le sens caché de la question.

— Vous vous demandez si elle serait capable de sacrifier un de ses reins pour le donner à son frère ?

— Ça fait partie de nos préoccupations.

— La réponse est oui. Sans aucune hésitation. Je n'ai jamais rencontré quelqu'un d'aussi humain.

Le même son de cloche que le toubib. Une sainte, qui avait le cœur sur la main.

— C'est une chance, mentit Chloé. Maintenant, il ne nous reste plus qu'à la retrouver.

Camille Ravier avala une grande rasade de Red Bull et descendit de son perchoir.

— Je ne sais pas si ça vous sera d'une grande utilité, mais aux dernières nouvelles, elle était toujours en Suisse.

Montée en chauffe. Marion n'avait pas mis son projet d'expatriation à exécution. Elle était restée sur place. Elle avait dû balancer de fausses informations au beau docteur Chenaux afin de mieux brouiller les pistes.

— On m'a communiqué une vieille adresse, à Genève. Celle qui était mentionnée dans son dossier. Vous en avez une plus récente ?

— Elle m'avait simplement donné une boîte mail, au cas où je rencontrerais une difficulté dans le boulot.

Pas suffisant. On pouvait envoyer des mails de n'importe où. Chloé essaya d'affiner.

— Elle ne vous a pas dit dans quel coin elle comptait aller ?

— Dans les montagnes. Elle en parlait tout le temps.

— Quelles montagnes ?

— Je n'en sais rien.

— Ça date de quand ?

— C'est pas tout frais. De mémoire, neuf ou dix ans…

Une éternité. Marion avait eu le temps de repartir dans n'importe quelle direction. Chloé tenta quand même :

— Et depuis ?

— Aucune idée. Elle n'a pas répondu à mes derniers messages. Je l'ai relancée deux ou trois fois puis j'ai constaté que l'adresse mail n'existait plus.

— Pourquoi ce silence ? Vous aviez l'air de bien vous entendre.

— Je suppose qu'elle était passée à autre chose.

Sans doute. Pourtant, Marion avait fait le choix de conserver un lien avec Camille Ravier, tout au moins pendant un temps. Une décision qui allait à l'encontre de sa façon de faire habituelle, sans doute motivée par un attachement particulier. Pourquoi avait-elle décidé brutalement de le rompre ?

— Cette boîte mail, vous avez gardé l'adresse ?

— Elle n'est plus en service, je vous l'ai dit.

— Ça se tente quand même. Et puis on n'a que ça.

La sportive hocha la tête. Elle s'éclipsa quelques minutes et revint avec un vieux répertoire en cuir, fermé par un élastique.

— Je le traîne depuis toujours. J'y note tous mes contacts.

— Vous ne faites pas confiance à Google ? ironisa Chloé.

— J'aime bien l'idée du papier qui vieillit avec moi. J'ai l'impression de pouvoir y lire mon histoire. Sans parler de la sauvegarde. De mon point de vue, on n'a pas trouvé mieux.

C'était joliment dit. Et parfaitement raccord avec ce que ressentait Chloé. Quand elle avait perdu son portable six mois plus tôt, elle avait mis trois jours pour reconstituer son agenda.

— Vous avez de quoi noter ?

La commandante sortit son iPhone. À cette seconde, dans cet endroit et devant cette femme, l'objet lui semblait décalé.

— En ce qui me concerne, s'excusa-t-elle en désignant son appareil, j'ai abdiqué depuis longtemps.

— Il n'est jamais trop tard pour revenir à l'essentiel, répondit Camille Ravier avec un petit sourire.

Chloé le lui rendit, troublée. En une phrase simple, cette inconnue venait de résumer sa vie. Elle se pencha sur l'écran et s'entendit répondre :

— Allez-y.

61

— Retracer une adresse mail périmée depuis dix ans ?

— Pas dix. Neuf.

— Oublie. C'est mort.

Belkhir n'avait pas tort. Les probabilités de faire mouche étaient infinitésimales. Autant essayer de récupérer les débris d'un satellite dérivant dans l'espace.

— On tente, répondit Chloé d'un ton calme. C'est notre meilleure option et je n'ai pas l'intention de m'asseoir dessus.

— Et les combis ? J'ai encore trois sociétés à appeler.

— Tu diffères. Si on accroche quelque chose avec cette boîte mail, on aura une chance de mettre la main sur l'ex-petite amie de Sardi et de boucler l'enquête.

Silence dans l'écouteur. La benjamine devait être en train d'anticiper la galère qui l'attendait.

— Je peux te poser une question ?

— Vas-y toujours.

— T'es sûre de ton coup ?

Après avoir informé Belkhir de son saut en Suisse, Chloé l'avait débriefée sur les raisons de ce déplacement imprévu. Plus la peine de se prendre la tête avec des Teks touristes ou pros. Même la liste fournie par Sardi ne leur était plus d'aucune utilité. Elle avait la conviction que Marion

Delmare, le premier amour du plongeur, était la tueuse qu'ils cherchaient. Hormis des points de détail, tout convergeait vers cette évidence.

— À quatre-vingt-quinze pour cent.

— Ce qui laisse une marge d'erreur non négligeable.

— Comme toujours. La seule façon de savoir, c'est de lui demander. Pour ça, il faut l'interpeller.

— Logique imparable, ironisa Nabilla. C'est quoi l'adresse ?

— Attends une seconde.

Elle bascula l'écran sur l'application Notes et demanda :

— Tu as de quoi écrire ?

— Je suis à mon bureau.

— *tyn90wcx@mail.ch*

— Original.

— Ça nous aidera peut-être à la retrouver plus facilement.

— Rêve pas. Ce genre d'adresse à la con, il s'en crée des milliers chaque jour.

— Commence par une réquise chez les opérateurs français. Orange, Free, Bouygues… tu me les fais tous. Ils ont des accords avec leurs concurrents européens.

— C'est parti. Et toi, tu fais quoi ?

— Je suis sur la route de l'aéroport. Avec un peu de chance, j'attraperai le dernier vol.

Elle raccrocha. Elle avait repassé la frontière et roulait au pas sur la même quatre voies que tout à l'heure, dans le sens inverse. Son avion décollait dans une heure, il lui restait à peine dix bornes à faire, mais avec la sortie des bureaux, la densité de véhicules était montée de trois crans. Si ça continuait à ce rythme, elle finirait par rater son vol.

Elle inspira profondément. Rester zen. Retrouver son calme. Au pire elle prendrait le suivant. Le plus important, c'était l'enquête. Et sur ce plan, elle avait de quoi se réjouir.

Si tout se passait bien, Marion Delmare, alias Patricia Lajoux, allait bientôt tomber dans ses filets. Une affaire résolue en moins de quinze jours, sur laquelle personne ne misait un kopeck. Son instinct, son opiniâtreté, permettrait d'éviter à la justice de faire une bourde monumentale.

Cette perspective la détendit. Elle n'en tirait aucune fierté, seulement le sentiment d'avoir joué son rôle. Comprendre les raisons d'une mort violente, trouver le coupable d'un meurtre, c'était pour cette raison qu'elle avait signé.

D'autres pensées s'agrégèrent, mises de côté jusque-là. Elle pensait courir après un homme, un dingue de l'acabit de l'assassin de Sophie, pour découvrir que le salopard qui avait nourri ses pensées pendant qu'elle remontait sa piste était une femme.

Le constat était clair : la cruauté, comme la violence et la perversité, n'a pas de genre. Il n'y avait que des êtres en souffrance, manipulés par leurs pulsions les plus sordides, les plus douloureuses. Les psys le savaient, les avocats le plaidaient, les juges en tenaient compte quand ils les condamnaient.

Mais elle avait choisi d'être flic. Le premier rouage de la machine, celui auquel on ne demandait pas de réfléchir, de comprendre, seulement d'agir. Un choix dont à présent, elle saisissait toute la portée.

En accrochant sa plaque à sa ceinture, elle n'avait pas seulement essayé de rendre justice à Sophie, encore moins de réparer son erreur. Elle avait juste voulu garder sa haine intacte.

Celle d'abord vouée à son père, véritable responsable de la rupture avec ses parents. Celle ressentie ensuite contre le taré qui lui avait pris sa petite amie. Celle, enfin, qu'elle avait reportée sur tous les enfoirés qui violentaient des femmes et finalement sur tous les hommes en général.

C'était ça son moteur.

Le seul qui lui avait permis d'avancer.

Celui aussi qui l'avait détruite.

Le GPS la ramena au présent. La voix d'hôtesse de l'air lui proposait une sortie à trois cents mètres, un itinéraire de délestage qui divisait par deux son temps de parcours.

Elle s'y engagea sans hésiter, avec la sensation qu'après toutes ces années, le Ciel lui adressait enfin un message.

Pour elle aussi, il était temps de changer de route.

62

Il nageait dans un lagon.

Une eau transparente sous laquelle se devinaient des masses compactes. Le corail. Un champ entier, fait de petits dômes serrés les uns contre les autres, dont les rondeurs crénelées s'entremêlaient jusqu'au récif.

Tout semblait parfait. La température de l'océan, proche d'un bain tiède, celle de l'air, à peine plus fraîche, la lumière dorée qui ricochait sur les flots et les faisait miroiter… Surtout, il éprouvait ce sentiment de paix profonde, presque viscéral, que seule procure une immersion dans la matrice originelle

Puis, brutalement, le monde s'assombrissait. Un froid glacial le saisissait et il tombait. Une chute sans fin, lente, comme amortie dans un boyau de ténèbres. Ses ténèbres. Celles dans lesquelles il se débattait depuis l'enfance. Une prison dans laquelle il était enfermé, dont les barreaux invisibles l'empêchaient de respirer. Plus il s'y enfonçait, plus l'oppression s'accentuait. Il suffoquait avec au creux du ventre la conviction qu'il était en train de se noyer.

C'est à cet instant que les lueurs apparaissaient. Elles l'entouraient d'un jaune fluorescent, presque surnaturel, le même que celui de ses combis. Il n'avait pas besoin de les détailler. Il les connaissait. Le plancton. Une colonie de Spirotrichea surgie des profondeurs pour lui montrer le chemin. Le ramener vers la lumière.

Mais là, il comprenait. Les micro-organismes n'étaient pas venus le sauver. Au contraire. Ils allaient l'entraîner plus loin, le faire descendre plus profond, jusqu'aux couches telluriques de ses peurs.

Ils n'étaient pas ses guides mais ses bourreaux.

Jean émergea du cauchemar sur un cri blanc. Bouche ouverte et front en sueur, il happait l'air comme un poisson à l'agonie. Il s'assit dans son lit, se força à respirer lentement. Au bout de quelques secondes, le monde retrouva sa place. Sa chambre, son petit bureau, le vieux fauteuil sur lequel il jetait ses fringues avant d'aller se coucher. Une lueur blafarde éclairait son sanctuaire, reflets de lune filtrant par la baie vitrée laissée entrouverte.

Il se leva d'un bond. Son cœur battait la chamade, une corde serrait sa gorge. Les images angoissantes de son rêve avaient dû faire grimper sa tension en flèche. Chargé à bloc d'adrénaline, il pouvait dire adieu au sommeil.

Il noua une serviette autour de sa taille et descendit au rez-de-chaussée sans allumer. Pas un bruit. Pas même la rumeur de la ville qui traversait parfois la nuit, portée par le souffle régulier des vents venus du large.

Détour par les toilettes, toujours dans l'obscurité. Après avoir soulagé sa vessie, Jean se dirigea vers la cuisine. La lueur rouge des diodes du micro-ondes marquait 2:37. Le pire moment pour faire une insomnie.

Il ouvrit le frigo, évita le jus de citron trop diurétique et se servit un petit verre d'eau. La fraîcheur du liquide lui fit du bien, son esprit s'apaisa et il commença enfin à se rassembler.

Ces visions n'avaient rien d'anormal. Il avait encaissé du lourd ces derniers jours. Il avait beau prendre sur lui et continuer à bosser comme si de rien n'était – il avait passé la journée à bricoler le compresseur –, il fallait bien que ça sorte d'une façon ou d'une autre.

Il déambula quelques instants dans le salon et s'allongea dans le canapé. Il aurait préféré ne pas penser, fermer les yeux et s'endormir. Mais pas moyen. Trop de questions se bousculaient, toutes liées à Marion.

Se pouvait-il vraiment que ce soit elle, l'assassin ? Comment en était-elle arrivée là ? Continuait-elle à le surveiller, à l'espionner ? À le traquer peut-être ? Où en était Latour ? Avait-elle réussi à retrouver sa trace ?

Et Ève ?

Était-elle en danger ?

Les réponses le fuyaient. D'abord parce qu'il n'avait pas toutes les données mais aussi parce qu'elles le terrifiaient. Si la commandante avait raison, la boucle serait bouclée de la pire des façons.

Il fixa les ténèbres à la recherche d'un point d'ancrage. Ses yeux, habitués à l'obscurité, commençaient à distinguer les formes de son quotidien. Des contours rassurants, les seuls auxquels il pouvait se raccrocher dans ces sables mouvants.

C'est là qu'il entendit le frottement. Un son diffus dont il ne parvenait pas à déterminer la provenance mais dont il subodorait l'origine. Depuis quelque temps, des fouines s'étaient nichées chez lui. Elles devaient s'agiter dans les combles.

Faire le vide. Oublier, ne serait-ce qu'un instant, que son existence était en train de virer au pur cauchemar.

Un craquement sec l'en empêcha. Proche, net, juste au-dessus de sa tête, comme s'il prenait sa source dans le plafond. Jean se redressa, cette fois en proie à une violente bouffée de parano.

Et si c'était Marion ? Si Latour était dans le vrai, qu'elle avait passé sa vie à le poursuivre, elle avait certainement compris qu'il était sur ses traces. Paniquée, elle avait décidé d'en finir et s'était introduite chez lui pour le tuer.

Le bruit se reproduisit une fois ou deux puis s'arrêta. Une poignée de secondes, Jean suspendit son souffle. Hormis son cœur cognant dans sa poitrine, rien.

Il secoua la tête. Cette histoire était en train de le rendre dingue. Il interprétait chaque son de travers alors que l'explication coulait de source. Cette fois, ce n'étaient pas les fouines. Seulement un phénomène physique dont il connaissait les ressorts. Les variations de température. Elles faisaient jouer le bois de la charpente. Ça faisait partie du charme des vieilles baraques.

Il se massa les yeux et s'extirpa du canapé. Déjà trois heures du mat' et plus aucune envie de rester allongé. Quitte à ne pas dormir, autant bosser un peu. Rosso lui avait mailé un dossier sur le nouveau modèle de blocs en alu dont il souhaitait équiper Tech Med. C'était le moment ou jamais de voir si ce matos tenait la route.

Le premier étage était toujours plongé dans une semi-obscurité. Jean avança à tâtons jusqu'à sa chambre, ses mains glissant le long des murs pour se guider. Après avoir franchi la porte, il longea son lit sans utiliser le plafonnier et se dirigea vers son bureau. La veilleuse de travail serait moins violente. Elle suffirait pour ce qu'il avait à faire.

Il s'assit dans son fauteuil, alluma la lampe et ouvrit l'ordinateur. Au même moment, il sentit une piqûre dans son cou. À peine un point douloureux, dont le souvenir s'effaça aussitôt pour laisser la place à une puissante sensation d'engourdissement.

Il se sentit partir. Pendant que le monde se délitait, une vision l'envahit. Celle d'une femme penchée sur lui, tenant à la main une minuscule seringue hypodermique. Il ne pouvait distinguer ses traits, brouillés par les effets de la saloperie qu'elle venait de lui injecter. En revanche, il sentait son odeur. Une fragrance douce et sucrée dont les effluves le ramenaient des années en arrière.

Dune.

Le parfum préféré de Marion.

Celui qu'elle portait à l'époque où ils étaient ensemble.

63

— VOUS M'ENTENDEZ ?

— Cinq sur cinq.

Chloé avait crié pour couvrir le bruit des rotors. Un réflexe absurde puisqu'elle portait un casque radio émetteur.

— Pas la peine de hurler, précisa le pilote. Parlez simplement dans le micro.

— Comme ça ? corrigea-t-elle un ton plus bas.

— Parfait. Vous êtes bien attachée ?

Elle tira sur les sangles. Les deux accroches métalliques enclenchées dans la boucle d'arrimage ne bougèrent pas d'un centimètre.

— Ficelée comme un rôti.

— Tenez-vous bien. On décolle.

L'EC 145 Écureuil bleu marine se souleva en douceur. Il resta quelques secondes en vol géostationnaire, comme s'il hésitait sur la direction à prendre, puis bascula son nez vers l'avant et s'éleva rapidement.

Belkhir avait fait fort. En moins de quinze heures, elle avait remonté la piste de la boîte mail de Patricia Lajoux. La messagerie avait été créée en octobre 2008, via un compte Google et un nom de domaine suisse.

La benjamine du groupe n'avait pas pu obtenir la teneur des messages, ces données trop anciennes et en principe confidentielles étant effacées au bout de cinq ans. En revanche, elle avait dégoté les adresses IP des différents ordis ayant communiqué par ce canal. Sa synthèse était arrivée sur le téléphone de Chloé à 6 h 30, un bip strident qui l'avait tirée de son sommeil.

Belkhir n'avait pas encore identifié les destinataires de la correspondance électronique. Ce point était secondaire. Elle s'était concentrée sur la priorité, les machines d'où elle était partie, celles dont a priori Marion s'était servie. Après plusieurs coups d'épée dans l'eau, la stratégie avait fini par s'avérer payante.

La plupart des connexions ne présentaient aucun intérêt. Elles avaient été effectuées à partir d'un vieux modèle de Mac, une antiquité achetée à Genève par Patricia Lajoux en octobre 2008, date à laquelle elle avait aussi créé sa boîte mail. Le listing informatique fourni par l'opérateur de télécom – des suites de chiffres complètement imbitables – indiquait qu'il ne s'était plus branché sur le réseau depuis janvier 2012. Et de toute façon, aucun moyen de savoir d'où étaient partis les messages.

D'autres, sans surprise, provenaient du parc de chez Carvec. Des ordis que Marion avait utilisés dans le cadre de ses fonctions. Rien à tirer non plus de ce côté-là.

Enfin, et c'était là que ça devenait intéressant, quelques-unes avaient été établies depuis un fixe. Un Samsung ancienne génération, propriété de la Fondation Heinsig, une clinique privée haut de gamme située dans la station de ski ultrachic de Zermatt, dans le Valais suisse.

L'ancienne coordinatrice de mission était donc passée par là. Elle avait emprunté une des bécanes de cet établissement et l'avait fait à plusieurs reprises sur une période d'un mois. Ses ultimes – et très rares – connexions, toutes réalisées à partir de cette source, dataient aussi de 2012, en février, soit dans le prolongement de celles effectuées depuis le Mac. Ensuite, plus rien. Comme si elle avait décidé de ne plus utiliser cette adresse.

Qu'était-elle venue faire à cet endroit ? Pourquoi ne s'était-elle plus servie de son portable ? Qu'est-ce qui l'avait décidée à fermer cette boîte mail ?

Chloé espérait le découvrir en se rendant sur place. Avec un peu de chance, elle en apprendrait aussi un peu plus sur le parcours de Marion et la destination qu'elle avait prise.

Pour ça, et vu l'urgence, elle avait pris Verbier au saut du lit et l'avait mis une nouvelle fois à contribution. Le proc avait fermé les yeux sur la procédure en acceptant qu'elle opère sans le soutien des autorités suisses, cette fois trop long à mettre en œuvre.

Mieux, il avait réquisitionné un hélico du peloton de gendarmerie de haute montagne de Briançon, venu la récupérer sur le tarmac de l'aéroport de Marseille Provence pour la conduire jusqu'à Zermatt. Officiellement, il s'agissait d'une simple mission de reconnaissance effectuée dans le cadre de la coopération transfrontalière franco-suisse. Chloé n'aurait aucune autorité et avait pour instruction de ne faire aucune vague. Si ça coinçait, elle s'écrasait et rentrait illico.

— Tout va bien ?

La voix du pilote venait de grésiller dans le casque. Ils avaient quitté le périmètre aéroportuaire et survolaient déjà les forêts de la Sainte-Baume.

— Nickel.

— On sera sur zone dans quarante minutes.

Même pas une heure de vol. Elle atteindrait sa destination avant midi.

— Où est-ce qu'on se pose ?

— Devant la clinique. Il y a un héliport.

Pas surprenant, vu le standing de l'établissement. Les recherches effectuées par Nabilla le décrivaient comme un des centres de bien-être les plus courus de la jet-set. Toubibs de premier plan, infrastructures dernier cri, personnel pléthorique et une équipe soignante aux petits soins. Prix de la journée : 2 000 francs suisses, soit à peu près l'équivalent en euros. Sans parler des extras. Comment une coordinatrice de mission, même bien payée, avait-elle pu s'offrir un tel luxe ?

Chloé n'en avait pas la moindre idée. En revanche, elle connaissait par cœur ce genre d'ambiance. À une époque, son père avait opéré dans une clinique similaire, à Monaco. Spécialistes triés sur le volet, convalescence postopératoire, programme de remise en forme, cure de jouvence et, bien sûr, chirurgie esthétique. Ce type de complexes drainait en priorité une population de riches. Des bourges pleins aux as qui refusaient de vieillir. Voire de mourir. On les charcutait, on leur changeait le sang et on les gavait de DHEA, la pilule miracle offrant la jeunesse éternelle – interdite en France –, tout ça en pure perte. Au bout du compte, ils finissaient quand même par crever, avec en prime le bonheur de ressembler à des canards laqués.

Marion était-elle venue ici dans le but de transformer ses traits ? Après avoir changé d'identité, elle avait pu décider de passer à l'étape supérieure. Une nouvelle vie, encore, dissimulée sous un nouveau visage. Un lien, peut-être, avec l'évolution de son mode opératoire.

Une autre question la tarauda. En admettant que Marion en ait eu les moyens, comment avait-elle réussi à se faire admettre dans ce ghetto pour milliardaires ? D'après les infos récoltées par Belkhir, on n'entrait pas à la Fondation Heinsig comme dans un moulin. Soit on faisait partie du sérail, soit on était recommandé.

Une simple employée de chez Carvec n'appartenait pas à la première catégorie. À dix contre un, quelqu'un lui avait donc fourni le précieux sésame.

Un trou d'air secoua l'appareil. Chloé s'accrocha malgré elle à son siège et tourna la tête vers la fenêtre. Ils survolaient maintenant une étendue scintillante, hérissée de pointes blanches et piquetée de taches noires. Les montagnes. À perte de vue. Elles avaient surgi sans crier gare, comme une houle qui se lève au milieu d'une mer calme. Leurs crêtes déchiquetées ondulaient dans un ciel bleu cobalt, vagues monstrueuses dont l'écume déferlait sur l'horizon avant de se perdre dans un tapis de nuages.

Chloé chaussa ses lunettes de soleil et profita du spectacle. Ce monde minéral lui procurait une sensation de paix profonde. Son caractère abrupt, tranchant, son immobilité et sa froideur la rassuraient. Ici, pas de faux-semblants, de calculs ou de mensonges. Seulement une vérité sauvage, incorruptible, à laquelle l'homme devait se soumettre. Plus que nulle part ailleurs, elle s'y sentait chez elle.

Elle regarda sa montre et se cala dans son siège en position détente. Les choses se présentaient plutôt bien. Elle avait fait un pas de géant, et pas seulement pour son enquête. Chloé espérait de toutes ses fibres mettre la main sur Marion, mais même si elle échouait, elle n'aurait pas tout perdu. Ses renoncements, ses sacrifices, les décisions à la con qui avaient gouverné sa vie prenaient soudain un sens nouveau. Comme si toute sa carrière l'avait amenée jusqu'à ce point précis. Une enquête en forme de catharsis, afin d'évacuer cette colère qui la rongeait depuis trop longtemps.

Marion Delmare, alias Patricia Lajoux ou peut-être encore quelqu'un d'autre, lui avait permis de voir les choses sous un angle différent. Elle n'était responsable de rien. Ni de sa sexualité, ni de ses sentiments, encore moins de ses blessures. Sophie n'était pas morte par sa faute, les hommes n'étaient pas forcément des prédateurs et les femmes des victimes. C'était beaucoup plus compliqué et à présent, elle le savait.

D'une certaine façon, cette prise de conscience l'avait libérée.

À partir de maintenant, elle ne serait plus jamais la même.

64

Vue du ciel, la clinique ressemblait à une immense araignée.

Un corps trapu, boursouflé, à partir duquel s'étiraient de courtes pattes dont les griffes s'accrochaient à la roche. La noirceur de la construction renforçait l'impression de contempler une mygale géante. Une sorte de créature mutante nichée au bord d'un précipice, prête à bondir sur ses proies depuis le haut de son promontoire.

L'Écureuil l'aborda par l'avant et se posa en douceur sur la piste, un cercle de bitume coulé à même le sol devant le bâtiment principal. Deux hélicos étaient parqués à son extrémité, rotors repliés en position parking.

Chloé attendit que le pilote coupe les moteurs pour lui donner la feuille de route :

— Je devrais en avoir pour une heure, pas plus.

— Prenez votre temps. La réquise a été faite pour la journée.

La commandante remercia d'un signe de tête et sauta à terre. À cette altitude, en cette saison, la neige avait cédé la place à un parterre d'herbes folles et de fleurs multicolores. Un tableau bucolique, idéal pour se remettre sur pied après être passé sur le billard.

Surgi de nulle part, un type d'une soixantaine d'années s'avança vers elle d'un pas rapide. Costume gris perle, cravate en soie et mocassins à glands. Le visage légèrement hâlé, les cheveux argentés, bien peignés avec une raie sur le côté, s'accordaient avec la tenue de banquier pour lui donner une allure très *british*.

— Karl Bonn. Je suis le directeur de la Fondation. Que se passe-t-il ?

Accent suisse prononcé. Sourire crispé. En les voyant atterrir, il avait sans doute remarqué le sigle de la gendarmerie et la cocarde tricolore peints sur le fuselage. L'arrivée inopinée d'un appareil militaire, a fortiori français, l'avait suffisamment inquiété pour le faire sortir de sa tanière.

Chloé présenta sa plaque.

— Commandante Chloé Latour. Brigade criminelle. Je viens de Marseille.

L'homme se raidit.

— Il y a un problème ?

— Rien qui concerne directement votre établissement.

Soulagement immédiat. Tant qu'on ne touche pas au business…

— En quoi puis-je vous aider ?

— J'aurais quelques questions à vous poser. Si vous n'y voyez pas d'inconvénients, bien sûr.

Manière de dire qu'elle n'était pas en position d'imposer quoi que ce soit. Elle n'était pas dans sa juridiction et comptait seulement sur sa bonne volonté.

— De quoi s'agit-il ?

— D'une de vos ex-pensionnaires.

— C'est que…

Le secret suisse. Encore. Quel que soit le domaine, il faisait partie de l'ADN du pays.

— Ne vous inquiétez pas. Votre témoignage restera confidentiel. Il ne sera même pas consigné.

Bonn n'était pas rassuré pour autant. Il allait falloir le convaincre autrement.

— Nous recherchons une femme suspectée d'avoir commis plusieurs meurtres, attaqua Chloé sans détour.

— En quoi cela nous concerne-t-il ?

— Elle a été hospitalisée chez vous en février 2012.

La tête du directeur s'allongea.

— Vous en êtes sûre ?

— Elle s'est connectée sur sa boîte mail à partir d'un ordinateur qui vous appartient.

— Comment s'appelle-t-elle ?

— Il est probable qu'elle se soit fait enregistrer sous le nom de Patricia Lajoux.

— Ça ne me dit rien.

Il avait croisé les bras dans une posture fermée. Sur ce tarmac perdu au milieu des montagnes, son style *preppies* avait quelque chose de surréaliste.

— Je suppose que vous conservez les dossiers de vos patients ?

— Naturellement. Mais je ne suis pas certain que nous les gardions aussi longtemps.

Chloé était convaincue du contraire. Ce type de données était un des actifs de leur fonds de commerce. Elles leur permettaient de savoir qui était passé chez eux et d'utiliser ces infos – en toute discrétion cela va de soi – pour conforter leur position sur le marché très sélectif du bien-être haut de gamme.

— Il suffit de vérifier.

— Je crains que ce ne soit pas possible.

— Pour quelle raison ?

— Même en admettant que nous l'ayons, vous savez parfaitement que je n'ai pas le droit de violer le secret médical.

On arrivait au point de blocage. En dépit de ses manières policées, le directeur n'avait aucune intention de lui ouvrir ses livres.

— Écoutez, Monsieur…

— Bonn.

— C'est ça. Je comprends vos réticences mais je n'ai que deux options. Soit vous me fournissez les renseignements dont j'ai besoin et je remonte dans mon hélico en vous garantissant que tout ça restera strictement confidentiel. Soit je passe par le circuit officiel et mes homologues suisses se feront un plaisir de venir perquisitionner chez vous. À vous de décider.

Elle avait annoncé la couleur d'une voix tranquille, en le fixant droit dans les yeux. Ça passe ou ça casse.

Bonn déglutit. L'idée qu'une escouade d'enquêteurs déboule dans ses locaux et puisse y mettre le souk ne devait pas l'enthousiasmer. Une catastrophe en termes d'image. Celle de violer la vie privée de ses pensionnaires fortunés ne valait pas mieux. Si ça se savait, il était bon pour mettre la clef sous la porte.

Il laissa filer quelques secondes, évaluant la meilleure option pour se sortir de ce guêpier. Chloé continuait de le scruter, plus déterminée que jamais.

— Vous ne me laissez guère le choix, finit-il par concéder.

— L'essentiel étant de faire le bon.

— Je vais voir si je peux vous aider. Mais je veux être certain de pouvoir compter sur votre discrétion.

— Vous avez ma parole.

— J'espère qu'elle vaut quelque chose. Nos clients sont très à cheval sur le standing de notre établissement. Et encore plus sur les raisons qui les conduisent chez nous. Ce serait très fâcheux pour notre réputation s'ils apprenaient que j'ai fourni à la police des informations les concernant. Vous comprenez ?

— Parfaitement.

Il rajusta sa cravate et se composa un air détaché.

— Alors faisons vite.

65

Des coursives lumineuses.

Du blanc, du bleu, du gris, mêlés avec justesse pour composer une atmosphère légère, presque aérienne, qui évoquait les fresques bibliques de la chapelle Sixtine. Déambuler dans les couloirs de la Fondation Heinsig s'apparentait à parcourir un lieu magique. Ni vraiment le ciel, ni vraiment la terre. Un entre-deux suspendu dans les limbes, où le miracle de la vie semblait avoir été créé.

Chloé suivait maintenant Bonn dans une aile du complexe. Tous les dix mètres, des couloirs greffés sur l'axe principal ouvraient de nouvelles voies dans les entrailles du bâtiment. Un vrai réseau de galeries où la lumière se déversait au travers d'un toit de verre. Étrangement, ils n'avaient croisé personne depuis le tarmac. Le directeur avait dû emprunter un chemin de traverse les mettant à l'abri des regards.

Après plusieurs détours, il s'arrêta devant une porte en métal plein. Il introduisit une petite carte à puce dans la fente d'un boîtier électronique et la remit dans sa poche alors que le panneau s'ouvrait.

— Je vous en prie, lança-t-il en s'écartant pour la laisser passer.

En entrant dans la pièce, une vision quasi céleste saisit la policière. Elle ne contemplait plus une œuvre de Michel-Ange. Elle était à l'intérieur. Le lieu depuis lequel Bonn pilotait son vaisseau était une bulle de verre ouverte sur les sommets. Positionnée à l'extrémité de l'édifice, au bord du vide, elle donnait l'impression de flotter dans les nuages.

Le directeur prit place derrière un bureau noir sur lequel s'entassaient des strates de parapheurs. Un canapé, une table basse et deux fauteuils étaient placés en vis-à-vis. Pas d'autres meubles, seulement des compressions de métal posées sur des socles en plexi.

Pendant que Chloé s'installait face à lui, il chaussa une petite paire de lunettes rondes qui lui donnait des airs de professeur et ouvrit un ordinateur portable. Il fit claquer ses doigts sur les touches, visage fermé, avant de relever le menton au bout de quelques secondes.

— Patricia Lajoux, c'est ça ?

Sous ses airs distanciés, Bonn avait bien enregistré le nom. Il jouait gros et se devait d'être concentré.

— C'est ça.

— Effectivement. Elle a séjourné chez nous du 12 novembre 2011 au 15 février 2012.

Trois mois, au bas mot. Au prix de la journée, la note était astronomique. La même question revint en force. Comment avait-elle pu se payer ce luxe ?

Chloé remit cette question à plus tard. Elle devait prendre les choses dans l'ordre.

— Pourquoi est-elle restée aussi longtemps ?

Le directeur hésita. Répondre signifiait entrer dans le détail. Révéler les raisons de l'hospitalisation. Violer le secret médical. Il en avait accepté l'idée mais renâclait maintenant qu'elle devenait concrète.

La Grenobloise l'encouragea. Voix douce, presque hypnotique, la meilleure façon de le rassurer.

— Je dois tout savoir, Monsieur Bonn. Tout. Personne ne sera au courant. Ça restera entre vous et moi.

Il la regarda par-dessus ses lunettes, comme s'il cherchait encore à obtenir une garantie. Puis il revint vers l'écran et lut d'une voix atone.

— Son dossier médical fait état d'une ALD.

— C'est-à-dire ?

— Affection de longue durée. Dans son cas, il s'agissait d'une leucémie lymphoïde chronique. Une vraie saloperie.

— Un cancer ? Je ne savais pas que vous traitiez aussi ce type de maladies.

— Nous ne communiquons pas sur ce pan de notre activité. Ce n'est pas très glamour, si je peux me permettre. Mais le besoin s'en est fait sentir et nous y avons répondu. Avec succès, je dois dire. Notre service d'oncologie est un des meilleurs de Suisse.

La fonction crée l'organe. À force de lifter des vieillards, de booster leur système immunitaire et de leur vendre le fantasme d'une jeunesse éternelle, la Fondation Heinsig avait bien été obligée de constater que ça ne suffisait pas à les maintenir en vie. Ils s'étaient donc diversifiés et proposaient en sous-main de les accompagner sur des pathologies plus lourdes.

— Patricia Lajoux a quitté votre clinique après trois mois de traitement. Elle était guérie ?

Bonn se pencha à nouveau sur l'écran. Sa mèche grise retombait légèrement sur son front, comme celle d'un violoniste décoiffé après un staccato.

— En rémission.

— C'est pour ça qu'elle est sortie ?

— Le traitement était terminé, nous n'avions aucune raison de la garder.

— Il y a quand même des contrôles, dans ce genre de cas ?

— Sa fiche mentionne un suivi ambulatoire. Elle devait revenir passer des examens mais elle ne s'est jamais présentée.

— Vous savez où elle est allée après avoir quitté votre établissement ?

— Elle a dû rentrer chez elle. Enfin je suppose. Dans son état, elle avait encore besoin de repos.

— Vous avez son adresse ?

Bonn pianota encore.

— 7, rue du Môle, à Genève.

Son ancien domicile. Celui qui figurait dans les archives de Carvec. Chloé avait fait tout ce périple pour revenir sur ses pas.

Elle essaya de positiver. La messe n'était pas encore dite. Elle savait à présent que Marion avait été malade. Un cancer de la lymphe, géré sur la longueur, dont elle s'était remise sans pour autant en être guérie. Elle n'était peut-être pas revenue à Zermatt se faire contrôler mais l'avait sans doute fait ailleurs. Question de survie. Il suffisait donc de partir à la pêche du côté des centres anticancéreux. En balayant large, elle finirait par retrouver sa trace.

Chloé s'apprêtait à prendre congé quand une dernière idée lui vint. Une idée qui allait peut-être lui permettre d'ouvrir une autre voie.

— Il faut être recommandé pour être admis dans votre clinique. Je me trompe ?

Bonn posa ses mains sur le bureau et se cala dans son fauteuil. On abordait le sujet sensible : l'aspect purement relationnel de son business.

— Je ne le formulerais pas de cette façon.

— Comment, alors ?

— Disons plutôt qu'il s'agit de cooptation.

— Je ne vois pas où est la différence.

— Une simple recommandation ne suffit pas. Chaque entrée est soumise à un vote de notre conseil d'administration. Pour être accepté, il faut répondre à une condition essentielle.

— Laquelle ?

— L'appartenance.

— Que voulez-vous dire ?

— Nos pensionnaires viennent du même milieu, fréquentent les mêmes cercles, ont les mêmes centres d'intérêt. Quand ils viennent ici, ils s'attendent à retrouver ces repères. Nous faisons en sorte de répondre à cette demande et n'acceptons que les patients appartenant à cette petite communauté.

La réponse ne cadrait pas. Marion n'évoluait pas dans ce monde ultra-fermé et, d'après le directeur, une recommandation n'aurait pas été suffisante pour lui permettre d'y accéder. Pourtant, elle l'avait fait. Et sous le nom de Patricia Lajoux. Quoi qu'en dise Bonn, Chloé restait convaincue que quelqu'un l'avait aidée.

— Patricia Lajoux ne faisait pas vraiment partie de cette *petite communauté*, rétorqua-t-elle. Ce n'était qu'une obscure coordinatrice de mission qui travaillait pour un laboratoire pharmaceutique. Comment a-t-elle pu être admise chez vous ?

Le Suisse prit un air pincé. L'idée qu'une vulgaire employée ait pu tromper leur vigilance et s'incruster dans le Saint des Saints lui donnait de l'urticaire.

— Je n'avais pas connaissance de ce détail. Son dossier mentionne « sans profession », ce qui entre nous est assez courant chez nos pensionnaires féminines.

Bonn semblait trouver cela normal. Encore un préjugé de macho que Chloé préféra ne pas commenter.

— Quelqu'un a dû lui permettre de le bidouiller.

— Que voulez-vous dire ?

— Qu'on lui a donné les éléments lui permettant de se faire passer pour ce qu'elle n'était pas. Une héritière, une veuve, la petite copine d'un type plein aux as… Peu importe. Une personne en tout cas qui avait des références.

Le directeur leva un sourcil, pas convaincu.

— C'est impossible. Toutes les informations sont vérifiées. Quand nous ne connaissons pas le patient, le conseil désigne un rapporteur qui passe sa vie au crible.

— Il a très bien pu se faire abuser. Notre suspecte est une experte en la matière. Avant de venir ici, elle avait déjà réussi à vivre près de vingt ans sous une fausse identité.

— Comment ça ?

— Patricia Lajoux n'est pas son vrai nom. En réalité, elle s'appelle Marion Delmare.

Bonn secoua la tête. Cette fois, il était complètement dépassé.

— Je ne sais pas quoi vous dire. Si ce n'est vous répéter que nos procédures d'enquêtes sont extrêmement rigoureuses. Nous vérifions tout. Et je vous assure que nous avons les moyens de faire des recoupements.

Il semblait sûr de lui. Pourtant, les faits étaient là, têtus. En dépit de toutes leurs précautions, Marion s'était faufilée entre les mailles du filet.

Chloé eut une fulgurance. La seule option qui permettait de résoudre ce fatras de contradictions.

— Il y a peut-être une autre explication.

— Laquelle ?

— La personne qui l'a aidée devait faire partie de votre conseil. Il se pourrait même qu'elle ait été chargée de l'enquête.

Le directeur se décomposa.

— Ce que vous avancez est extrêmement grave.

— Pas autant que d'être le complice d'une tueuse en cavale. Qui était le rapporteur ?

Bonn se pencha à nouveau sur l'écran. Sa mèche s'agitait pendant que ses doigts manucurés frappaient le clavier avec une sorte de rage. Après quelques secondes, il leva la tête avec une expression de désespoir absolu.

— Il semblerait que ce soit le fils du président.

— Heinsig ?

— Oui…

— Son prénom ?

— François. Le docteur François Chenaux.

Une flambée dans ses veines. Le beau toubib qui lui avait apporté la veille son témoignage.

— Il ne porte pas le nom de son père ?

— Il a gardé celui de sa mère.

— Pour quelle raison ?

Bonn fit la grimace. Cette fois, il s'agissait de la vie privée de son employeur. On ne mord pas la main qui vous nourrit.

— C'est compliqué.

66

La douleur irradiait dans son crâne.

Une gueule de bois carabinée digne d'une cuite monumentale. Sans parler du reste. Vertiges, envie de gerber, confusion... Tous les poivrots connaissaient cet enfer. Sauf que Jean ne buvait pas d'alcool. Pas la moindre goutte. Son seul vice était le jus de citron et ça n'avait jamais flingué personne.

En une fraction de seconde, tout lui revint. La piqûre dans son cou. La sensation de partir. La forme floue d'une femme penchée sur lui. Surtout, liant l'ensemble dans une zone enfouie de son cerveau, la senteur ambrée de Dune. Cette odeur, qui évoquait un paysage posé délicatement entre ciel et mer, était marquée au fer dans sa mémoire.

C'était celle de Marion.

Jean se redressa avec peine. Ces souvenirs étaient remontés en bloc à la façon d'une grosse bulle d'air mais l'ensemble restait confus. Des fragments de conscience, fracturés, désordonnés, comme les éclairs d'un stroboscope.

Seul élément tangible, il était assis devant son ordinateur, complètement nu, l'écran encore en veille. L'horloge indiquait 12:30. Il était resté inconscient près de dix heures. Le narcotique devait être méga puissant pour le scotcher de cette façon. Il s'était effondré tête la première sur son bureau et avait sombré dans un puits noir.

Il prit appui sur les accoudoirs et se leva avec difficulté. Quelques secondes de battement, le temps de s'adapter, puis peu à peu, un ordre relatif succéda au chaos.

D'un bref coup d'œil, il constata que la baie vitrée était toujours ouverte. Sans doute le point d'entrée par lequel l'intrus s'était introduit dans sa chambre.

Avant de s'évanouir, Jean avait juste aperçu une silhouette. Vision fugace d'une apparition quasi surnaturelle, sorte de spectre auréolé d'une masse de cheveux sombres qui tenait à la main une minuscule seringue hypodermique. Le visage était resté inaccessible mais il avait la certitude qu'il s'agissait de Marion. Le parfum en était la preuve.

Ce constat le dérouta. De plus, il posait une question évidente. Pourquoi ne l'avait-elle pas supprimé ? Il était sans défense, à sa merci. Si elle avait souhaité s'en prendre à lui, elle aurait pu le tuer de mille façons.

Difficile d'imaginer qu'elle ait pris tous ces risques simplement pour le regarder dormir. Cherchait-elle quelque chose ? L'avait-il surprise en remontant ? Mais alors, pourquoi vouloir à tout prix qu'il sache qu'elle était là ?

Un fait, dans ce fatras de contradictions, s'ancrait en évidence. Elle était au courant. D'une façon ou d'une autre, Marion avait compris que Jean remontait sa piste. Elle savait peut-être aussi que les flics étaient maintenant à ses trousses. Elle avait donc bouleversé ses propres règles, quitté les recoins sombres où elle s'était terrée et décidé de refaire surface.

Il enfila un jean et se dirigea vers l'escalier. La première chose à faire était d'appeler Latour. Ça le détruisait à plus d'un titre mais la commandante avait vu juste.

Marion était l'assassin.

Cette intrusion nocturne démontrait qu'elle n'avait jamais cessé de le surveiller. Il était dans son viseur. Sans doute depuis le début, quand elle avait réussi à s'échapper de cette caverne sous-marine où il l'avait abandonnée. Dans son esprit, il était responsable de tout. Elle avait développé à son encontre une obsession morbide, un délire de psychotique dont les conséquences avaient coûté la vie à plusieurs femmes.

Rez-de-chaussée. Volets fermés et pas un bruit. Jean aperçut son portable qui traînait sur la table mais se dirigea d'abord vers la cuisine. Son esprit, toujours embrumé, n'enregistrait que des stimuli désagréables. Soif de cheval, estomac en vrac et toujours cette putain de migraine. La saloperie que Marion avait injectée dans son sang déployait une batterie d'effets secondaires indésirables.

Il ouvrit le frigo, en quête de sa bouteille de jus de citron. À cet instant, un détail incongru attira son attention. Une feuille de papier pliée en deux, accrochée à hauteur de regard sur la porte par un magnet.

Jean la décrocha. Il savait par instinct, avant même de la lire, que Marion était l'auteure de cette missive. Elle dégageait les agréables fragrances de Dune, telle une signature.

Il l'ouvrit, fébrile. Elle contenait un texte court, tapé sur un clavier d'ordinateur, dont le sens ne souffrait aucune ambiguïté.

ELLE OU TOI ?
QUI CHOISIRAS-TU CETTE FOIS ?
POUR PRENDRE TA DÉCISION,
REJOINS-MOI LÀ OÙ TOUT A COMMENCÉ.

67

Son premier réflexe avait été d'appeler.

Jean s'était rué sur son téléphone et avait appuyé sur l'icône « Ève ». La messagerie s'était enclenchée aussitôt, comme si la ligne était coupée.

Il avait ensuite passé un coup de fil à Rosso, sans donner de détails et pour le même résultat. La rouquine ne s'était pas pointée ce matin, n'avait pas prévenu et restait injoignable.

Ce silence avait donné du corps aux intuitions de Jean et fait flamber ses craintes. Le « ELLE » auquel Marion avait fait référence était très certainement la jeune plongeuse. La dernière femme pour qui son cœur avait battu, la seule susceptible d'entrer en résonance avec cette folie. Un sentiment puissant et ambigu dont Marion avait dû, ou cru, prendre la mesure si elle passait son temps à l'épier. Elle avait donc ajouté Ève à sa liste, tout en l'utilisant pour attirer Jean dans un piège.

Il s'était habillé au pas de charge, avait sauté dans son Patrol et pris la route. Avant tout, vérifier qu'Ève n'était pas chez elle, malade ou victime d'une panne de réveil. Jean n'osait pas y croire. Les chances que Marion ait pu bluffer étaient d'une sur un million. Il devait quand même évacuer cette hypothèse avant de décider de la suite.

Le meublé se trouvait sur la côte nord de la presqu'île, pas loin de la base nautique de Saint-Mandrier. Dix minutes à pied de Tech Med mais minimum un quart d'heure en voiture quand on venait de chez Jean. À condition que ça roule.

Il parcourut la distance sur les chapeaux de roues. Un trajet connu et reconnu, le même qu'il empruntait chaque jour depuis des années mais qui prenait à cet instant une dimension nouvelle. Les rues en pente descendant vers le port. La grande avenue longeant les quais. Les lieux qu'il fréquentait. Tous ces repères du quotidien avaient volé en éclats, comme s'il venait de débarquer sur une nouvelle planète.

Seule vérité tangible, Jean commençait à se sentir mieux. L'adrénaline qui se déversait à grands flots dans son sang faisait office d'antidote. Les scories de la drogue injectée la veille s'évacuaient, son organisme se remettait en ordre de marche.

Il se gara en bas de l'immeuble, un bloc de quatre étages construit dans une impasse en retrait des installations portuaires. Le bâtiment abritait pas mal de retraités, ainsi que des employés qui travaillaient sur les différents sites industriels de la zone, tous liés au nautisme. Autant dire que l'ambiance y était calme, propice au repos, à la détente. Idéal également pour enlever quelqu'un en toute tranquillité.

Jean composa le code donnant accès au hall d'entrée. Il grimpa les marches quatre à quatre, déboula sur le palier du troisième et continua sa course dans le couloir.

Le deux-pièces était au fond, à côté de l'escalier de secours. Il fut devant en quelques enjambées et appuya sur la sonnette, pour la forme.

Pas de réponse. Il introduisit la clef dans la serrure – il conservait un double, au cas où – et constata avec une pointe d'angoisse qu'elle n'était pas verrouillée.

Il poussa le battant. Pas un bruit. Aucun signe de présence. Les stores métalliques étaient baissés, plongeant l'appartement dans un noir d'encre.

Cœur battant à tout rompre, Jean alluma le plafonnier. La pièce principale, meublée d'un salon en rotin et d'un petit écran plat, était rangée au cordeau. Elle évoquait une photo figée, raccord avec le côté ordonné de la jeune femme. Unique écharde dans ce décor lissé, des vestiges de Mac Do traînaient sur la table, comme si Ève n'avait pas eu le temps de débarrasser.

Il se dirigea vers la chambre. Placards fermés. Lit au carré. Toujours le même ordre impeccable. Une peluche grise – un ourson – était posée sur l'oreiller.

Jean chassa l'émotion que lui procura cette vision afin de rester concentré. Son esprit fonctionnait de mieux en mieux, assez pour tirer des conclusions cohérentes.

De toute évidence, Ève était partie précipitamment. Qui plus est la veille au soir, sans quoi elle n'aurait pas laissé des restes de nourriture dans le salon. Le lit encore fait allait dans le même sens, comme la porte d'entrée non verrouillée.

Le fait que Marion soit responsable de cette disparition ne faisait plus aucun doute. Avait-elle convaincu Ève de la suivre ? L'avait-elle shootée avant de l'enlever ?

Quelle que soit l'option, elle avait dû agir de la même façon qu'avec Lola et Alix. Un scénario qui lui avait permis d'attirer ses victimes hors de chez elles, de leur faire endosser plusieurs kilos d'équipement et de descendre à une profondeur vertigineuse afin de les y noyer. Le sort, probablement, qu'elle réserverait à Ève si Jean ne suivait pas ses directives.

Il retourna dans le séjour et s'assit sur le canapé. Besoin de se poser. De réfléchir. Pas question d'appeler Latour à la rescousse. Trop risqué. Il devait agir seul, sous peine de mettre Ève un peu plus en danger.

Restait néanmoins à intégrer la dernière pièce du puzzle, la plus importante : l'endroit où Marion avait emmené Ève, celui où elle lui avait donné rendez-vous.

« LÀ OÙ TOUT A COMMENCÉ. »

Ça ne pouvait évidemment pas être le Groenland.

Alors où ?

Une grotte sous-marine, forcément. C'était dans un cercueil similaire qu'il l'avait abandonnée à son sort. Le berceau d'une folie qui était montée en puissance tout au long de ces années pour la ramener ici, à Saint-Mandrier, afin d'écrire l'ultime chapitre de leur histoire.

L'image s'imposa.

Il n'y avait qu'un spot susceptible de faire l'affaire. Une cavité qu'ils connaissaient tous les deux, située à proximité, où elle avait immergé les cadavres de Lola et d'Alix. Le seul décor dans la région où elle pourrait rejouer le scénario de son traumatisme.

La grotte du Bau Rouge.

68

Chenaux avait menti sur toute la ligne.

Non seulement Marion n'avait jamais eu l'intention de s'expatrier au Canada, mais en prime, il l'avait fait admettre dans l'un des centres anticancéreux les plus pointus de Suisse. Il savait donc qu'elle était malade et avait pourtant affirmé le contraire.

Plus déroutant, il était monté au créneau alors que rien ne l'y obligeait. Il aurait pu rester dans l'ombre, faire le dos rond et laisser passer la vague. Au lieu de ça, il s'était exposé en pleine lumière. Une attitude qui ne pouvait avoir qu'une seule explication.

Chenaux avait voulu lancer Chloé sur une fausse piste.

Mais là, une question de pur bon sens se posait aussitôt. Quel intérêt y avait-il à enfumer une bénévole dont le but affiché était seulement de se procurer un rein ?

Une chose était certaine : dix ans après l'hospitalisation de Marion, docteur Mamour ne souhaitait pas qu'on mette la main sur sa patiente. Lui avait-elle donné des instructions afin qu'on ne la retrouve pas ? Des directives suivies contre son gré parce que, d'une façon ou d'une autre, elle le tenait et le faisait chanter ? À moins, plus simplement, qu'il ait fait une connerie ? Une erreur de diagnostic ayant favorisé le développement de la maladie et qu'il aurait souhaité dissimuler ?

L'admission de Marion dans l'enceinte très privée de la Fondation Heinsig pouvait valider cette dernière hypothèse. Une prise en charge discrète – et sans doute gratuite – sur laquelle il gardait un contrôle total puisqu'il en était l'un des administrateurs. Dans cette logique, il s'était peut-être occupé lui-même du suivi ainsi que des examens lorsque sa protégée avait quitté l'établissement. On n'est jamais mieux servi que par soi-même.

Mais pourquoi, après tout ce temps, s'enferrait-il toujours dans le mensonge ?

Chloé pressa le bouton de l'interphone. Elle avait atterri à l'aéroport de Genève-Cointrin deux heures plus tôt – à peine trente-cinq minutes en hélico depuis Zermatt – où elle avait de nouveau loué une Golf pour retourner chez Carvec. Même si l'approche terrestre lui avait fait perdre un temps précieux – le survol de la zone industrielle n'était pas autorisé –, la commandante n'avait pas renoncé. Elle devait battre le fer tant qu'il était chaud, démasquer le généraliste et, surtout, obtenir des réponses.

Pas de bol, le beau docteur était souffrant. Il se reposait chez lui, à Cologny, une commune qui surplombait le lac Léman, aussi appelée la « Colline aux milliardaires ». Elle avait donc traversé la ville dans l'autre sens, enroulé les lacets d'une voie privée bordée de grosses villas pour se retrouver une heure plus tard devant les grilles d'une propriété arborée.

À en juger par l'emplacement et la grandeur du parc, Chenaux roulait littéralement sur l'or. Bonn avait appris à Chloé que son père comptait parmi les dix premières fortunes de Suisse. Un pactole amassé dans la finance avant d'être réinjecté dans toutes sortes d'affaires juteuses.

Comme par hasard, les fameux laboratoires Carvec en étaient l'un des fleurons. Rien de surprenant non plus à ce que Louis Heinsig préside aussi la Fondation portant son nom, créée trente ans plus tôt et où venait se faire soigner le gratin.

Côté vie privée, le patriarche se comportait en autocrate. À la fois autoritaire et généreux, il veillait sur sa famille en la gardant sous sa coupe. Qui paye, contrôle...

Son fils, né d'une liaison adultère et reconnu sur le tard, en était au demeurant l'illustration la plus parfaite. Heinsig l'avait fait engager chez Carvec, subventionnait son train de vie et lui demandait en contrepartie de signer quelques papiers. Un véritable drame antique, où argent et sentiments se mélangeaient allègrement pour le plus grand bien du groupe. Comme l'avait dit Bonn, ces interactions tordues à souhait dessinaient un schéma familial pour le moins « compliqué ».

La voix de Chenaux grésilla dans le haut-parleur. Chloé s'annonça, toujours sous le couvert de l'association Swisstransplant. Elle voulait prendre le généraliste au dépourvu et préférait l'avoir en face avant de dévoiler son jeu. Pour éviter les fuites, elle avait fait promettre à Bonn qu'il fermerait sa gueule.

Le portail s'ouvrit en silence. Elle roula au ralenti sur une immense allée bordée de massifs de fleurs. De part et d'autre, des pelouses taillées au cordeau descendaient en pente douce vers le panorama bleuté du lac. La demeure se dressait dans la perspective, un délire d'architecte aux formes épurées, dont les angles vifs se découpaient dans la pulvérulence de l'air.

Elle gara sa voiture sur le perron. Chenaux l'attendait devant la porte, jean slim, pull en V et Converse, le tout accordé dans un camaïeu de gris. Le style, résolument djeuns, accentuait encore l'impression de vitalité qu'elle avait ressentie chez lui lors de leur première rencontre. Pour un type souffrant, il avait l'air plutôt en forme.

— Madame Latour. Quel plaisir de vous revoir.

Toujours aussi charmant. Aucun signe de malaise. Il devait être à dix mille bornes de se douter de quoi que ce soit.

— J'aurais quelques questions complémentaires à vous poser. Cela ne prendra que quelques minutes.

— Vous avez avancé dans vos recherches ?

— On peut dire ça.

Il la félicita d'un sourire approbateur et la fit pénétrer dans un espace déstructuré alternant pleins et décrochés. Placées dans la continuité du hall, de grandes baies vitrées délimitaient les contours d'une pièce aux dimensions hors du commun. L'intérieur de Chenaux était à son image. Net, dépouillé, porteur d'une énergie paisible.

— Vous avez une très belle maison, lança Chloé en le suivant dans le salon.

— Un bien de famille. Je n'y suis pour rien.

— Une famille généreuse. Vous avez de la chance.

Le beau docteur hocha la tête. Il souriait toujours mais son regard s'était durci.

— Mon père est riche. Très riche…

— Louis Heinsig, c'est bien ça ?

Chloé commençait à abattre ses cartes. Une par une et en douceur. Elle voulait voir comment Chenaux réagissait.

— Vous le connaissez ? s'étonna le généraliste en s'installant dans un immense canapé blanc.

— J'ai entendu parler de lui, répondit Chloé en prenant place sur une méridienne. Un homme d'affaires exceptionnel. Il a aussi créé la Fondation Heinsig, à Zermatt. Une des cliniques privées les plus courues de la jet-set.

— C'est ce qu'on dit.

Toujours pas le moindre frémissement. Chloé passa la vitesse supérieure.

— J'ai cru comprendre que vous en étiez également administrateur. C'est exact ?

Cette fois, Chenaux marqua un temps d'arrêt. Il devait commencer à sentir que quelque chose ne tournait pas rond mais restait avenant.

— Vous vous êtes renseignée sur moi ou c'est seulement une impression ?

Chloé opina sans rien dire. Le silence, comme arme de déstabilisation massive.

— Je peux savoir pourquoi ? finit par demander Chenaux sans se départir de son flegme.

Elle attendit encore quelques secondes avant de lancer son attaque.

— Je ne vous ai pas dit la vérité.

— Comment ça ?

— Je ne travaille pas pour Swisstransplant et je ne cherche pas à me procurer un rein.

Le sourire du toubib s'effaça.

— Que cherchez-vous, alors ?

— Je vous l'ai dit, retrouver Patricia Lajoux.

— Pour quelle raison ?

Elle présenta son badge, prenant soin de laisser apparaître la crosse de son arme au cas où le médecin réagirait mal.

— Parce que c'est mon boulot.

— Vous êtes de la police ?

— Brigade criminelle. Patricia Lajoux s'appelle en réalité Marion Delmare. Elle est française et a assassiné six personnes au cours des vingt dernières années. Exclusivement des femmes.

Chloé l'observa pendant qu'il encaissait l'information. Sidération totale. Visiblement, le beau docteur tombait des nues.

— Elle a commis des meurtres ?

— Dans plusieurs pays, oui.

Docteur Mamour se massa la nuque, sonné.

— Ce que vous m'apprenez est tout simplement... hallucinant.

— Et ce n'est pas tout. Certains crimes ont eu lieu à proximité des zones de recherche où elle a été envoyée par Carvec.

— Il y a un rapport ?

— La question n'est pas là.

— Alors où est-elle ?

Plus la peine de finasser. Les cartes étaient sur la table. Il était temps de forer dans le dur.

— Pourquoi m'avez-vous menti ?

— Menti ?

— Patricia Lajoux n'a jamais eu l'intention d'aller au Canada. Vous l'avez fait hospitaliser à la Fondation quand elle a quitté le groupe parce qu'elle souffrait d'un cancer de la lymphe. Je répète ma question : pourquoi m'avez-vous menti ?

Le généraliste se tassa dans les coussins. Il avait perdu de sa superbe pour prendre des airs de chien battu.

— Vous êtes allée là-bas ?

— J'en viens.

— Je suppose que vous avez rencontré Bonn ?

— Il m'a tout expliqué.

Chenaux hocha la tête. Il était coincé et, curieusement, cette idée semblait le délivrer.

— On ne m'a pas laissé le choix.

— On ?

— Mon père. Je l'ai prévenu de votre démarche. Du fait que vous recherchiez Patricia. C'est lui qui m'a demandé de prendre les devants et de venir vous voir.

— Dans quel but ?

— Il ne fallait pas qu'on sache.

— Quoi ?

Les mots peinaient à sortir. Il semblait dire la vérité mais rechignait à révéler le fin mot de l'histoire. Que cachait-il ? Qu'est-ce que le vieux lion venait faire dans tout ça ?

— Je n'ai jamais été un bon médecin, lâcha-t-il sur un ton de regrets. Patricia était gravement malade. J'aurais dû le voir mais j'ai merdé. Quand je m'en suis aperçu, c'était trop tard. J'ai voulu rattraper ma bourde en la faisant admettre à la Fondation.

Une erreur de diagnostic. Chloé avait envisagé cette hypothèse mais la suite restait toutefois à éclaircir.

— C'est vous qui avez bidouillé son dossier ?

— Ça n'a pas été nécessaire. Il m'a suffi de faire croire au conseil d'administration que Patricia était ma petite amie.

— Ce qui lui a aussi permis de ne rien payer.

— C'était secondaire, mais oui. La Fondation était l'endroit le plus approprié pour la soigner. Tout au moins je le pensais.

Pour corriger le tir, Chenaux avait tout pris sur lui, y compris les frais de séjour qu'il avait extorqués à son père en lui mentant sur toute la ligne. Pourtant, son discours laissait supposer qu'il s'était passé autre chose.

— Elle a d'abord suivi le parcours classique, continuait le toubib. Deux mois de chimio, de rayons, accompagnée par les meilleurs et en bénéficiant des traitements les plus performants. Tout ça pour rien.

— Je ne comprends pas. Elle était pourtant en rémission à la fin de son traitement.

— Pas pour cette raison.

— Quoi d'autre ?

Il poussa un soupir, comme si un poids l'accablait. Marion était guérie, que craignait-il encore ?

— Mon père avait proposé de lui faire suivre un protocole expérimental. Je n'entrerai pas dans les détails, je ne suis pas assez qualifié pour ça. Je sais seulement que nous n'étions pas autorisés à le lui administrer. Nous n'avions pas de recul et les autorités sanitaires n'avaient pas encore donné leur feu vert.

— Mais vous l'avez quand même fait.

— Oui.

Une expérience interdite. Une violation délibérée de la réglementation, de la déontologie, de l'éthique. Louis Heinsig avait profité de l'aubaine représentée par cette patiente pour évaluer l'efficacité de son protocole, ce qui expliquait aussi qu'il ne se soit pas montré regardant sur la gratuité de l'hospitalisation. Normal qu'il ait voulu garder ça pour lui.

— Elle était d'accord ?

— Bien sûr. C'était sa seule chance de s'en sortir.

— Alors où est le problème ?

Chenaux plongea la tête entre ses mains dans un geste de repli. Il la releva après quelques secondes et parla d'une voix mécanique.

— Au début on y a cru. Elle allait beaucoup mieux. Une rémission spectaculaire qui nous a permis de la renvoyer chez elle.

— Et ensuite ?

— Elle a rechuté au bout de quelques mois. Une rechute brutale, violente. Ce que dans notre jargon, nous appelons un rebond. Comme j'étais chargé de la suivre, je l'ai immédiatement fait réhospitaliser.

Chenaux avait donc assuré le suivi de la patiente. Un point que Chloé avait aussi anticipé, cohérent dans ce contexte de secret imposé par son père.

— À la Fondation ?

— Naturellement.

Bonn n'avait pas fait allusion à cette seconde admission. Omission volontaire ou pure ignorance ? Était-il seulement au courant du fait que son patron jouait à l'apprenti sorcier en testant de nouvelles molécules sur des cobayes humains ? Des molécules sans doute mises au point chez

Carvec, dont les brevets pouvaient rapporter gros si les sujets survivaient.

— Vous avez fait quoi ?

— Tout ce qui était en notre pouvoir. Malheureusement, ça n'a pas suffi. Après avoir tué les cellules cancéreuses, le traitement s'est attaqué aux cellules saines. Un dommage collatéral que nos chercheurs n'avaient pas anticipé. Elle a développé une maladie auto-immune foudroyante qui a entraîné des conséquences irrémédiables.

Chloé eut une seconde à vide. Elle ne parvenait pas à intégrer ce qu'elle venait d'entendre.

— Vous êtes en train de me dire qu'elle est décédée ?

— À la fin de l'été 2012.

— C'est pour ça que vous m'avez menti ?

— Nous avions tout foiré et vous aviez l'air très motivée pour la retrouver. Mon père a eu peur que vous ne tiriez un fil. Il n'était pas envisageable que vous découvriez ce qu'il s'était passé.

Chloé n'en revenait pas. Chenaux n'avait pas monté ce bateau pour faire plaisir à Patricia Lajoux. Il couvrait simplement les agissements de son Frankenstein de père. Plus dingue encore, elle venait d'apprendre l'impensable.

Marion était morte.

La maladie, ou plus exactement le remède administré pour la guérir, l'avait emportée depuis longtemps vers d'autres cieux.

La conséquence coulait de source. Elle n'avait pas pu assassiner Lola, ni même Alix. Une configuration inattendue qui remettait tout à plat et posait de nouvelles questions.

Qui avait commis ces crimes ? Ce tueur était-il également l'auteur des premiers meurtres ? Un Tek sorti de nulle part, dont le mobile n'avait aucun rapport avec toutes les suppositions de Chloé ? En clair, avait-elle fait fausse route sur toute la ligne ?

Elle demanda encore, un pur réflexe de flic et la seule façon de clôturer une enquête :

— Qu'avez-vous fait de son corps ?

— Que voulez-vous dire ?

— Je suppose qu'elle est enterrée quelque part ?

Le médecin hocha la tête.

— En France. Je me suis occupé moi-même de l'inhumation.

— C'est grand, la France.

— Un petit village sur la côte méditerranéenne. Saint-Mandrier. Sa famille était originaire de cet endroit et elle souhaitait y reposer.

Hallucinant. Et en même temps rien d'étonnant. Marion était une enfant de la presqu'île. Elle avait simplement voulu retrouver ses racines.

— Vous l'avez déclarée sous le nom de Patricia Lajoux ?

— Non.

— Sous lequel, alors ?

Le médecin hésita. Il avait trahi son paternel mais cette conversation pouvait encore rester privée. En lui donnant cette dernière carte, il devait craindre que la merde remonte à la surface et éclabousse tout le monde.

— Vous… vous comptez alerter les autorités suisses ? finit-il par bredouiller.

Chloé répondit d'une voix glaciale.

— Écoutez-moi bien, docteur. Je me tape complètement de vos histoires de traitement foireux. J'enquête sur une série de meurtres et Marion Delmare est ma suspecte numéro un. Si elle est morte, je dois m'en assurer. Sous quel nom l'avez-vous déclarée ?

Chenaux baissa les yeux et cracha dans un souffle.

— Frémont. Hélène Frémont.

— Vous l'avez choisi au hasard ?

— Ce n'est pas moi.

— Votre père ?

— Non plus.

— Alors qui ?

— Patricia. Elle avait loué une concession peu de temps avant sa mort.

— Sous une fausse identité ?

— Je suppose qu'elle avait ses raisons. Vu la situation, je n'ai pas demandé d'explications. Le caveau existait, ça simplifiait la procédure.

Après s'être fait passer pour morte, Marion n'avait pas voulu prendre le risque de flinguer une seconde fois ses parents. C'était sans doute ça l'explication. Ils la croyaient disparue depuis vingt ans sous la banquise. Découvrir par hasard que sa dépouille reposait près de chez eux les aurait achevés.

— Qui a fourni les documents d'inhumation ?

— Elle m'a donné un extrait de naissance au nom d'Hélène Frémont. J'ai rempli le certificat de décès, fourni le titre de concession et le tour était joué.

Marion était une faussaire aguerrie. Produire une nouvelle salve de papiers bidon n'avait pas dû être difficile.

— Ces documents, vous les avez encore ?

— Ils sont dans mon coffre.

— Allez me les chercher.

69

15 heures. Aéroport Marseille-Provence. Marignane.

Chloé sauta de l'hélico et se dirigea vers sa voiture. La 308 était garée en lisière du tarmac, sous un auvent de tôle réservé aux personnels de la protection civile. Accès pratique et fraîcheur garantie, encore un des petits privilèges de la carte tricolore.

Premier réflexe en s'asseyant derrière le volant : consulter sa messagerie. Nabilla avait tenté de la contacter une heure plus tôt, pendant qu'elle survolait les Alpes suisses.

Elle rappela sans attendre.

— T'as essayé de me joindre ?

— J'ai trouvé la boîte qui a fabriqué la combi.

— Elle était sur la liste ?

— En pole position. Alain Pécheu. Un artisan dans la banlieue de Montpellier.

La connexion fut immédiate. Sardi avait évoqué l'existence d'un fabricant installé dans ce coin.

— Je lui avais téléphoné en premier, poursuivait Belkhir. Il était sur répondeur. Comme tu m'avais demandé de me concentrer sur l'adresse mail, j'avais mis ça en stand-by.

— Je pense que c'est celui qui avait déjà travaillé pour Tech Med.

— Exact. Pécheu me l'a confirmé. D'après ses souvenirs, il s'agissait d'un complément de commande à réaliser en urgence. Un chantier sur la Manche. Le client avait besoin d'équipements supplémentaires.

— Détaille un peu.

— L'ordre a été passé trois mois après la première livraison. En mai 2018. La personne qui a pris contact avec lui s'est présentée comme une employée de Tech Med. Elle a choisi un modèle féminin et, connaissait toutes les références du produit. Matière, couleur, spécificités, taille…

Mai 2018. Peu de temps avant l'assassinat d'Alix. Le piège était en train de se monter et, sur un point au moins, Chloé avait vu juste. De toute évidence, le tueur était bien une tueuse.

— Elle est allée chercher la combi elle-même ?

— Ce serait trop beau. Le deal s'est fait par mail et le paquet a été acheminé en Colissimo.

— À quel endroit ?

— Poste centrale du Havre. Le chantier était dans le coin, c'était cohérent.

— Et pour le paiement ?

— Un mandat-lettre. Notre suspecte a prétexté un problème ponctuel sur le compte.

— L'artisan n'a pas tiqué ?

— Du moment qu'il était réglé…

Un bureau de poste à l'autre bout de la France. Une facture acquittée en espèces. La stratégie parfaite pour récupérer un colis incognito.

— Tu as vérifié la provenance du mail ?

— Pécheu me l'a fait suivre.

— Et ?

— À première vue, rien d'anormal. L'adresse et la signature automatique correspondent à celles de Tech Med. J'ai déjà vérifié.

Chloé imagina un piratage informatique. Le moyen le plus simple de se procurer les données internes d'une société. Vu le standing de ses bureaux, les bécanes de Sardi ne devaient pas être équipées de pare-feu dernier cri.

Elle demanda, sans trop y croire :

— La femme a donné un nom ?

— C'est forcément du pipeau.

— Dis toujours.

— Hélène Frémont.

La dernière identité endossée par Marion, celle qu'elle avait choisie pour se faire enterrer incognito. Bordel, qu'est-ce que ça voulait dire ?

— Y'a un souci ?

Chloé réalisa que Belkhir avait un train de retard et résuma ses découvertes de la journée. Son entretien avec Bonn. Celui avec Chenaux. L'hospitalisation de Patricia Lajoux et le traitement expérimental dispensé à la Fondation Heinsig. Enfin son décès, suivi d'une inhumation à Saint-Mandrier, supervisée par le généraliste, en catimini et sous une troisième identité.

En quelques heures, l'enquête avait évolué. La piste d'un nouveau tueur – ou maintenant d'une nouvelle tueuse – devait à présent être prise en compte.

— Marion Delmare est morte ?

— Depuis bientôt dix ans.

— Putain, ça change tout.

Chloé ne réagit pas. Son cerveau carburait plein pot, évaluant chacune des hypothèses.

Un : Chenaux avait de nouveau menti. Ce ne serait pas la première fois. Marion était toujours vivante et c'était la seule meurtrière. Pour une raison qui restait à éclaircir, le médecin avait joué la comédie et raconté n'importe quoi. Qui cherchait-il encore à protéger ? Son père ou elle ? Si c'était elle, la possibilité qu'il soit au courant de son épopée sanglante redevenait sérieuse. Experte en manipulation, la coordinatrice de mission n'avait pas dû avoir de mal à l'entraîner dans son délire.

Deux : le toubib avait dit vrai. La coordinatrice de mission avait vraiment succombé des suites de son cancer et il y avait donc bien une autre tueuse. Cette femme ne sortait pas de nulle part, comme Chloé l'avait envisagé une heure plus tôt, mais était au contraire assez proche de Marion pour connaître l'identité sous laquelle Chenaux l'avait inhumée. Qu'elle tue depuis vingt ans ou qu'elle ait repris le flambeau après la mort de sa copine, le résultat était le même : elle avait agi pour son compte.

Le fait qu'elle ait utilisé ce nom pour se procurer la combi était en revanche plus surprenant. Avait-elle voulu laisser croire que Marion était toujours en vie ? Un contre-pied supplémentaire afin de brouiller une nouvelle fois les pistes ? Chloé n'y croyait pas. Elle penchait plutôt pour un clin d'œil symbolique. L'âme d'une tueuse qui poursuivait son œuvre meurtrière après sa mort.

Quoi qu'il en soit, les deux options étaient encore plausibles. Les mêmes causes produisant les mêmes effets, le mobile d'une vengeance au long cours visant Sardi restait le seul cohérent.

La voix de Belkhir la tira de ses réflexions.

— On fait quoi ?

— Je vais faire un saut à Saint-Mandrier. Je dois vérifier qu'il y a bien une Hélène Frémont enterrée là-bas.

— Tu penses que Chenaux t'a baladée ?

— C'est pas exclu.

— Et dans le cas contraire ?

— On n'aura plus qu'à mettre la main sur la femme qui a commandé la combi.

En énonçant cette évidence, Chloé prit la mesure du défi. La tueuse n'avait commis aucune erreur. Il faudrait un miracle pour la coincer.

— Tu as avancé sur les destinataires des mails ?

— Ceux qui ont communiqué avec Patricia Lajoux sur sa dernière adresse ?

— Oui.

— J'pensais pas que c'était encore d'actualité.

— Maintenant ça l'est.

— Tu crois qu'elles ont été en contact via cette messagerie ?

— Faut l'espérer.

— OK. Mais ça dépasse mes compétences. Je dois mettre quelqu'un de l'OCLCTIC sur le coup.

L'Office central de lutte contre la criminalité liée aux technologies de l'information et de la communication. Un atout de poids. Les geeks appointés par la police dans la lutte contre la cybercriminalité avaient à peu près l'âge de Nabilla, qui, à la différence de Chloé, comprenait leur langage.

La commandante tourna la clef de contact. Un souffle chaud envahit l'habitacle, refoulé par la clim.

— Fais-toi aider par qui tu veux mais fais-le vite. Trouve-moi la liste des femmes qui ont échangé des mails avec Patricia Lajoux. C'est une priorité.

70

Tous les plongeurs du coin connaissaient l'endroit.

Une grotte sous-marine aux dimensions démesurées, planquée sous quarante mètres de flotte et quasiment indétectable. On y accédait par une faille minuscule, avant de s'engager dans un boyau étroit où il fallait lutter contre un courant puissant. Enfin, au bout d'une centaine de mètres, on atteignait la salle principale. Une cathédrale à la beauté glaçante, entièrement recouverte de corail, qui déployait ses tentures pourpres jusqu'à une profondeur de quatre-vingt-treize mètres.

Jean avait exploré ce spot avec Marion dans sa jeunesse. De la curiosité débile, mue par une inconscience propre à l'adolescence. Ils avaient failli y laisser leur peau et Jean n'y avait jamais remis les palmes. Personne, pas même les corailleurs, n'y risquait plus sa vie depuis des lustres. Beaucoup trop dangereux. Elle faisait partie de ces lieux mystérieux ancrés dans l'imaginaire du milieu, sorte de légende marine transmise au coin du feu par les anciens.

La cavité, Jean s'en souvenait aussi, abritait une seconde salle. Plus petite, située au-dessus du niveau des flots, elle était reliée à la première via un tunnel foré au fil des millénaires par le travail de l'eau. C'était le seul endroit où l'on pouvait respirer à l'air libre. Le seul où Marion pouvait séquestrer Ève assez longtemps pour lui laisser le temps de répondre à son invitation.

Jean vérifia le matos une dernière fois. Détendeur, stab, mano et V-Planner étaient opérationnels à cent pour cent. Les cinq mille lumens de la torche éclairaient mieux qu'en plein jour et les blocs étaient gonflés au maximum. De mémoire, il utiliserait le quart de leur capacité pour atteindre l'objectif. Le reste devrait lui permettre de remonter en douceur, à condition que tout se passe bien.

Seule inconnue, il n'avait aucune idée de la façon dont Marion s'y était prise pour traîner Ève jusqu'à la grotte. L'absence de bateau mouillé dans le périmètre impliquait une approche à la nage, sans doute amorcée depuis la côte et certainement sous-marine en raison du poids de l'équipement.

Jean ignorait par conséquent ce que les deux plongeuses avaient consommé pour atteindre la salle haute. Il avait donc accroché plusieurs bouteilles à des filins et les avait positionnées à différentes profondeurs, chacune correspondant à un palier. Les temps de décompression pouvaient s'avérer longs. Mieux valait prévenir que guérir.

Il ajusta son masque et mordit dans l'embout. Le goût du silicone emplit sa bouche, encore plus dégueulasse que d'habitude. S'y ajoutait en arrière-fond un relent écœurant qui lui donnait envie de gerber.

Le relent de la peur.

Le Tek connaissait trop bien cette sensation. Il l'avait éprouvée de nombreuses fois dans sa carrière. Pourtant, à cet instant, ce n'était pas pour lui qu'il tremblait.

C'était pour Ève.

Une terreur absolue, impossible à juguler, qui lui donnait des sueurs froides et lui faisait imaginer le pire.

Nouveau regard sur sa montre, façon TOC. 16 heures et des poussières. Plus une minute à gaspiller. La préparation de cette mission de la dernière chance lui avait déjà pris beaucoup trop de temps.

D'abord le stop chez Tech Med, indispensable pour récupérer le matériel et donner le change à son associé. Ensuite l'approche, à vitesse réduite en raison d'une mer formée. Enfin la sécurisation du mouillage, le calcul des paramètres de la plongée et le harnachement.

Au total, Jean avait grillé deux plombes avec toutes ces conneries. Une éternité pendant laquelle Ève était en danger de mort.

Légère pression du doigt sur la valve du détendeur. Un jet d'air comprimé emplit sa cavité buccale et descendit dans sa trachée. Il jeta un dernier regard sur l'horizon, comme s'il n'était pas certain de le revoir un jour.

Puis il bascula en arrière.

La première sensation fut celle d'une délivrance. Un apaisement global, esprit et corps, qui en dépit du contexte l'enveloppa comme chaque fois. Il flotta un instant entre deux eaux, le temps de se stabiliser, puis effectua une rotation et entama la descente.

Il atteignit la profondeur de quarante mètres en à peine une minute. Une plongée verticale, à fond la caisse, le long de la ligne de vie sur laquelle étaient suspendus les blocs de secours. Chaque seconde valait de l'or. La salle où Marion retenait Ève étant située au-dessus du niveau de la mer, il devrait remonter vers la surface dès qu'il serait à l'intérieur de la cavité. Moins il restait longtemps au fond, plus court serait le palier.

Il alluma son phare et palma de toutes ses forces en direction du tombant. La faille était bien là, comme dans son souvenir, à l'aplomb de la pointe du Bau Rouge.

Jean constata que la brèche avait été agrandie de façon artificielle. *Elle a sans doute été élargie à l'explosif,* avait affirmé Latour. De toute évidence, Marion avait dû apprendre à manier la dynamite chez Carvec.

Première difficulté en pénétrant dans le boyau : le jusant. Il était toujours aussi puissant, une force invisible qui s'opposait à lui en exerçant une pression constante sur chaque pouce de son corps. La caverne se protégeait. Elle expulsait de ses entrailles une humeur froide, trouble, saturée de particules blanchâtres. Son avant-garde, chargée de refouler les intrus.

Il contracta ses muscles au maximum et fouetta l'eau avec ses palmes. Le diamètre du tunnel ne dépassait pas un mètre cinquante. Un tube, dont l'étroitesse rendait sa progression délicate.

Après dix minutes de combat, il déboucha enfin dans la salle principale. La force du courant chuta de moitié, cédant le pas à un mouvement giratoire. À cet endroit, la rivière n'était plus canalisée. L'immensité de la poche karstique lui faisait suivre un chemin différent, le long des parois, ce qui lui faisait perdre une grande partie de sa dynamique.

Jean balaya l'espace avec sa torche. Noir total. La lumière du phare se perdait dans les ténèbres, comme avalée par un aimant puissant.

Il s'enfonça à l'aveugle en direction du fond de la cavité. Dans son souvenir, la galerie qui menait à la salle haute se situait sur cette partie de l'excavation, un peu en amont. Il devait tracer tout droit, puis remonterait le long du mur de roche en espérant tomber dessus.

Coup d'œil rapide sur le mano. Profondeur : quarante-deux mètres. Temps de plongée : douze minutes. Déjà trop long. La bonne nouvelle, c'est qu'il était toujours dans l'axe. Le courant résiduel ne l'avait pas fait dériver d'un iota.

Il continua de palmer. La grotte était aussi haute que profonde, environ une centaine de mètres bord à bord, et il se trouvait exactement en plein milieu. S'il maintenait sa trajectoire, il ne tarderait plus à atteindre sa partie postérieure.

Ce fut le corail qui lui montra le chemin. Quelques éclats pour commencer, étoiles de sang miroitant dans une nuit sidérale. Puis, au fur et à mesure de sa progression, leur nombre se multiplia jusqu'à former une galaxie. Des milliers de naines rouges qui brûlaient du même feu, serrées les unes contre les autres dans le faisceau de la lampe.

Jean se stabilisa devant la muraille. Il effectua un tour d'horizon et distingua une anfractuosité un peu plus bas, au niveau du plancher de la caverne.

Son rythme cardiaque s'accéléra. C'était à cet endroit que Marion avait accroché à la pierre les corps sans vie de Lola et d'Alix. Là qu'elle les avait abandonnés aux prédateurs marins.

Il releva la torche d'un geste brusque. Un mouvement réflexe, comme s'il s'attendait à voir apparaître leurs cadavres boursouflés. Des fantômes surgis du néant, qui s'étaient rajoutés à la liste déjà longue des victimes de Marion.

Il orienta le cône de lumière blanche vers le plafond de roche et commença à l'explorer. Après quelques tâtonnements, il repéra l'orifice qui conduisait à la salle émergée. Pas moyen de le louper. Le trou noir n'était qu'à une vingtaine de mètres, juste au-dessus de sa position. Il tranchait dans l'uniformité sanglante, un vortex qui allait le conduire droit en enfer.

Jean envoya un peu d'air dans le stab. Il s'éleva lentement et s'équilibra devant l'ouverture, comme en apesanteur. Le V-Planner recommandait un palier de dix minutes. Il en laissa filer cinq et s'y engagea.

Plus de courant à cet endroit. La galerie débouchant sur une salle sèche, il n'y avait donc ni écoulement d'eau douce ni flux sortant. Un boulevard…

Il progressa sans faire d'effort. Le tunnel grimpait vers la surface en suivant une pente de trente degrés. Une inclinaison sérieuse qui laissait présager une distance courte à parcourir. Le mano confirma l'analyse. En quatre coups de palmes, Jean avait déjà effectué la moitié de la remontée. Il ne se trouvait maintenant qu'à quelques brasses de l'objectif.

Cinq mètres. Fin du boyau. La seconde salle s'ouvrait dans le prolongement, une poche d'obscurité encore noyée sous des tonnes d'eau.

Nouveau coup d'œil sur le V-Planner. L'ordinateur de plongée avait recalculé le taux de saturation en tenant compte du temps passé au précédent palier.

Il affichait maintenant un stop de vingt-trois minutes.

Beaucoup trop long.

Jean se força quand même à patienter. Pas le moment de faire une bulle. Il avait besoin de tous ses moyens pour affronter l'épreuve.

Au bout d'un petit quart d'heure, il prit le risque de repartir. Pour l'instant, tout allait bien. Pas d'essoufflement. Zéro vertige. Aucune nausée. L'azote contenu dans son sang s'évacuait par ses poumons sans faire aucun dégât.

La cavité secondaire était beaucoup moins grande que la grotte principale. De la taille d'une petite piscine, peu profonde, elle avait la configuration d'une vasque oblongue hérissée de stalagmites. Un léger miroitement, dans sa partie supérieure, marquait la frontière avec la zone émergée. Il indiquait également la présence d'une source lumineuse qui brillait quelque part.

Marion.

Elle était là.

Elle l'attendait.

Le Tek s'avança au milieu de ce décor de conte de fées. Sous l'éclairage du phare, les pitons recouverts de corail prenaient l'allure de doigts monstrueux tendus vers un ciel noir. Des doigts difformes, sectionnés à la base, perclus d'arthrite et trempés dans un grand bain d'hémoglobine. La puissance de la torche était telle que son pinceau semblait les transpercer pour illuminer chaque recoin de la caverne.

Si Jean avait voulu effectuer une approche discrète, il pouvait repasser. La lumière artificielle était sans doute visible depuis la surface, signal muet surgissant des ténèbres pour annoncer son arrivée.

Mais l'heure n'était plus à la discrétion, aux faux-semblants, aux stratégies. Le temps de la confrontation était venu. Le temps de faire les comptes et de régler la note. Jean était ici pour sauver Ève mais pas seulement. Il allait savoir. Comprendre. D'une façon ou d'une autre, cette rencontre surréaliste mettrait un terme au malaise qui le rongeait depuis trente ans.

Sa tête creva la surface. Il retira l'embout de sa bouche et aspira une goulée d'air. Dans le même temps, le phare lui révéla un espace dégagé dont il distingua les contours au travers du masque. Même configuration géologique en inversé, l'eau et le corail en moins. Une niche faite de roches sombres, au plafond bas, totalement hermétique.

Son pouls s'accéléra en apercevant la forme étendue sur la berge. Combinaison jaune fluo. Chevelure de feu. Pas un mouvement. Une lampe-tempête éclairait faiblement son visage, dessinant les contours d'un profil à la pureté troublante.

À cette distance, pas moyen de savoir si Ève vivait encore.

Jean nagea vers elle avec l'énergie du désespoir.

Et pour la première fois depuis très longtemps, il pria.

71

Elle avait toujours été là.

Depuis le début et quasiment sous ses yeux.

Marion Delmare, alias Patricia Lajoux, alias Hélène Frémont. La tueuse qu'elle traquait dormait paisiblement dans un caveau sans prétention, un rectangle de granit dressé face à la mer à l'ombre d'un grand pin.

Chenaux avait donc dit la vérité. Le nom, comme les dates gravées sur la pierre, collait avec ses déclarations. 11/05/1975 – 30/08/2012. Hélène Frémont était morte à trente-sept ans, ce qui lui en aurait fait quarante-six aujourd'hui, l'âge de Sardi à quelques mois près. Une phrase banale témoignait de son passage sur terre, sans doute choisie par le toubib dans le catalogue de l'entreprise de pompes funèbres.

Avec tout notre amour

Chloé chaussa ses lunettes noires sans quitter l'épitaphe des yeux. Le soleil venait de tourner. Une flèche d'un blanc éblouissant avait franchi la barrière de cyprès pour exploser dans sa rétine. Elle ne put s'empêcher d'y voir un signe. Le doigt de Dieu, pointé sur une tombe oubliée afin de lui montrer la voie.

Mais laquelle ?

Son enquête l'avait conduite jusqu'à ce petit cimetière tranquille, un lieu coupé du monde, insoupçonnable, où reposait la femme qui avait été sa principale suspecte.

Une fois encore, les mêmes questions vinrent se presser au portillon. Quel rôle avait joué Marion dans ce vaudeville macabre ? Auteure des premiers meurtres, comme Chloé l'avait longtemps pensé ? Simple commanditaire de la totalité des crimes, ce que la découverte d'une nouvelle tueuse pouvait maintenant permettre d'envisager ? À moins qu'elle n'ait coiffé les deux casquettes, successivement, ce qui expliquerait l'évolution du mode opératoire ?

À ce stade, toutes les options se tenaient. Malgré leur apparente opposition, ces pistes possédaient pourtant deux points communs. Le mobile – il s'agissait toujours de punir Sardi. La présence d'une complice super motivée – quel que soit son degré d'implication dans la première série de meurtres, elle s'était sentie légitime à poursuivre cette vengeance.

Qui était cette femme ? Où et quand Marion l'avait-elle connue ? Quel lien les unissait, assez puissant pour justifier qu'elle ait pu tuer en son nom ? Pour sa mémoire ?

Elle ne put s'empêcher de songer à Camille Ravier. Marion l'avait recrutée, formée, sans doute impressionnée. La nouvelle coordinatrice de mission lui devait tout. Son job, sa nouvelle vie, peut-être d'autres choses encore…

Jusqu'à quel point lui était-elle redevable ?

Chloé regarda sa montre. 16 h 30. Les grilles fermaient dans quinze minutes et déjà plus un chat. Le gardien, après lui avoir indiqué l'emplacement de la concession, s'était aussi fendu d'une précision : police ou pas, une autorisation judiciaire était nécessaire en cas d'exhumation. En clair, elle devrait repasser avec un papier officiel si elle voulait faire ouvrir le caveau.

La commandante s'était contentée de le rabrouer en douceur. Elle était flic, elle connaissait la procédure. De plus, elle n'était pas venue pour ça. Pas encore. Pour l'heure, elle souhaitait seulement s'assurer de l'existence de cette sépulture.

Elle voulait également savoir – l'idée s'était imposée naturellement pendant le trajet – si la défunte recevait de la visite. De façon plus précise, s'il avait remarqué la présence d'une femme venue se recueillir sur sa tombe.

Le type avait haussé les épaules. Il avait un peu plus de mille clients à gérer, répartis sur deux hectares. Il ne passait pas son temps à surveiller les allées et venues des proches.

Chloé n'avait pas insisté. À quoi bon ? Rien de plus facile que de s'approcher d'une pierre tombale sans attirer l'attention. Tous les jours, un peu partout en France, des dizaines de détraqués rôdaient entre les stèles pour assouvir leurs pulsions les plus morbides.

Elle allait prendre le chemin de la sortie quand le ronflement d'un moteur enfla dans son dos. Elle se retourna et vit, à quelques mètres, un ouvrier en bleu de travail assis sur une mini pelleteuse. Il commençait à retourner la terre dans un concert de raclements.

Dernière cartouche, pour la route. Le gardien était confiné dans sa guérite mais ce type était sur le terrain. Il avait peut-être remarqué quelque chose.

Chloé se dirigea vers lui. Casque antibruit vissé sur les oreilles, le cantonnier y allait de bon cœur. Il était concentré sur sa tâche et ne faisait pas attention à elle.

Elle se plaça dans son champ de vision et agita la main. L'homme, un mastodonte dans la trentaine à bouc et crâne rasé, la regarda d'un air bovin. Il n'avait pas l'air de capter ce qui se passait.

La Grenobloise lui fit signe de couper le contact. Deux trois secondes, le temps que ses neurones traduisent l'injonction, puis le silence se fit.

— Qu'est-ce qu'y a ? demanda le type sans quitter son engin.

Chloé tendit sa carte.

— Police. J'ai quelques questions à vous poser.
— Ah…
— Vous travaillez ici depuis longtemps ?
— Cinq ans. Pourquoi ?
— Je recherche une femme.
— C'est pour une enquête ?
— Une enquête criminelle.

Une lueur d'excitation brilla dans les yeux torves. Encore un fan des innombrables émissions de faits divers. Les meilleurs scores à l'audimat, mieux que les séries policières.

— Cette femme, c'est l'assassin ?
— Possible.
— Et elle a tué qui ?
— Je ne suis pas autorisée à vous le dire.

Le bœuf hocha la tête. Il était déçu mais connaissait les règles. À force de voir comment bossaient les flics, il avait enregistré les basiques.

— Secret de l'instruction, hein ?
— On ne peut rien vous cacher.

Sourire entendu. On était entre spécialistes.

— Elle ressemble à quoi, votre suspecte ?

Pour l'heure, Chloé n'avait en tête que des suppositions. La suspecte en question avait connu Marion avant sa mort, au minimum dix ans plus tôt, peut-être même avant. Elle avait encore la capacité de plonger en conditions extrêmes. S'il s'agissait d'une amie proche, elle se situait, a priori, dans sa tranche d'âge.

— Elle doit avoir entre quarante et cinquante ans.
— C'est vague.
— Je n'ai rien d'autre.

Le cantonnier la dévisagea avec un air de poisson mort.

— Comment vous voulez que j'vous aide si vous savez même pas la tête qu'elle a ?

Chloé désigna le caveau d'Hélène Frémont.

— Il est possible qu'elle soit venue se recueillir sur cette tombe.

L'homme tordit le cou dans la direction indiquée.

— Celle-là ?

— Oui.

Nouveau hochement de tête, posé, comme s'il réfléchissait.

— Y'a bien une fille qui vient de temps en temps. Mais ça correspond pas.

— Dites toujours.

— Oubliez. Elle est trop jeune.

— Quel âge ?

— Entre vingt-cinq et trente.

Pas le bon profil. Sans doute une bénévole, dépêchée par la paroisse pour l'entretien des concessions à l'abandon. Dans une autre vie, Chloé avait déjà vu ça.

— D'ailleurs c'est pas plus mal…, marmonna le cantonnier.

— Qu'est-ce que vous dites ?

— Que je préfère que ce ne soit pas elle votre suspecte.

— Pourquoi ?

— Ça m'aurait fait bizarre qu'une rousse aussi jolie ait pu assassiner des gens. Et quand je dis jolie, je pèse mes mots. C'est carrément un ange.

Chloé sentit le sol s'ouvrir sous ses pieds. La description de l'employé communal avait lancé un pont dans son esprit, ou plutôt dans son âme, qui venait de la projeter quelques jours en arrière.

Un ange.

Depuis Sophie, elle n'en avait rencontré qu'un.

Un messager du Ciel, incarné dans une enveloppe parfaite, doté d'une chevelure de feu et qui devait avoir cet âge.

Ève Hébrard.

La plongeuse recrutée par Sardi.

72

Elle ne lui avait jamais paru aussi fragile.

La Tek aux nerfs d'acier, la sirène capable de descendre à des profondeurs incroyables, d'y effectuer des travaux lourds et de remonter en souriant n'existait plus. À cette seconde, Jean avait devant les yeux une gamine. Une enfant perdue, prisonnière d'une reine maléfique qui la retenait dans son royaume sous-marin.

Ève était allongée sur le ventre, paupières closes, bras ramenés le long du corps. Elle portait la combinaison jaune des plongeurs de Tech Med et avait les pieds nus. Ses cheveux étaient secs, un détail en apparence insignifiant qui indiquait néanmoins qu'elle était là depuis un bon moment.

Jean se débarrassa de son matériel et s'agenouilla près d'elle. Premier réflexe, s'assurer qu'elle respirait. Il colla son oreille contre ses lèvres et sentit sur sa peau la caresse tiède d'un souffle faible.

Elle était vivante.

Pas au mieux de sa forme mais vivante.

Il remercia le Ciel. Dans le même temps, il prit conscience de son erreur. Marion n'avait jamais eu l'intention de la tuer. Ou alors pas tout de suite. Elle l'avait maintenue en vie pour une raison évidente, la même raison qui l'avait empêchée d'en finir quand elle s'était introduite dans sa chambre.

Comme lui, Ève faisait partie de son plan.

Elle ou toi ? Qui vas-tu choisir cette fois ? Pour prendre ta décision, rejoins-moi là où tout a commencé.

Il était venu.

Ève était là aussi.

Il ne manquait plus que Marion et la partie pourrait démarrer.

D'un regard circulaire, Jean essaya de la localiser. Sans succès. La salle, à peine éclairée par la lueur de la lampe-tempête, était plus grande que dans son souvenir. Une vaste crypte aux murailles ciselées, hérissée de stalactites brillant sous le ruissellement de l'eau. La lumière diffusait faiblement, laissant dans l'ombre des pans entiers de roche noire. Des niches de ténèbres où l'on pouvait se dissimuler.

Il se décida à l'appeler.

— Marion ?

Pas de réponse. Elle contrôlait le jeu, avait amené ses pions sur son terrain. Elle voulait sans doute prendre son temps et savourer le moment.

Jean accepta les règles et attendit. Quelques secondes aux airs d'éternité, pendant lesquelles il nota la présence d'un gros monobloc posé dans un coin, à côté d'un stab, d'un masque et d'une paire de palmes. Du matos de pointe qui ne faisait pas partie des actifs de Tech Med. Une petite mallette orange complétait la liste, le modèle Explorer Case cent pour cent étanche utilisé dans le cadre des plongées spéléo.

Un seul équipement.

Où était l'autre ?

N'y tenant plus, il se leva et appela de nouveau, plus incisif.

— Je suis là ! C'est bien ce que tu voulais, non ?

Toujours le même silence, haché par le clapotis lancinant de la flotte qui tombait dans les flaques.

— Montre-toi, bordel ! Qu'on en finisse.

Une voix s'éleva dans son dos.

— Arrête de gueuler. Elle ne viendra pas.

Jean se retourna. Une fraction de seconde, il ne fut pas certain de ce qu'il voyait, comme si le monde venait brutalement de basculer dans une autre dimension.

Ève lui faisait face. C'était bien la plongeuse aux cheveux rouges et aux yeux verts, qui un instant plus tôt était étendue sur le sol et respirait à peine. Pourtant, il eut la sensation d'avoir affaire à quelqu'un d'autre.

Elle le dévisageait avec une expression qu'il ne connaissait pas, mélange étrange de triomphe et de folie. Surtout, elle tenait dans sa main un objet qu'il n'aurait jamais imaginé la voir manipuler. Un pistolet trapu, d'un noir mat, dont le canon rectangulaire était pointé sur lui.

— Tu apprécies l'endroit ?

La voix aussi était différente. Sarcastique. Détachée. Glaçante.

— C'est pas tout à fait le même décor mais je n'avais que cette option. Et de toute façon, on s'en tape. Toutes les grottes se ressemblent, non ?

Jean la fixait, incapable de prononcer un mot. Elle avait fait semblant d'être inconsciente et le braquait maintenant avec une arme. Ça n'avait aucun sens.

— Qu'est-ce que tu fous avec ce flingue ? finit-il par demander.

— Simple précaution.

— Où est Marion ?

— Elle est morte. Et cette fois pour de bon.

— Morte ?

— Cancer. Ça va faire dix ans.

L'époque où elle avait quitté Carvec, celle où elle s'était de nouveau évaporée. Latour ne risquait pas de la retrouver. Jean accusa le coup sans lâcher l'automatique des yeux. Dans l'immédiat, son problème était ailleurs.

— Alors c'est toi qui m'as laissé ce message ?

— Avec un peu de son parfum. Dune. Tu te souviens ?

— Qu'est-ce que tu fabriques dans cette histoire ?

— Elle n'était plus là pour te faire payer ta lâcheté. J'ai dû m'en charger moi-même.

Vertige. Tout ce en quoi Jean avait cru jusque-là s'effondrait. Ève l'avait manipulé depuis le premier jour et Latour avait vu juste sur toute la ligne.

C'était bien une vengeance.

Une vengeance dont il était la cible, motivée par ce qui s'était passé au Groenland et assouvie sur la durée. Sauf qu'il y avait deux tueuses. La première n'était plus de ce monde et il avait aussi failli tomber amoureux de la seconde. Comble de tout, il lui avait ouvert son jeu avec sincérité, ce qui lui avait permis d'avoir toujours un coup d'avance.

— Tu la connaissais ?

— C'est le moins qu'on puisse dire.

Elle souriait. Un sourire ironique où perçait un soupçon de nostalgie. À cette seconde, Jean retrouvait la jeune femme sensible, profondément humaine, qui avait su toucher son cœur jusqu'à l'écorce.

L'illusion s'effaça aussitôt. La part sombre d'Ève avait repris le dessus, lui redonnant un air dément.

— Tu n'as toujours pas compris ?

— Qu'est-ce que je dois comprendre ?

— Regarde bien.

Elle tourna la tête légèrement, présentant son profil.

— Il paraît qu'on a le même.

Jean détailla le fin tracé qui se découpait sous l'éclairage tremblant de la lampe-tempête. L'arête effilée du nez, la légère bombance du front, l'ourlet pulpeux des lèvres, la courbe volontaire du menton…

Il crut que son cœur allait cesser de battre. La vérité crevait les yeux depuis le début et il n'avait rien vu. Elle se révélait sous la forme épurée d'une ombre chinoise, un simple trait de fusain planqué dans un recoin de sa tête qui n'avait jamais cessé de le hanter.

— Marion était...

— Ma mère, oui. Tu progresses. Mais tu ne connais pas encore la meilleure.

Elle lui faisait face de nouveau, canon toujours pointé sur lui. Dans cette lumière crépusculaire, le feu de ses cheveux semblait incendier la grotte.

— Fais le calcul. J'ai vingt-sept ans. Je suis donc née en 1994. Le 3 mars. Retire neuf mois et on arrive début juin 1993.

Une sensation désagréable tourbillonna dans son ventre. L'intuition qu'il n'avait pas encore touché le fond.

— Où veux-tu en venir ?

— Maman et toi êtes allés au Groenland en juillet, pendant la fonte. Quand tu l'as abandonnée sous la glace, elle était déjà enceinte d'un mois. Tu saisis maintenant ?

Le cerveau qui se fissure. Une partie se range à l'évidence pendant que l'autre tente encore de trouver une échappatoire. Mais il n'y en a pas. Le piège s'est refermé et la vérité s'impose, comme une ultime souffrance venue parachever le cauchemar.

— Tu veux dire que...

— Eh oui, papa. Tu as une fille.

73

Tout faisait sens.

L'impression de familiarité. La sensation de confiance. La valse-hésitation de ses sentiments, entre pulsion amoureuse et désir d'amitié.

Surtout, par-delà ces tiraillements, il y avait la réserve sur laquelle il était toujours resté vis-à-vis d'elle. Un verrou inconscient, comme un mur infranchissable qui l'avait empêché de succomber aux pulsions ambiguës qu'elle suscitait chez lui.

Jean s'était convaincu qu'il voulait la protéger de la malédiction.

Il comprenait maintenant que ses réticences venaient d'ailleurs.

Une part de son être devait savoir. La part archaïque, chevillée au creux de ses cellules pour lui rappeler la vraie nature de cette relation. Elle lui avait évité de commettre l'irréparable, de braver un interdit immémorial et de planter les derniers clous du cercueil qu'elle avait façonné pour lui.

Il se laissa tomber sur le sol. Le choc lui avait scié les jambes. Il leva la tête vers Ève et posa la seule question qui lui vint à l'esprit :

— Pourquoi ?

Elle eut un petit rire de mépris.

— Tu oses le demander ?

— Ta mère avait des raisons de m'en vouloir. Mais toi ?

— Des raisons de t'en vouloir ? Elle a failli crever à cause de ta lâcheté ! Quant à moi, j'y serais passée aussi si elle n'avait pas réussi à quitter cette putain de cavité. Voilà pourquoi.

— Je ne savais pas qu'elle était enceinte.

— Bien sûr que tu savais.

— Non, je t'assure. Elle ne m'en avait jamais parlé.

— Arrête de mentir. Elle te l'avait annoncé avant de partir.

Un éclair de haine pure avait flambé dans les yeux verts. Ève était convaincue de ce qu'elle disait. Une version mensongère de l'histoire, élaborée depuis l'origine afin de fabriquer de toutes pièces une réalité alternative. De la pure intoxication, qui avait permis à Marion de faire passer Jean pour un monstre.

— J'ai fait tout ce que j'ai pu. Je te le jure.

— Si tu parles du chaman et de ta petite expérience de merde, laisse tomber. Elle t'a juste servi à te donner bonne conscience.

— Ça aussi, tu es au courant ?

— Je sais tout, tu m'entends ? Tout. Et la conclusion, c'est que tu t'es seulement tiré pour sauver ton cul.

— Tu te trompes. J'aimais ta mère. Je pensais pouvoir la ramener.

— Si tu l'aimais vraiment, tu lui aurais filé ton air. Au lieu de ça, tu l'as laissée crever toute seule.

À quoi bon rétorquer ? Lui aussi le pensait. Il n'aurait pas vécu ce cauchemar s'il avait fait un autre choix et laissé Marion remonter à la surface.

Jean préféra reprendre les choses dans l'ordre. Les réponses viendraient et avec elles leur lot de douleur. Il n'avait aucun doute là-dessus.

— Comment a-t-elle fait pour quitter la grotte ?

— Parce que maintenant, ça t'intéresse ?

Elle n'était que violence, haine, rancœur. La face cachée de sa personnalité se révélait à la façon d'un astre noir dont la lumière glaciale dévastait Jean.

— Je te l'ai dit. Je l'aimais. J'ai besoin de savoir.

Sourire sceptique. Elle ne croyait pas un mot de cet aveu mais joua l'ironie.

— Ça tombe bien, j'avais prévu de t'en parler. Je comptais aussi te raconter ce qu'elle a vécu après ta fuite. Histoire de te donner un avant-goût de ce qui t'attend.

Son sort était déjà scellé et le flingue était là pour le confirmer. Ève avait décidé de lui faire revivre le calvaire de sa mère. À un détail près : pour lui, il n'y aurait pas d'issue.

— Maman est restée coincée vingt-huit jours dans ce piège, à attendre, à espérer, en buvant l'eau du glacier pour survivre. Puis elle a fini par comprendre. Tu ne reviendrais pas. Tu l'avais abandonnée. Condamnée. Alors elle s'est battue, avec pour seul moteur la volonté de te faire payer. Elle a imaginé des dizaines de scénarios, exploré la cavité dans ses moindres recoins, gratté la glace avec ses ongles. À force de patience, de ténacité, elle a fini par découvrir un autre accès. Un boyau de la taille d'un trou de souris qui remontait vers la surface.

C'était tellement évident qu'il aurait dû y penser. La fonte forait une multitude de tunnels dans le permafrost, des tubes plus ou moins larges qui serpentaient dans tous les sens et dont certains débouchaient à l'air libre.

Quand ils s'étaient réfugiés dans la cavité, ils en avaient fait le tour sans découvrir aucune issue. Un mois plus tard, le dégel avait achevé son œuvre et permis l'agrandissement d'un de ces canaux.

— Une fois dehors, elle a marché. Au hasard, droit devant. Elle était épuisée et n'avait que sa combi pour affronter le froid polaire. Elle n'a pas tenu longtemps avant de s'écrouler. Par chance, un chasseur l'a trouvée. Elle était presque morte. Sous-nutrition, épuisement, hypothermie… Son cœur battait à peine. Sans parler des multiples engelures qui lui ont valu l'amputation de plusieurs orteils. Un vrai miracle qu'elle s'en soit tirée.

Le calvaire de Marion avait dû être terrifiant. En le refoulant, Jean s'était épargné une dose supplémentaire de culpabilité. À présent, il en prenait toute la mesure.

L'isolement, le froid, la peur et la souffrance avaient attaqué son psychisme en profondeur. Un acide corrosif qui lui avait fait perdre la boule. Pour lui permettre de survivre, son cerveau s'était scindé. Une partie était restée à jamais prisonnière sous la banquise, l'autre avait désigné un coupable et s'était assigné un objectif.

Le punir.

— Il l'a mise à l'abri dans une hutte et l'a soignée avec ce qu'il avait sous la main, poursuivait Ève. Plantes, racines, organes d'animaux… Tu vois le topo.

Jean voyait très bien. Il s'était envoyé un cocktail du même genre pendant son expérience chamanique. Il se demanda également si ces médecines naturelles n'avaient pas passé la barrière du placenta pour affecter le cerveau de sa fille. Un dommage collatéral qui avait conditionné sa vie et rendait son histoire encore plus désespérée.

Ève continuait sur sa lancée :

— Peu à peu, elle a repris des forces. Après quelques jours, quand elle s'est sentie de faire le voyage, il l'a ramenée.

— Quel voyage ?

— Ne me dis pas que tu as oublié.

— Mon cerveau a gommé pas mal de choses. Je te l'avais expliqué.

Ève connaissait la version de Jean. Il lui avait raconté son histoire en détail, sans omettre l'amnésie partielle occasionnée par la drogue et le refoulement. Pourtant, la femme qui le braquait semblait avoir zappé cette confession. Les trous de mémoire de son père étaient maintenant des éléments à charge.

— Vous aviez installé votre camp de base à Siorapaluk, au nord de Qaanaaq. Le village était à deux journées de traîneau de la zone de plongée.

Siorapaluk, à l'embouchure du fjord Robertson. Le nom du dernier lieu habité dans lequel ils avaient posé leurs sacs. Même pas un village. À peine un hameau, une centaine d'âmes et quelques bicoques de bois rouge égarées dans le grand désert blanc.

Après leur arrivée à Qaanaaq, c'est là que le ferry les avait déposés. Là, plus tard, que Jean avait rencontré le chaman et vécu son expérience sous hallucinogènes. La grotte sous-marine, en revanche, était encore plus loin. Dans un *no man's land* de glace perdu dans les confins bleutés de l'Arctique.

Mais cet éclaircissement ne représentait qu'une goutte d'eau dans l'océan de ses interrogations. Il lui fallait toute l'histoire.

— Qu'est-ce qui s'est passé après ?

— Elle est restée un mois au dispensaire de Siorapaluk et elle a repris l'avion.

— Pour la Suisse ?

— Elle est d'abord allée aux Antilles. À Saint-Martin.

— Alors tu es vraiment née là-bas ?

— Les meilleurs mensonges contiennent toujours une part de vérité. Non seulement j'y suis née mais j'y ai passé les dix-huit premiers mois de ma vie. Jusqu'à ce que maman décide de reprendre ses études.

Le trou de deux ans dans le CV de Marion. Elle avait choisi ce refuge pour disparaître, accoucher, se reconstruire. Un édifice bancal, miné par la haine et la soif de vengeance, dont les fondations s'ancraient dans un terreau de souffrance.

— Pourquoi cette île ?

— C'était la France. Sans tout à fait l'être. Personne n'aurait eu l'idée d'aller la chercher dans un trou pareil.

Une France aux allures de tiers-monde, où l'on pouvait se fondre dans la masse des exilés qui affluaient de la Caraïbe en espérant des jours meilleurs. Jean connaissait. Dix ans plus tôt, il y avait fait un saut pour participer à une mission de renflouage.

— J'avais déclaré son décès. Elle s'y est prise comment avec l'état civil ?

— Internet n'existait pas. Les registres n'étaient pas encore connectés et Saint-Martin a un régime administratif particulier. Il lui a suffi d'acheter un faux passeport et le tour était joué.

Jean se souvenait aussi de cet aspect. Casinos, prostitution, drogue... Un milieu interlope tirait les ficelles sur ce caillou perdu. Obtenir de nouveaux papiers avait dû être un jeu d'enfant.

— Un passeport suisse au nom de Patricia Lajoux ?

— Pas terrible, je te l'accorde. Elle aurait pu choisir mieux, vu que c'est aussi mon nom. Celui sous lequel elle m'a déclarée à l'hôpital en tout cas. J'ai préféré conserver mon prénom sur le CV que je t'avais adressé. C'était la meilleure façon de ne pas me trahir.

— Ta carte d'identité, tes qualifs, tes attestations sécu ?

— Du bidon. Comme le reste.

Telle mère, telle fille. Mensonge et manipulation lui avaient été inculqués dès le berceau et elle avait retenu la leçon. Un beau gâchis, dont Jean ne pouvait s'empêcher de se sentir également responsable.

Il revint sur Marion. Il voulait connaître chaque détail de cette vie qu'elle lui avait dissimulée.

— Les faux papiers, l'installation, l'accouchement... Tout ça n'est pas gratuit. Comment s'y est prise ta mère ?

— Elle a rencontré quelqu'un en arrivant.

Marion était plutôt jolie. Elle n'avait pas dû avoir de mal à se trouver un protecteur. L'idée qu'elle ait pu se vendre de cette façon brisait Jean un peu plus mais démontrait à quel point sa vengeance l'obnubilait. Elle était prête à tout pour l'assouvir.

Ève lui lança un regard affligé, comme si elle avait capté ses pensées.

— C'est pas ce que tu crois. François était raide dingue d'elle. Il était gentil et maman avait besoin de ça. Elle n'avait aucune raison de cracher sur son argent.

— François ?

— Chenaux-Heinsig. L'héritier d'une des plus grosses fortunes de Suisse.

Un Suisse, milliardaire de surcroît. La nationalité bidon de Marion avait dû favoriser le rapprochement. Entre compatriotes, on se serre les coudes.

Jean ne put s'empêcher de demander.

— Elle l'aimait ?

— En quoi ça te regarde ?

— J'ai besoin que tu me le dises.

Ève secoua la tête. Elle paraissait exaspérée.

— J'en sais que dalle. J'étais trop jeune. La seule chose dont je suis sûre, c'est qu'elle le respectait.

— Tu parles de lui ou de son fric ?

Même si Ève avait répondu à côté, Jean pressentait que Marion avait joint l'utile à l'agréable. Il l'avait provoquée pour en avoir le cœur net.

Elle secoua la tête.

— T'es vraiment un connard.

— J'essaie juste de comprendre.

— François est un mec bien. Tout le contraire de toi. Il nous a hébergées près de deux ans dans la baraque qu'il possédait à Saint-Martin. Après, il lui a proposé de venir habiter chez lui, à Genève. Il a aussi financé ses études, mon éducation dans une école privée, et lui a trouvé un boulot. Je devais avoir neuf ans quand ils se sont séparés mais il n'a jamais cessé de veiller sur nous, même quand on ne vivait plus avec lui.

L'intuition de Jean se confirmait. Marion n'avait jamais aimé cet homme. Pas comme elle l'avait aimé lui en tout cas. Elle avait peut-être eu un petit coup de cœur mais avait surtout profité de l'opportunité pour mener ses plans à bien. Pourtant, il avait tenu le rôle que Jean aurait dû avoir. Celui qu'elle lui avait volé. Ce type avait porté sa fille dans ses bras, lui avait raconté des histoires pour l'endormir et servi de référent. Un père de substitution auquel Ève s'était attachée.

Trop tard pour revenir en arrière. De plus, un détail venait de lui sauter à la figure.

— Le job, c'était chez Carvec ?

— Bien sûr. Son daron est l'actionnaire majoritaire du labo.

Le plan de Marion se révélait maintenant en pleine lumière. Une stratégie au long cours dont Latour avait pressenti les grandes lignes sans avoir tous les éléments.

Synthèse. Mère célibataire en souffrance, Marion se trouve un bon Samaritain qui l'aime assez pour les prendre en charge, elle et sa fille. Au fil des mois, elle comprend que son protecteur peut faire plus que payer les factures. Sa famille possède un des plus gros laboratoires de Suisse et donc un service de pointe en recherches et développement. La biologie l'a toujours passionnée, mais ce n'est pas ce qui l'intéresse chez Carvec. Plus maintenant. Son seul but est d'assouvir la haine qui la dévore et le labo peut lui en donner l'occasion. Il finance régulièrement des expéditions aux quatre coins de la planète, dans des pays où Jean est susceptible d'effectuer des plongées techniques.

Elle suit donc un cursus en logistique et entame le nouveau millénaire en se faisant recruter au poste de coordinatrice de mission chez Carvec. Tout ça grâce à Chenaux, qu'elle finit par larguer une fois installée dans la place – toutes les dates correspondent.

2003. Elle a passé deux ans à préparer son plan. Elle est fin prête, a maintenant les mains libres et peut se consacrer à sa vengeance. Les notes de frais que Jean a vues passer dans son dossier démontrent qu'elle a bourlingué un peu partout sur la planète. Comme elle effectue les repérages et participe au ciblage des zones de prélèvements, elle peut orienter le choix des scientifiques sur les régions du monde où Jean séjourne. Un modus operandi qui confirme qu'elle n'a jamais cessé de le traquer et qui lui a permis d'identifier ses proies. Il ne lui reste plus ensuite qu'à planifier ses déplacements et à organiser les accidents.

— Cet homme qui t'a élevée, il savait que ta mère était une meurtrière ?

— Justicière me semble plus approprié.

— Réponds-moi.

— Elle l'a toujours laissé en dehors de ça.

La réponse ne le surprit pas. Il n'y avait que trois personnages dans cette pièce macabre. La mère, le père et à présent la fille. Une histoire de famille…

— Et toi ?

— C'est différent.

— Donc tu étais au courant.

— Depuis le début. J'ai toujours été sa confidente.

La gorge de Jean se serra. Florence, sa première victime, était morte en 2003 dans un crash de voiture au Sud-Kivu. Ève avait à peine neuf ans. Marion ne s'était pas contentée de la monter contre son enfoiré de père. Elle l'avait associée à sa démence à l'âge où la gamine jouait encore à la poupée. Avait-elle été assez dingue pour lui donner des détails ?

— Qu'est-ce qu'elle t'a raconté au juste ?

— Tout. La façon dont elle t'a traqué, celle dont elle s'est approchée de tes copines et surtout dont elle s'en est occupée. C'était brillant.

— Alors tu sais comment elle les a tuées ?

— Des accidents. Rien de plus banal et en même temps très efficace. Mais je dois t'avouer une chose.

— Laquelle ?

— Les trois premières, ce n'est pas elle qui s'y est collée. Trop compliqué. Elle a dû déléguer à des professionnels.

Inattendu mais rationnel. Même si Marion était déterminée, elle ne pouvait pas passer son temps à épier Jean sur le terrain. A fortiori à l'étranger. Une fois sa cible identifiée, elle avait engagé des tueurs sur place pour finir le travail.

— Et la dernière ? Élisabeth ?

— L'avocate... Là, c'était plus facile. Elle vivait à Toulon et maman avait quitté Carvec pour soigner son cancer. Il lui a suffi de prendre un rendez-vous avec elle, de faire un aller-retour depuis la Suisse et le problème était réglé.

Quinze coups de couteau avec une lame de chasse. Marion s'était acharnée sur Babeth, utilisant ses dernières forces afin de purger sa haine avant de mourir.

Jean connaissait maintenant chaque détail de ce parcours meurtrier. Une vérité qui collait à peu de chose près à ce que Latour avait subodoré.

Une dernière question le taraudait encore.

— Pourquoi ne s'en est-elle pas prise à moi directement ?

— Elle y a pensé. À son arrivée chez Carvec, une mission de prélèvement au Groenland était déjà programmée. Tu avais été contacté pour y participer mais tu as refusé.

L'expédition de 2002. L'écharde dans la logique de Latour.

— Ça n'a pas de sens. Je l'aurais repérée tout de suite.

— Elle était beaucoup plus maligne que tu ne le seras jamais. Elle avait prévu d'arriver sur le site après toi et de te coincer une fois sous l'eau. Avec le masque et la combi, tu ne l'aurais pas reconnue. Dommage... Tu aurais mérité de crever là où tu l'avais abandonnée.

L'histoire avait failli s'arrêter là. Jean avait survécu par chance mais sa mort aurait permis d'éviter celles de ses compagnes.

— Comme ça n'a pas marché, elle est revenue à son plan initial. Elle t'a connu au collège. Depuis l'assassinat de ta mère, tu culpabilisais comme un malade. Puis il y a eu le Groenland. La « mort » de maman t'a mis dans le crâne que tu étais victime d'une sorte de malédiction. Un ramassis de conneries qu'elle a su exploiter. Elle savait qu'en supprimant les femmes qui comptaient pour toi, tu vivrais la pire des punitions.

Une fois encore, la commandante avait vu juste. Avec un peu de temps, elle serait sans doute remontée jusqu'à Ève.

— C'est elle qui t'a demandé de prendre la suite ?

— Elle n'en a pas eu besoin. Tu as ruiné sa vie et donc la mienne. Tu devais payer et tu devais payer jusqu'au bout.

La cohérence d'une existence placée sous le sceau de la démence. Ève avait été portée sur les fonts baptismaux de la folie, avec pour parrain et marraine la haine et la violence. Une trinité infernale qui l'avait corrompue jusqu'à l'écorce pour en faire également une tueuse.

Jean eut une bouffée de compassion. À sa façon, Ève était aussi une victime. Mais avant tout, elle était sa fille. Son enfant, la chair de sa chair. Si elle allait au bout de sa logique et le laissait mourir ici, elle se perdrait à tout jamais.

Il devait à tout prix la faire changer d'avis. Accéder à la part d'humanité qu'elle étouffait au plus profond d'elle-même et la faire revenir vers la lumière.

— Tu n'étais pas obligée.

— Qui parle d'obligation ? Honorer la mémoire de maman a toujours été mon souhait le plus cher.

— Tu peux encore tout arrêter. Je témoignerai en ta faveur.

— Te fatigue pas. J'ai prévu mieux.

— Si tu me tues, tu le regretteras. Je suis ton père et malgré tout ce que tu peux me reprocher, tu vas devoir faire avec.

— Arrête de te la raconter. Pour moi, tu n'es qu'un gros enfoiré.

Un mur. Infranchissable. Inaccessible. Jean poursuivit néanmoins.

— Un enfoiré que tu n'avais pas prévu d'éliminer. Cette mise en scène ne faisait pas partie de ton plan.

— Qu'est-ce que tu en sais ?

— Ça crève les yeux. Tu t'es sentie en danger quand je t'ai appris que les flics soupçonnaient ta mère. Tu as paniqué quand tu as su qu'ils allaient enquêter chez Carvec. Alors tu t'es adaptée.

Elle haussa les épaules.

— Admettons que ce soit vrai. Qu'est-ce que ça change ?

— Tout. Tu n'avais pas besoin de venir bosser dans ma boîte pour arriver à tes fins. Encore moins d'entrer dans mon intimité. La vérité, c'est que tu voulais te faire ton opinion. Savoir qui j'étais vraiment. C'était plus fort que tout pour la simple raison qu'une partie de toi est, quoi que tu en dises, viscéralement attachée à moi.

En provoquant une nouvelle fois sa fille, Jean voulait ouvrir la brèche qui lui permettrait d'accéder à son âme. Le seul moyen de la convaincre de faire machine arrière.

Une seconde, il crut avoir remporté la partie. Ève s'était tue. Elle s'était repliée sur elle-même, comme si son plaidoyer l'avait déstabilisée.

Puis un sourire se dessina sur son visage. Une expression de pure perversité.

— T'as tout faux, mon pauvre. Mais puisque tu veux jouer au plus malin, je vais t'expliquer pourquoi.

74

La gueule froide du canon le tenait toujours en respect. La promesse d'une mort rapide s'il tentait quoi que ce soit. Jean aurait pu faire ce choix et s'éviter les affres d'une agonie terrifiante mais ce n'était pas son intention.

Il espérait encore.

— Je n'ai jamais rien ressenti pour toi, commença Ève d'un ton de dégoût. À part de la colère. Tu as failli me tuer avant même que je ne vienne au monde. Par ta faute, j'ai passé les trois quarts de mon enfance dans une pension flippante. Et la meilleure, la seule personne que j'aimais a développé un cancer à force de psychoter sur ton compte. Alors oui, je suis venue à ta rencontre. Mais pas pour te connaître. Ni parce que j'étais attachée à toi. La seule raison, c'est que je voulais être aux premières loges pour assister à ta chute.

Ève ne se ressemblait plus. Sa beauté solaire semblait s'être desséchée. Elle avait pris l'allure d'un astre mort.

Jean réalisa qu'elle avait atteint le point de non-retour. Rien ni personne ne la ferait changer d'avis. Il allait mourir et sa fin la damnerait pour l'éternité.

Il demanda quand même, en guise de dernière volonté :

— Raconte-moi ton histoire. Tu es ma fille. J'ai besoin de savoir avant qu'on se quitte.

— Si tu y tiens. J'avais dix-huit ans quand maman est partie. L'âge où le futur a en principe un goût d'éternité. Sauf que pour moi, il avait depuis longtemps pris un goût de cendre. Après avoir passé ma vie avec ma mère pour seul repère, je me suis retrouvée comme une conne. Je n'avais ni famille ni véritables amis, hormis la horde de lourds qui me collaient aux basques en espérant me baiser. Fort heureusement, je n'avais pas de problèmes de fric. Elle m'avait laissé un joli pactole qui m'a permis de me retourner.

Jean ne commenta pas. Ce n'était plus le moment. Il voulait simplement entendre la suite.

— J'aurais pu l'utiliser pour tourner la page et poursuivre mes études mais une petite voix me soufflait que ce n'était pas la solution. Il fallait que je continue ce qu'elle avait commencé. Il fallait que je te fasse payer. C'était la seule façon de me libérer.

L'endoctrinement, au-delà de l'imaginable. Marion avait littéralement contaminé son enfant et Jean ne pouvait que constater le résultat.

— Je savais par maman que tu étais retourné vivre à Saint-Mandrier. Alors j'ai loué un appart à Toulon et j'ai commencé à t'observer. C'était à deux pas et on passe plus facilement inaperçu dans une grande ville.

— Surtout toi.

Sourire. Celui d'une gamine face à un compliment. Malgré le flingue, Jean ne pouvait s'empêcher d'être ému.

— Je n'étais pas aussi *repérable* avant de venir bosser pour toi. J'avais les cheveux courts, j'étais brune comme maman et je faisais tout ce qu'il fallait pour gommer ma féminité. Le rouge, c'était pour mieux me cacher. Tellement voyant qu'il effaçait toute trace de celle que je suis réellement.

L'art de la dissimulation. Un caméléon magnifique, à l'instar de sa mère, capable de changer de couleur pour se fondre dans la masse.

— J'ai suivi ton parcours, aussi bien personnel que professionnel. C'était amusant de te voir assis à la table d'un resto ou marchant dans la rue. Tu m'as croisée un paquet de fois sans te douter de quoi que ce soit. Au début, ça me faisait kiffer. L'idée que tu ne verrais pas venir le coup avait quelque chose de jouissif. Mais le temps passait et tu restais seul. Comme si tu t'étais recroquevillé.

— Après la mort de Babeth, j'ai pris le parti de ne plus m'engager.

— Sauf que tu n'en es pas capable. C'est ta nature. Un clou chasse l'autre et la vie continue.

La rage affleurait de nouveau. Sans le vouloir, Jean venait d'en raviver la braise.

— Tu repiquerais, affirma Ève. Je le savais. Il suffisait d'être patiente.

— Six ans jusqu'à Alix. C'est long.

— Je les ai mis à profit, rassure-toi. J'ai pu élaborer un plan bien plus sophistiqué que celui de maman. Un plan qui te ferait souffrir encore plus.

— Le rituel chamanique ?

— Pas tout de suite.

— Comment ça ?

— J'ai d'abord voulu te faire croire que ta copine s'était foutue en l'air à cause de toi. Cette bonne vieille malédiction, assortie cette fois d'une double peine. Ça a failli marcher. Comme je l'avais anticipé, ses parents t'ont rendu responsable de sa disparition. Ils étaient persuadés qu'elle s'était suicidée et que c'était ta faute. J'avais seulement négligé un point.

— Lequel ?

— Tu avais changé. C'était du moins ce que je pensais à ce moment-là. Ta nouvelle petite amie s'était donné la mort parce que tu l'avais larguée et toi tu continuais à mener ta petite vie. Comme si tu avais décidé de ne plus te sentir coupable de quoi que ce soit. J'ai vraiment cru que tu t'étais mis hors de portée.

Elle s'était plantée sur toute la ligne. Les accusations de la famille Tardif avaient détruit Jean un peu plus et pour ne pas sombrer, il n'avait eu d'autre choix que de les dénier en bloc. Une réalité dont Ève n'avait pris conscience que plus tard, quand il lui avait ouvert son cœur et raconté son histoire.

— Pourquoi la noyade ? L'immersion dans la grotte ?

— C'était le plus évident. Il m'a suffi de la convaincre de plonger avec moi et de lui arracher son détendeur une fois sous l'eau. Pas besoin de l'emmener bien loin pour ça. Elle a tout de suite paniqué et elle a avalé de la flotte. Quant à la grotte, maman m'en avait parlé. Cette plongée où vous aviez déjà failli mourir avait pris un nouveau sens après le Groenland. Un signe du destin, pour l'avertir de ce qui se passerait plus tard. Comme personne n'osait y aller, c'était le lieu idéal pour y dissimuler un corps.

Ni plancton, ni uranium, ni Trimix. Et sans doute pas de scarifications. Sur ce plan, Latour avait fait fausse route. Ève n'avait pas encore imaginé le scénario complexe mis en place pour Lola. Elle souhaitait seulement laisser penser à un suicide et était allée au plus simple pour des seules raisons d'opportunité.

— Alix ne savait pas plonger. Comment a-t-elle pu descendre de son plein gré ?

— Elle était au fond du trou quand tu l'as quittée. Ça m'a permis de l'approcher. Nous étions devenues des sortes de « copines ». Je lui ai proposé une initiation, histoire de lui changer les idées. Comme on n'avait pas besoin de bateau parce qu'on se mettait à l'eau depuis les rochers, elle a tout de suite été partante. C'était l'idéal, puisqu'on était au-dessus de la grotte.

Au lieu de protéger Alix, Jean l'avait jetée dans la gueule du loup. Ève savait jouer sur les fragilités, simuler l'empathie. Son visage d'ange inspirait la confiance. Son sourire rassurait. Elle n'avait pas eu de mal à manipuler une pauvre fille en détresse.

— Et pour Lola ? Elle n'était jamais allée plus loin que vingt mètres et tu l'as descendue à cent cinquante.

— Tu sous-estimes mes capacités de persuasion, mon petit papa. J'ai appliqué exactement la même méthode, sauf que là, c'était encore moins compliqué puisqu'elle avait les bases. Je lui ai vendu une plongée en pleine eau, je suis allée la chercher chez elle, à côté de Nice, et on a tracé droit sur le large avec le Zodiac que j'avais emprunté.

Elle avait tout anticipé, dans les moindres détails, jusqu'à voler un canot semi-rigide à moteur pour ne pas laisser de trace. La suite devait aller de pair.

— Le Trimix ? Tu as dû en avoir besoin avec elle.

— Je l'ai mis en douce dans les blocs en y ajoutant une petite dose de protoxyde d'azote. Efficace et inodore. Les traces s'effacent en quelques jours et de toute façon, il y en a plein dans l'eau. Comme tu t'en doutes, l'effet ne s'est pas fait attendre. Elle a commencé à perdre les pédales après cinq inspirations. Je l'ai prise par la main et direction le fond.

Jean était écartelé. La souffrance de Lola d'un côté, la pulsion paternelle de l'autre. Malgré l'horreur, elle le poussait à trouver des excuses à son enfant.

— Ensuite ?

— Elle était déjà bien dans les vapes, ta Lola. Une fois en bas, je lui ai retiré son détendeur, j'ai attendu qu'elle se noie et retour à la grotte. Le fait d'avoir agrandi l'entrée m'a bien aidée. Pour être honnête, j'avais pas mal galéré avec la première.

Le maniement d'une charge explosive. Encore un des talents cachés de sa fille, sans doute acquis avec le reste pendant qu'elle peaufinait son plan. Jean comprenait maintenant pourquoi elle avait su s'adapter si rapidement au monde des chantiers sous-marins.

— Pourquoi l'as-tu emmenée aussi profond ?

— Après Alix, quand j'ai pensé que tu n'adhérais pas à l'idée d'un suicide, j'ai décidé de changer d'approche. Comme tu n'avais plus l'air de culpabiliser, je devais t'atteindre d'une autre façon.

Jean rembobina le film. La plongée Tek. Le chamanisme inuit. Son lien direct avec les victimes et la découverte des cadavres dans une grotte sous-marine. Comme l'avait analysé Latour, les points communs avec sa propre histoire faisaient de lui un coupable tout désigné.

Il affirma :

— En me faisant porter le chapeau de ce nouveau meurtre, c'est ça ?

— J'ai mis en scène ton univers. Pour être sûre que les flics tomberaient bien dans le panneau, j'ai même glissé un peu du néoprène sous ses ongles. Quelques particules suffisaient, grattées sur la combi que j'ai fait fabriquer par l'artisan qui vous avait livré les vôtres. Avec les squames de peau récupérées dans ta salle de bains, tu en aurais pris pour un paquet d'années.

Un frisson le parcourut. Quand il était à Saint-Mandrier, Jean ne fermait jamais la porte de sa baraque à clef. Pas sa mentalité et de toute façon, il n'y avait rien à voler. Elle avait pu s'introduire chez lui à de nombreuses reprises sans qu'il le sache.

Un détail, pourtant, ne collait pas.

— Tu voulais me faire accuser de ce meurtre et tu as planqué le corps de Lola. Sans la murène, personne ne l'aurait retrouvée. Pas très cohérent, non ?

Nouveau sourire. Ses dents étincelaient comme celles d'un prédateur.

— Il n'y a jamais eu de murène. J'ai brisé moi-même son pied droit et j'ai reproduit le tracé des morsures avec la mâchoire d'une vraie bestiole. Après quelques semaines dans l'eau, plus moyen de voir le maquillage. Le courant étant circulant à l'intérieur de la cavité, le cadavre ressortirait à un moment ou à un autre. J'ai quand même préféré le transporter en bateau jusqu'à une zone de pêche pour être certaine qu'on le trouverait.

Latour avait eu l'intuition d'un tueur intelligent, organisé. Ève était plus que ça. En faisant croire à une découverte fortuite des restes de la dresseuse, elle consolidait l'idée que Jean avait voulu dissimuler son crime.

— Tous ces efforts pour rien, lâcha-t-il en croisant les bras. Tu dois être déçue.

— On ne gagne pas à tous les coups. Je n'avais pas envisagé que tu puisses t'investir dans l'enquête et que ta fliquette te ferait confiance. Encore moins que tu remonterais jusqu'à ma mère. C'est pour ça qu'on en est là.

Aucun regret dans la voix. Cette nouvelle configuration ne semblait pas la déranger.

La fin était écrite mais des détails restaient encore dans l'ombre.

— Ce rituel, demanda Jean, qu'est-ce qu'il signifie ?

— C'était la seule façon de boucler la boucle. En injectant l'eau du glacier dans les poumons de ta nana, cette eau qui aurait pu étouffer maman, je lui ai rendu hommage.

— Tu l'as fait ici ?

— Là où tu es assis.

Même genre de lieu. Même style de mort. Le versant symbolique de sa folie. Jean demanda, pour être sûr.

— Le plancton ?

— Un simple hasard. Il était déjà dans la flotte.

Le chaman d'Auriol avait dit vrai. Le scénario n'incluait pas le Spirotrichea. Une occurrence seulement liée à la région, comme celle qui avait trait à l'uranium.

— Cette flotte, comment l'as-tu récupérée ?

— Sur place. L'année dernière. J'en ai prélevé un peu dans le lac Tracy, au-dessus de Siorapaluk. Ensuite je l'ai congelée. C'était plus pratique pour la rapporter.

Le fameux lac que Latour cherchait à identifier. La congélation de l'eau avait aussi permis de préserver le plancton, une conséquence inattendue qui avait brouillé les pistes et lancé l'enquêtrice dans une fausse direction.

Jean poursuivit son feu roulant de questions. Les pièces s'ordonnaient une à une mais il restait encore un trou de taille.

— Les scarifications ?

— Un indice supplémentaire pour les flics. Le tatouage était trop compliqué à réaliser, surtout dans ces conditions. J'ai dû me contenter de la charcuter.

— Tu l'as fait avant qu'elle meure. Pourquoi ?

— Je voulais qu'on pense à un délire commun. Quelque chose que tu aurais partagé avec elle. Que tu lui aurais transmis pendant que vous étiez ensemble. Pour ça, il fallait qu'elle soit encore vivante quand j'ai taillé dans le vif.

— Comment as-tu su que j'avais eu une expérience chamanique ?

Elle sourit à nouveau, visiblement satisfaite d'elle-même.

— J'ai mené ma petite enquête. Quand j'étais là-bas, à Siorapaluk, j'ai retrouvé le chasseur qui a sauvé maman. C'est lui qui m'a parlé de ton sorcier. Un vieillard momifié, mais on dirait que le froid conserve. À moins que ce soit la magie, va savoir. En tout cas, ta tentative de sauvetage sous hallucinogènes avait fait le tour du village. Tout le monde se souvenait de toi. Un Occidental qui veut vivre ce genre d'expérience, c'est pas tous les jours. Surtout dans ce contexte. Le chaman m'a expliqué ce que signifiaient les traits. Ça m'a donné l'idée d'utiliser cette symbolique.

À présent, tout s'emboîtait. Un plan compliqué, tordu à souhait, dont l'objectif ultime avait été de le faire passer pour un tueur. Lola d'abord, puis également Alix quand les flics auraient eu la certitude qu'il était bien le coupable. Cette étiquette, Ève la lui avait collée depuis toujours. Elle voulait sans doute qu'il croupisse au fond d'une cellule, à l'instar de sa mère qui avait croupi au fond d'une grotte.

La voix de sa fille le ramena à la réalité.

— Il est temps, *padre*.

La pointe de son automatique désignait un des recoins de la cavité.

— Va t'asseoir là-bas. Et n'essaie surtout pas de me la faire à l'envers. Ça me gâcherait un peu mon plaisir mais je n'hésiterais pas.

Jean s'exécuta en silence. Il s'était résigné au sort qui l'attendait. Que pouvait-il faire d'autre ? Elle tenait le flingue et sa décision était prise depuis longtemps.

Il la regarda ouvrir la petite mallette étanche en songeant qu'elle avait dû servir à garder l'arme au sec. Elle en sortit une seringue hypodermique et s'approcha de lui, le pistolet dans l'autre main.

— À ton tour.

— Qu'est-ce que c'est ?

— Un sédatif. Pour que tu restes tranquille pendant que je m'équipe. Tu reprendras conscience d'ici une trentaine de minutes.

Elle avait tout prévu. Un vrai génie du mal. Une ultime question lui traversa l'esprit pendant que l'aiguille se rapprochait.

— Au fait, où as-tu appris à plonger ?

— Maman s'en est chargée. À seize ans, je descendais déjà à plus de cent mètres.

Bon sang ne saurait mentir. Sa mère ne lui avait pas seulement laissé sa haine en héritage. Elle lui avait aussi transmis le goût de la mer et des grands fonds. Une passion qu'ils auraient pu partager tous les trois si les choses s'étaient passées différemment.

— Adieu papa. Je reviendrai peut-être te voir d'ici deux ou trois mois, histoire de m'assurer que tout va bien.

L'ironie, comme une dernière gifle pour la route. Jean n'avait plus le cœur à rétorquer. Il était anéanti, déjà privé de ses forces et prêt à accepter l'inéluctable.

La pointe d'acier s'enfonça dans son cou. Quelques secondes de battement puis le monde chavira.

Dans cet état crépusculaire, entre nuit et brouillard, il eut une vision.

Des formes sombres sortant de l'eau dans un silence de mort.

Munies de fusils automatiques, elles s'approchaient de la berge tels les quatre cavaliers de l'Apocalypse.

ÉPILOGUE

Noir sur noir, comme une toile de Soulages.

On devinait à peine la crête échancrée des collines, une ligne fine qui découpait la nuit dans les hauteurs de la calanque. Sur la dalle de béton, au niveau de la mer, le festival des gyrophares battait son plein.

Jean laissa son regard dériver sur ce cirque. Assis sur un brancard, une couverture sur les épaules, il évacuait peu à peu les derniers restes d'anesthésique qui couraient dans ses artères. Les variations de pression en cascade en avaient rajouté une couche et il flottait dans un état second où les images se mélangeaient.

Au premier plan, des véhicules de police, des fourgons du SAMU, des flics partout et les silhouettes de néoprène des commandos qui l'avaient extrait de la cavité. Au fond de son crâne, pulsant du néant en flashs désordonnés, des visions sorties tout droit d'un cauchemar.

Une lumière vive.

Le corps de sa fille étendu sur la roche, couvert de sang.

Des silhouettes pataudes s'affairant autour de lui.

Les plongeurs d'intervention du GIGN avaient investi la salle haute à l'instant où il perdait connaissance. Ève avait braqué son arme dans leur direction – façon *suicide by cops* – déclenchant une riposte immédiate. Trois balles de Famas, aux jambes et à l'épaule, des blessures non létales dont la finalité était de la neutraliser.

Les premiers soins lui avaient été prodigués sur place pendant que Jean était encore dans les vapes. Une autre équipe était ensuite descendue, avec un urgentiste, du matériel de réanimation et un scaphandre à casque permettant de respirer sans l'aide d'un détendeur. Pour l'instant, elle était toujours en bas. On attendait que son état se stabilise avant de tenter une évacuation à haut risque.

— Ça va mieux ?

— Je récupère.

Latour venait de réapparaître. Elle l'avait accueilli à sa sortie de l'eau et lui avait donné les premières explications, des précisions que Jean avait captées au travers d'une brume épaisse. Puis elle s'était éclipsée quelques minutes pour discuter avec un type au look franchement bobo qui semblait diriger l'opération. Tout était sous contrôle. Il n'y avait plus qu'à dérouler.

— Mon boss va prendre le relais. Nous, on débriefera demain. Vous avez besoin de vous reposer et moi aussi.

Jean ne pouvait qu'approuver. Il était épuisé. Quant à Latour, c'était pire. Traits tirés, épaules rentrées, tailleur froissé. Elle semblait n'avoir pas dételé depuis vingt-quatre heures.

Il demanda quand même :

— Au fait, comment avez-vous compris que c'était Ève ?

— C'est un peu long à résumer. Et franchement, je n'en peux plus.

— Dites-moi au moins comment vous avez su que ça se finirait ici.

Elle se massa les yeux. La fatigue se lisait jusque dans ses gestes.

— OK… Quand j'ai fait le rapprochement, je vous ai tout de suite appelé. Vous n'avez pas répondu donc je suis allée chez vous. Là, j'ai trouvé le mot dans la cuisine. Compte tenu de ce que vous m'aviez raconté à propos de Marion, l'option grotte sous-marine m'a semblé évidente et celle du Bau Rouge était la plus probable.

Elle connaissait son histoire, avait trouvé le mobile avant lui et remonté la piste jusqu'à Ève. Il était logique qu'elle aboutisse à la même conclusion.

— J'ai eu la confirmation par votre associé. Il m'a dit que vous aviez pris l'Etraco. Nous sommes venus aussi vite que possible et nous l'avons vu ancré à l'aplomb de la falaise. Il y avait aussi une Méhari garée sur la dalle. Une voiture qui appartient à votre société.

La caisse que Jean avait prêtée à Ève. Cette fois, elle n'avait même pas pris la peine de voler un véhicule.

Il approuva d'un signe de tête et posa la question qui lui brûlait les lèvres.

— Vous saviez que Marion était sa mère ?

Latour eut un sourire entendu. La nouvelle ne semblait pas la surprendre plus que ça.

— Nous avons identifié des connexions récurrentes sur la dernière boîte mail qu'elle avait ouverte. Une adresse au nom de evelajoux@gmail.com. De plus, un employé communal a identifié Ève. Elle venait se recueillir sur la tombe de sa mère, au cimetière de Saint-Mandrier.

Marion était là, près de lui, depuis toutes ces années, dissimulée dans la nuit éternelle d'un caveau. L'enquêtrice avait remonté sa piste et fini par mettre la main sur elle. Il lui manquait seulement la dernière pièce, celle dont Jean avait découvert l'horreur dans la grotte et qui donnait à l'ensemble une couleur différente.

— Vous ignorez encore une chose.

— Quoi ?

— Ève..., lâcha-t-il dans un souffle. Ève est aussi ma fille.

La commandante eut un temps d'arrêt. L'expression de son visage reflétait un mélange de surprise et de compassion profonde.

Jean haussa les épaules avec un sourire triste.

— Ça aussi, c'est une longue histoire. Et je ne suis pas sûr d'avoir la force de vous la raconter maintenant.

Latour opina. Une façon de dire qu'il n'y avait pas urgence, qu'elle serait là pour l'entendre quand il serait prêt.

— Nous allons faire le maximum pour la sortir de là. Vous avez ma parole.

— Je sais.

Elle lui serra la main et tourna les talons. Le rideau était tombé sur cet acte mais la pièce n'était pas terminée. Le plus dur serait à venir. Si Ève s'en sortait, elle serait incarcérée. Ou placée d'office dans une UMD. Tout dépendrait de l'avis des psychiatres.

Pour Jean, la punition serait la même. Il allait devoir vivre avec ce poids jusqu'à la fin de ses jours. Comment allait-il le porter ? Il n'en avait pas la moindre idée. Il savait juste que rien ne serait jamais plus comme avant.

Il tourna son regard vers les flots. Reflets moirés de la lune. Mouvements fluides des ondes venues du large. Chuchotement du ressac.

Une paix familière l'envahit. Une sensation qui l'avait accompagné tout au long de son existence et constituait son unique point de repère.

Sa mère, ses compagnes, sa fille... Il les avait toutes aimées et les aimait encore, mais le destin avait tissé pour lui les fils d'une malédiction à laquelle il n'échapperait jamais. Il avait essayé de l'oublier mais au fond, il l'avait toujours su.

Il ferma les yeux, emplit ses poumons d'iode et de sel. Une autre certitude venait de l'envahir, seul contrepoint de lumière dans les ténèbres qui l'entouraient.

Sa place n'était pas ici. Pas sur cette terre. Elle était sous l'eau et il devait maintenant l'admettre. Un lieu de solitude mais également de paix. Cette paix qu'il avait cherchée toute sa vie sans la trouver ne s'offrait à lui que quand il plongeait. C'est là, dans la matrice originelle, qu'il se sentait vraiment vivant.

Vivant et libre.

Enveloppé dans les bras de sa véritable mère.

REMERCIEMENTS

Bien que peu coutumier de ce genre de déclarations, je tiens pour cette publication à adresser tous mes remerciements à Bernard Fixot, Édith Leblond et Renaud Leblond, mes éditeurs. Ils ont cru en cette histoire et sans eux, cette aventure n'aurait pas eu la même saveur.

Je remercie également Camille le Doze qui m'a aidé à retravailler le texte. Elle m'a rappelé à juste titre certaines règles de français dont j'ai parfois tendance à vouloir m'affranchir et m'a permis de tailler dans le vif quand je me faisais plaisir sur certaines descriptions.

Last but not least, un grand merci à David Strepenne, Anissa Naama et Stéphanie Le Foll, pour leur énergie, leur enthousiasme et leur professionnalisme qui je n'en doute pas, permettront de donner au livre toutes ses chances.

Mes pensées vont bien sûr à Céline, ma femme et ma première lectrice, dont l'œil d'éditrice, bienveillant mais implacable, m'a toujours été d'un grand secours. Elle a su démasquer le diable, celui qui se niche dans les détails du texte, diable que je ne souhaite pas toujours voir mais qu'elle a eu la patience de me faire reconnaître.

Enfin, bien sûr, je remercie mes lecteurs qui m'accompagnent depuis toutes ces années sur cette route merveilleuse qu'est l'écriture.

Du même auteur

Mythes, Paris-Méditerranée, 2002
Le Couloir de la pieuvre, Stock, 2003
Miroir de sang, Stock, 2004
Le Pacte rouge, Stock, 2005
L'Ordre noir, Michel Lafon, 2007
La Liste interdite, Michel Lafon, 2008
Les Enfants du néant, Michel Lafon, 2009
La Spirale des abysses, Flammarion, 2010
L'Autre, Delpierre, 2014
Passé simple, Flammarion, 2017
L'Impasse, Michel Lafon, 2019

Sous le pseudonyme de Richard Taleman

Saga David Creem

La Confrérie de l'Invisible, J'ai lu, 2014
L'Entrevie, J'ai lu, 2014
Le Territoire des âmes – David Creem – L'Intégrale, Pygmalion, 2018

Achevé d'imprimer sur Roto-Page
par l'Imprimerie Floch à Mayenne
en février 2022

N°.d'édition : 4725/01 – N° d'impression : 99849
Dépôt légal : février 2022

Imprimé en France